LA

CASA

DE LAS

NOVIAS

JANE COCKRAM

LA

CASA

DE LAS

NOVIAS

Editado por HarperCollins Ibérica, S.A.
Núñez de Balboa, 56
28001 Madrid

La Casa de las Novias
Título original: The House of Brides
© 2019, Jane Cockram
© 2021, para esta edición HarperCollins Ibérica, S.A.
Publicado originalmente por HarperCollins Publishers LLC, New York, U.S.A.
© De la traducción del inglés, Celia Montolío

Diseño de cubierta: Caroline Johnson
Imágenes de cubierta: © Des Panteva/Arcangel; © Andrzej Kwolek/Arcangel

ISBN: 978-84-9139-618-5
Depósito legal: M-15607-2021

Para Alice y Edward

La familia, ese querido pulpo de cuyos tentáculos nunca nos escapamos del todo, ni, en nuestro fuero interno, deseamos hacerlo.

DODIE SMITH

PRÓLOGO

AYER ME ENCONTRÉ con un artículo sobre Barnsley House en una vieja revista. Tardé unos instantes en reconocer el lugar; no me esperaba toparme con él, y, además, solo lo había visto en invierno. Me impresionó verlo bañado por un sol resplandeciente, y sin darme cuenta ya había arrancado las páginas para saborearlas más tarde, lejos de las miradas fisgonas de los demás.

En una de las fotografías aparece la curva azul de la bahía llena de veleros y traineras. Debieron de sacar las fotos hace muchos años, cuando se abrió el hotel. Tal vez en primavera, cuando empezaba a hacer bueno y el calor del verano aún no había agostado los campos de los alrededores. Max dice que en esa época del año el cielo está lleno de drones que fotografían casas de campo a punto de salir a la venta y que filman el famoso litoral para programas de televisión sobre estilos de vida.

Eso es lo que veo cada vez que cierro los ojos, pero cuánto mejor es tenerlo aquí delante: el prado que en su suave descenso oculta los acantilados y el pueblo al fondo, la línea de la costa que disimula bancos de arena bajo las engañosas olas. Desde Barnsley no se ven ni el puerto empedrado ni el muelle desde el que zarpa cada hora, con permiso de la marea, el pequeño ferri que recorre el litoral. No se ven ni los establecimientos de pescado con patatas fritas, ni las galerías de vidrio soplado ni los apartados cafés y callejuelas de los hostales, y sin embargo en las fotografías aquí están todos, como si fueran parte del hotel.

Es fácil recordar lo que sentí la primera vez que vi Barnsley. No en una foto sino en vivo, cuando la imponente casona apareció ante mis ojos. La belleza de la caliza es difícil de apreciar en una fotografía, y aún más difícil de explicar. Es una piedra distinta de la del resto de las casas de la zona, más suave, por así decirlo, y, según Max, en verano se mantiene caliente durante semanas sin fin. Algunos días, cuando el sol no lucía lo suficiente para que sus fríos huesos australianos entrasen en calor, Daphne se apoyaba contra la pared con la esperanza de que el calor traspasase el vestido veraniego y la chaquetita. Eso fue antes de mi llegada; desde entonces, solo ha hecho frío, un frío glacial.

¿Volverá algún día a ir viento en popa el hotel? ¿Servirá de algo el artículo, o simplemente dirigirá a acaudalados turistas estadounidenses hacia una casa de fantasmas? Es un hotel que ha perdido el rumbo y también a la mujer que lo dirigía, y no en este orden. Debo confiar en que podremos transformar Barnsley, porque en cierto modo se me ha metido en la sangre, de la misma manera que se metió en la sangre de las mujeres que me precedieron.

1

—UN BRINDIS A LA SALUD de Miranda —dijo mi padre, levantando el vaso para chocarlo con el de mi madrastra—. Por una carrera profesional larga y colmada de éxitos en Grant and Farmer.

No era la primera vez que mi padre brindaba con motivo de un cambio de rumbo en mi carrera; sabe Dios que antes de irme a pique ya me había dado unos cuantos batacazos, pero era la primera vez que él había intervenido para encontrarme trabajo. Y, francamente, después de todo lo sucedido no me quedaba más remedio que aceptar el puesto.

Mi padre había tenido que cobrarse algunos favores. Y sospecho que, al ver que no servía de nada, había tenido que prometer cosas. Que comprometerse. No creo que llegase a haber dinero de por medio, pero no estoy segura. La vaga amenaza que detecté en su voz, el énfasis nada disimulado con que pronunció la palabra «larga», no eran fruto de mi imaginación.

—Miranda, cielo, ¡buena suerte en Grace and Favour! —dijo Fleur, mi madrastra, sumándose al brindis a pesar de ya iba por la segunda copa de champán.

No pude evitar reírme. Fleur solo era graciosa durante un ratito cada día, en algún momento entre su segunda y su cuarta copa. Una franja temporal mucho menor de lo que cabría esperar, dada la soltura con que consumía champán y vino blanco seco.

Además, quería disfrutar del festejo mientras durase; era la primera vez desde hacía tiempo que teníamos algo que celebrar. A juzgar por la expresión de mis dos hermanastras pequeñas, que, en medio de todo el jolgorio, guardaban silencio mientras removían los cubitos de hielo de sus limonadas, también ellas sabían que las cosas podían cambiar de un momento a otro. «Ya veréis como también la lía esta vez», decían sus rostros.

—¿Qué se supone que va a hacer una licenciada en Escritura Creativa en una empresa de relaciones públicas? —me preguntó Denise, mi madrina, una vez pasada la efusión del brindis.

Como siempre, mi familia había decidido pasar un tupido velo sobre mis estudios de posgrado en Alimentación y Nutrición. Los camareros fueron dejando las bandejas de los aperitivos a nuestro alrededor: lustrosos pimientos morrones asados, gruesas lonchas de jamón y grandes aceitunas sicilianas. Era mi restaurante italiano favorito, el lugar en el que nos reuníamos siempre para las celebraciones familiares, y el hecho de que hubiera encontrado otro trabajo bien merecía una. Al menos, eso parecía que había querido decirme mi padre al invitar a toda la familia, incluidos mis padrinos, a la cena.

—¿Qué va a hacer una licenciada en Escritura Creativa… donde sea? —voceó mi padre desde la otra punta de la mesa, riéndose con ganas de su propio chiste y mirando en derredor para asegurarse de que también se reía algún que otro comensal de las mesas vecinas. Adiós a mis esfuerzos por pasar desapercibida.

—Pero las relaciones públicas se basan en la escritura creativa, ¿no? —intervino Fleur—. ¿O me estoy confundiendo con las *fake news*?

Me inquietó que acabásemos hablando de cómo me había metido en un lío por culpa de la escritura creativa, así que me concentré en Denise cuando respondí:

—Creo que al principio solo voy a ser algo así como una ayudante de dirección…, no voy a tener trato directo con clientes. Puede que con el tiempo pase a la edición y cosas así, supongo.

No fingí un entusiasmo que no sentía. La edición estaba a años luz de todo lo que hacía antes. Había dirigido mi propia empresa. Había tenido un blog de éxito. Un acuerdo para escribir un libro. Los medios decían que era una *influencer*.

—¿Qué es una ayudante de dirección? —preguntó de repente una de mis hermanastras.

Esta vez fue Ophelia, pero lo mismo podría haber sido Juliet, teniendo en cuenta que la cultura general de la una brillaba tanto por su ausencia como la de la otra. Y sí, en efecto: las tres nos llamamos como personajes de Shakespeare. Mi madre inició la tradición, y mi madrastra la continuó. Mi nombre significaba algo para mi madre, pero sospecho que mi madrastra tuvo que recurrir a Google. Siempre dice que tiene un cerebro matemático; un cerebro de mosquito, diría yo.

—Reservan vuelos, organizan salas de reuniones…, cosas así —susurró mi madrastra, acariciando tiernamente el pelo de Ophelia para contrarrestar la naturaleza potencialmente ofensiva de su explicación—. Y por eso no os conviene estudiar una carrera de letras.

Ophelia y Juliet asintieron solemnemente con la cabeza, a pesar de que faltaban muchos años para que tuvieran que decidir nada sobre sus estudios superiores. Me concentré en llenar mi plato con un surtido de aperitivos, prestando más atención de la necesaria en colocar bien las porciones, parpadeando para contener las lágrimas que amenazaban con caer sobre los platitos de terracota.

—A mí me suena de maravilla —dijo Denise dándome un estrujoncito en la mano, pero el tono de conmiseración no hizo sino empeorar las cosas. Seguro que estaba pensando en mi madre, su mejor amiga, y preguntándose cómo había podido yo salir tan mediocre con una madre tan extraordinaria. Me dije que ojalá volviese a Londres con esa familia suya tan perfecta y me dejase con aquellas personas que no esperaban demasiado de mí. Era más fácil así.

La conversación giró hacia un viaje de esquí que habían planeado Denise y Terence. Noté que desconectaba, que me ponía a pensar en los *casarecce* con berenjena y salchicha italiana que me iban a servir de un momento a otro, y en el tiramisú que me pediría después si estaba dispuesta a exponerme a las críticas de Fleur.

—Y por eso no consigue mantener ningún trabajo de verdad —oí decir a mi padre justo cuando me daba cuenta de que el camarero estaba intentando servirme el plato—. Siempre soñando despierta.

Tenía razón, era una soñadora. En otros tiempos, esto a mi padre le había hecho gracia, incluso le parecía que tenía su encanto, pero últimamente no paraba de hacer todo tipo de comentarios mordaces. «No puedes seguir con este despiste toda tu vida, Miranda. Ya tienes veintiséis años…, ¿no crees que es hora de que te enfrentes a la realidad?».

Entendía su preocupación. No me veía a mí misma sentada todo el santo día a una mesa de oficina, prestando atención en largas reuniones, recordando cifras, nombres, fechas…, pero era eso lo que iba a hacer cuando me incorporase a Grant and Farmer.

Todos se rieron: risas agudas las de Fleur, corteses las de Denise. Vi que volvía a mirarme, y esbocé una débil sonrisa para demostrar que estaba contenta.

El ruido del restaurante iba subiendo de volumen a medida que avanzaba la velada. Los clientes arrastraban las sillas cada vez que se levantaban para saludar a alguien, el sumiller descorchaba botellas de *prosecco* y los camareros no paraban de sacar cuencos de humeante pasta de la cocina. El ambiente era alegre; los aromas, deliciosos, y en las mesas de alrededor la gente sonreía, reía, daba sorbitos al *chianti* y al *pinot grigio* y se arrimaban para oírse bien los unos a los otros en medio del bullicio.

Todas las mesas menos la nuestra. De no haber sido por la comida y por la charla que nos permitía entablar, habríamos estado prácticamente en silencio. «¿Qué has pedido? *Spaghetti alle vongole.* Qué buena pinta, aunque no parece que te haya madurado mucho el gusto, ¿eh? Este *barolo* está delicioso, Bruce. Sí, es uno de nuestros vinos favoritos. Este lugar no cambia nunca, ¿no? Por eso nos gusta, Terence».

Lo de invitar a los O'Halloran no había sido buena idea: en cierto modo, la presencia de personas ajenas a la familia subrayaba la incomodidad a la que me había ido acostumbrando a lo largo de los años, y me daba cuenta del aspecto que debía de tener nuestra familia recompuesta vista a través de sus ojos. De haber estado allí mi madre, nuestra mesa habría sido idéntica a las otras, y estoy segura de que no era yo la única que lo pensaba. El tiramisú tendría que esperar a otro momento. Necesitaba salir de allí.

—Chicas, ¿queréis que os acerque a casa? Tendréis que hacer deberes o que ensayar con el oboe, ¿no?

Una expresión de alivio asomó al instante a los rostros de Juliet y Ophelia. El resto de la velada prometía: un delirio de redes sociales, Netflix y llamadas telefónicas hasta que volvieran sus padres. No era fácil criarse con mi padre y todas sus normas:

Prohibido llamar después de las 21:00.
Prohibidos los móviles en los dormitorios.
Prohibido ver la tele de lunes a viernes.
Prohibido invitar a dormir a chicos.
Prohibido sentarse a la mesa con el móvil.
Prohibidos los *piercings*.
Prohibidos los tatuajes.
Prohibido el alcohol.
Prohibidas las drogas.
Prohibido. Prohibido. Prohibido.

Lo sé de sobra, viví con él mucho tiempo. Demasiado tiempo, para ser sincera. Él diría lo mismo. Y Fleur también.

Y ahora estoy otra vez en casa.

A Juliet y a Ophelia todavía les parezco guay, aunque solo sea porque las puedo llevar por ahí en coche y uso el móvil cuando me da la gana. Incluso les parece guay que ahora esté trabajando en una tienda de ropa deportiva y les consiga descuentos en las medias de compresión que usan ellas y sus amigas. Por desgracia, mi padre no se deja impresionar tan fácilmente.

—Coge mi coche, cielo. —Mi padre sacó la llave del coche del bolsillo de forma ostentosa y cerró su mano sobre la mía—. Nosotros ya llamaremos a un Uber.

Como si me hiciera un favor.

En el coche, Juliet y Ophelia estuvieron hablando todo el trayecto del colegio, de chicos, de sus amigas, de *La Voz*...

—¿Cómo es que no habéis dicho ni mu durante la cena? —pregunté al cabo de diez minutos, cuando por fin conseguí meter baza—. Ahora no paráis.

—Denise es muy rara. Nos mira mal cuando hablamos. Nos odia —dijo Juliet.

—Y odia a mamá —añadió Ophelia, que por lo visto compartía la opinión de su hermana.

—No es verdad.

Nunca lo había visto de esa manera. Para mí, Denis y Terence simplemente formaban parte de la familia.

—Sí que lo es. Y a ti no hace más que mirarte con una cara muy rara. ¿No te has dado cuenta?

Doblé la esquina para entrar en mi antigua calle sin apenas fijarme en la calzada. Aunque hacía varios años que me había ido de casa, todavía podía conducir hasta aquí con el piloto automático.

Para mí, seguía siendo mi hogar: la casa estilo Federación que habían comprado mis padres con idea de reformarla, cuando acababan de casarse y pensaban que tenían por delante todo el tiempo del mundo para estar juntos. Resultó que no tuvieron tanto tiempo, y la reforma no se terminó hasta muchos años después, cuando aparecieron Fleur y su comitiva de arquitectos y constructores caros.

—No —mentí.

Denise, en efecto, había estado mucho tiempo mirándome fijamente durante esta visita. La gente siempre me había dicho que no me parecía en nada a mi madre, que era clavadita a mi padre. «Tu madre era guapísima», decían acto seguido, por si acaso no entendía la insinuación.

Pero ¿y si Denise veía algo en mí? ¿Quizá con los años me estaba pareciendo cada vez más a mi madre? Intenté ver mi reflejo en el espejo retrovisor mientras me paraba junto a la casa, pero a la tenue luz del crepúsculo no pude ver nada. Las ruedas se dieron contra la cuneta y oí un fuerte chirrido. Eché pestes entre dientes al comprender que el servicio de recogida de basuras había dejado los cubos vacíos en medio del acceso para los coches.

—Ay, papá te va a matar —susurró Juliet. Regodeo; sin duda, en su voz había regodeo—. Venga, confiesa: ¿cuánto champán has bebido? ¡Borrachuza! —Se rieron al unísono, como si tuvieran un colocón de libertad, limonada y alegría por la desgracia ajena.

—Ni siquiera me terminé la primera copa. —Era cierto, apenas bebía. Seguramente habría pedido una Coca-Cola *light* si no hubieran estado Denise y Terence—. ¿Podéis apartar los cubos, por favor?

La respuesta a mi petición fueron dos portazos, y a continuación subieron corriendo los escalones de piedra.

Bajé la ventanilla.

—¿Ophelia? ¿Juliet? ¿Apartáis los cubos, por favor, cualquiera de las dos?

—Venga, Miranda, que estoy que reviento. —Ophelia se puso a dar saltitos exagerados cambiando de pie, un movimiento que debía más a las clases de declamación y teatro a las que asistía desde hacía años que a ninguna necesidad apremiante de su vejiga—. Tú deja ahí el coche y ya está. A papá seguro que no le importa.

Miré el árbol que se alzaba por encima del coche. Su savia había sido objeto de numerosas discusiones familiares. La rueda estaba pegada al bordillo… si se había producido algún destrozo, solo se vería cuando apartase el coche.

—Vale —suspiré—. La próxima vez no bebas tanta limonada.

Solo iban a ser unos segundos, me dije; después, en cuanto despachase a las chicas, saldría a apartar los cubos y el coche. Las seguí, admirando el jardín mientras subía las escaleras.

Fleur tendría muchos defectos, pero había que admitir que la jardinería se le daba de perlas. O la arquitectura de paisajes, como se apresuraba siempre a corregirme. En esta época del año, el jardín estaba impresionante, y la iluminación estratégica resaltaba la jacaranda florecida en todo su esplendor. A mi madre le habría encantado. Una de las pocas cosas que había sido capaz de deducir de sus escritos era su amor por el mundo natural, su apego a los espacios abiertos.

El olor de la casa me asaltó nada más abrir la puerta. Después de un día entero cerrada, parecía como si quisiera manifestar su fragancia: los restos de las omnipresentes velas de higuera, gardenias flotando en un cuenco sobre la mesa del vestíbulo y el aroma inconfundible de un pino navideño. Y, por debajo de todo ello, el olor del hogar. Algunas cosas no habían cambiado, a pesar de todo.

—¿Tan pronto, el árbol de Navidad? —pregunté, revisando distraídamente el correo de la mesita del vestíbulo mientras Ophelia pasaba de largo sin acordarse ya, al parecer, de su urgente necesidad de ir al baño.

Durante mucho tiempo, no había habido correo para mí. Revistas del colegio de vez en cuando. Catálogos. Nada interesante.

Y luego habían empezado a llegar los gruesos sobres de los bufetes legales. Algunos días los había a montones. Otros, solo uno o dos. Pero durante unos meses, no pararon de llegar.

Solté un suspiro de alivio al ver que no había nada para mí.

—Ya conoces a mamá —respondió a lo lejos Ophelia. La oí desplomarse en el sofá a la vez que el ruido de la tele iba en aumento. Estaba en su casa, tenía derecho a desconectar. A través de las cristaleras del fondo de la casa, vi a Juliet.

A punto estuve de pasar por alto el sobre. Papel marrón con una esquina completamente cubierta de sellos color rubí con el perfil de la cabecita de la reina. El tipo exacto de sobre que había estado esperando toda mi infancia.

La dirección había sido tachada y escrita de nuevo dos veces. Daba la impresión de que llevaba mucho tiempo en manos del servicio postal, y era evidente que había dado media vuelta al mundo. Pero no era eso lo raro. Lo raro era a quién iba dirigida.

A mi madre.

2

EL SOBRE ESTABA abierto. La solapa, en su momento diligentemente pegada con varias capas de cinta adhesiva, seca e inservible a estas alturas, estaba medio suelta. El remite me era familiar; más simbólico que otra cosa, un faro del pasado más que un sitio de verdad. Barnsley House. Era como recibir una carta del Polo Norte o del cielo.

Por supuesto, en mi juventud había estado pendiente de aquel remite. En el reverso de las tarjetas de cumpleaños y de los sobres. Cada vez que llegaba una carta con el sello regio en la esquina, cada vez que veía la cabeza de la reina sobre el fondo azul, morado y verde azulado, esperaba que la carta fuera de Barnsley.

Al final, mi padre me compró un álbum de sellos. Había interpretado mi interés por el correo como un entusiasmo por la filatelia. Durante años me dediqué a arrancar con esmero los sellos y a dejarlos en un platito lleno de agua para quitarles el papel, a pesar de que no me interesaban lo más mínimo. Lo único que quería era encontrar una carta con el mismo remite que el del sobre que tenía delante de mí en estos momentos.

Por unos segundos me bastó con clavar la mirada en la secuencia mística de aquellas letras.

Respiré hondo en un intento por rebajar un poco mis ilusiones. Al cabo de veinte años, me había imaginado este momento de mil maneras distintas. Una vinculación pequeña pero significativa. Un mensaje navideño. Una propuesta de adopción.

Pero esto era distinto. La carta iba dirigida a mi madre. ¿No sabían que estaba muerta?

Atenta a los movimientos de mis hermanastras, pasé al estudio de mi padre y cerré la puerta detrás de mí sin emitir un solo ruido gracias a la mullida moqueta. El crepúsculo se había ido adueñando rápidamente de la habitación y me resultaba más difícil leer las palabras, así que me acerqué a la ventana y, cada vez más sofocada, me obligué a sentarme y respirar hondo.

Abrí la carta despacio, fijándome en el grueso papel color crema mientras me lo acercaba a la nariz. Desprendía un vago olor a moho. Incluso a humo. Me había esperado un momento proustiano…, una vaharada del perfume de rosa de té de mi madre o una refrescante colonia varonil…, pero me llevé un chasco. No me traía ningún recuerdo; como mucho, de la chimenea que había en la húmeda cabañita playera de Wilsons Prom que alquilábamos cada Semana Santa.

Leí la carta, la primera vez deprisa y la segunda despacio, buscando detalles que no daba.

Querida Tessa:

Encontré tu foto por casualidad. No debería haber fisgoneado. Papá siempre dice que no debería ser tan curiosa, pero eso es lo que pasa cuando nadie te cuenta nada.

Lo malo de este lugar es que te pones a buscar respuestas a una pregunta y al final te topas con un montón de secretos completamente distintos.

En fin, el caso es que encontré una foto tuya, y tu aspecto era simpático, normal. No como el de las personas que salen en las fotos antiguas, con peinados chocantes y jerséis rarísimos.

En el dorso de la foto ponía «Tessa, 19», escrito con letra antigua y enmarañada, como si la persona que lo escribió hubiese tenido miedo de apretar demasiado con el bolígrafo.

No sé por qué, pero nunca te había considerado como una persona de verdad. Es decir, sabía que escribiste «El Libro», sabía que llevabas mucho tiempo fuera. Pero nunca había pensado que pudieras ayudarnos. En realidad, hasta ahora nunca habíamos necesitado ayuda.

Ha ocurrido algo malo. A mi madre le pasa algo. Papá dice que alguien tiene que cuidar de nosotros, pero que no puede enterarse nadie que no sea de la familia. Va a meternos en un internado después de Navidad. Incluso a Agatha. A pesar de lo que ha pasado.

¿Vendrás a ayudarnos? Por favor.

Un beso,

Sophia Summer (tu sobrina)

Me impresionó oír una voz joven y contemporánea procedente de Barnsley. Una voz que podía ser la de cualquier chica joven, una voz como la de Ophelia o como la de Juliet. Había leído *La casa de las novias* cientos de veces. El libro de mi madre fue un *best seller* nada más publicarse y vendió cientos de miles de ejemplares antes de quedar descatalogado a finales de la década de 1990. Pero hasta ahora no había pensado en lo que podría significar el libro para los habitantes actuales de Barnsley. Que pudieran referirse a él como «El Libro», singularizándolo con el mismo tono reverencial que utilizaba yo.

La casa de las novias era mi único vínculo con mi madre y su pasado, pero ni siquiera era el vínculo más personal. Lo que sabía sobre Barnsley House era lo mismo que sabían todos los lectores. Y lo que recordaba de mi madre también era más o menos lo que sabían ellos. Era más que eso: mi madre *era* el libro, y el libro era la razón por la que yo me matriculé en Escritura Creativa en la universidad.

La casa de las novias entraba a fondo en la historia de Barnsley House a través de las mujeres que se habían incorporado a la familia por medio del matrimonio, todas ellas aportando fama y prestigio. Eran escritoras, arquitectas, mujeres de mundo, mujeres que, cosa rara en su época, habían ensanchado los límites y habían conocido el éxito. Sarah Summer. Beatrice Summer. Conocía mejor sus nombres que los de algunos de los parientes vivos de mi padre. Entre aquellas mujeres y mi madre, la presión para que hiciera algo especial con mi vida era muy grande.

Había escudriñado el libro en busca de pistas sobre mi madre, pero todo fue en vano. A diferencia de la tendencia moderna de los escritores a insertarse ellos mismos en los relatos de no ficción, mi madre, curiosamente, estaba ausente. Notaba su atención a los detalles, la fluidez de su escritura, pero no había nada más de ella en el libro, nada aparte de la conocida foto de su rostro: el cabello rubio y sedoso, la sonrisa ancha y cordial.

El libro era una historia honesta de Barnsley House y de las mujeres que habían vivido allí durante varias generaciones. Había escándalos, sí. Suicidios, amoríos secretos y los obligados tropos góticos, como habitaciones secretas, fantasmas e incendios inexplicables, pero era un libro de historia. Recreaba el pasado típico de una casa de campo de otra época, pero siempre me había imaginado que en la actualidad Barnsley sería un lugar apacible. ¿Y si estaba equivocada?

Durante todo este tiempo había querido que viniese a buscarme alguno de los habitantes de Barnsley. Pero ahora que alguien daba señales de vida, ya no tenía tan claro que fuera eso lo que quería.

3

BARNSLEY HOUSE. Tecleé el nombre y me quedé mirándolo, atenta a los sonidos de la casa, a la espera de que algo me indicase que era seguro continuar. Fuera, la calle estaba tranquila, al margen de alguna que otra puerta de coche cerrándose de golpe o algún que otro balonazo contra el tablero de baloncesto que tenía el vecino en la entrada. No disponía de mucho tiempo antes de que mi padre y Fleur volvieran de la cena, y todavía no quería responder a sus preguntas acerca de lo que estaba haciendo. En realidad, todavía no sabía qué estaba haciendo.

Wikipedia, casas solariegas de Inglaterra, TripAdvisor…, salieron montones de resultados. Pinché en el enlace de Wikipedia, segura de que lo mejor para empezar sería una visión de conjunto.

Barnsley House
_____

Barnsley House, también llamada Barnsley House Hotel, se encuentra en un lugar único desde el punto de vista geográfico, en lo alto de dos caletas de la escarpada costa del West Country inglés. Casa solariega de la familia Summer durante más de doscientos años ininterrumpidamente, pasó a manos de Maximilian Summer en 1987 y en la actualidad es un hotel rural que cuenta con el restaurante Summer House, galardonado con estrellas

Michelin. Se cree que el jardín fue diseñado por Hugo Bostock, pero no hay documentación que lo acredite, y la mayoría de los historiadores considera que está demasiado al sur de la zona habitual de Bostock y que, por tanto, lo más probable es que sea una imitación.

La casa aparece por vez primera en los mapas en el siglo XVII, con el nombre de Barnslaigh. En el siglo XVIII acogía un pequeño embarcadero con una línea de ferris que durante los meses de verano unía las aldeas esparcidas por el litoral. Las aguas tenían fama de bravas, y hoy en día el servicio de ferris solo funciona en los meses más cálidos. Posteriormente, la tierra y la pequeña mansión fueron vendidas a un agricultor de la zona, Montgomery Summer, que estaba expandiendo sus ya cuantiosas propiedades. Summer construyó la casa que conocemos en la actualidad.

Cosa rara para la época, Barnsley se construyó con piedra traída de los montes Cotswold, lo cual explica su impresionante aspecto y también que no tenga par en la zona. Los jardines, que en sus buenos tiempos eran supervisados por dieciocho jardineros y empleados varios, han sido restaurados y han recuperado su antigua gloria gracias a su dueño actual.

Barnsley House tiene una historia larga y pintoresca, y en la zona se la conoce como «la casa de las novias», en referencia al éxito de ventas del mismo nombre escrito por Tessa Summer. El título del libro se refiere al protagonismo de las sucesivas hacendadas de Barnsley. Aunque la casa ha estado a punto de venderse en varias ocasiones, han sido siempre estas mujeres emprendedoras e ingeniosas las que han conseguido evitar que pase a manos ajenas a la familia.

La primera «novia», y la más destacada, fue Elspeth Summer, que convenció a su marido para que le construyera una casa en una islita cercana a la costa, justo enfrente de la casa principal. Le puso el acertado nombre de Summer Room. Elspeth era una ermitaña redomada, y se negaba a acompañar a su marido en sus viajes al extranjero. Este le trajo una colección de plantas raras de todo el

26

mundo y Elspeth cosechó un gran éxito con su jardín casi tropical. Su afición al vino blanco francés era bien conocida, y quiso poner en marcha un viñedo en la isla para cultivar las uvas con las que elaborarlo. El proyecto fracasó debido a las condiciones adversas, pero la familia cambió el nombre de la isla, que pasó a llamarse isla Minerva en honor a una rara variedad de uva francesa, la minervae. El nombre se ha mantenido hasta hoy, y a pesar de ser una isla privada se abre a grupos turísticos durante los meses de verano.

La nuera de Elspeth, Sarah Summer, acompañó a su marido en muchos de sus viajes, algo inusual en la época, y desarrolló un profundo interés por la arquitectura. Inspirada por los viajes, protagonizó la polémica supervisión de la transformación de la cercana capilla anglicana de St. John's in Minton en una réplica casi exacta de una diminuta iglesia italiana que había visto en la Toscana.

Mucho después, a comienzos del siglo xx, Barnsley House fue el hogar de la famosa escritora Gertrude Summer, una rica heredera estadounidense que se casó con el que era el propietario en aquel momento y aportó su fortuna. Utilizó la casa como telón de fondo para sus novelas policíacas, satirizando a la clase alta británica, que le vedó el acceso a su círculo íntimo. Mientras tanto, Barnsley House cosechó casi la misma fama que sus libros, cuyas ventas, junto con la herencia de Gertrude, sirvieron para mantener la propiedad durante muchos años. El matrimonio terminó entre acusaciones de infidelidad, y Gertrude se mudó a otro punto del litoral, donde habría de vivir el resto de sus días.

La casa quedó en muy mal estado después de la Segunda Guerra Mundial, durante la cual había cobrado cierta fama como campo de instrucción para oficiales del cuerpo de inteligencia. Conoció un fugaz resurgimiento con Maximilian Summer padre y su esposa Beatrice, famosos por sus desenfrenadas fiestas en una época en la que la mayoría de las casas solariegas se estaban vendiendo y cada vez se organizaban menos festejos. El tristemente célebre y efímero Festival Barnsley empezó y terminó con ellos dos.

Para cuando el propietario actual, Max Summer, heredó de su padre Maximilian, la casa estaba decrépita y las deudas se habían acumulado. Junto con su esposa, Daphne, Max Summer ha revitalizado Barnsley House como un hotel rural de lujo.

Casi todo esto ya lo sabía, o me sonaba vagamente. No mencionaba que hubiera sucedido nada malo en los últimos tiempos, a pesar de lo que decía Sophia en su carta.

Di por hecho que Sophia era hija de Max y Daphne. La página de Wikipedia no hablaba de hijos, así que pinché en el enlace de Daphne Summer. Me dirigió a un artículo publicado en julio en el *Daily Telegraph*, y lo leí con avidez, ansiosa por encontrar algo sobre Daphne que estuviera escrito desde el punto de vista de una persona ajena.

Durante muchísimo tiempo no me había preocupado más que por mí misma. O, para ser más exacta, por lo que otras personas pensaran de mí. Toda mi existencia giraba en torno a proyectar una imagen de mi estilo de vida, y si algo no salía en Instagram, significaba que no había ocurrido. Me había perdido muchas cosas. El mundo real. Amigos. Familia. Un mínimo sentido de la decencia.

Daba gusto pensar en otra cosa.

4

EL SOL DE LOS SUMMER
POR KELLY O'HARA

Da la sensación de que a Daphne Summer —chef famosa, columnista de prensa y autora de libros de cocina— no le gusta ser el centro de atención. De hecho, parece que lo detesta. Si pudiera dar permiso a la comida para que hablase por sí misma, dice, lo haría.

A diferencia de otros chefs actuales, no tiene la urgente necesidad de reinventar la rueda ni de cambiar la forma de comer de nuestra nación; solo quiere cocinar comida buena, y con ingredientes de la zona. Ah, y quiere que los demás hagamos lo mismo.

También interrumpe este deseo con su característica risotada autocrítica, y mientras charlamos en el jardín del restaurante Summer House se aparta de un soplido el flequillo que le tapa los ojos y dice: «Bueno, puede que después de todo sí que quiera cambiar la forma de comer de la gente». Está descansando entre un frenético turno de comidas —abarrotado de excursionistas y de lugareños, que, explica, son su principal sostén— y la cena, para la que se han agotado las reservas. En el césped que tenemos enfrente retozan sus tres hijos, la viva imagen de la salud y de la felicidad, y solo llaman la atención de su madre de vez en cuando para que vea cómo hacen el pino o la voltereta lateral.

Su acento australiano, que apenas se percibe en su programa de televisión, es más pronunciado al natural, y dice que si no fuera por Max Summer, con quien contrajo un romántico matrimonio una semana después de conocerse a finales de los años noventa, habría vuelto a su añorado Sídney. Pero le conoció..., por fortuna para nosotros, porque lo que acabo de comer en Summer House no se parece a nada que haya probado nunca en esta parte del mundo.

Los sabores son delicados sin ser historiados, y da la impresión de que casi no se han tocado los ingredientes, señal inequívoca de que detrás hay mucho trabajo. La procedencia de cada plato viene indicada en la carta, que está escrita a mano: los mariscos proceden de los pescadores de la zona, cuyas diminutas embarcaciones se balanceaban en la caleta mientras comía; el cordero, de la granja que hay pegada a Barnsley House y que también ha estado dirigida por la familia Summer desde hace muchas generaciones; y los condimentos que animan cada plato se recogen todas las mañanas en los grandes huertos que bordean la casa, por los que Daphne nos ha invitado a pasear mientras charlamos.

Daphne no recibió una formación formal, sino que aprendió sus técnicas en los restaurantes de lujo que había en los hoteles londinenses de cinco estrellas. Al principio, la joven y pobre mochilera australiana fregaba los platos, y después fue ascendiendo en la cocina por méritos propios hasta terminar cocinando a las órdenes de algunos de los *enfants terribles* más famosos de la escena gastronómica de los años noventa. Fue a la entrada de una de esas cocinas donde conoció a su marido.

Al terminar su turno, cuando salía a hurtadillas para

fumarse un cigarrillo, se topó con Max, que había salido del comedor huyendo de una cita desastrosa.

Daphne interrumpe la charla a menudo para señalar cosas de su huerto. «Está a años luz de la vieja parcelita de hortalizas con la que me crie», dice mientras va echando habas a un colador esmaltado. «Mi padre trabajaba en el banco, pero le encantaba su jardín y tenía una parcelita para las hortalizas. Aunque no tenía nada que ver con esto; la mitad del tiempo había un excedente desbordante de acelgas y ruibarbo y el resto del tiempo los caracoles daban cuenta de las cosas antes que nosotros. En cualquier caso, me hizo comprender lo que cuesta cultivar una zanahoria, así que, ahora que soy cocinera, cada vez que tengo una zanahoria entre las manos me aseguro de tratarla con respeto».

Se ve que Daphne insiste en evitar la palabra «chef» para referirse a sí misma, y que prefiere la palabra «cocinera». A pesar de todos los premios recibidos, dice que le hace sentirse más cómoda. «No soy una chef. Solo soy alguien a quien le encanta la comida y quiere compartirla con el mayor número de gente posible. Mi familia solo puede comer hasta cierto punto, así que tuve que convertir mi pasión en un trabajo. Nada más». Un comentario típico de esta modesta mujer cuyo libro de cocina *Verano en Summer House* fue uno de los mayores éxitos de ventas del año pasado.

Despampanante todavía a sus cuarenta y pico años, me imagino que debía de ser todo un bellezón cuando conoció a Max. Cuando se lo digo, vuelve a soltar su risotada antes de mirarme fijamente con ojos brillantes. «A Max le gustan las personalidades fuertes, y desaprueba la debilidad. Muy a menudo, una cara bonita puede confundirse con cualquiera de las dos cosas». Se niega a entrar en detalles, limitándose a servirme más vino rosado cuando volvemos a la terraza.

Y ¿qué hay de los rumores de que el año pasado se suspendió la producción de su primera serie debido a un problema con el alcohol? Daphne solo da un sorbito a su vino de vez en cuando, y escoge con cuidado sus palabras. «Es algo habitual en esta industria: el estrés del oficio combinado con el goce de tomarse un trago al acabar la jornada, y lo uno puede desencadenar lo otro. Hubo un incidente, y se hizo una montaña de un grano de arena. Desde entonces he reducido el consumo de alcohol, pero para mí comer sin vino no es comer».

La remota ubicación de Barnsley House, en un litoral espectacular aderezado por una serie de playas rocosas, resulta muy atractiva para todos aquellos que quieren escapar de la rutina. La sensación de que estamos en el fin del mundo es agradable para una visita, pero la vida aquí debe de ser muy solitaria. Sin embargo, Daphne no está de acuerdo. «Podría vivir aquí el resto de mis días. No paran de invitarme a Londres para que asesore o cocine en todo tipo de eventos, pero yo soy feliz aquí, tengo todo lo que necesito».

Dicho esto, muerde la punta de un haba y la escupe al huerto, apretando los espléndidos brotes verdes para que los vea. «¿Te das cuenta? ¿Qué más podría desear?». Razón no le falta, Barnsley House es lo más parecido que hay al paraíso.

Para más información, visite barnsleyhousehotel.co.uk. La autora fue invitada por la Junta de Turismo del West Country.

ESTABA REFLEXIONANDO sobre lo que acababa de leer cuando oí que se detenía un coche en la entrada. Borré a toda prisa el historial de búsquedas y cerré las pestañas. Desde la ventana veía a mi padre saliendo del Uber, sonriendo al conductor, para después sujetarle la puerta a Fleur. La sonrisa se le borró nada más ver su coche aparcado debajo del árbol. Incluso desde la casa pude ver que la savia pegajosa que tanto detestaba ya le había dejado el techo hecho un asco, y lamenté al instante mi impulsiva decisión de dejar allí el coche.

Mi padre, que me había ayudado a superar el año anterior. Que me había apoyado mientras el resto del mundo me llamaba mentirosa, y con razón. Que había removido cielo y tierra para conseguirme un trabajo con unos viejos amigos, un trabajo en el que, francamente, suerte tendría si llegaba al final del periodo de prueba de tres meses.

Algo me decía que aquella noche no era el momento de sacar a relucir la carta; el instinto me decía que ni siquiera la mencionase.

Llevada por un impulso —¿qué iba a ser si no?— volví corriendo al escritorio de mi padre y abrí la pequeña caja fuerte de debajo de la silla. El código seguía siendo el cumpleaños de mi madre, siempre lo había sido; simplemente, no había tenido que utilizarlo antes.

Mil novecientos sesenta y ocho. El verano del amor. Protestas estudiantiles en París. Y mi madre, viniendo al mundo en medio de la nada. En Barnsley House. Me pregunté si su vida habría transcurrido por distintos derroteros de haber nacido en otro lugar.

El interior de la caja fuerte estaba oscuro, y no me daba tiempo a encender la luz. Mi padre y Fleur habían subido ya las escaleras de la entrada.

—¿Tanto le cuesta meter el coche en el garaje?

—Andaría distraída…

Fleur debía de esta harta de dar la cara por mí.

—Lo hace adrede. Es una puñetera desagradecida.

«¡Con todo lo que he hecho por ella!», me adelanté para mis adentros, metiendo la mano hasta el fondo de la caja mientras, en efecto, oía a mi padre pronunciar estas mismas palabras al otro lado de la ventana.

Llamaron con insistencia al timbre. Las llaves de papá estaban en el vestíbulo. Como era de esperar, mis hermanastras guardaron el más absoluto silencio. A estas alturas, Ophelia seguramente se habría dormido en el sofá y Juliet estaría fuera, hablando por el móvil. Por fin, cerré los dedos en torno al librito azul, que estaba casi nuevo y tenía los bordes rígidos por falta de uso. Cerré de un portazo la caja fuerte y volví a colocar la silla en su sitio.

—¡Miranda!

33

Sonaba enfadado. Salí corriendo a la puerta y medio tropecé con la alfombra a la vez que mi móvil empezaba a sonar sobre el escritorio, donde lo había dejado.

Mi padre me había escondido el pasaporte en la época más terrible de mi tormento. Temía que me diese a la fuga. Pero yo siempre había sabido dónde lo había metido; sencillamente, no tenía adónde ir. Me lo metí en la cinturilla de las mallas mientras abría el pestillo de la puerta de la calle. Por si acaso. En el último momento, también me guardé allí la carta.

5

MI PADRE NO ENTRÓ inmediatamente. Fleur y él estaban discutiendo en voz baja sobre algo que no pude distinguir a pesar de que estaba al otro lado de la puerta, callada y conteniendo la respiración mientras me preguntaba si me daría tiempo a ir a por el móvil. Habían criado juntos a tres hijas, de manera que estaban muy versados en estas lides. También yo había practicado la escucha durante muchos años, aunque sin éxito porque mis oídos no desempeñaban mucho mejor su función que mis ojos a pesar de haber comido tantos plátanos durante años. #potasio#oyeoye#bienestar.

La cosa no pintaba bien. Si mi padre estaba medianamente enfadado, pronunciaría el nombre de la hija culpable nada más abrir la puerta de la calle. Convocada de esta manera, la hija aparecía, ligeramente cauta pero tan pancha porque sabía que cuando la infracción era grave primero había que pasar por una charla con Fleur. Se hablaba de los motivos y del carácter de la infractora y al final se acordaba un castigo, todo ello en voz muy baja. Una orden de comparecencia es en sí misma una especie de indulto.

Soy una mujer adulta, y sé que esto funciona así. Debería haber guardado el coche. Debería haber apartado los cubos. No debería haber sido tan perezosa ni haber hecho caso a unas adolescentes. Hacer caso a adolescentes ya me había traído problemas en ocasiones anteriores.

Decidí arriesgarme. Sabía por experiencia que estas conversaciones podían durar bastante. Volví corriendo al despacho y agarré mi móvil.

—¡Miranda!

Pegué un bote. Había estado tan atenta a oír ruidos suaves que no estaba preparada para los fuertes. El pasaporte se me resbaló de la cinturilla casi sin que me diera cuenta, lo cual me sorprendió porque últimamente me estaba muy apretada.

—¿Papá?

La puerta se abrió más. Me quedé paralizada en medio de la habitación. Demasiado tarde para fingir que estaba haciendo otra cosa. La mano se me fue instintivamente al colgante de oro rosado que llevo al cuello, una reliquia familiar heredada de mi madre. Nunca me la quito, a pesar de que cuelga mucho y me molesta cuando corro. O me molestaba cuando aún salía a correr.

—¿Qué haces aquí? —vociferó mi padre.

La pregunta salió como catapultada; ni le dio tiempo a pensar las palabras. Una de sus numerosas normas: prohibido merodear por su despacho.

—Nada… Consultando una cosa en tu ordenador, nada más.

Con suerte, la habilidad de mi padre con los ordenadores seguiría siendo igual de rudimentaria que siempre. El año anterior me había sorprendido al contratar a un informático para que tapase historias negativas que salían de mí en la red con una serie de historias más recientes y positivas…, lo cual no sirvió de nada, dicho sea de paso. Dice un viejo refrán que «la nata siempre acaba flotando en la superficie», y puede que tuviera sentido en los tiempos en los que la gente tenía una vaca en el patio trasero, pero en el ciberespacio es, sencillamente, falso. Los residuos aguachinados, todo lo que no tiene ni sabor ni consistencia, es lo que permanece en los tiempos que corren.

En fin, el caso es que no quería que supiera que había estado buscando Barnsley House en su ordenador.

—Quiero hablarte de otra cosa.

36

Miré por la ventana; el coche ya estaba cubierto de aquella savia pegajosa que tanto le repateaba. Fleur había desaparecido por la otra punta de la casa. Había vuelto a decepcionarles y no quería estar presente para constatarlo.

—El coche. Lo siento.

Papá miró por la ventana y le cambió la cara. Relajó un poco los hombros, como si la batalla para la que se estaba preparando se hubiera cancelado de repente. Exhaló un sonoro suspiro. Cuando habló, su voz sonó cansada. Ya fuera por el exceso de carbohidratos o por el *barolo*, estaba agotado.

—Ya te he pedido otras veces que metas el coche en el garaje, Miranda. Al cabo de unas horas, la savia causa estragos en la pintura.

Quise decir que era culpa de Ophelia, que necesitaba ir al baño urgentemente, y que pensaba salir a cambiarlo de sitio, pero incluso a mí me sonó como una sarta de excusas mezquinas. Por la voz de papá, noté que estaba harto de mis excusas.

—Perdona. Mañana por la mañana lo llevo a lavar.

Cincuenta dólares. Eso costaba el único túnel de lavado por el que permitía papá que pasara su coche. Cincuenta dólares eran un buen pellizco de mi sueldo actual.

—¿Qué has hecho con la carta?

Estaba tan enfrascada en lo del lavado del coche que no vi venir la pregunta.

—¿Qué carta? No he visto ninguna carta…

No sonaba convincente bajo ningún punto de vista; desde luego, no bajo el mío.

—¡No me mientas, Miranda! Estoy harto de tus mentiras.

Papá avanzó hacia mí, y por un momento, solo un momento, pensé que esta vez me había pasado de la raya. Con todo lo que habíamos sufrido juntos, nunca había reaccionado así.

Di un paso atrás y me choqué con el escritorio. Me tenía arrinconada. El impacto del escritorio contra mi cuerpo le hizo volver en sí, y suspiró. Un suspiro largo y lleno de frustración.

—Miranda.

Me tendió la mano, esperando que me diera por vencida.

De modo que eso hice. Me saqué la carta de la cinturilla de las mallas, la agarró y se la guardó en el fondo del bolsillo sin echar siquiera una ojeada a su contenido.

—Sé lo que estás pensando, Miranda.

Me impresionó, porque ni yo sabía qué estaba pensando. Lo único que sabía era que había encontrado una carta en la que una persona de mi familia a la que no conocía de nada pedía ayuda. Que llevaba toda la vida esperando tener noticias de alguien de Barnsley, fuera quien fuera. Que en estos momentos estaría bien ser útil. Empezar de cero. Aunque yo no lo llamaría «pensar». «Pensar» es una palabra demasiado precisa para el torbellino de emociones que estaba experimentando.

—Bueno, ¿y qué estoy pensando?

—Que esta podría ser una manera de huir de todos tus problemas.

Me imaginé a mí misma en el aeropuerto. Equipaje de mano solamente. Despidiéndome con la mano de mi padre y de Fleur en la puerta de embarque, los dos con lágrimas en los ojos. Mejor aún, me imaginé mi llegada a Heathrow. Una gran familia recibiéndome. Un tío anciano, una pandilla de adolescentes simpáticos. Un perro lobo grandullón y desgreñado. ¿En un aeropuerto? Bueno, a fin de cuentas era una fantasía.

—Pero si la semana que viene empiezo un trabajo nuevo…

Esperaba que la frase me saliera con más convicción de la que sentía.

—Ya.

—No tengo dinero.

—Ya.

—No conozco de nada a esta chica.

—No.

—No tengo ninguna obligación con ella. Le envió esa carta a mi madre. Ni siquiera sabe que existo.

Papá parecía receloso.

—¿Y sabe que existo yo? —preguntó.

La casa estaba en silencio, como si estuviera conteniendo la respiración a la vez que yo. Fuera, el chico de la casa de al lado estaba botando un balón de baloncesto a un ritmo constante, tan solo interrumpido por golpetazos descompasados contra el tablero. Mi padre solía soltar suspiros de exasperación por esta incesante banda sonora vespertina, pero esta vez no pareció ni darse cuenta. Lo que sí que hizo fue retroceder para cerrar con cuidado la puerta del estudio, como si no se hubiera fijado en lo ensimismadas que estaban Ophelia y Juliet y lo poco que podía interesarles nuestra conversación.

—Tu madre y yo intentamos mantener la relación con ellos. Les enviamos fotos cuando naciste. Al morir tu madre, me puse en contacto con su hermano. ¿Y sabes cuál fue la respuesta? Una carta de un abogado.

Vaya. Conocía bien esa sensación. Mi padre se frotó los ojos. La euforia provocada por el vino de la cena se había desvanecido, dejándole desinflado.

—¿Qué decía?

Intenté ignorar la abrumadora desilusión que se iba apoderando de mí. Intenté olvidar los años que estuve pensando que podría llegarme una carta de la familia de mi madre. Que tenía que haber alguna razón de peso para que no se hubieran puesto en contacto conmigo. Por la cara que había puesto mi padre, tampoco parecía que esta carta pudiera ser la que llevaba yo esperando todos estos años.

—Poca cosa. La típica jerga de los abogados. Que ni tu madre ni ninguno de sus descendientes tenía derecho a reclamar la heredad de Barnsley.

—¿Nada más?

—Supuse que sería por lo que pasó con tu madre cuando se marchó. Pero ahora no sé si el abogado lo sabría siquiera.

—¿Qué pasó?

Mi padre movió la cabeza. No dijo ni pío, como cuando le preguntaba de niña por mi madre y su familia. Se acercó al aparador y se sirvió un *whisky* en uno de los vasos de cristal impecablemente colocados por Fleur.

—¿No será peligroso beberse eso?

En todos los años que llevaba allí el *whisky*, había dado por supuesto que solo estaba de adorno. Uno más de los toques personales de Fleur. De hecho, hasta ese momento no había estado cien por cien segura de que no fuera un producto de limpieza. A juzgar por la mueca que hizo mi padre, tampoco él.

—En fin, lo que intento decirte es que no sé qué plan disparatado te traes entre manos, pero allí no hay nada para ti. Y te conozco mejor de lo que te conoces tú misma… Aunque aún no se te haya ocurrido, en algún momento de las próximas veinticuatro horas, más o menos, volverás a acordarte de esta carta que tengo en el bolsillo y pensarás que quizá, solo quizá, deberías implicarte.

—No estaba…

Mi padre levantó la mano que sostenía el vaso enérgicamente, y una pizquita de *whisky* le salpicó. Me quedé mirando la gotita, cualquier cosa antes que cruzar la mirada con él; no me veía capaz de disimular la emoción.

—Hay cosas, personas, a las que más vale dejar en el pasado. Puede que pienses que es buena idea acercarte hasta allí a ver qué puedes hacer para ayudar. Que puedes compensar lo… —Vaciló—. Que puedes arreglar las cosas para todos. Que puedes hacer algo excepcional. Pero Miranda —y esta vez me miró fijamente y no tuve más remedio que sostenerle la mirada—, ya es hora de que madures. Ya es hora de que aceptes que la vida es vulgar y corriente.

Y entonces supe que se equivocaba. Sabía que estaba destinada a hacer algo importante. Sí, de acuerdo, había empezado con mal pie un par de veces. Sí, había cometido unos cuantos errores. Pero si algo me había enseñado mi madre, era que la vida no tenía por qué ser vulgar. Yo no tenía por qué ser vulgar y corriente.

El día que mi madre y yo habíamos mantenido la conversación yo era muy pequeña, pero mi madre había estado muy insistente. La cadena con el colgante era una parte de mi madre, su esencia; se la había quitado en la bañera y, al agacharme para que me la pusiera, el agua caliente me había caído por el cuello y por debajo de la chaqueta del colegio. No sabía que era un regalo de despedida, que las palabras que pronunció aquel día eran un legado muy calculado. Que ya debía de saber lo enferma que estaba.

—Esto era de mi madre. Y ahora te lo doy yo a ti. Es un recordatorio de mi lugar de origen. De tu lugar de origen. —Paró a coger aire, no sé si debido a su enfermedad o a que siempre había sido aficionada a las pausas dramáticas—. Barnsley House.

Seguí esperando mientras estudiaba de cerca el collar. Aunque siempre había colgado de su cuello, ahora era mío, y cada curva de los preciosos eslabones dorados me pertenecía. Mis dedos recorrieron las iniciales grabadas en la placa:

P.G.

No tenía sentido. Mi abuela se llamaba Beatrice, el mismo nombre que mi madre había decidido ponerme de segundo: Miranda Beatrice Courtenay.

—El lugar más hermoso del mundo —dijo, recorriendo con una mirada desdeñosa su actual entorno. Aún no se había hecho la reforma del cuarto de baño, y, aunque mi madre se había esforzado por mejorarlo con una bañera de patas de garra de segunda mano, las tablas del suelo no tenían aún la moqueta y el papel pintado se había despegado en algunas zonas. En muchas, más bien—. Algún día puede que vayas allí.

Cerró los ojos.

—¡Barnsley es precioso! Precioso… Es magnético. Tiene algo que atrae a la gente. A la gente especial. —Abrió los ojos de par en par y me miró fijamente—. Gente como tú y como yo.

—¿Quién es P.G.? —pregunté, contenta de que me prestase

atención. Le enseñé la plaquita, pero desvió la mirada y cambió de tema.

—¡Ah, la casa de las novias…!

Por aquel entonces yo era demasiado pequeña para conocer o comprender la mitología de Barnsley House. Lo único que sabía era que *La casa de las novias* era el libro de mi madre. El libro. *La casa de las novias* era ella.

—Sarah… Gertrude… Elspeth… En esta familia ha habido mujeres increíbles. —Mi madre se incorporó, el agua le caía a chorros por el cuerpo. Miré hacia otro lado para proteger su intimidad, pero me agarró la mano y me obligó a mirarla. Intenté no fijarme en lo huesudos que tenía los dedos, en la fragilidad de aquel cuerpo que tan fuerte había sido—. Prométemelo, Miranda. Prométeme que no serás una persona vulgar y corriente —dijo con una leve mueca de desprecio—. Prométeme que tú también serás una mujer increíble.

Al acordarme, se me puso la piel de gallina. Alguien gritó en la casa de al lado y un balón de baloncesto botó con fuerza calle abajo antes de estamparse con un golpe sordo contra el capó del coche de mi padre; una milésima de segundo después, la alarma del coche taladró el silencioso aire nocturno. Nos quedamos mirándonos un momento, como si unos segundos más pudiesen despejar el ambiente entre nosotros y hacer que desaparecieran por arte de magia la decepción y las penas del último año. Finalmente, mi padre suspiró y se dio media vuelta para marcharse. Le oí coger las llaves del coche del platito del vestíbulo, y luego, de repente, volvió a asomar la cabeza por la puerta.

—Grant and Farmer, Miranda. El lunes que viene. Sin excusas.

Y salió de casa dando un portazo.

6

AL FINAL, fue la vergüenza la que me hizo reaccionar. Dicen que no se puede huir de los problemas, pero sí que se puede. Basta con encontrar un lugar como Barnsley, con una conexión a Internet poco fiable y unas personas tan ensimismadas que les traiga sin cuidado lo que pueda estar haciendo el resto del mundo. Me asombró toparme con gente que ni sabía ni le importaba lo que estaba sucediendo en Instagram y en las redes sociales. Era justo lo que necesitaba.

De todos modos, no fue la carta lo que me dio el último empujón, a pesar de lo que dijo mi padre aquella noche en el estudio. Por entonces, yo no tenía ningún plan. Pero puede que se plantase la semilla, y que lo único que hiciera falta fuese que alguien la alimentase. Al final, fue una mujer a la que ni siquiera conocía la que me hizo tocar fondo. Una desconocida. Fue una de las pocas personas que me dijeron algo a la cara. La mayoría se escondía detrás de sus perfiles de Twitter o intentaba suavizar el golpe de lo que escribía con *hashtags* interminables: #auténtica#farsante#bienestar.

Un día normal de trabajo, varios días después de que encontrase la carta. Era mi última semana en la tienda de ropa deportiva; el lunes siguiente me incorporaba a Grant and Farmer. Aunque el calor estival iba en aumento, tenía frío a todas horas, un frío que se debía a mi sentimiento de culpa o al aire acondicionado que ponían a tope en la tienda para que los clientes tuvieran más ganas de probarse medias de compresión y prendas de fibras artificiales.

A primera vista, la mujer que me hizo dar el salto parecía inocua. Cuarenta y pocos años, bastante en forma; buenas piernas, pero acomplejada por su abdomen. La típica cliente de los días laborables. Nos estábamos llevando bien. Después de todo lo sucedido, mis relaciones más positivas eran con desconocidos. La mujer hacía tenis cardio dos veces por semana, también pilates. Bebía más de la cuenta, pero ¿acaso no lo hace todo el mundo? Había intentado seguir la dieta del 5:2 y la de los grupos de sangre sin demasiado éxito.

Aquel día me tocaba atender el probador. Nos turnábamos para rotar por la tienda. Una hora en el probador, una hora en planta vendiendo y hablando con los clientes, una hora en la caja. Si me hubiera pillado en la caja, quizá la mujer no habría dicho nada; una vez allí, las conversaciones ya no son tan emocionales. Los clientes empiezan a preocuparse y el aspecto racional de la mente vuelve a cobrar protagonismo:

¿Habré elegido bien?

¿Cargo esto a la tarjeta o pago con el dinero de la compra?

¿De veras necesito este top/esta esterilla de yoga/esta chaqueta impermeable en los dos colores? ¿Ese de ahí es el guarda del aparcamiento?

El mundo real se va acercando poco a poco.

Pero habíamos vuelto al capullo protector de los probadores: luces suaves, espejos bien orientados. El mundo, allí dentro, es un lugar bueno.

La tenía contra las cuerdas: medias tres cuartos de aquel tejido nuevo casi transparente, dos tops extralargos de espalda cruzada que a su vez exigían la compra de un sujetador concreto. Prometía ser un buen comienzo para alcanzar mi objetivo de ventas diarias. Acababa de darse la obligada vuelta y de estirarse delante del espejo cuando lo dijo. Y yo, que un minuto antes había estado asegurándole que los *leggings* no le transparentaban la ropa interior y que podía agacharse con total tranquilidad en clase de pilates, de repente sentí que perdía el equilibrio y salí tambaleándome del probador. ¿Mi lugar seguro? Ya no tanto.

—Tú eres la chica esa, ¿no? —dijo, moviendo la cabeza entre las rodillas para verse bien el trasero en el espejo.

Por aquella época yo era como una concha: cumplía maquinalmente con las exigencias de la vida cotidiana, pero sin el menor disfrute. Aparte de mi familia y de mis compañeros de trabajo, no veía a nadie. Me daba demasiado miedo ponerme en contacto con mis amigos de antes, y en cuanto a mis seguidores…, bueno, para entonces ya estaban siguiendo a otras personas. La jefa de la tienda conocía mi historia, pero nadie más sabía quién era yo. Algo tenían que ver los diez kilos que había engordado con el arresto domiciliario y con la búsqueda de consuelo en la comida, pero además había dejado de darme mechas y evitaba mirar a los ojos. En cualquier caso, la mayoría de mis publicaciones eran de imágenes relacionadas con la comida y con lo que llamaba #proforma; mi cara apenas había salido.

La percha que tenía en la mano se cayó estrepitosamente. Me apresuré a cerrar la puerta del probador para que la mujer no pudiera verme.

Para que no pudiera confirmar su sospecha.

—¿Qué chica? —contesté, intentando contener el temblor de mi voz.

—La chica aquella. La de la aplicación. La que dijo todo aquello sobre la fertilidad y el cáncer y no sé cuántas cosas más.

Se rio, como si le pareciera un disparate. Como si le pareciera increíble estar hablando sobre mí, menos aún conmigo.

—Ah, esa… —Me salió una voz aguda. Desquiciada—. ¿Y por qué iba a estar trabajando aquí? Seguro que está por ahí escondidita con un dineral y esperando a que se olvide todo el asunto.

Porque eso era lo que decían de mí *online*, y no se me ocurría ninguna alternativa creíble.

—Os parecéis, ¿no? ¡Supongo que te lo habrán dicho mil veces! No es que sea la persona ideal para que te comparen con ella… ¡Todo el mundo la odia! Después de lo que le dijo a aquella mujer… ¡Y sin formación médica…! Es un crimen.

No lo era. Mis abogados, después de muchas deliberaciones y de todavía más horas facturables, habían concluido que las demandantes no tenían pruebas suficientes. Si devolvía el dinero de las ventas de la aplicación y suspendía mis cuentas en redes sociales, asunto cerrado. Pero no fue así. Me estaba engañando a mí misma si pensaba lo contrario.

—No creo que esa chica dijera nunca nada sobre el cáncer —dije, desesperada—. Fue otra chica.

En efecto, no había dicho nada. En mis momentos más bajos, esto me había procurado cierto consuelo. El consuelo de pensar que otros se habían portado peor que yo. Que había gente que había hecho más daño.

Todo había empezado en Instagram. Compartía fotos de comida sana. Ensaladas arcoíris, boles de açaí, bolitas veganas. Al principio, cuando estaba en la uni, solo era un *hobby*, pero pillé un buen momento. Cada vez tenía más seguidores. Hice un curso de fotografía, otro de medios digitales.

Empezaron a invitarme a seminarios sobre bienestar físico y mental. Había salas enormes llenas de mujeres que querían oír lo que decía, que me sacaban fotos. Aplaudían cuando hablaba y reenviaban mis fotos, hacían comentarios a mis *posts*. Las empresas me pagaban para ayudarles a posicionar productos, empecé a creer que era especial. Que esta era la vida extraordinaria para la que estaba destinada.

Unos conocidos de mi padre que trabajaban en el mundo de los medios de comunicación me propusieron lanzar una aplicación. Fue un éxito fulgurante. La dieta de desintoxicación de los siete días y el mes de la alimentación limpia fueron lo más vendido. Con los beneficios me compré el coche, y pude irme de casa.

Si la cosa se hubiera quedado ahí, quizá no habría pasado nada. Pero un día una mujer se puso en contacto conmigo y me dijo que había intentado quedarse embarazada por todos los medios sin conseguirlo, hasta que siguió mi dieta. Me dio una idea. Una nueva *app*, una dieta para favorecer y estimular la fertilidad. *Madre Miranda*.

—¡Madre Miranda! Claro que sí. Eres tú. —La luz acusadora de la pantalla de su *smartphone* brillaba por encima de la puerta. Su voz se volvió segura y condenatoria, como todas las voces *online*—. Menuda caradura. Mi hermana compró tu *app*…

—La gente me dice que me parezco a Julianne Moore de joven…

Intenté que la ira no asomase a mi voz, pero, por vez primera desde hacía días, me subió la temperatura corporal. La mujer no paraba de hablar. Hasta Rosie estaba escuchando desde la caja.

Bloqueando la puerta con mi cuerpo, eché el pestillo y dejé encerrada a la mujer, que siguió hablando de lo mala persona que era yo. Que soy. Me fui sigilosamente al almacén y saqué el bolso, las llaves y el móvil de mi taquilla. Me quité el cordón con la placa de identificación y lo colgué de un perchero alto.

Casi había salido por la puerta de atrás cuando me llamó la atención un objeto dorado. No sé cómo, la cadena se me había enredado con el cordón y estaba allí colgada, balanceándose un poco todavía debido a las prisas con las que me la había quitado. La agarré y la apreté con fuerza. Conservaba el calor de mi piel y era como si me transmitiera una sensación de calma. Como si de alguna manera me conectase a través de los años y de los océanos con la familia de mi madre. Como si tal vez me ofreciera la oportunidad de convertirme en una persona distinta.

Aquí no había nada para mí. Los golpes procedentes del probador lo dejaban más o menos claro. Abrí la pesada puerta de atrás sin hacer caso de la alarma, que se había activado por mi salida, y sentí el calor del sol del mediodía. Respiré hondo. La pantalla en blanco del móvil ya no me impresionaba tanto. En tiempos había sido un diluvio de mensajes y notificaciones; ahora, simplemente mostraba la fecha, la hora. Un fondo inocuo con un salvapantallas de serie.

Abrí la página web de las aerolíneas Qantas, convencida de que si lo hacía rápidamente, no me sentiría tan mal. Y no me daría tiempo a cambiar de idea. Tardé más de lo que me esperaba en calcular los horarios y los precios. Podría haber cerrado el navegador en cualquier momento, haberlo dado por imposible y haber vuelto a la tienda con el rabo entre las piernas. Pero no lo hice. Cuando por fin apareció en pantalla el precio, se me cortó la respiración. Se acercaba la Navidad, y las únicas tarifas disponibles eran las de clase *business*. El precio superaba con creces lo que tenía en mi cuenta corriente, ni siquiera cuando estaba en la cima de mi carrera me habría gastado tanto.

Solo había una opción. Mi padre cogió el teléfono al primer toque, pero eso siempre lo hacía cuando se trataba de sus hijas. Fueran cuales fueran nuestras diferencias, para mí siempre estaba disponible. No me saludó inmediatamente, sino que terminó primero la conversación que había interrumpido con mi llamada. Me dije que ojalá se hubiese olvidado de nuestra charla de la otra noche.

—¿Qué pasa?

Cada llamada era un recordatorio de la que le había hecho hacía unos meses, abrumada y hecha un mar de lágrimas. En su voz aún resonaba el pánico, pero había disminuido.

—¿Papá?

—Dime, cielo —dijo, con una mezcla de frustración y de alivio al comprobar que no era tan urgente. Que no estaba sollozando como aquella otra vez.

—Acabo de ver un libro maravilloso para Fleur. Para Navidad. Me encantaría comprárselo, pero…

Dejé la frase sin acabar.

—Pero ¿qué?

Sin duda, más impaciencia que alivio esta vez. Murmuró algo a alguien, alejándose el teléfono de la boca.

—Que es caro…

Un suspiro.

—Es sobre los jardines que hay alrededor del lago de Como.

Fue un golpe bajo. Papá había llevado a Fleur a Italia en su luna de miel, y a menudo hablaban de volver cuando las niñas terminasen sus estudios. Intenté no pensar que esta excursioncita mía podría retrasar un par de años sus planes.

—¿Tiene que ser ahora?

—Es que es el último ejemplar. Se los encargan a un proveedor extranjero y no pueden traer más antes de Navidad. Quería regalarle algo bonito para darle las gracias. Por todo.

La vergüenza se me atragantó como si fuera bilis, y me la tragué. Con el paso del tiempo cada vez me costaba menos manejarla, como si me hubiese sometido a una terapia de exposición prolongada a malas conductas. Aun así, esta vez sí que había tocado fondo. A pesar de lo que decía de mí la gente, todo lo había hecho con buena intención. Sinceramente había pensado que estaba ayudando a los demás. Esta vez no me engañaba. Me obligué a recordar la cara que había puesto mi padre la otra noche, en el estudio. Que se había cerrado en banda y se había negado a seguir hablando de mi madre. Que guardaba secretos. Que me estaba mintiendo.

—Te paso a Susie.

Su asistente personal. Gobernaba su vida. Y sus finanzas. Me daría los detalles de su tarjeta de crédito. Yo le pediría la American Express porque sabía que no tenía límite, y así al menos mi padre obtendría algunos puntos más.

—Gracias, papá.

—Esto, Miranda…

—Sí, dime.

Le estaba oyendo por el altavoz mientras actualizaba a toda prisa la pantalla para no perder el billete.

—Sé que no hace falta que te lo diga, pero… —noté que vacilaba—. Solamente el libro, ¿de acuerdo?

De nuevo, la vergüenza. Caliente, ácida. Pero a estas alturas casi ni me sabía a nada.

—De acuerdo.

Me pasó a Susie, que me dio todos los detalles. La transacción fue sobre ruedas. Tenía plaza en el siguiente vuelo a Heathrow, cortesía de mi padre.

Como ya he dicho: esta vez había tocado fondo.

7

—¿HABÍA ESTADO YA en esta parte del país? —preguntó el taxista mientras nos acercábamos a Barnsley. El campo entero estaba bañado por una suave luz, como si el día no acabase de saber si había llegado o no.

—No.

—Pues ya verá qué maravilla.

El coche salió de la autopista y tomó una carretera secundaria. A nuestro alrededor empezaron a verse prados y, más allá, colinas agrestes cubiertas de helechos de las que nunca había oído hablar. Después de un vuelo interminable, seguido de un largo rato esperando al autobús en Heathrow y, ahora, en un taxi procedente del pueblo más cercano, no sabía si era de día o de noche, por no decir dónde demonios estaba o cómo se llamaba la fauna de la zona. Estaba a años luz del acogedor bullicio que me había imaginado que me encontraría al llegar a Barnsley. Sabía que había sido una fantasía, pero entre el desfase horario y la desorientación empezaba a cuestionarme mis planes de presentarme sin avisar.

A lo lejos vi un extraño animal inmóvil sobre un saliente rocoso.

Me pareció que el taxista notaba mi confusión.

—El límite del páramo —dijo—. Ahora lo iremos bordeando hasta que lleguemos a Barnsley.

—¿Qué animal es ese?

—Un venado. Están por todas partes. Se habla de matarlos selectivamente, sobre todo después del accidente, pero ya sabe cómo son los activistas que defienden los derechos de los animales y todos esos grupos…

Dejó la frase abierta y se removió en el asiento.

¿El accidente?

Al cabo de un instante, añadió:

—¿Ha traído usted ropa adecuada?

—Sí, eso creo. Tengo una chaqueta como Dios manda y botas…, ¿se refiere a eso?

Escudriñó mi ropa de viaje en el espejo retrovisor. El suéter de algodón y los vaqueros que, con el calor creciente del verano australiano, me habían parecido adecuados, de poco servían contra el frío que me había azotado nada más bajar del autobús. Vi que sus ojos se detenían por un instante en la cadena de mi madre. Brillaba con los últimos retazos de luz del atardecer, y me la remetí por debajo de la ropa.

—Aquí va a necesitar ropa práctica. Botas de lluvia. Ropa para climas húmedos. —Me miró de arriba abajo por el espejo retrovisor—. No creo que le quepa la ropa de Daphne.

Bajo aquellas prendas tan poco prácticas, sentí un ligero hormigueo en la piel. Continuamos en silencio mientras el día daba paso a la noche, cada vez más envuelto por la creciente oscuridad. Por fin, después de recorrer un buen trecho de un camino serpenteante flanqueado por setos salvajes, el taxista hizo un alto en un pequeño arcén.

A un lado distinguí el contorno de dos inmensas verjas de hierro cerradas a cal y canto con una cadena y un cerrojo macizo. En un letrero rezaba «Barnsley House», escrito con letras doradas, pero la luz era muy débil.

—No saben que viene usted.

Era una afirmación, no una pregunta.

Se me debió de notar la confusión en la cara. El taxista no pareció creerme cuando le aseguré lo contrario. No me esperaba que todo fuese a estar tan oscuro cuando llegase. No me esperaba que fuese a tener un aspecto tan… abandonado.

—¿Por qué no les llama por teléfono?

«Eso… ¿por qué no?».

Pensé deprisa.

—El teléfono no me funciona aquí. ¿No hay otro modo de entrar?

—La familia usa la entrada privada que hay al final del camino.

—Ah, sí. —Y, esforzándome por sonar más segura esta vez, añadí—: Eso fue lo que me dijeron, ahora me acuerdo.

Esperé. El taxista vaciló y a continuación soltó un suspiro. Metió primera y volvió a tomar al camino.

—Me ha dicho usted que era…

—Una amiga. Una amiga de la familia. —La mentira me había salido sin apenas pensarlo. No sabía por qué. Por no perder la costumbre. No quería que aquel hombre me hiciera preguntas.

—Últimamente no vienen demasiados amigos a verlos.

Me miró detenidamente por el espejo retrovisor. Solo cabía esperar que mis nervios pasaran desapercibidos en la oscuridad. Lo que menos quería era un interrogatorio. Había recuperado la carta de Sophia del estudio de mi padre, y me ardía en el bolsillo de la chaqueta. Seguro que era fruto de mi imaginación, pero mientras avanzábamos despacio por el camino bordeado de árboles era como si irradiase calor, como si estuviera captando algún tipo de señal procedente del paisaje.

—Aquí estamos. Barnsley House —dijo mientras volvíamos a detenernos, solo un poco más abajo.

Las verjas estaban abiertas. El taxista titubeó antes de decidirse a continuar con una sutilísima sacudida que me hizo sentir la presión del cinturón de seguridad.

El acceso para los coches, ahora que habíamos salido del camino principal, era sinuoso, y en algunos puntos caía en picado para encontrarse con las aguas grises y agitadas del mar.

—Me suena usted —dijo el taxista, clavándome la mirada por el espejo—. ¿Ha salido en las noticias?

Sí, había salido, pero no parecía muy probable que la noticia de mis desgracias hubiera llegado tan lejos. Antes de que sucediera todo, me entraba un pequeño escalofrío de emoción cuando la gente me reconocía. Me sentía especial. Aunque era poco frecuente, me gustaba. Era una de las cosas que echaba de menos de mi vida de antes.

—La verdad es que no sigo las noticias —dije, y era cierto. Para desesperación de mi padre, nunca había tenido su sed de noticias. Como a tanta gente, solo me parecían interesantes cuando tenían algo que ver con mi vida, y de repente, el año anterior, mi vida se había convertido en noticia, y había dejado de gustarme. Sabía por experiencia hasta qué punto pueden ser destructivas las noticias para una persona.

O para una familia.

Y por eso había renunciado a buscar Barnsley y a la familia Summer en Google poco después de empezar. Cierto es que al principio había disfrutado dándome un atracón de la historia de la casa y leyendo sobre el restaurante, pero había algunos enlaces en los que no me sentía capaz de pinchar. Algunas publicaciones que no era capaz de leer. Después de lo que habían escrito sobre mí, había jurado no volver a leer nada que apareciera escrito en sus páginas.

—Se parece usted a esa actriz… Claro. Ya decía yo que me sonaba.

Solté un suspiro de alivio.

Había infinidad de cosas que desconocía, pero lo prefería así. O me enteraba de primera mano, o me mantendría en la ignorancia. No me interesaba saber nada del juicio mediático al que habían sometido a otra persona.

Como si me leyera el pensamiento, el taxista dijo:

—No puede decirse que Internet funcione muy bien por estos pagos…

—No importa, ya encontraré algún sitio en la ciudad si lo

necesito —dije, sin saber bien a qué ciudad me refería y pensando que ojalá hubiese alguna en medio de un lugar tan aislado, preferentemente alguna en la que hubiera una acogedora cafetería con wifi gratis. Por mucho que estuviese disfrutando de no tener acceso a Internet, por alguna razón me reconfortaba saber que lo había en algún lugar cercano.

Será que me parezco a Patty Hearst.

—¿A qué ciudad se refiere, señorita?

—La ciudad en la que me ha dejado el autobús, South Bolton.

—¿Ha llegado a ver South Bolton? —Se rio—. No es más que eso, una parada de autobús en la calle principal. No hay cafeterías con Internet escondidas por ahí, ¿sabe?

—¿Hay biblioteca?

—No. No como las que se pueda imaginar usted. Jean Laidlaw preside una, pero es más bien una sociedad histórica. Y está en Minton, no en South Bolton. Lo que está usted buscando lo encontrará en Minton.

—Vale.

Quizá más adelante me viniera bien saberlo. Tomé nota de Minton. Y de Jean Laidlaw.

Unas nubes bajas, apenas visibles en la oscuridad, avanzaron hacia nosotros, y sobre el parabrisas cayeron las primeras gotas de lluvia.

—En el momento justo —dijo el taxista, de nuevo mirándome con curiosidad por el espejo. Esta vez también había algo más en su mirada. Una advertencia.

Decidí ignorarla mientras doblábamos la última curva y dejábamos atrás la arboleda. Entonces, vi la casa por primera vez. La magia de Barnsley se instaló en mis huesos desde ese mismo instante.

No era lo que me había esperado. Vista desde atrás era distinta. Más pequeña, más parecida a una casa que a la descomunal fortaleza que me había imaginado. No sabía que el grueso del edificio estaba oculto en la oscuridad, y que la luz alumbraba solo desde las ventanas de la parte de la casa que utilizaba la familia, una parte, por lo demás, muy pequeña. La casa iría revelándose en pequeñas dosis, igual que la familia que la habitaba.

El oscuro cerco de la parra virgen desnuda que enmarcaba las ventanas y las puertas me pareció precioso, mucho más que las imágenes soleadas que había visto. Pero el lugar estaba desierto. Nos habíamos detenido en un gran acceso circular para coches que daba a un pequeño vestíbulo. No había otros vehículos por ningún lado. No se veían huéspedes. El jardín estaba a oscuras.

Si la intuición no me fallaba, no había nadie más allí. Mi plan de llegar como una clienta anónima empezaba a tambalearse.

Un perro salió corriendo de un lado de la casa, y el taxista soltó un grito de alegría. Bajó del coche de un salto e, indiferente a las patas embarradas y a la llovizna que caía lentamente, dejó que el perro, un labrador negro, le recibiese abalanzándose sobre él. El bailoteo bien podría haber seguido indefinidamente de no haberme acercado al maletero a por mi mochila. El hombre se desembarazó del perro y vino hasta mí.

El animal brincaba a su alrededor como loco, incapaz de calmarse. Me dio con el rabo en la pierna, con fuerza, y grité. El taxista me miró extrañado y se apresuró a darle unas palmaditas tranquilizadoras en la cabeza.

—Venga, Thomas, venga… —dijo con voz relajante.

—Es que no soy muy de perros… —farfullé, como si no hubiese quedado claro. Conté cuidadosamente los billetes, desconocidos para mí, y le pagué; no sabía si debía darle propina, y al final decidí dejar cinco libras, sobre todo para agradecerle que no me hubiese hecho demasiadas preguntas. Se quedó encantado, y a punto estaba de irse cuando cambió de idea y se acercó a mí.

—¿Está bien? ¿Seguro que quiere entrar?

—Sí, me están esperando.

El perro seguía dando vueltas. No había movimiento dentro de la casa, no se encendió ninguna luz en el vestíbulo. Alguien saldría a ver qué hacía el perro, ¿no? Si no, ¿para qué lo tenían?

En el pequeño vestíbulo de la puerta trasera había una cama de perro cochambrosa y montones de zapatos viejos. Botas de goma y deportivas, chanclas y calzado escolar, todos amontonados sin ton ni son. Era un ambiente de felicidad doméstica por los cuatro costados: aquí vive una familia feliz, parecía decir.

—Por mí no tiene que preocuparse —dije, llevándome instintivamente la mano a la cadena que me colgaba del cuello, tocándola bajo el fino algodón del jersey.

Se abrió la puerta del vestíbulo, y una mujer asomó de repente la cabeza. Un gato aprovechó para escabullirse, el perro ladró y el taxista se metió rápidamente en el coche. Arrancó el motor, y las ruedas empezaron a girar a tanta velocidad que unos guijarros salieron despedidos y me golpearon en las espinillas.

La mujer esperó a que se alejase el ruido del coche para hablar.

—¿Vienes por lo del puesto de niñera?

8

—TENDRÁS QUE HABLAR con Max —dijo, y acto seguido le silbó al perro.

Thomas miró a la mujer con recelo y salió corriendo a toda mecha, chocándose con ella al pasar. La mujer se apartó el rubio flequillo de los ojos de un soplido, un gesto que expresaba a la vez una simpática frustración y un comentario irónico a mi llegada.

—Soy la señora Mins. Encantada, o eso espero.

Llevaba pendientes de aro dorados, demasiado grandes, a mi modo de ver, para la vida campestre, y un vestido de punto cruzado muy ceñido. Yo nunca vestiría de marrón, pero a la señora Mins le sentaba muy bien. Era mucho mayor que yo, tendría cincuenta y pocos años, pero estaba muy bien para su edad. A pesar de que me sacaba como poco veinte años, me sentí desgarbada.

El puesto de niñera. No, no había venido a trabajar de niñera. De adolescente había hecho de canguro, como todo el mundo, y no tenía intención de repetir. Las rabietas, el follón de las comidas, los minutos que se hacían eternos… No, gracias.

Pero a medida que pasaba el tiempo, se me hacía cada vez más difícil decir que no. ¿Por qué, si no, iba a estar allí? En realidad, no había ningún motivo que explicase mi presencia; al menos, ninguno que pudiese anunciar inmediatamente. No había contado con que fueran a ponerme en semejante aprieto. Las advertencias de mi padre me resonaban en el oído: «Hay cosas, personas, a las que es mejor dejar en el pasado».

Plantada en medio de la cocina, de repente mi plan de presentarme sin más y hablar con Sophia me pareció muy endeble. Sophia era una adolescente. ¿Cómo iba yo, recién salida de la nada, a decir que quería hablar con ella así, por las buenas, sin que saltasen todas las alarmas? Debería haber pasado la noche en el pueblo, haberme hecho una composición de lugar. Debería haber trazado un plan más redondo. Ya era demasiado tarde.

Hacía calor en la cocina, que era mucho más pequeña de lo que me había imaginado a juzgar por el tamaño del exterior, y estaba bañada por una suave luz procedente de la guirnalda luminosa que adornaba el aparador de época. No había niños a la vista, pero sí rastro de su presencia por todas partes. Era rústica en comparación con la cocina comercial que alquilaba en tiempos para probar mis recetas, y el caro instrumental y la tecnología que me habían parecido indispensables brillaban aquí por su ausencia.

Por todas partes había señales de que era un hogar feliz: mochilas escolares en el suelo, una cesta con la colada húmeda plantada junto al aparador, libros de deberes abiertos sobre la mesa. Había una cacerola chisporroteando sobre el fogón; el fuego estaba tan fuerte que una salsa de color rojo estaba rociando la tapa sin que nadie se diera cuenta. La señora Mins estaba esperando a que yo hablase.

—Sí, lo mismo digo —respondí, y le tendí la mano.

—Pero ¿has venido por lo del trabajo de niñera o no? —preguntó a la vez que un ligero rubor le asomaba al escote. ¿Había temor en su voz, o es algo que me he imaginado en retrospectiva? De nuevo, la voz de mi padre: «Ya es hora de que madures».

Tener un empleo era hacerse mayor, ¿no?

—Sí. A eso he venido —dije. El alivio de la mentira, tan familiar, me recorrió el cuerpo; el engaño me producía un estremecimiento que me hacía ser audaz. Siempre había sido así. Me agaché, abrí la cremallera de mi mochila.

—Por aquí tienen que estar las referencias… ¿No tendrá usted las que le envié por correo electrónico?

—No te preocupes por eso, seguro que le llegaron a Max. Aunque, entre nosotras, no es que sea un talento con el correo electrónico. Además, no sé si te lo advertiría el taxista, pero la conexión de Internet de esta zona no anda muy allá.

—Ah, sí, me lo ha dicho —contesté, agradecida por el aviso del taxista. El hombre jamás sabría de cuántas maneras me había ayudado.

—Pues ven a conocer a Max. Deja ahí tu mochila si quieres.

Me preparé para el encuentro con mi tío Max, preguntándome cuánto sabría de mí, o si sabría siquiera de mi existencia. Después de lo que me había contado mi padre, dudaba de que hubiera leído siquiera las cartas.

La emoción inicial de la mentira se había desvanecido, así que ahora tocaba la segunda fase: el miedo a ser descubierta. Para la tercera fase había dos posibles desenlaces: euforia ante el mantenimiento del engaño o la demoledora humillación de ser descubierta. Las fases primera y tercera eran las que me resultaban tan adictivas.

¿Qué otra cosa podía hacer? La carta de Sophia invitaba a pensar que la situación era muy delicada. No tenía en quién confiar, su única opción era una desconocida que vivía en la otra punta del mundo. Quizá lo mejor sería que mantuviese en secreto mi identidad hasta que calculase bien el siguiente paso, hasta que averiguase a qué obedecía su desesperación. Esta era, por el momento, mi única vía de acceso. Además, había cuidado a Ophelia y a Juliet desde que eran pequeñas. ¿Cómo no iba a poder encargarme de un hatajo de chiquillos ingleses?

La señora Mins me llevó por un pasillo lleno de cuadros infantiles con antiguos marcos de pan de oro. Alguien, a saber cuándo, había tenido la divertida ocurrencia de sustituir los contenidos originales por retratos hechos con pintura de dedo, manchurrones abstractos de acuarela y un montón de fotos de familia. El resultado era un borroso amasijo de ufana felicidad.

Y, sin embargo, Sophia había enviado aquella carta. El hotel, tan famoso y premiado en tiempos, ahora parecía estar cerrado. No se veía a Daphne por ningún sitio. No se veía a los felices niños de las fotos. En mi interior estaban saltando todas las alarmas, y me considero una experta: en todas partes hay mentiras si sabes a qué tienes que estar atenta.

La señora Mins llamó suavemente a una puerta cerrada, y al oír una voz al otro lado, abrió. El labrador aprovechó para asomar la cabeza y después volvió a desaparecer.

—Acabamos de aceptar una reserva para una boda en septiembre —estaba diciendo la señora Mins mientras yo esperaba tras ella en el oscuro pasillo.

—¿Cuántas habitaciones? —preguntó Max. Como no podía verle, me lo imaginé sentado delante de una chimenea, rascándole a Thomas la coronilla.

—Todas.

—Bien. Eso ya es algo. ¿Qué pasa con las malas hierbas?

—El señor Mins dice que están creciendo descontroladas por todo el césped de la entrada. Pero tiene un plan.

—¿Algo más?

Para entonces empezaba a dudar de que la señora Mins fuese a mencionar mi presencia. Me vi plantada en medio del pasillo, delante de la pared de las fotografías, hasta que alguien más aparte del perro advirtiese mi presencia en aquel nostálgico limbo.

La señora Mins entró en el estudio y cerró la puerta. Ahora sí que no entendía nada. Los minutos pasaban; agucé el oído, pero las paredes eran muy gruesas y solo me llegaba un murmullo. Seguía sin haber rastro —ni audible ni de ningún otro tipo— de los niños. ¿Dónde estarían? En una casa tan grande, podían estar en cualquier sitio. Podían pasar días antes de que me cruzase con ellos. ¿O los harían desfilar delante de mí, al estilo Von Trapp, en algún vestíbulo que aún no había visto?

La idea me hizo sonreír, y en ese momento la puerta se entreabrió de nuevo y la señora Mins me invitó a pasar.

9

SI HAY en el mundo alguien que entiende la diferencia entre la imagen que ofrece una persona en Internet y la realidad de esa persona, esa soy yo. Sé todo lo que hay que saber sobre filtros, cortinas de humo, omisiones intencionadas e inclusiones estratégicas. Entiendo de *marketing* y *branding*, de la creación de una imagen corporativa y de relaciones públicas. Había creído que estaba lista para conocer a Max porque había encontrado su cuenta de Instagram.

Estaba preparada para encontrarme con una pálida imitación del hombre de las imágenes. Siempre pasa. Los hombres nunca están tan bronceados ni son tan altos como parecen *online*, y las mujeres siempre están más bronceadas y delgadas. Todo el mundo parece más viejo en la vida real. «ELVR», como solía decir. Pero Max era una excepción a estas normas.

Aunque hacía más de un mes que no colgaba ninguna imagen, la cuenta seguía activa. Al principio había sido una mina oculta de información, hasta que llegué al enfermizo punto de saturación de siempre y me obligué a dejar de mirar. La última imagen que había subido era de Daphne: posaba delante de una fogata de vivas llamas con un vaso de ponche en la mano.

Las fotos anteriores presentaban una vida de ensueño: veleros bajo el sol del atardecer, vacaciones alpinas y niños correteando por interminables prados verdes. Ahora sabía que en la vida real la exuberante hierba de las fotos estaba invadida por maleza, y esperaba encontrarme con su trasunto humano: un hombre en la flor de la vida, mermado por el insidioso avance de la existencia.

Estaba equivocada.

A pesar de sus canas, Max tenía un aire juvenil, y cuando, como ahora, sonreía, asomaba a sus ojos una naturaleza juguetona. Parecía más joven que mi padre; no debía de llegar a los cincuenta. De estar viva, mi madre tendría cuarenta y ocho años; él debía de ser un año mayor, poco más o menos. Su aspecto familiar me desconcertó por unos instantes, hasta que recordé que se suponía que yo era la niñera. No se me podía notar que le había reconocido. «Tranquila, Miranda; tú, como si nada». Eché un vistazo a mi alrededor, buscando ansiosamente alguna otra cosa en la que fijar la mirada.

Me concentré en su ropa. Llevaba un suéter negro de cuello vuelto que en teoría podía haberle dado un aspecto ridículo, pero, contra todo pronóstico, no era así. Realzaba su esbeltez y, a diferencia del efecto que producía en otros hombres, a él no le sacaba papada.

—Hola —dijo—. Soy Max Summer.

Se levantó y me tendió la mano, pero se quedó detrás del escritorio, lo que me obligó a acercarme y a abandonar las sombras en las que había intentado permanecer todo lo posible.

—Miranda —dije, omitiendo adrede mi apellido, Courtenay, aunque estaba segura de que no revelaría mi identidad. Dudaba que recordase o que supiera siquiera el apellido del marido de mi madre, pero para qué iba a arriesgarme.

—Miranda —repitió, mirándome de arriba abajo. Sentí cómo posaba los ojos en cada centímetro de mi cuerpo y me tranquilizó que prácticamente todo estuviera cubierto de ropa—. ¿Has venido a reclamar tu reino?

Me puse tensa.

Max debió de ver el miedo en mis ojos, porque se rio y dijo:

—Parece que no eres aficionada a Shakespeare, ¿eh?

—Mi madre era… —dije, pero no terminé la frase.

En Australia estaba acostumbrada a que la gente hiciera comentarios sobre mi nombre. O, más exactamente, a que la gente gritase mi nombre con un gemidito, a imitación de los últimos momentos de *Picnic en Hanging Rock*. A lo que no estaba acostumbrada era a que nadie lo relacionase con Shakespeare, como había sido intención de mi madre.

Si Max no había deducido ya quién era yo, tenía que dejar de darle pistas. Mis motivaciones eran tan retorcidas y falsas que había dejado que la realidad pasase a un segundo plano; me había olvidado de cuál se suponía que iba a ser mi empleo y de quién, a ojos de Max, era yo. Si quería fingir con éxito que era la niñera, tenía que pensar como una niñera.

—¿Dónde están los niños?

Max suspiró como quien sufre una decepción cuando es interrumpido por una visita inoportuna.

—Los niños… —dijo, y el brillo de su mirada se atenuó casi imperceptiblemente.

—Puedo volver en otro momento —dije, de pronto consciente de lo avanzado de la hora y de que me había presentado sin avisar. Incluso a mí me parecía un poco raro eso de llegar por sorpresa una fría tarde de invierno en vísperas de Navidad.

Max hizo caso omiso de mi sugerencia.

—Sophia es la mayor… Tiene doce años y piensa que ya no necesita una niñera, y no le falta razón. Más que por ella, estás aquí por los otros dos. Sobre todo por Agatha, pero ya llegaremos a ella. Sophia es como su madre, terca, apasionada y capaz de hacer cualquier cosa que se proponga. Le gustan los deportes, pero también es lista, y cala muy bien a la gente. No tardará en hacerse una idea clara de ti, conque estate preparada. Después de Navidad acudirá a un internado cercano, y se muere de ganas; eso sí, los fines de semana los pasará aquí en casa. Ya me he hartado de oírle decir que no soporta Barnsley, y estoy seguro de que cambiará de parecer cuando lleve interna un cuatrimestre. No se da cuenta de lo bien que vive.

La descripción, en realidad, no me revelaba nada, y no sonaba a la niña que le había escrito a mi madre. Podría corresponder a cualquier chica adolescente, a Ophelia, a Juliet, incluso a mí misma a su edad. La mayoría de las chicas de doce años que conocía querían hacerse valer, y pensaban que el resto de la población no le llegaba a la suela del zapato. Me pregunté cómo sería la Sophia de verdad. Ya sabía que tenía el suficiente descaro como para enviar una carta a una persona que vivía en la otra punta del planeta y a la que ni siquiera había visto jamás, y ese comportamiento parecía encajar con la descripción que había hecho Max de ella.

—El chico se llama Robbie, y es muy tranquilo. La mayoría de sus amigos se pelean, cuentan chistes groseros y causan problemas a la primera de cambio, pero Robbie se mantiene al margen y observa. No participa hasta que no está completamente seguro de cómo están las cosas, y eso solo si de verdad quiere hacerlo. —Max hizo una pausa y aproveché la oportunidad para preguntarle la edad de Robbie. Acababa de cumplir diez años—. No lo hemos celebrado, esta vez no…

Me pareció que la señora Mins arrastraba los pies a mi espalda. Había olvidado que estaba allí, y daba la impresión de que Max también.

—Gracias, señora Mins, ya me encargo yo.

—¿Prefiere que…?

Max se limitó a negar con la cabeza y se recostó en la silla. Sin que nadie me lo ofreciera, me senté frente a él. Por el cuero resquebrajado asomaba un muelle duro que se me estaba clavando en el trasero. Me dije que ojalá en el resto de la casa el mantenimiento dejara menos que desear.

—A Robbie le van las casas viejas: fortalezas, castillos, cualquier cosa con un pasado ligeramente violento. Creo que se considera una especie de cazafantasmas. —Max soltó una risita. Yo no; en aquella casa, lo de cazar fantasmas era perfectamente posible—. Y luego está la pequeña Agatha. La dulce Agatha. Seguro que no has visto nunca a una niña de aspecto más angelical.

Describió extasiado a Agatha: sus rizos de un rubio casi blanco, sus ojos azules, el capullo de rosa que tenía por boquita. Creí que estaría exagerando hasta que conocí a la niña y comprobé que no. De hecho, más bien se había quedado corto: Agatha Summer era la chiquilla más maravillosa que había visto en mi vida. Pero lo que Max se dejó fuera de la descripción resultó ser mucho más importante que los detalles que incluyó.

—¿Podemos pasar ya a conocerla? —oí que decía una vocecita detrás de mí.

A la espera de que Max esbozase una sonrisa indulgente, volví la mirada hacia la puerta, ilusionada. Me moría de ganas de conocer a los dueños de todos aquellos zapatos que había al lado de la puerta trasera, de poner cara a los nombres y las descripciones, de conocer a mis primos. La señora Mins estaba en el umbral, fingiendo que echaba un vistazo a los libros de las estanterías.

Incluso desde donde estaba sentada, distinguí el inconfundible lomo de *La casa de las novias*. Era una de las ediciones especiales en tapa dura, con la cubierta jaspeada. No me sorprendió. Me imaginé a mi madre enviando cuidadosamente un ejemplar, tal vez escribiendo una nota en su interior, y me dije que ojalá en algún momento pudiera entrar a solas en la habitación para comprobarlo. Lo que me sorprendió fue que Max hubiera conservado el libro, a pesar de lo que me había dicho mi padre. No era la primera vez que me parecía que no me lo había contado todo.

Sin hacer caso al ruego de la vocecita, Max, con retraso y de manera más bien superflua a estas alturas, dijo:

—Y esta es la señora Mins.

Al verse obligada a mirarme en toda regla, la señora Mins alargó la mano como si fuera la pata de un animal. Dudando entre besársela o estrechársela, me decidí por lo segundo.

—Supongo que Max te habrá contado todo lo que hay que saber sobre la casa.

—Sí, un poco. —A decir verdad, no me había contado nada, ni de la casa ni tampoco de Daphne, lo cual era más preocupante.

Había señales de su presencia por todas partes, y sin embargo nadie la había mencionado—. Bueno, en realidad solo me ha hablado de los niños.

La señora Mins aprovechó para soltar un discurso que sonaba a ensayado.

—La familia Summer vive en Barnsley House desde hace muchas generaciones, pero solo en los últimos tiempos se ha vuelto apremiante la necesidad de diversificarse y generar más ingresos. Entre los gastos generados por el mantenimiento de esta casa y la isla, el dinero de la familia prácticamente se agotó, y los impuestos de sucesión estaban empeorando las cosas. El señor Summer no tuvo alternativa.

—Ese soy yo —aclaró Max.

—Es que todos se apellidan Summer, y es fácil confundirse.

—Y muchos también nos llamamos Maximilian. A mí me dicen Max. A mi padre le decían Maximilian.

—El señor Summer, *este* señor Summer, y su mujer… —me fijé en que la señora Mins no llamaba a Daphne por su nombre de pila— abrieron el hotel. Tuvo…, tiene… mucho éxito.

Lo dijo con el tono jactancioso que utilizaría una guía especialmente concienzuda de la Fundación Nacional para los Lugares de Interés Histórico. No me habría extrañado que en cualquier momento se hiciese a un lado para hablar por un *walkie-talkie*.

—Y volverá a tenerlo. Acaban de hacernos una reserva para septiembre, ¿verdad, Meryl?

Max miró a la señora Mins con una expresión patente de vulnerabilidad en el rostro.

La señora Mins le dirigió una sonrisa tranquilizadora y le volvió a asomar un rubor a la zona del escote. Pensé que Max diría algo para devolverla a las cuestiones domésticas, pero se limitó a asentir con la cabeza de modo alentador, cerrando los ojos con aire satisfecho en algunos momentos especialmente adulatorios de las palabras de la señora Mins, que siguió hablándome de la casa en la época de la guerra y de la contribución que había hecho la familia a la pequeña comunidad pesquera, tanto en el pasado cuando eran terratenientes, como ahora que Barnsley era una gran carta de presentación turística. Era evidente que la señora Mins se tomaba su trabajo muy en serio y que estaba implicada emocionalmente en el hotel, pero lo que no lo era tanto era por qué me lo contaba con tanto detalle.

Me removí en mi asiento. Quería preguntar por Daphne, pero no sabía cómo hacerlo sin revelar lo que sabía.

—¿Está la…? —Me atasqué con las palabras—. La ma… Bueno, ¿puedo conocer a los niños? —pregunté, perdiendo el valor en el último momento.

Al otro lado de la puerta se oyó un arañazo seguido de otro golpe, metal contra madera, un siseo. ¿Cuánto tiempo pensaba seguir ignorándolos?

—¿Los niños?

Max me miró desconcertado.

—Sí, estaría bien conocerlos.

—¿Aceptas el trabajo? —preguntó apresuradamente la señora Mins, reculando hacia la puerta; no me habría extrañado que la hubiera atravesado sin abrirla.

¡Ojalá hubiese estado allí mi padre para verlo! Una oferta de trabajo en cuestión de minutos. Nada de incómodas excusas por no tener referencias. Nada de preguntas desagradables sobre la demanda judicial. Nada de referencias babosas a la sesión fotográfica de bañadores que había hecho para un suplemento dominical. Debería haber cruzado antes el charco. Y lo habría hecho de haber sabido que era tan fácil cortar por lo sano con mi vida de antes.

No lo dudé. Había venido a ayudar a Sophia. Había venido a descubrir qué le había hecho sentirse tan desesperada como para ponerse en contacto con una persona de su familia de la que no sabía nada y que vivía al otro lado del mundo.

Y, en un nivel mucho más egoísta, había venido a saber más sobre mi madre. Si para ello tenía que contar unas cuantas mentiras, bueno, las contaría. Era la persona indicada para el trabajo.

—Sí. Por mí, encantada. Si me aceptan, claro.

Max y la señora Mins se miraron con cara de alivio. De incredulidad. Puede que incluso de asombro.

—Voy a hacer pasar a los niños —se apresuró a decir la señora Mins, como temiendo que pudiera cambiar de idea y salir por una de las puertas francesas en cualquier momento. Me la imaginé haciéndolos pasar en fila india, dando un paso al frente con precisión militar.

Sus palabras quedaron claras a los pocos segundos. Sophia y Robbie pasaron uno tras otro seguidos de la señora Mins, que iba empujando una silla de ruedas en la que iba Agatha.

10

AQUELLA PRIMERA noche que pasé en Barnsley, dormí mal. Tenía la sensación de que habían pasado años desde la última vez que había dormido bien. Desde que llegó la carta de Sophia me había costado conciliar el sueño, y cuando lo conseguía me atormentaban unas pesadillas recurrentes y entrecortadas. Casi todas las mañanas me despertaba antes del alba, y aquella primera mañana en Barnsley no fue una excepción. Me zumbaba la cabeza. Quería saber por qué había escrito Sophia la carta. Quería saber por qué iba Agatha en silla de ruedas. Quería saber dónde estaba Daphne. Quería saber qué tenía que ver todo aquello con mi madre. Quería saber qué tenía que ver conmigo.

Entre el desfase horario y el sinfín de preguntas que me rondaban la cabeza, era inútil intentar dormirme de nuevo. En vez de empeñarme en luchar contra el insomnio, decidí explorar el terreno y hacerme una composición de lugar.

La víspera, después de que terminásemos todos de cenar, la señora Mins me había llevado por un estrecho pasillo del ala oeste de la casa. Parecía un claustro cubierto. Uno de los lados estaba lleno de ganchos para los abrigos y casilleros bajos, y el otro tenía vistas a lo que parecía una pequeña rosaleda. Al fondo del pasillo, una puerta maciza daba paso a otro pequeño vestíbulo del que salían unas endebles y funcionales escaleras que llevaban a los dormitorios del piso de arriba.

El mío, una habitación pequeña pero acogedora con un cuarto de baño minúsculo, estaba en el mismo lado que los de los niños y que el dormitorio matrimonial. Estaba decorado en un estilo que me pareció de comienzos de la década de 1990, y con aquellos volantes a juego que cubrían todas las superficies planas se daba un aire a lo Laura Ashley. El estampado repetido y el tamaño de la habitación producían un efecto ligeramente claustrofóbico, y me pregunté si sería adrede. Alguien había dejado allí mi bolsa de viaje, y me abalancé sobre ella en cuanto la señora Mins hubo cerrado la puerta. Los candados estaban intactos.

La angustia seguía dibujada en mi cara a la mañana siguiente, cuando entré al cuarto de baño a echar un vistazo. La noche anterior me había vencido el desfase horario, y ni siquiera me había cepillado los dientes antes de desplomarme sobre la pequeña cama. Al lado del inodoro había una bañera demasiado corta para tumbarse y un pequeño lavabo de pared, todo muy apiñado. En vano miré detrás de la puerta por si había una ducha. En el minúsculo espejo del lavabo vi que llevaba el pelo hecho un asco; me pregunté cómo me quedaría si me lo lavaba en la bañera. Tenía la piel pálida, como si se me hubiese aclimatado ya a la tenue luz europea, y lo bastante translúcida como para revelar el color entre azul y negro de la falta de sueño que me tenía la zona de debajo de los ojos. Me cepillé rápidamente los dientes y traté de evitar mi reflejo en el espejo.

Una luz malva se filtraba por los ventanales del silencioso pasillo. Daba la sensación de que los niños seguían durmiendo. Al parecer, Max y Daphne no tenían ningún escrúpulo a la hora de alojar a una persona a la que acababan de conocer tan cerca de donde dormían sus hijos, pero ahora, mientras recorría el pasillo, vi que Thomas estaba acurrucado en su camita a la puerta de los dormitorios infantiles. Levantó la cabeza a mi paso y llegó a la conclusión de que no representaba ninguna amenaza inmediata.

Robbie estaba despatarrado bocabajo sobre su cama, una cama de matrimonio, con las sábanas tiradas y roncando suavemente.

Aproveché la oportunidad para echar un vistazo a su cuarto, en el que hasta la última superficie estaba cubierta de recipientes y cajas meticulosamente etiquetadas. Las paredes estaban decoradas con pósteres como los que podría tener cualquier dueño de un caballo de carreras, con fotos de caballos cruzando la línea de meta. No había visto ningún establo al llegar, pero me daba la impresión de que había un montón de cosas que me habían pasado desapercibidas en la oscuridad.

A continuación estaba la habitación de Sophia. Era una pocilga. A pesar de toda la ropa amontonada sobre la colcha, vi inmediatamente que su cama estaba vacía. La encontré en el siguiente dormitorio, acurrucada junto a su hermana pequeña. La noche anterior ya me había fijado en que Sophia tenía una actitud tremendamente protectora con Agatha. Seguro que no me iba a quitar ojo cuando me acercase a su hermana. Me pregunté si dormirían siempre juntas o si se debería a la presencia de una desconocida en casa. Quizá fuera difícil pillar a Sophia a solas. En algún momento tendría que hablar con ella de la carta.

¿Por eso no me había hablado nadie de Agatha? La excusa que se me ocurría era que quizá tuvieran una actitud protectora hacia ella. La señora Mins no me había quitado los ojos de encima ni un segundo mientras se llevaba a Agatha a la cocina, y yo no había apartado los míos del rostro de Agatha. Si pensaba que una niña en silla de ruedas podía ponerme nerviosa, me había subestimado; lo que de verdad me desconcertaba era que Max no me hubiera dicho nada. Tenía que haber algún motivo.

Aún más perturbadora era la ausencia de Daphne. No era extraño que no hubiese estado allí cuando llegué sin avisar, pero lo lógico habría sido que se presentase a la cena.

En contraste con el calor de la cocina, el frío era brutal. Me subí la cremallera de la chaqueta y, tapándome las manos con las mangas del jersey, di la vuelta a la casa y me encontré en un vasto prado que bajaba hasta el mar. Desde aquella perspectiva, Barnsley House era francamente espectacular.

En un acto reflejo, la mano se me fue al móvil, que llevaba en el bolsillo. Estaba encuadrando la imagen, ajustando el filtro, pensando en lo bien que iba a quedar en mi *photo grid* e imaginándome ya el pie de foto que habría de poner, cuando me acordé: aun en el caso de que hubiese cobertura, no tenía sentido enviarla. A nadie le importaba.

Mi publicación más popular fue la del día que lancé mi aplicación. Me llegaron miles de me gusta. Otros *influencers* subieron mi foto. Tenía la bandeja de entrada a reventar de mensajes directos. Fue increíble. Mi foto de Barnsley, una mezcla de arenisca y luz de la mañana, desaparecería en el vacío. La única persona a la que le importaría sería mi padre, y por los motivos equivocados. Me guardé el móvil.

Aún no había ni rastro de huéspedes, y todo estaba tranquilo, demasiado tranquilo. Incluso a esas horas, normalmente en los hoteles había actividad. Los jardineros ya deberían estar manos a la obra, y el personal de limpieza, cargando los carritos para la jornada mañanera. Aquí no había nada. El lugar estaba desierto, silencioso salvo por el incesante sonido de las olas rompiendo contra el muro de piedra que había a mis espaldas.

Las cortinas de las ventanas del piso superior que daban hacia mí estaban todas corridas, y me pregunté si estarían allí las habitaciones de los huéspedes. Pegué la cara a la cristalera de un ventanal y vi una especie de cuarto de estar, con una decoración sencilla y de buen gusto, una versión moderna del estilo campestre. Una gran chimenea, vacía, presidía la otra punta del cuarto. O hacía tiempo que no habían encendido un fuego, o alguien la había limpiado meticulosamente hacía poco. Había una fila de revistas ordenadas en una mesa de centro, pero no alcanzaba a ver las fechas.

Deseando ver señales de vida por algún sitio, di un paso atrás con intención de mirar por otra ventana. Aunque todas las cortinas estaban echadas, había una que se mecía suavemente como si acabaran de moverla. Estaba segura de que hacía solo un momento había estado abierta. ¿Alucinaciones? ¿Imaginaciones? ¿La noche en vela?

Me saqué la idea de la cabeza. Seguro que no era más que una ilusión óptica o una corriente de aire. O Daphne, por fin. O que, después de todo, había huéspedes. Tal vez hubiese llegado alguien la noche anterior, tarde, en busca de alojamiento. Tenía sentido… huéspedes en un hotel, ¡pues claro! Más sentido que el resto de las cosas que mi cabeza se estaba imaginando aquella mañana.

Eché un vistazo a los jardines. Había mucho que ver, pero estaba más absorta en mis pensamientos sobre los habitantes de Barnsley House que en el entorno. Los jardines no eran accesibles en silla de ruedas, ¿cómo se las apañaría Agatha? Los senderos estaban constantemente interrumpidos por peldaños, y las zonas de césped se extendían a lo lejos en empinadas pendientes. No había vallas, ni rampas.

Hasta la parte de la casa en la que vivía Agatha estaba abarrotada, casi ni se podía pasar por los estrechos pasillos. La noche anterior, Max la había llevado en brazos a la cama, pero era imposible que estuviera cerca de su hija en todo momento. Era como si todos, incluido el propio edificio y los terrenos, se negasen a aceptar la inmovilidad de Agatha.

Quería saber por qué iba en silla de ruedas y cuánto tiempo llevaba así, pero no sabía a quién preguntar. A Max, ni pensarlo, y no me parecía bien interrogar a los niños sobre este tipo de temas. Aunque, más que nada, quería saber dónde estaba Daphne.

La señora Mins era, en principio, la persona que mejor podría responderme, pero me aterraba. La víspera, durante la cena, prácticamente me había ignorado, y se había limitado de vez en cuando a hacerme preguntas que parecían pensadas para dejar en evidencia mis mal disimuladas limitaciones.

Ya entonces vi que exponerme más a ella sería insensato, tal vez incluso peligroso. No era que Sophia la hubiese mencionado a ella en particular en su carta, pero no tenía ni idea de hasta qué punto estaba unida a la familia. Me proponía descubrirlo, pero hasta entonces, mejor sería guardar las distancias con ella.

Por desgracia, aquella mañana nos tropezamos, algo que habría de repetirse a menudo a partir de entonces. Al doblar por el extremo occidental del prado, la vi en el huerto que da a la cocina, ocupándose de una parcelita que incluso yo, que de horticultura no sé nada, vi que estaba completamente inactivo. Me pregunté si habría estado observándome, ya que no había ningún otro motivo para que estuviera allí a esas horas con el frío que hacía, vestida de la cabeza a los pies y maquillada, removiendo la árida tierra.

11

—¿QUÉ, HAS SALIDO a hacerte una idea del lugar? —dijo la señora Mins, arrancando malas hierbas que no se veían por ningún lado—. Dicen que la lombriz se la lleva el ave tempranera…

A la señora Mins le gustaba recurrir a máximas trilladas. Con el tiempo me daría cuenta de que eran su manera de protegerse contra pensamientos demasiado profundos acerca de cualquier cosa, y una de las estrategias que había empleado para sobrevivir tantos años en Barnsley.

Aquella primera vez me tomé sus comentarios al pie de la letra. Era temprano, y di por hecho que servirían lombrices en el restaurante de Barnsley. No parecía que en aquel cachito de tierra yerma se pudiera cosechar nada más que lombrices.

—¿Son para el restaurante?

La señora Mins dejó de cavar y se apoyó en el azadón. Me miró detenidamente.

—¿No te has fijado?

Me había fijado en un montón de cosas durante las doce horas, más o menos, que llevaba en Barnsley. Un ama de llaves inquietante. Una madre ausente. Niños ignorados. Una llamativa ausencia de huéspedes. Corrientes de aire polar. No me parecía correcto mencionar ninguna de ellas.

—Fijado, ¿en qué?

—La casa está cerrada. También el restaurante. Están cerrados desde el accidente.

—Pero la página web no dice nada de esto —tartamudeé, pasmada. Era cierto. Había dedicado mucho tiempo a visitar la página, la galería de imágenes. Las sugerencias de cosas que hacer en la zona. La historia de los edificios. Nada daba a entender que el hotel estuviera cerrado.

—Si intentas hacer una reserva, sí. Max no quería que fuera demasiado evidente. De hecho, en realidad no fue una decisión meditada. Simplemente, dejó de coger los teléfonos y atrancó las verjas principales.

Me vino a la cabeza el cursor sobre la pestaña de «¡Reserve ahora!», y mi decisión de presentarme sin avisar.

—¿Se va a volver a abrir? —pregunté, sin dejar de dar vueltas a todas las piezas del puzle.

—Bueno, me ha dado permiso para aceptar esa reserva para la boda, por algo se empieza. Pero de todos modos queda mucho por hacer.

Con la mano enguantada señaló el huerto, la casa al fondo. Aquella mañana llevaba pantalones vaqueros y un jersey tipo marinero de color azul, parecido a los que usaba mi padre cuando iba de visita a las granjas de sus amigos, pero no se había quitado los aros dorados. Con la ropa de faena, parecía todavía más integrada en la casa que la víspera, y, de nuevo, más segura de sí misma de lo que jamás llegaría a estarlo yo.

—¿Cuánto tiempo lleva cerrado? —pregunté, sin saber hasta dónde podía estirar mi curiosidad.

No pareció que le molestase.

—Casi un mes. He tenido que cancelar todas las reservas que había para Navidad y Nochevieja. ¡Y eran un montón…, buff!

—Ya volverán.

—No estoy tan segura. Esto empieza a tener mala fama.

—Me parece que ya hace tiempo que la tiene…

A la señora Mins se le escapó un ruidito de la garganta. Bajó la mirada y dio una patadita a una raíz. Fin de la conversación, por lo visto.

Criarme con Fleur me había sensibilizado al diseño de jardines, y me fijé en que aquel era obra de alguien experimentado. En varios aspectos era una interpretación nostálgica de los huertos eduardianos, con arriates bordeados por setos de mimbre y un cerco de hierbas en torno a cada parcelita, pero tenía un tipo de simetría más moderno. Me recordaba a los jardines a los que me había llevado Fleur. Stonefields. El huerto de Heide. Ahora no había vegetación, pero me imaginé cómo sería cuando estuviera en su apogeo.

—Deberías verlo en verano —dijo la señora Mins, como si me leyera la mente—. Ese arriate de allí, junto a la pared, es de menta. Cinco o seis tipos distintos. ¿Sabías que se puede cultivar menta con aroma a chocolate? ¡Cómo huele…! Allí… lechugas. Al menos cuatro variedades. Al otro lado de la lechuga todo son hierbas aromáticas, de mil tipos distintos. Aunque supongo que no te interesarán mucho estas cosas…

—Sí, sí, claro que me interesan —respondí, sin pararme a pensar. Había estado a punto de decirle cuál era mi formación: herbología, naturopatía, bienestar, dietética—. Mi madrastra es jardinera. Bueno, paisajista, en realidad.

La señora Mins me miró de arriba abajo, clavándome los ojos en las manos, buscando señales que me identificasen como una jardinera concienzuda. Al no encontrarlas, arqueó las cejas como si se dirigiese a un observador invisible.

—Y entonces, ¿qué haces cuidando niños?

Parecía recelosa.

—Los niños siguen durmiendo —dije, esquivando la pregunta.

Movió ligeramente la cabeza, como si intentase sacarse algo del oído.

—Aquí todo el mundo se levanta tarde —dijo—. Menos yo.

¿Era una amenaza? Me daba esa impresión, pero, a pesar de mi edad, siempre he sido madrugadora, y no veía por qué iba a dejar de serlo. La señora Mins no tenía el monopolio de las primeras horas de la mañana.

Me pareció raro que Max se levantase tarde. Mi padre siempre había sido el primero en amanecer: te lo encontrabas haciendo el café, leyendo el periódico, viendo las noticias por la tele. Eché otro vistazo a mi alrededor en busca de señales de vida. Había un seto al final del huerto, un límite verde tras el cual se veía el aparcamiento, que, ahora, estaba vacío a excepción de un pequeño vehículo, más parecido a un carro de golf que a una furgoneta.

—Ah —dije—. ¿Usted dirige el hotel en nombre del señor Summer?

¿En qué ocupaba la señora Mins los días ahora que estaba cerrado?, me pregunté. ¿Quién era realmente?

No tuve que insistir mucho para que se lanzase a hablar.

—Y todo lo demás —dijo, con el suspiro mártir de los estresados crónicos—. Se suponía que los niños no entraban en el paquete. El contrato que firmé no decía nada de eso.

—¿Y para qué la contrataron? —pregunté, agachándome a coger flores de perejil que, de tan abandonadas, me llegaban hasta la cintura.

—¿Sabes? Yo antes trabajaba en Capri, en Italia.

Asentí con la cabeza, como si ya lo supiera.

—Max y Daphne vinieron a verme…, se habían enterado de lo que había conseguido allí. Trabajaba en un pequeño hotel de una minúscula aldea situada frente a un acantilado que había sido reconvertida en un complejo turístico de lujo. Se había vuelto muy famosa, y no solo por el entorno. La industria hotelera de lujo es mucho más pequeña de lo que puedas pensar.

En realidad nunca había pensado en ello, pero aun así volví a asentir.

—Teníamos un chef increíble…, no era una celebridad como Daphne, pero cocinaba de maravilla. Había un personal de primera trabajando a mis órdenes, y los críticos escribían reseñas magníficas. Venían parejas de luna de miel, se organizaban eventos y celebraciones, pero sobre todo venían los «enterados», ese tipo de gente que se aloja todos los años durante un mes sin preguntar siquiera por el precio.

—Suena increíble. ¿Cómo la convenció el señor Summer para que viniera aquí?

—Me ofreció mucho dinero, mucho más de lo que estaba ganando allí. Los dueños no nos pagaban mucho, pero se vivía bien. Teníamos alojamiento, y en las afueras había pequeños restaurantes para el personal hotelero exclusivamente. Pero no vine por el dinero.

Daba la impresión de que no se iba a callar nunca, pero me sorprendió dándose la vuelta de repente y dejándome en medio del sendero de piedra, obligándome a formular mi pregunta a voz en grito:

—¡¿Y por qué vino?! ¡¿Cómo consiguió el señor Summer hacerla venir?!

Se quedó quieta unos instantes. Vista por detrás parecía mucho más joven, y de nuevo pensé que Max debía de sentirse tentado por ella. Miró hacia las ventanas, y vi que eran las ventanas del pasillo de los niños. Debían de estar a punto de despertarse. La señora Mins debió de pensar lo mismo, porque no volvió la cabeza hasta que comprobó que no había nadie allí escuchando.

—¿Y a ti? ¿Cómo consiguió hacerte venir a ti? —dijo en voz baja.

Sentí al instante que enrojecía violentamente.

—Los niños… Necesitaba a alguien para los niños —tartamudeé por fin. No podía explicarle las razones de mi repentina aparición; ni siquiera sabía si habían anunciado el empleo. Lo mismo había salido una carta por la chimenea, a lo Mary Poppins.

—Los niños —dijo con tono reflexivo—. Lo que es a mí, no fueron los niños lo que me hizo venir.

—¿Tiene usted hijos, señora Mins?

—¿Yo? No. Demasiado tarde ya.

Era una respuesta a otra pregunta, tal vez a la pregunta que debería haberle hecho. Nos quedamos unos instantes en silencio, incómodas.

—¿Y la señora Summer? ¿Piensa tener más hijos?

Era un poco traído por los pelos, pero no se me ocurría otro modo de incluirla en la conversación. Al fin y al cabo, yo era la niñera.

—¿Daphne? —La señora Mins parecía agobiada—. ¿Por qué? ¿Qué ha dicho Max?

—No, nada. Simplemente pensé que quizá por eso necesitaba una niñera.

Los ojos de la señora Mins se dirigieron hacia las ventanas superiores. Cuando habló, lo hizo muy despacio, como sopesando cada palabra mientras la pronunciaba.

—Daphne necesita que venga a ayudar una niñera porque lleva en cama desde el accidente. Los médicos dicen que necesita descansar. Cuando mejore, volverá a estar ocupada con el restaurante.

—¿Qué accidente? —solté sin pensar. A diferencia de la señora Mins, no medí mis palabras.

—No me corresponde a mí hablar del accidente.

«Ni a ti tampoco», añadió con la mirada.

—Bueno, la dejo que siga con sus cosas —dije, una vez que quedó claro que no iba a dar más detalles.

—Quizá puedas ayudarme aquí fuera cuando mejore el tiempo. Es demasiado trabajo para el señor Mins y para mí, y no nos vendría mal otro par de manos. Podría intentar que Max te pague un pequeño extra.

Después de haber visto cómo miraba a Max la noche anterior, me había sorprendido oírle hablar de un «señor Mins». Aproveché la oportunidad para preguntar:

—¿Su marido también trabaja aquí?

—Es mi hermano, pronto le conocerás —aclaró. Asentí con un gesto, confusa y sin saber aún por qué llamaba «señor Mins» a su hermano—. Eso sí, solo se lo diré a Max si entiendes de estas cosas, por supuesto. No quiero que trabajes en exteriores si no tienes bien claro cómo funciona esto.

Hacía mucho tiempo que no tenía bien claro nada, y no me imaginaba que pudiera volver a tenerlo a corto plazo. ¡Aquí era todo tan ambiguo…! ¡Había tanto que aprender…!

Pero me moría de ganas de hacer una pregunta, y la invitación de la señora Mins a ayudarla en el jardín me dio el impulso necesario.

—¿Qué le pasó a Agatha? —dije, y las palabras salieron a borbotones. Daba por hecho que algo tendría que ver con el accidente.

La señora Mins se tomó unos instantes para procesar mi pregunta. Sospeché que sabía que se lo preguntaría tarde o temprano, y que lo único que le sorprendía era el momento que había escogido para hacerlo. Seguro que pensaba que tardaría más en armarme de valor.

—La curiosidad mató al gato —dijo, y me dejó esperando en silencio tanto tiempo que finalmente no me quedó más remedio que irme a buscar a los niños.

12

ESTABAN DESPIERTOS. Pasé corriendo por la pequeña cancela y entré en la casa convencida de que me los encontraría en la cocina, esperando el desayuno. Robbie estaba sentado a la mesa, leyendo un viejo programa hípico. También estaba Sophia, toqueteándose el pelo con los codos clavados en la encimera. Así, adormilada, parecía mucho más pequeña, y el pantaloncito de pijama que llevaba a pesar del frío dejaba ver unas piernas largas que debía de haber heredado de su padre.

—¿Y Agatha? —pregunté.

—¿Tú qué crees? Pues esperando a que alguien vaya a buscarla y la baje —respondió Sophia, pronunciando la frase con un retintín muy evidente. Vi la silla de ruedas en el rincón, recordé que Max había subido a Agatha al piso de arriba. La casa no reunía las condiciones necesarias para una persona en silla de ruedas, y Max, en vez de hacer algo para remediarlo, había dejado a Agatha en su dormitorio…, que estaba al final de la pequeña escalera y al fondo de un estrecho pasillo.

—Ah. Sí, es verdad. —Noté que Sophia me seguía con la mirada mientras me dirigía hacia las escaleras—. Tu padre no me dijo nada.

Hacía mucho tiempo que no trabajaba a las órdenes de nadie, y era una de las razones por las que me había sido tan fácil renunciar a mi compromiso con Grant and Farmer. No había vuelto a hablar con mi padre desde que me marché. En un acto de cobardía, le había dejado una nota explicándole que Denise y Terence me habían invitado a pasar las Navidades con ellos en Londres, y que quizá me quedaría allí una temporada buscando trabajo después de Nochevieja. Seguro que no se lo creía, pero podía ser que así ganara tiempo.

En general, había puesto en cuarentena el sentimiento de culpa que me producían aquellas mentiras, pero me daban pena Fleur y mis hermanastras, que seguro que se habían llevado la peor parte de su ira después de mi partida. Esta vez, era como si mis mentiras tuvieran un propósito, el bien de todos, que no habían tenido en anteriores ocasiones. Al menos, así es como lo justificaba.

Lo que sí recordaba es que, cuando te incorporas a un trabajo nuevo, los empleados suelen darte consejos de algún tipo. Te describen cómo funcionan las cosas. Te asignan tareas sencillas para que te vayas acoplando. Tal vez te acompañen a hacer un recorrido por las instalaciones y te den un pase de seguridad. Hasta ahora, en Barnsley me habían dado alojamiento y una comida, y sin embargo las formas más tradicionales de recibir a alguien en un trabajo nuevo habían brillado por su ausencia. Era una forma muy inusual de hacer las cosas.

Iba a tener que hacer unas cuantas averiguaciones por mi cuenta. Elaboré una lista mental mientras subía por las escaleras de atrás. Horas de acostarse. Preferencias alimentarias. Horarios. ¿Coche? Colegio. Deberes. Colada. Normas. Mi experiencia anterior no me servía de nada.

Pasé por delante de una puerta cerrada que había al fondo del pasillo. El dormitorio de Max y Daphne. Ahora que sabía que Daphne estaba allí dentro, lo veía de otra manera. Me detuve un instante con la esperanza de oír algo procedente de su interior, pero en vano. No se oía nada.

Agatha estaba en su habitación leyendo *Pipi Calzaslargas*.

—Me encantaba ese libro —le dije, sentándome a su lado—. Aunque la película es demasiado triste, al final no podía parar de llorar.

—¿Hay una peli?

—Sí. Estaría bien que la viéramos.

No sabía cómo iba a apañarme para que la viéramos, teniendo en cuenta el ciber agujero negro en el que me había caído, pero seguramente podría encontrarla en DVD en el pueblo. Parecía el típico sitio en el que todavía habría alguna tienda de alquiler de DVD.

—Has dicho que era demasiado triste.

—Bueno, pues vemos otra. ¿Qué pelis te gustan?

—*Anna de las tejas verdes.*

¿Era una casualidad que en todas estas historias hubiese madres muertas o ausentes? No me lo parecía; a su edad, me había atraído exactamente el mismo tipo de historias. La diferencia era que mi madre estaba muerta. La de Agatha solo estaba…, bueno, ausente. No era mi intención revelar nada sobre mí tan pronto, pero Agatha me daba tanta lástima que quería que supiera que sabía cómo se sentía.

—Perdí a mi madre cuando tenía tu edad —dije, y después, pensando que quizá no había sido del todo clara, añadí—: Murió. Estuvo mucho tiempo enferma, y luego, cuando yo tenía más o menos tus años, se murió.

Nada más pronunciar las palabras, lamenté mi falta de tacto. La pobre niña tenía a su madre recuperándose de un accidente muy serio y yo me ponía a hablar de la muerte de mi madre.

Agatha apartó la mirada del libro y me miró con interés, aunque un poco impactada por mi franqueza. Desconfiaba de mí. Entonces yo todavía no sabía que desconfiaba de todo el mundo, que tenía un bueno motivo para hacerlo. Le dije que mi padre se había vuelto a casar y que nuestro hogar había recuperado la alegría, que mis hermanas me habían traído mucha felicidad. Que apenas recordaba a mi madre, pero que sí recordaba que la quería.

—Venga, en marcha —dije, aupándola. Era ligera como una pluma, y me pregunté si comería bien. Al morir mi madre, dejé de comer casi del todo; me desapareció el apetito. Solo soportaba las zanahorias cortadas en palitos y el apio con crema de cacahuete. Fue el inicio de mi viaje hacia la alimentación saludable y la nutrición. Lo que menos soportaba era la comida del tipo que hacía mi madre: pollo asado, espaguetis boloñesa, torrijas… Y todavía no puedo comer estas cosas sin pensar en ella. Si Agatha estaba acostumbrada a la cocina de Daphne, no me sorprendía que hubiese dejado de comer al verse obligada a bajar el listón de sus gustos culinarios.

—¿Qué quieres desayunar? —pregunté, dando por hecho que el desayuno formaba parte de mis obligaciones—. ¿Tortitas? ¿Chocolate caliente?

—Tostadas —dijo Agatha—. Con pasta Marmite. Sin mantequilla.

La víspera, con el revuelo de mi llegada, no me había fijado demasiado, pero recordé que Agatha también había estado comiendo tostadas. Con Marmite, sin mantequilla. Al parecer, los hijos de los chefs con estrellas Michelin también podían salir pejigueros con la comida.

—Y después, ¿qué hacemos? —pregunté. Todavía no tenía ni idea de cuál era la logística de la silla de ruedas, de lo difícil que era desplazarse no solo por Barnsley House sino también por el pueblo. Me vinieron a la cabeza correrías del tipo de las de «Los cinco»: nosotros cuatro, arropándonos para combatir el frío y siguiendo el sendero del acantilado que llevaba hasta el pueblo como si fuéramos exploradores. Un termo. Sándwiches y un bizcocho. No solo me moría de ganas de conectar con los niños, sino que además estaba completamente desorientada y deseosa de familiarizarme con la zona.

—Tenemos que ir al cole —dijo Agatha, muy sorprendida—. El autocar pasa a las ocho.

Se veía que disfrutaba con mi ignorancia.

Nadie me lo había dicho. En Australia era verano y a mis hermanas les habían dado las vacaciones. Sin ningún motivo lógico, había supuesto que el curso inglés seguía un calendario similar.

—¿Todavía tenéis que ir al colegio? —pregunté—. Casi estamos en Navidad.

—Terminamos esta semana. Nos queda el concierto.

No había tiempo para hablar del concierto. En el reluciente reloj que había junto a la cama de Agatha vi que faltaba alarmantemente poco para que llegase el autocar. Nos pusimos las pilas para vestir a Agatha; mi frustración iba creciendo por momentos.

No estaba acostumbrada a preocuparme por nadie. El instinto me pedía regañar a Agatha, decirle que se diera prisa. Mientras le cepillaba el rubísimo pelo y le hacía una rebelde cola de caballo, se retorcía, y cuando mis manos le tiraban torpemente de las puntas protestaba y se retorcía todavía más. Estaba acostumbrada a que la gente me consintiese a mí, no al revés.

Acabarían descubriendo que era una impostora; solo era cuestión de tiempo…, una sensación que me horrorizaba y que conocía demasiado bien. No faltaba ningún ingrediente: las mentiras, mi absoluta falta de experiencia, el hecho de poner en peligro vidas ajenas, una intención oculta. Me maldije a mí misma —y a Sophia— por haber acabado de nuevo en la misma situación.

Justo cuando estábamos por fin a punto de salir por la puerta, Robbie desapareció en el piso de arriba.

Asomé la cabeza por el hueco de la escalera.

—¿Robbie?… ¡Robbie!

Agatha se acercó en su silla.

—Ha subido a despedirse de mamá.

—Ah. —La miré. Miré las escaleras—. ¿Quieres que te suba para que te despidas tú también?

—No, tranquila. De todos modos, estará dormida —dijo Agatha, y volvió a enfilar hacia la puerta en el mismo instante en que Sophia bajaba, ya vestida. Le sonreí, intentando forjar una alianza con ella. Intenté demostrarle que era alguien en quien podía confiar. Me ofrecí a prepararle el almuerzo, pero me miró con desprecio y dijo algo que no entendí.

Robbie, que acababa de reaparecer, tuvo que interpretarlo para que lo entendiera.

—Ha dicho que nos dan el almuerzo en el cole, señorita —aclaró.

—No hace falta que me llames señorita —dije, pero ya estaban saliendo escopetados por la puerta.

—¿Sophia? —dije cuando pasó corriendo por delante de mí. Era la primera vez que estaba cerca de Sophia sin la presencia de Max ni de la señora Mins. Quería hacerle alguna señal de que había recibido su carta. De que estaba de su parte.

Sophia ni siquiera se detuvo. Se limitó a mover suavemente la cabeza, como si quisiera sacarse agua del oído.

—Recibí la carta —dije.

Me miró de modo inexpresivo.

—Vamos a llegar tarde al autobús.

Tenía razón. Llegamos por los pelos.

13

EN EL MISMO instante en que volví a entrar en la casa, Max me llamó a su estudio. Estuvo un buen rato sin hacerme ni caso, concentrado en unos números escritos en lo que parecía un antiguo libro de contabilidad. Mientras esperaba, miré alrededor con una atención que no había podido prestar la noche anterior.

La habitación estaba dividida en dos por un par de sofás que rodeaban el hogar. Detrás de cada sofá había un escritorio; uno para Max y el otro, por lo que deduje, para Daphne. Me senté en el sofá que estaba enfrente del escritorio de Max, mirando hacia la zona de la que Daphne, a todas luces, hacía poco tiempo que se había marchado. De espaldas a Max, podía examinarlo todo detenidamente. Había estanterías muy altas llenas de libros de cocina, y viejos ejemplares de revistas de cocina se amontonaban contra una larga pared en la que colgaban premios y artículos enmarcados.

Era fácil imaginárselos a los dos allí sentados frente al fuego, cada uno en su sofá, hablando de sus planes para el hotel y el restaurante, de sus ideas para los menús, de los niños. Aquí, más que en ningún otro sitio, sentía la presencia de Daphne.

Había un embriagador olor a humo que en un principio me pareció que venía de los restos de ceniza del hogar, pero el olfato me llevó hasta la vela de la mesita que tenía enfrente. Olvidando dónde estaba, la cogí e inspiré profundamente: olía igual que Max, solo que más condensado.

—Deja eso.

Me sobresalté al oír a Max, y dejé la vela donde estaba, más por vergüenza que por miedo.

—Mi hermana va a venir hoy a conocerte.

Era típico de Max: soltar dos frases completamente inconexas una detrás de otra y aun así esperar que el oyente siguiera el hilo de sus pensamientos.

—¿Y qué hay de la madre de los niños?

Sentí pánico; había hablado sin pensar.

Max me miró con dureza.

—Elizabeth no tardará en llegar. Vive en una de las casitas.

—¿Las casitas?

—Seguro que las has visto. Quizá durante tu paseo de esta mañana.

Al parecer, en Barnsley House no sucedía nada sin el conocimiento de Max. Entre su vigilancia y la de la señora Mins, daba la impresión de que tenía hasta el último milímetro de la inmensa finca controlado en todo momento. Más adelante me enteraría de que había cámaras de vigilancia que se encargaban de hacer casi todo el trabajo por él.

Nos quedamos sentados en silencio unos instantes. Repasé mentalmente mi paseo matinal. Me había asomado a varias ventanas, había dado la vuelta a toda la casa, pero no había hecho nada improcedente. Estaba segura. Era completamente normal que alguien en mi situación sintiera curiosidad.

—¿Espía a todo su personal? —pregunté. Sin esperar a que me respondiera, me levanté del sofá y me dirigí hacia la repisa de la chimenea.

Allí, entre conchas marinas, viejas fotografías e invitaciones a cócteles navideños (todas del año anterior; parecía como si se hubiese tachado a Max de las listas de invitados de este), encontré lo que andaba buscando. Sacudí la cajetilla para ver si había cerillas, saqué una y encendí la vela antes de que Max pudiese impedírmelo.

La puerta de la habitación se abrió de par en par y una mujer guapa y animada entró como un huracán. Era Elizabeth, la hermana de Max…, mi tía.

—Hola, cielo, soy Elizabeth —dijo, sin apenas mirarme y tendiéndome inmediatamente la mano, a pesar de que todavía estaba a unos pasos de distancia. Llamaba «cielo» a todo el mundo. Decía que hacía la vida más fácil, y era cierto; era de esas personas a las que se les consiente que no se aprendan los nombres de los demás. Se me puso el alma en un hilo, y no me atreví a articular palabra. Por suerte, no necesitaba que la animase a continuar, y eso hizo.

—Max ya te habrá hablado de mí —dijo, dejándose caer en el otro sofá—. «Prometía mucho, pero al final no llegó a nada. Se pasa el día bebiendo. Su marido es adicto a las apuestas», te habrá dicho…, ya sabes, ese tipo de cosas… Y hablando del rey de Roma… —Se volvió hacia la puerta y esperó—. Aquí está. Te presento a Tom.

—Me llamo igual que el perro —dijo Tom, asintiendo con la cabeza a modo de saludo. Se sentó al lado de Elizabeth y se puso a leer el periódico.

—El perro se llama Thomas —dijo Max desde atrás. Se acercó y se quedó delante del fuego sin quitar ojo a la vela, como si temiera que la llama fuese a saltar fuera por iniciativa propia y a devorarlo todo.

—Y yo también, en otra época —dijo Tom, y después se sumergió en las páginas de carreras de caballos y apenas volvió a abrir la boca durante el resto de la visita.

—Has venido a cuidar a los niños —dijo Elizabeth (era una afirmación, no una pregunta) sin quitarle la vista de encima a Max ni medio segundo. Todavía no me había mirado detenidamente, y me dije que ojalá no lo hiciera.

—Sí.

Es probable que fuera la única oportunidad que se me presentó en aquellos primeros días de descubrirles quién era yo, pero me sentía en minoría. Max. Elizabeth. Tom. La casa.

—Es interesante que hayas elegido un trabajo así. ¿Puedo fumar aquí, Max?

Sin esperar respuesta, sacó un cigarrillo de algún recóndito lugar de su persona y se agachó a encenderlo con la vela.

—Ese olor —dijo— me recuerda a Daphne.

—Vaya, contaba con que ibas a hacer lo que se espera de ti —interrumpió Max—. Que le ibas a contar qué necesitan los niños, etcétera.

—¿Has conocido a los niños? —dijo Elizabeth, soltando el humo. Hacía años que no veía a nadie fumando, mucho menos en interiores, y por un instante me quedé fascinada. Y a continuación empecé a sentir rabia.

Por lo general, me había rodeado de gente que tenía el mismo estilo de vida que yo: nada de azúcar, alimentos orgánicos, tentempiés vegetales. El humo era sofocante, y me costaba creer que Max lo permitiera cuando había niños en casa. Me costaba creer que lo permitiera cuando mi madre, su otra hermana, había muerto de cáncer de pulmón. O quizá no era que lo permitiese… Elizabeth no parecía alguien que pidiera permiso para nada. Me mordí la lengua. Procuré no inhalar el punzante olor del humo que flotaba en el ambiente.

—Sí —dije, al mismo tiempo que Max añadía:

—Llegó anoche.

—¿Le has explicado lo de Agatha? —preguntó Elizabeth, dando golpecitos con la punta del cigarrillo en el borde de un plato de cerámica. La ceniza cayó formando un montoncito perfecto.

—Te dejo con Elizabeth —me dijo Max—. Tengo cosas que hacer.

Salió de la habitación y Thomas le siguió. El perro aquel no se separaba nunca de Max.

14

—PARA ENTENDER qué le pasó a Agatha, hay que empezar con Daphne —arrancó Elizabeth, acurrucándose en el sofá, los pies tapados por el vestido. Vestía de un modo anticuado; faldas de lana y blusas, broches y leotardos. A cualquier otra persona le habría dado un aire rancio, pero en ella quedaba desenfadado y, en cierto modo, atemporal. Las recias botas y lo práctico del atuendo encajaban con el entorno, pero, como todo en Barnsley, resultó que su estilo estaba cuidadosamente pensado. Un disfraz ingenioso.

—Al principio no me cayó nada bien —continuó Elizabeth—. Era australiana, como sabes.

Asentí con la cabeza. Por lo visto, todos pensaban que la nacionalidad de Daphne tenía algún interés para mí. ¿Sería porque yo también era australiana, o habría tenido que soportar que la presentasen así desde que vino a vivir a Inglaterra? «Te presento a mi mujer, Daphne. Es australiana». Era como si permitiese comprender algún rasgo escurridizo de su personalidad que todo el mundo menos yo era capaz de descifrar.

—Max la conoció en Londres. En aquella época había muchos australianos en Londres, aunque supongo que allí siempre los hay. Max estaba un poco agobiado por la responsabilidad de la casa, bueno, un poco por todo. Somos gemelos, y se supone que Max fue el primero en nacer aunque yo nunca he estado del todo convencida.

En fin, está lo de la primogenitura y todo eso, así que Max heredó Barnsley. A Tom y a mí nos tocó la casita. Y la isla.

Debió de ver la curiosidad que asomaba a mi rostro, porque dejó el cigarrillo en el plato y lo apretó con cuidado para sacar la pavesa. La seguí hasta la ventana que había detrás del escritorio de Max, intentando echar un vistazo al libro de contabilidad mientras pasábamos. «Cuentas de Barnsley, 2017», rezaba la portada. Fascinante, lo que se dice fascinante no sonaba, y sin embargo Max había estado absorto en su lectura.

—Isla Minerva.

La diminuta mano de Elizabeth señaló hacia una masa de tierra situada a pocos metros de la costa. Tan cerca estaba que parecía que tenía que estar conectada a tierra firme, pero al inclinarme vi una franja de aguas bravas que separaban la isla de la zona en la que estaba Barnsley.

—¿Vivís ahí?

No había señales de vida. Solo un muelle de aspecto rudimentario a un lado y después un denso follaje que ocultaba parcialmente un edificio de piedra de aspecto abandonado, una fortaleza rocosa que se aferraba con valentía al borde de la pendiente. Una bandera oponía firme resistencia contra el azote del viento; tan solo sus bordes raídos daban muestra de la batalla que libraba a diario contra los elementos.

—No. No digas bobadas. Si miras con atención, verás rastros del intento de mi tatarabuela Elspeth de cultivar vides. Como ves, no tuvo éxito. ¿Has bebido un buen Barnsley Pinot Grigio últimamente?

La miré con cara de póquer. No podía distinguir ni una sola planta desde aquella distancia.

—Ya me imaginaba yo que no —continuó—. El resto de ese verdor es casi todo jungla. El marido de Elspeth trajo helechos y buganvillas, y algunas arraigaron de maravilla.

Volvió a los sofás, así que yo también. Esperé mientras se encendía otro cigarrillo.

El tiempo transcurría despacio. La isla me había despertado una extraña emoción, en parte por su encanto, pero también por su misterio; en cualquier caso, sentí la chispa de un vínculo con el paisaje, una profunda familiaridad. Elizabeth habló de nuevo.

—No hay casas en la isla. Ni electricidad, ni agua, ni nada. Solíamos acampar allí en verano. El jardín era perfecto para explorar y perderse. Tom y yo barajamos en un momento dado la posibilidad de convertirla en nuestro hogar, pero habría sido demasiado caro.

Me pareció inverosímil que Elizabeth se las diera de pobre. Había leído *Orgullo y prejuicio*; sabía cómo eran las familias inglesas de hacendados, pero me costaba creer que no hubiese podido reunir el dinero suficiente. Entre su ropa, que tenía aspecto de cara, y su evidente inteligencia, no me cuadraba.

—Carreras de caballos —dijo, percibiendo la confusión de mi semblante. Asentí con la cabeza, como si conociera bien el problema.

—Hasta Max se daba cuenta de la injusticia: él con todo esto —Elizabeth hizo un gesto amplio y la ceniza del cigarrillo se esparció por el aire— y nosotros con tan poco. Me prometió que encontraríamos alguna solución, pero ninguno de nosotros tenía demasiados ingresos y se estaban vendiendo casas de campo por toda la zona para convertirlas en apartamentos. Port Perry, justo ahí enfrente, celebra un festival en verano; en Concoppel hay una tienda de productos agrícolas, cosas así. Mi padre insistió antes de morir en que Barnsley siguiera siendo una casa familiar. —Hizo una pausa—. No nos dejó mucho donde elegir. Tom y yo accedimos a quedarnos aquí mientras Max se iba a Londres a reunirse con los bancos. Con abogados, ya sabes. Había una familia española interesada en arrendar el terreno en su totalidad, dejándonos vivir en las casitas. Los dos nos oponíamos de plano a la idea, pero a Max le pareció que estaría bien conocerlos y ver en qué consistía la oferta antes de descartarla por completo. Discutimos, y partió para Londres con un humor de perros. Un follón tremendo, ¿verdad, Tom?

Había olvidado que Tom estaba a su lado.

—Terrible, sí —asintió él, sin apartar el periódico ni profundizar más en el tema.

Elizabeth se interrumpió para encender otro cigarrillo más, dedicando a la maniobra un tiempo y una atención exagerados. Al menos, me dio tiempo para procesar todo lo que me había contado hasta ahora. Para mí tenía interés, pero ¿qué interés podía tener para nadie más? Por ejemplo, para una niñera recién llegada de Australia que en teoría no tenía ningún vínculo con Barnsley...

15

—MAX ESTUVO FUERA una semana, y cuando volvió se trajo con él a Daphne. Una semana. Con eso bastó. Ni siquiera me había dado tiempo a lavarme otra vez el pelo, y aquí estaba él con la mujer con la que decía que se iba a casar. Daphne entró en esta habitación, aquí mismo, y se quedó plantada delante del fuego. Era un día gris y no pude verla bien. Al principio me pareció mucho más joven, pero a medida que Max fue encendiendo las lámparas pude verle la cara con más claridad, y tenía como poco la misma edad que él. Era menuda. Muy menuda.

Tenía la sensación de que hacía horas que Elizabeth había empezado a contar su historia, y sin embargo el reloj de plata de la repisa de la chimenea me decía que aún no era la hora de comer. Y que todavía faltaba un buen rato. Si Max hubiese seguido allí, seguro que a estas alturas ya le habría dicho que se diera prisa. Le habría impedido que le diese un informe tan detallado a la nueva niñera.

—Sacaron servilletas de papel llenas de letras, bocetos, sumas, y supe en el acto que me iba a meter en líos. Un hotel, dijeron; con pocas habitaciones, pero con restaurante. Un restaurante increíble, con alimentos procedentes de las huertas y los proveedores de la zona. La gente vendría de Londres y del extranjero solo para comer aquí. Daphne cocinaría y Max llevaría el hotel. Estaban planeando empezar inmediatamente… Max incluso había quedado esa misma tarde con un constructor de la localidad para planear qué muros había que tirar, cuántos cuartos de baño había que instalar… Pensé: «Y yo ¿qué pinto en todo esto?» —Hizo una pausa, buscó algo con la mirada—. ¿Quieres un té?

Después del madrugón y del calorcillo del fuego, pensé que me sentaría bien tomar algo.

—Sí, por favor.

Elizabeth tenía algo que me hacía estar especialmente atenta a mis modales.

—Que lo prepare la señora Mins.

Se recostó en el asiento. Tardé unos segundos en caer en la cuenta de que quería que fuera yo quien se lo pidiese a la señora Mins. Salí de la habitación, y como no la veía por ningún sitio me encargué de prepararlo yo misma.

Tardé más de lo que me había imaginado. La tetera la encontré enseguida —estaba sobre la encimera y alguien debía de haberla utilizado poco antes porque seguía caliente—, pero no vi bolsitas de té. Por fin, en el mismo instante en que oí que sonaba el teléfono en el estudio, encontré unas hojitas en una vieja lata de Fortnum & Mason. Mi olfato me dijo que, sin lugar a duda, no eran de té… Me estaba resultando difícil ser fiel a mis principios de vida saludable en esta parte del mundo. En cualquier caso, esa era mi excusa.

Cuando volví con la bandeja, Tom había soltado el periódico y Elizabeth estaba sentada ante el escritorio de Max, hablando por teléfono. Había encontrado la bandeja, que seguro que estaba hecha por uno de los niños, encima de la nevera. Al quitarle el polvo había aparecido el retrato de una familia: una madre, un padre y tres niños con piernas y brazos de palotes y sonrisas de oreja a oreja. Estaba fechado el año anterior. Y Agatha no iba en silla de ruedas.

—Gracias por llamar. Le daré recado al señor Summer —dijo, y colgó inmediatamente.

—Hago yo de madre —dijo Elizabeth, poniéndose en pie al verme entrar. Tuve la sensación de que me miraba con detenimiento por primera vez. Había dejado el libro de contabilidad abierto de par en par, sin molestarse en disimular el hecho de que lo había estado leyendo. Me dije que tenía que acordarme de cerrarlo antes de salir. No quería que Max pensara que yo había estado fisgoneando.

—¿Madre? —pregunté; se me habían disparado todas las alarmas al oír la palabra.

—Significa que servirá ella —dijo al fin Tom, una vez que me quedó claro que Elizabeth no tenía ninguna intención de responderme.

Sirvió el té con cuidado, enarcando ligeramente las cejas al ver el variopinto surtido de tazas que había rescatado. Le ofrecí una galleta y frunció el ceño. Me lo tomé como un no. Tom cogió una y después, deprisa, otra, como alguien que llevase tiempo sin comer. Esperó a que Elizabeth echase leche y tres azucarillos a su taza de «La mejor mamá del mundo» antes de parapetarse otra vez tras su periódico.

—He perdido el hilo de lo que iba diciendo —dijo Elizabeth con tono desenfadado.

—El hotel —le recordé, aunque en ese momento era lo que menos me interesaba.

—Nunca había visto a Max tan contento, tan motivado, al menos desde que iba al colegio. Trabajaron duro, y ese mismo verano ya tenían el hotel en marcha. Los periódicos vinieron y publicaron artículos sobre la increíble Daphne y su huerta: la huerta que había sido plantada por mi abuela y que con tanto mimo había cuidado mi familia, ninguno de cuyos miembros fue mencionado. Después llegaron los niños: uno, dos, tres.

El té estaba fuerte. Las hojas habían formado una infusión densa y pastosa; me costaba tragar. Hacía mucho tiempo que no tomaba leche de vaca, pero decidí echarle un chorrito. Y azúcar. Elizabeth me miraba pero no me imitó. Con la leche y el azúcar estaba más sabroso; agradecí el puntito añadido de la teína.

—La prensa enloqueció. Madre de tres. Cocinera con estrellas Michelin. La adorada Daphne: la salvadora del West Country que había atraído a muchedumbres de turistas y revitalizado el pueblo y el puerto. Escribió un libro de cocina, y después sacaron una serie de televisión; Daphne cocinaba en el prado y los niños correteaban tras ella con sus delantalitos. Todo era precioso, solo que en realidad no lo era.

Agucé el oído. Por fin, pensé, voy a conocer la verdad del asunto.

—Daphne no era la mejor madre del mundo. No dedicaba nada de tiempo a sus hijos, salvo cuando se los utilizaba de atrezo de su vida perfecta, y esto provocaba peleas interminables entre Max y ella. Bebía, y luego empezó a medicarse. A la vez que sus recetas incluían pollo de corral, chocolate de comercio justo y verduras orgánicas, ella salía por la puerta de atrás de la cocina a meterse cualquier cosa que le trajeran los ayudantes de cocina. Cocaína, pastillas, *speed*.

En el ojo de Elizabeth se formó una lágrima. Apartó la mirada, como si hubiese algo en la repisa de la chimenea que exigía su atención, pero era demasiado tarde: la había visto.

—Max intentó protegerla, y a los niños, pero no podía estar presente todo el tiempo. La mañana del accidente estaba dormido. La noche anterior habían tenido otra pelea tremenda..., un buen numerito, y encima el hotel estaba lleno de huéspedes. La policía le despertó. Daphne y Agatha estaban muy malheridas. No supimos lo que había pasado hasta mucho más tarde esa misma noche. Max estaba desconsolado. Se echaba la culpa, ¿sabes? A pesar de que era Daphne la que conducía, asumió él la responsabilidad. Decía que no debería haber dejado solos a los niños, y todavía no se ha perdonado a sí mismo. Y por eso estás tú aquí. Está convencido de que ya no es seguro para los niños quedarse a solas con Daphne.

Dejó la taza en la mesa. Seguía llena, y sus manos temblorosas amenazaban con derramar el té.

—Pero ¿qué pasó?

Estaba confundida. Elizabeth se dio la vuelta y me miró. Ahora no había la menor duda de las lágrimas que brotaban de sus ojos.

—Lo siento —me apresuré a decir—. No es asunto mío.

—No pasa nada. Tienes que saberlo.

Dudé de que me lo mereciera, teniendo en cuenta que había mentido haciéndome pasar por una niñera, pero tenía tantas ganas de saber qué había pasado que no protesté.

—De tanto en tanto, Daphne volvía a sumirse en su catolicismo como una especie de penitencia por el resto de las facetas de su vida…, o eso, o para sacar de quicio a Max; no era fácil saber cuál de las dos cosas. Fueran cuales fueran las razones, aquella mañana había decidido llevar a Agatha a misa, a pesar de que las carreteras estaban llenas de agua y hielo, y a pesar de que había estado bebiendo la noche anterior. Max se culpaba a sí mismo, pero la culpa era de Daphne y solo de Daphne, y ella lo sabía.

Al llegar a este punto se interrumpió y se puso en pie, como si en alguna habitación hubiera sonado un timbre que solo ella podía oír y tuviera que ir a hacer algo. Como con todo lo que pasaba en Barnsley House, la información recibida solo había aumentado mi perplejidad. Max me había prometido que Elizabeth me daría detalles de orden práctico, pero lo único que había conseguido era confundirme más. Yo había ido porque Sophia había pedido ayuda, y ahora que estaba allí la situación era más delicada de lo que me había esperado.

—¿Qué tipo de lesión tiene Agatha? —tartamudeé, intentando tomar las riendas de la situación y reconducir la charla hacia los niños de los que me iba hacer responsable.

Elizabeth se quedó desconcertada.

—Creo que salta a la vista que no puede caminar —dijo a la vez que le daba una patadita a su marido en el tobillo. Tom alzó la vista con aire perplejo, como sorprendido de encontrarse de repente en el cuarto de estar con las dos mirándole—. Tom, a comer.

Tom se puso en marcha, doblando el periódico hasta formar un rectángulo perfecto.

—¡Espera! —dije, levantando la voz sin querer; al oír mi acento estridente, Elizabeth apretó los labios con gesto de desagrado—. El señor Summer me dijo que me dirías qué debo hacer con los niños.

—Ah, sí, los niños. Espera un momento, Tom; a ver que piense… Están Sophia, Robbie y, por supuesto, Agatha —empezó, enumerándolos más para sí misma que para mí—. La mayor parte del tiempo estarán en la escuela… Darles de comer, supongo. Prepararlos para el autobús. Deberes. Cena. Ese tipo de cosas. Cuando el hotel vuelva a abrir, evitar que molesten a los huéspedes.

—¿Algo concreto que tenga que saber? ¿Alergias? ¿Medicamentos?

Intuía que esta sería mi única oportunidad de hacer preguntas, que después de esta conversación Elizabeth daría su misión por concluida y tendría que apañármelas sola.

—No. ¿Alergias? No, no. De ese tipo de cosas, nada —murmuró Elizabeth, llevándose a su marido hacia la puerta. Se detuvo—. Solo una cosa.

—¿Sí? —dije, figurándome que hablaría del temor a la oscuridad, de un recital de piano inminente…

—Mejor si Daphne no se entera de que estás aquí.

—¿Y eso?

Solo se oía el chisporroteo de la leña en el hogar y el incesante tictac del reloj sobre la repisa. Los latidos acelerados de mi corazón tenían necesariamente que oírse por encima de todo lo demás.

—Es lo mejor —dijo Elizabeth, disponiéndose a salir.

—Bueno, a lo mejor no tardamos en volver a vernos, ¿no? —le dije a la desesperada mientras se alejaba, aterrada de pronto ante la perspectiva de quedarme sola en la habitación—. Podríamos hacer un pícnic con los niños en la isla este fin de semana…

Elizabeth se dio lentamente la vuelta. Al principio me pareció que estaba enfadada o sorprendida, pero acto seguido asomó a su rostro una sonrisa radiante. A su lado, también Tom empezó a sonreír. El gesto transformó por completo sus rostros, rejuveneciéndolos un montón de años, casi tanto como para que pudieran parecer padres de niños pequeños.

—¿De veras? —preguntó con voz ansiosa—. Los niños nunca han ido a la isla. Daphne no se lo permitía. ¿De veras los llevarías?

Desde donde me encontraba, veía la isla. A pesar del aspecto hostil que ofrecía aquella mañana, estaba segura de que un día soleado y un pícnic la transformarían en un paraíso infantil.

—¿Por qué no? Me encantaría conocer la isla. Seguro que a los niños también.

El corazón me latía a mil por hora, como si me hubiese alzado con una gran victoria. Me sentía como si fuera a infiltrarme en el sanctasanctórum, como si el hecho de ir a la isla fuese a consolidar mi empleo en Barnsley. Miranda, la primera australiana en pisar la isla.

La perspectiva de ir contra los deseos de Daphne era emocionante, por mucho que pareciera que quizá no se enteraría nunca. Nos despedimos muy animados, y, mientras Tom y Elizabeth se marchaban, pensé que había encontrado unos aliados importantes. Puede que hubiera un futuro para mí en Barnsley.

16

EL PRIMER DÍA SIGUIÓ su curso.

Deshice mi bolsa de viaje. Me sorprendió lo poco que ocupaba mi ropa deportiva en la enorme cómoda. Alineados en el suelo, tres pares de zapatillas de correr se burlaban de mí con su presencia incongruente.

Todo lo que me había venido bien para la vida que llevaba en Melbourne no podía estar más fuera de lugar aquí; yo misma estaba fuera de lugar. Dejé mi ejemplar de *La casa de las novias* bien guardado en la bolsa y escondí la bolsa debajo del sillón. La casa seguía en silencio. Elizabeth y Tom habían desaparecido, y Max no había vuelto del lugar, fuera cual fuera, al que se había escapado antes. No oía a Daphne, aunque sabía que estaba en su dormitorio. Los niños no estaban. No sabía qué hacer.

De manera que hice lo que habría hecho cualquiera en mi situación. Me puse a fisgonear.

Me dirigí escaleras abajo hacia la puerta maciza que dividía la vivienda familiar de la parte principal de Barnsley House. Esperando que fuese a estar cerrada, toqueteé el pestillo y di un fuerte empujón. La puerta cedió inmediatamente, y me precipité al pasillo que había al otro lado.

Hacía un frío helador. Era evidente que la calefacción llevaba mucho tiempo apagada en esta zona de la casa…, tal vez desde el accidente. Por el frío que hacía, no era nada improbable. Cerré la puerta, que desapareció confundiéndose con el revestimiento de madera de la pared.

En el silencioso pasillo, *La casa de las novias* me vino de nuevo a la cabeza. Arriba, en algún lugar del ala este, había un dormitorio en el que Gertrude había escrito casi todas sus obras, y sabía que también había una biblioteca en algún sitio. Y luego estaban las habitaciones inauguradas con fecha posterior al libro. El restaurante, por ejemplo. Una cocina comercial. Me encontraba al pie de una inmensa escalera, que parecía ser el punto de intersección del edificio, que tenía forma de T. La casa estaba construida casi en su totalidad en la parte alta de la T, con las habitaciones mirando al mar, mientras que la sección de servicios estaba apiñada en la achaparrada base. Una débil luz se filtraba por la vidriera del rellano, pero no llegaba a alterar la penumbra de los pasillos que había a ambos lados.

Enfilé hacia la izquierda y, dejando atrás puertas cerradas, llegué a una puerta más grande que había al fondo. Era de acero negro, y sin duda lo más moderno que había en el edificio: detecté el toque de Daphne. Al abrirla, apareció una gigantesca galería completamente acristalada. Era el restaurante, Summer House. Dentro hacía aún más frío que en el pasillo. Me subí la cremallera del chaleco y estiré las mangas para taparme las manos, metiendo los pulgares en los agujeros diseñados a tal efecto.

Las mesas seguían puestas. Las copas de vino estaban en su sitio, cubiertas por una ligera capa de polvo. Los cubiertos, solo ligeramente deslustrados, flanqueaban las servilletas almidonadas. Las sillas estaban tapizadas con un suavísimo terciopelo rosa. Acaricié una, casi por reflejo; el terciopelo siempre me provoca esta reacción.

—Fueron idea mía.

Fue tal el susto que volqué una copa y un plato, derramando sobre el mantel de lino una mezcla de sal marina y polvo.

—A Max no le entusiasmaban.

Daphne.

Considerando los años que llevaba viviendo aquí, su acento

australiano era más marcado de lo que me había esperado. Yo apenas acababa de llegar y mis vocales ya se estaban suavizando.

Me volví a mirarla. Sus movimientos eran lentos, silenciosos. Elizabeth tenía razón: era muy menuda. La rubia cabellera estaba un poco desaliñada; el flequillo, tan característico en otros tiempos, le había crecido, y se lo había apartado de la cara, que tenía forma de corazón.

—Son preciosas —dije, a falta de otra cosa mejor que decir.

—Eres australiana —replicó Daphne. Por lo visto, las vocales aún no se me habían suavizado lo suficiente.

—Sí.

Daphne se acercó con la mano en la cadera, apoyándose en los respaldos de las sillas para desplazarse por la habitación. La ropa que llevaba la empequeñecía: un vestido informal desvaído y demasiado grande y un cárdigan largo. Ahuecó la palma de la mano junto al borde de la mesa y, encadenando movimientos hábiles y eficaces, echó en ella la polvorienta sal con la otra mano. Al no encontrar ningún sitio donde dejarla, volvió a depositarla en el platillo.

—¿Quién eres?

Era una pregunta razonable, pero me vino a la cabeza la advertencia de Elizabeth: «Mejor que Daphne no se entere de que estás aquí».

Sin darme tiempo a responder, Daphne siguió hablando:

—Eres una maldita niñera, ¿no?

Suspiró y sacó una silla, se arrebujó en el largo cárdigan. Algo tintineó en su bolsillo.

—Les dije que me encontraba bien. No me dejan acercarme a los niños, ¿sabes?

Arrastraba ligeramente las palabras. Ni siquiera era mediodía y ya estaba borracha. Empezaba a entender la inquietud de los otros.

—Coge un trapo de ahí.

Señaló un aparador. Seguí sus instrucciones y cogí un trapo de la parte de abajo.

—Y otro para mí.

Para ser tan menudita, daba órdenes de maravilla. En medio del trajín típico de una cocina, tenía que ser tremenda.

—Ahora, que parezca que estás ocupada.

Miró hacia un rincón, y al seguir el movimiento de su cabeza vi una pequeña cámara blanca, casi camuflada con la pintura de la pared. Daphne cogió una copa de vino y yo la imité, frotando distraídamente el polvo del cristal mientras la escuchaba.

—Supongo que te habrán contado lo del accidente. Max y Meryl. —Pronunció «Meryl» del mismo modo que un niño pronunciaría el nombre de un abusón del colegio—. Conducía yo. Le dimos a un ciervo. Agatha quedó herida de gravedad.

Su voz había adquirido un tono monocorde, y le temblaba la copa en la mano.

—¿Usted también resultó herida?

Me concentré en mi copa, exagerando para la cámara a pesar de que sin gafas apenas distinguía nada. Quienquiera que me estuviese viendo se quedaría impresionado por mi esmero. Un familiar estremecimiento me recorrió el cuerpo; era la emoción del engaño.

Daphne titubeó. Identifiqué el titubeo: ¿mentir o decir la verdad? Por mucho que pase el tiempo, la disyuntiva no se vuelve más fácil. Pero eso no se lo podía decir a ella.

—Sí. Sí, yo también. Bastante grave.

—¿Por qué no le permiten acercarse a los niños?

Era una pregunta peligrosa y, teniendo en cuenta su estado, lo mismo se enfadaba.

Dejó la copa, estabilizó la base con los dedos. Su resplandor contrastaba con el estado de Daphne.

—¿Quieres que te enseñe la casa? —preguntó con tono alegre. Como si ni siquiera hubiese oído la pregunta que acababa de hacerle.

—Me encantaría, gracias. Pensaba que nadie me lo iba a proponer.

—Me da que te las estás apañando bastante bien tú sola.

Avanzábamos despacio. Seguro que, en circunstancias normales, Daphne era una persona ágil, pero en cualquier caso, gracias a que solo llevaba unos calcetines tejidos a mano, apenas hacía ruido. Desplazarse por Barnsley sin ser descubierta no iba a ser un problema para ella.

—Ahora es difícil, pero imagínatelo un día de verano con todo el bullicio de las comidas.

Asentí con la cabeza y traté de imaginármelo.

—El sol entra a raudales por las ventanas y lo único que se ve es el verdor de la hierba y el azul del agua. Es espectacular. No hay nada comparable.

Daphne abrió una puerta oculta. Alargó instintivamente la mano en la oscuridad, y varias filas de potentes luces de neón iluminaron el cuarto. Bajo la intensa luz, las pulidas encimeras de acero inoxidable destellaban, y los hornos y las placas de última generación parecían aguardar el regreso de la chef de un momento a otro. El regreso de Daphne.

—¿Piensa volver a cocinar?

Daphne me miró, asustada. Reconocí la expresión de sus ojos. Miedo. Terror al fracaso. Más que eso, el terror a fracasar después de haber conocido el éxito. Yo misma lo veía en el espejo algunos días.

—Una mujer del pueblo se encarga de la limpieza de esta zona —dijo antes de apagar y dejarme completamente a oscuras—. Por petición mía.

La visita guiada continuó por el pasillo.

—A este lado está la zona de los huéspedes. Aquí, una sala de estar. —Entreabrió fugazmente la puerta, lo justo para que me diera tiempo a ver que era la habitación a la que me había asomado antes. Las cortinas estaban corridas y la habitación a oscuras, pero el contorno del mirador era inconfundible—. En otros tiempos fue el comedor familiar. Lo siguen utilizando para las ocasiones especiales.

—Creo que he leído algo sobre el comedor en *La casa de…*

—Dejé la frase en el aire, pero ya era demasiado tarde. Daphne me miró con recelo.

—¿Ah, sí? —preguntó, y acto seguido su rostro pareció que se quedaba en blanco. El pensamiento se le había escapado.

Siguió caminando, abriendo puerta tras puerta el tiempo suficiente para que echase un vistazo a las habitaciones oscuras y polvorientas que había detrás. Su respiración se volvió trabajosa, y sus pasos, más resueltos.

—Salón. Bar. Salita matinal.

Para entonces ya habíamos dejado atrás la escalera y estábamos en la otra punta del edificio.

—¿Y encima están los dormitorios de la familia?

—Sí, eso es.

—Pues si quiere, lo dejamos ya.

—Arriba hay algo que me gustaría que vieras. —Hizo una pausa—. En vista de que eres fan de *La casa de las novias…*

Me fue difícil interpretar su expresión en la penumbra.

—¿Arriba? No sé si es buena idea. ¿No sería mejor que la ayudase a volver a la cama?

Daphne empezó a subir las escaleras. A pesar del silencio que reinaba en el resto de la casa, tenía la sensación de que Max podía aparecer de nuevo en cualquier momento.

—Tienes que saber en qué te estás metiendo.

Estaba resoplando, murmuraba más para sus adentros que para mí. Empecé a pensar que ojalá hubiera seguido el consejo de Elizabeth y me hubiese mantenido alejada de Daphne.

—¿Y cómo es que Max…, esto, el señor Summer…, no ha adaptado la casa para Agatha? —Salvo la respiración, silencio—. No sé, un ascensor, por ejemplo. O rampas.

—Sí. Ya sé a qué te refieres —espetó ella, cortante.

—¿Los médicos creen que va a tener que ir siempre en silla de ruedas?

Daphne sacó unas llaves del bolsillo de su cárdigan y las puso contra la luz que entraba por la vidriera…, el tintineo, por tanto, no era de una botella. Pareció que buscaba una en concreto. A mí me parecían todas iguales.

—Eso pensaban al principio. Pero ahora puede que haya una posibilidad de que no. Es lo único que me impulsa a seguir adelante.

Una vez en lo alto de la escalera, nos encontramos en el pasillo de cruce. Apenas se veía nada de lo oscuro que estaba. Frente a nosotras había una pared maciza con una puerta; a nuestra izquierda, un pasillo más estrecho, y deduje que era la parte de atrás de nuestros modestos dormitorios. Parecía que siguiendo por esa dirección había más estancias, pero la mayoría estaba a nuestra derecha, a lo largo de un extenso pasillo que trazaba una curva antes de desaparecer.

—Los cuartos de los huéspedes —dijo Daphne, pronunciando cada palabra con un gran esfuerzo.

Entre la mala iluminación y mi pésima vista, resultaba difícil leer los letreros. No obstante, había uno que destacaba; recordaba haberlo visto en el libro.

«La Habitación Amarilla».

Daphne movió la cabeza y pasó sin detenerse por delante de la Habitación Amarilla. «La Habitación de la Isla». Tiró de las cortinas con una fuerza que no me había imaginado que tuviera, y la habitación quedó al descubierto. Era una habitación de esquina, más como una *suite*. La decoración era clásica pero no cursi: antigüedades de aspecto macizo y un sillón mullido tapizado de *tweed*. Sobre la mesilla de noche, una lámpara de latón se alzaba entre un montoncito de clásicos de la editorial Penguin.

—Debe su nombre a que tiene vistas a la isla Minerva —dije sin que nadie me lo hubiera preguntado.

Daphne no me hizo caso. Pasó las manos por debajo del colchón. Cogió los libros y les dio la vuelta. Su conducta maníaca era inquietante. Ella era inquietante. Comprendí por qué necesitaban a alguien para ayudar con los niños. Cogió un cojín de la silla y abrió la cremallera. A punto estaba de dejarla sola cuando el rostro se le relajó. Abrió la mano y en la palma había un objeto diminuto y dorado.

—Quiero que me lo guardes.

—¿Qué es? —pregunté falsamente, ya que incluso en la penumbra y a pesar de mi mala vista distinguí que era una llave.

—Quiero que me la guardes a buen recaudo. Tú no tienes vínculos con este lugar. Nadie sospechará de ti.

Se me escapó una pequeña exclamación, pero no pareció que Daphne se diera cuenta.

—Si me sucediese algo, quiero que la uses.

Se arrimó a mí, acercándome la llave y mirando en todas direcciones. Al ver que no reaccionaba, me agarró la mano y me obligó a cogerla. De cerca, y en contra de lo que me había esperado, no olía a alcohol, pero sí a un extraño olor químico. Había algo en Daphne que no estaba del todo bien.

—¿Ha estado alguna vez en la isla? —pregunté, desesperada por volver a la normalidad. Me metí la llave en el bolsillo, decidida a dársela a Max.

Daphne se quedó abrazando el cojín contra su pecho.

—No.

—¿Por qué no?

—No me parece que sea asunto tuyo —dijo una voz masculina, cogiéndome por sorpresa. Primero apareció Thomas, y luego, instantes después, su dueño.

—He visto que las cortinas estaban abiertas. ¿Qué hacéis aquí?

—Solo le estaba enseñando a esta chica tu… —tartamudeó Daphne.

—El autobús del cole está al caer —interrumpió Max.

—Sí, señor Summer —dije, intentando desviar la atención de su mujer, que estaba inmóvil al lado de la ventana con el cojín todavía entre los brazos. A pesar de que temblaba ligeramente, un suave rubor había teñido sus mejillas y su mirada era desafiante.

—Venga, vete ya —dijo Max.

Volví a mirar a Daphne, que asintió con un gesto casi imperceptible, como dándome permiso para marcharme. El terror que había detectado antes en la cocina había vuelto a su rostro. No tenía más remedio que dejarla allí con Max.

Al salir, la única luz que podía guiarme por el oscuro pasillo era la de la Habitación de la Isla. Cuando, instantes después, cerraron suavemente la puerta, me quedé completamente a oscuras.

17

MÁS TARDE, EN LA CAMA, después de dar a los niños una sencilla cena de pasta (para Agatha, tostadas con Marmite), echarles una mano con los deberes y ayudarles a acostarse, era incapaz de dormirme a pesar del agotamiento. Los detalles del día revoloteaban en mi cabeza y me impedían descansar.

Era como si todo el mundo estuviese ocultando algo. Había cosas que chirriaban, partes de la historia que no sonaban sinceras. Cosas en las que solamente otro cuentista como yo se fijaría.

Cuando por fin concilié el sueño, dormí mal. Una mezcla explosiva de desfase horario y angustia. ¿Habría oído a Daphne de haber dormido profundamente? No lo sé, pero en el silencio de la madrugada, sus gritos eran ensordecedores, y nada más oírla salté de la cama, convencida de que se había hecho daño.

Thomas me obstaculizó la entrada, golpeando el marco de la puerta con el rabo y entreabriendo la boca a la vez que gruñía con poco entusiasmo. Los gritos se iban debilitando y oí la voz baja y reconfortante de Max, de modo que, completamente espabilada, volví sobre mis pasos. Había colgado la llave que me había dado Daphne en la cadena de mi madre, y la sentía sobre la piel desnuda; el calor que desprendía me recordaba su presencia.

Encendí la lámpara de la mesilla de noche, un pequeño trasto de hierro con una pantalla estriada en forma de campanilla. Con las sombras de la noche arrumbadas en los coquetos rincones, la habitación se volvió más acogedora al instante. El contraste con las habitaciones renovadas del hotel era llamativo. Saltaba a la vista que no habían reparado en gastos para las zonas públicas del hotel y sí para la zona privada de la familia. Mi bolsa estaba debajo del sillón desvaído, donde la había dejado; el libro me tentaba desde su interior.

No tuve que hurgar mucho para que mis dedos lo localizasen. No era una edición de lujo como la de Max, sino mi preciada edición de bolsillo, cuya ausencia se notaría menos de lo que se habría notado la de las primeras ediciones de tapa dura. Me la había llevado de tapadillo a mi dormitorio hacía unos años, y los demás ejemplares los había apiñado para disimular el hueco. Mi padre nunca dijo nada, pero eso no significa que no se diera cuenta. A decir verdad, en lo referente a mi madre nunca decía nada.

Empezaba a preguntarme por qué. Si sabría algo que yo desconocía. Hasta ahora no me había escamado lo poco que había hablado del pasado de mi madre y de su familia y lo mucho que me había perdido. Lo poco que había hablado mi padre de los éxitos de mi madre. Me asombraba que jamás hubiésemos hablado de lo diferente que era su vida en Australia de su vida anterior en Barnsley. Ni del hecho de que se hubiese marchado de allí. Al parecer, nadie más se había ido. ¿Sería porque allí no tenía un futuro? ¿Sería porque ella jamás podría ser una de las famosas novias?

La cubierta era suave, casi como de cuero, con la cartulina doblada por las esquinas y los bordes de las páginas tan suaves como el terciopelo de las sillas del restaurante. *La casa de las novias*. No me había atrevido a sacarlo desde mi llegada, temiéndolo como si fuera un talismán y no un objeto inanimado. Como si, por ósmosis, se me fuesen a meter en la cabeza fragmentos del libro que podría soltar sin querer en la conversación. Como si la mayor parte del libro no hubiese arraigado ya en mi subconsciente, una bomba imprevisible lista para explotar en el momento menos pensado.

A lo largo de los años, lo había leído varias veces. Lo había leído de cabo a rabo buscando pistas sobre mi madre, sobre todo poco antes de cumplir veinte años y durante mi época universitaria. Las páginas de agradecimientos me interesaban especialmente por aquel entonces: eran las únicas páginas personales de todo el libro y estaban plagadas de nombres que no significaban nada para mí, a pesar de mi incombustible esperanza de que algún nombre familiar me saltase a la vista. Las referencias a amigos y lugares que habían significado algo para mi madre la hacían parecer una persona viva, de carne y hueso, pero también conseguían que me sintiese aún más perdida. Mi madre había tenido toda una vida antes de nacer yo, una vida de la que yo no sabía nada.

Me coloqué al borde del sillón, doblé las rodillas y me senté sobre los pies helados, con la esperanza de transmitirles al menos un poco de calor. Quería estar alerta, no demasiado cómoda. Oí un portazo al fondo del pasillo y di un respingo. Thomas soltó un breve gruñido, y Max le silbó suavemente.

Instantes después volví a oír una puerta que se cerraba. Esta vez, con más delicadeza. Pensé que sería uno de los niños, así que solté el libro y salí al pasillo. Thomas no estaba, pero vi a Daphne plantada a la entrada de su dormitorio, el rostro inquieto y surcado de lágrimas silenciosas. Me acerqué a ella y a punto estaba de hablarle cuando movió lentamente la cabeza y se llevó un dedo a los labios. Sin saber bien qué hacer, le tendí la mano, pero volvió a mover la cabeza y esbozó una sonrisita lánguida. No tuve más opción que volver a mi cuarto y cerrar la puerta.

Después de aquello, no había manera de dormir.

Sin dejar de estar a la escucha de cualquier ruido procedente del pasillo, pasé las primeras páginas de *La casa de las novias*. Por primera vez, me fijé en que no había dedicatoria, y, después de pensar en ello por unos instantes, hojeé rápidamente el resto del libro hasta que llegué al índice. Esta vez, quería saber más sobre Max.

Quería saber por qué Daphne había empezado a tenerle miedo. Quería saber si era por algo relacionado con la partida de mi madre, hacía ya tantos años. Solo había unas cuantas entradas. El libro se titulaba *La casa de las novias* por una razón. La presencia de los hombres era marginal, periférica; estaban eclipsados por sus compañeras, que habían tenido más éxito que ellos.

Maximilian Arthur Summer (1967-), 18-19, 32, 38, 42, 44, 225-229, 240

Max era un actor secundario en el relato. Mi madre se había mantenido en sus trece y se había centrado vigorosamente en las mujeres de la historia. Quizá lo hizo para vengarse de Max por haber sido el único heredero de Barnsley, o quizá la causa se remontase aún más atrás, hasta su relación con su padre. Todos ellos eran personas de verdad, no solo las que seguían vivas, y pensé que en ellas estaba la clave que explicaba la huida de mi madre a Australia.

Las primeras entradas señalaban que Max era el dueño actual de Barnsley House, habiéndose hecho cargo de ella al morir su padre. No se mencionaba a Daphne. Mi madre no debía de haberla conocido, o tal vez sí y no la había considerado lo suficientemente arraigada como para incluirla. Eché un vistazo a la fecha de publicación: 1991. Justo antes de nacer yo. Max ni siquiera conocía a Daphne por aquel entonces. El libro se había escrito mucho antes de que se casaran.

Si mi madre estuviera viva, podría escribir un nuevo capítulo, incluirla. Traté de imaginármelo: una edición actualizada, una fiesta en Barnsley para celebrarlo, Max proponiendo un brindis, mi padre sonriendo orgulloso. Pero la imagen me rehuía, desplazándose por mi cabeza como si estuviese bajo el control de otra persona, de manera que decidí concentrarme en la página que tenía delante.

No había nada nuevo sobre Max, nada que se me hubiese pasado por alto. En las ocasiones en que no tenía más remedio que mencionarle, las descripciones eran sosas, carentes del colorido y el carácter que prodigaba con sus parientes femeninos. Lo único que le hacía interesante era la herencia; por lo demás, su retrato se reducía a una serie de fechas y lugares. Nacido en, educado en, heredero de. Las palabras de mi padre resonaron en mi cabeza. «Hay cosas, personas, a las que más vale dejar en el pasado».

18

AUN ASÍ, A PESAR de la advertencia de mi padre, no podía soltar el libro.

Si hay una constante que caracteriza a todas las generaciones que han vivido en Barnsley, es su afición a las fiestas.

En los últimos años todo está mucho más tranquilo, pero en la época en que mi madre y mi padre estaban al frente, los fines de semana la casa solía llenarse hasta los topes, incluso durante los meses de invierno. En verano, por supuesto, la finca entera se llenaba, incluso las casitas de la periferia que el resto del año se consideraban inhabitables. Pero durante los meses de verano la gente estaba dispuesta a dormir donde fuera con tal de disfrutar del Festival de Verano de Barnsley.

Como todo el mundo sabe, los años de posguerra fueron muy duros para las casas solariegas. Barnsley sufrió como la que más y tardó más en adaptarse al nuevo orden mundial que otras fincas de la zona. La situación no había cambiado para cuando mi padre, Maximilian Summer, heredó en los años 60. Trajo a su joven esposa, Beatrice, al hogar familiar, y tuvieron tres hijos en rápida sucesión: los gemelos Max y Elizabeth

—mis hermanos mayores— y, al poco tiempo, yo. Después se volcaron en restablecer la prosperidad de Barnsley House.

El Festival de Verano de Barnsley era la metamorfosis de una típica fiesta de casa solariega en una actividad por la que se cobraba entrada. Enseguida se hizo popular, y se celebró durante tres años hasta que se canceló a raíz de la trágica muerte de Beatrice.

Pero en sus buenos tiempos fue todo un éxito. En la pradera de la entrada se montaba un gran escenario y la gente se tumbaba a oír música sobre mantas repartidas por todo el terreno. Duraba varios días; hombres y mujeres dormían donde les pillaba y comían de pícnic. Al acabar los festejos todo el mundo estaba cansado, sucio y necesitado de una comida como Dios manda, pero el estado de ánimo general era positivo. Un año, Ross Mackie se presentó con un ejecutivo de una discográfica y se quedaron en la casa principal; en otra ocasión, los Moderns se levantaron del césped y se arrancaron con unas improvisaciones. Las amigas modelos de Beatrice eran tan solo una parte de la tentación para los músicos. Mientras el resto de la zona seguía sacudiéndose de encima las convenciones sociales, Barnsley House era un punto de encuentro del progresismo, un faro para las personalidades creativas.

Durante el Festival de Verano de Barnsley de 1969, una noche especialmente sofocante según informes de primera mano, Beatrice y Maximilian volvieron a la casa con motivo de una cena privada a la que habían invitado a un reducido grupo de íntimos. Algunos eran amigos, otros eran socios del festival. La tensión fue en aumento durante la velada. Rosamund West, que estaba presente aquella noche y que supuestamente era una gran amiga de mi madre, escribió en su diario:

Esta noche, el drama de siempre en Barnsley. Beatrice lle-
gó tarde y borracha a la cena. Visiblemente trastornada. No
paró de fumar ni de atacar a su marido: que si la música del
festival se oía demasiado, que si no podía bañarse porque no ha-
bía agua caliente, que si la habitación estaba mal ventilada...
  Era como si hubiese una chiquilla sentada a la mesa, y en
algunos aspectos lo es, a pesar de haber tenido tres hijos. ¡Y
para colmo dos son gemelos! Jamás la habría creído capaz.
Maximilian, sabiamente, la ignoró, pero se mascaba la ten-
sión entre ellos. Por fin, a las diez de la noche, Beatrice apar-
tó su silla y salió corriendo, dejándonos a todos en paz. Por
desgracia, no quedó ahí la cosa.

Me pregunté quién sería la tal Rosamund West, y hasta qué
punto podía confiar en su descripción de mi abuela. A Max no debía de haberle hecho ninguna gracia el retrato que había hecho mi
madre de su madre, pero ¿había bastado para destruir completamente su relación? Lo dudaba.

El relato continuó con la voz de mi madre:

Los fuegos artificiales acababan de terminar y los invitados habían vuelto a tomar asiento cuando la velada dio
un vuelco espantoso. En aquellos tiempos no había
alarmas de incendios, así que no se enteraron de nada
hasta que entró la niñera gritando con el bebé Max en
brazos.
  Rosamund describe así la escena:

Estaba sudando y fuera de sí. Al principio costaba en-
tenderla. Decía no sé qué de un fuego, pero justo en ese mo-
mento la música se había vuelto más estruendosa y encima
todos llevábamos varias copas de más. Pensamos que esta-
ba experimentando una reacción exagerada a los fuegos ar-
tificiales; esta vez habían sido especialmente aparatosos.

Maximilian la agarró por los hombros, avergonzado por el escándalo. La empujó hacia la puerta; un poco violentamente, me pareció. Una de las mujeres que estaban allí presentes, Hilda le Page, dijo alto y claro: «Por el amor de Dios, Mills, déjala hablar».

Me salté unas páginas buscando la parte que hablaba de Max.

Para cuando se dio la voz de alarma, ya era demasiado tarde. El fuego había consumido el ala este. Entre la confusión del festival y los fuegos artificiales, a los bomberos les costó abrirse paso; el mejor acceso era por la entrada de la casa, pero estaba lleno de público y, en cualquier caso, los daños del ala este eran ya inmensos.

Muchos de los asistentes se habían desmayado en el césped o simplemente estaban demasiado perdidos para seguir instrucciones. Hubo unos cuantos incluso que pensaron que los bomberos formaban parte del espectáculo, y prorrumpieron en estruendosos vítores al verlos llegar. Las mujeres intentaban bailar con ellos, y los hombres insistían en que aceptasen una copa. Fue una pesadilla.

La niñera había salvado la vida del pequeño Max, que había estado en el dormitorio con Beatrice cuando empezó el fuego. El departamento de bomberos tardó días en reconstruir lo sucedido.

Aquella noche Beatrice se había marchado de la cena hecha una furia. De hecho, era famosa por sus retiradas dramáticas, pero normalmente volvía al cabo de un buen rato, después de haberse calmado con más alcohol y varios cigarrillos reconstituyentes.

En esta ocasión, sin embargo, no había vuelto. Tampoco es que a nadie le pareciera raro; dada la cantidad de alcohol que habían consumido todos, era perfectamente lógico que más de uno perdiera el conocimiento. De hecho, Frederick Howard ya se había quedado dormido en una punta de la mesa, con la cara en el plato. Era ese tipo de noche.

Beatrice se había ido al ala este, a la Habitación Amarilla. Era su cuarto, como lo había sido antes de Gertrude y de Sarah y, antes que ellas, de Elspeth. Al igual que sus predecesoras, Beatrice podía asomarse a ver la pradera y, al fondo, el mar. Mientras que Gertrude se había sentado allí para concebir sus obras literarias, Beatrice utilizaba su aguilera para tener una vista aérea de la finca. Puede que aquella tarde se sentase un rato delante de la ventana a fumarse un cigarrillo mientras pensaba en cómo se había portado durante la cena. ¿Le importaba lo que pensaran de ella? No podía saber que sus salidas de tono de aquella noche quedarían inmortalizadas en el diario de Rosamund, a la que consideraba una amiga íntima.

En cualquier caso, por alguna razón salió de su cuarto en torno a la medianoche y se fue al cuarto de los niños. La niñera estaba dormida, a pesar del incesante ruido de la fiesta. ¿Quizá Beatrice oyó que se despertaba su hija pequeña? Es poco probable. Las paredes de Barnsley son muy gruesas; como consecuencia del fuego se pudo ver que bajo el enlucido de yeso había varias capas de gruesos juncos, revestimiento de madera y ladrillos. Además, la niñera no oyó nada.

Beatrice dejó a las dos niñas dormidas —la gemela de Max, Elizabeth, y su hermana de un año, Therese— y cogió a su hijo de dos años. El heredero de Barnsley, el Maximilian Summer más joven de un creciente linaje.

Volvió a la Habitación Amarilla con el niño y abrió el grifo de la bañera. No hay modo de saber qué le hizo pensar que Max necesitaba bañarse en mitad de la noche. Si había vomitado, no se encontraron pruebas a tal efecto en su cama. Era verano, y aunque el niño había tenido laringitis el invierno anterior, ahora estaba perfectamente.

Mientras se llenaba la bañera, encendió un cigarrillo y lo dejó consumiéndose en uno de los numerosos ceniceros de su habitación. Los macizos ceniceros de cristal tallado estaban repartidos por toda la casa. Al llevar a Max al cuarto de baño, se olvidó del cigarrillo y se concentró en la tarea de desvestirle y prepararle para el inesperado baño. El cigarrillo, en precario equilibrio, rodó y cayó sobre la alfombra, que pasó de arder sin llama a prender rápidamente las voluptuosas cortinas. Con el alboroto de fuera, el fuego no se oía.

La niñera se despertó al oler el humo. Corrió pasillo abajo y se encontró a Beatrice desplomada al lado de la bañera, desmayada a causa de la embriaguez, del humo o de una mezcla de ambas cosas. Max, vestido tan solo con el pañal, se había caído al suelo. La niñera lo cogió a toda prisa y se fue a por las dos niñas. Intentó dar la voz de alarma, pero sus gritos fueron rápidamente sofocados por el bullicioso ambiente de la noche.

Para cuando apareció en el comedor, era demasiado tarde. Maximilian y los demás subieron al piso de arriba, pero el aire estaba cargado de humo y las llamas salían por debajo de la puerta de la Habitación Amarilla. No podían pasar. Era imposible rescatar a Beatrice.

Aunque sabía lo que iba a leer a continuación, la muerte de Beatrice, mi abuela, me impactó. En cierto modo esperaba que las cosas le fueran mejor, ahora que conocía la casa y que conocía a Max.

Lo que más me impactó, sin embargo, fue cómo lo había escrito mi madre. El uso impersonal del nombre de su madre. El innegable desapego. Mi madre estaba escribiendo sobre la muerte de su madre con la misma emoción con que escribiría sobre la muerte de un desconocido. La noche en cuestión, ella era un bebé. No había tenido la oportunidad de conocer a su madre, pero, aun así, la sensación de distancia que producía su escritura resultaba extraña. Fría. Como si estuviese enfadada con ella.

Me arrellané en el sillón. Estuve un rato dándole vueltas. La casa estaba tranquila por fin, deslizándose hacia las largas y silenciosas horas comprendidas entre la medianoche y el alba. Y yo estaba completamente despierta, con la cabeza a mil por hora. Por primera vez desde mi llegada, me sentí agradecida por el desfase horario; aunque había pasado el día mareada y con náuseas, ahora, en mitad de la noche, estaba completamente espabilada. Era como si empezasen a encajar las piezas del puzle.

La muerte de Beatrice.

Max en la habitación.

El libro, publicado justo después de que mi madre se fuese a Australia.

El distanciamiento entre Max y mi madre.

Todo estaba relacionado.

Antes no había sabido leer entre líneas, pero ahora lo veía con claridad. Beatrice, insinuaba mi madre, había intentado matar a su hijo aquella noche, y, de no haber sido por el incendio, lo habría logrado. De todo lo que se contaba en *La casa de las novias* —y había infidelidades y embustes a espuertas—, esto era lo más sobrecogedor. Lo más vergonzoso. No solo retrataba a su madre como a una asesina, sino que además la víctima estuvo a punto de ser su propio hijo.

Max.

Mi madre podría haber excluido esta historia. Podría haber interrumpido el relato al llegar a Gertrude, la predecesora de Beatrice. Habría tenido sentido: en comparación con Gertrude, Sarah y

Elspeth, Beatrice era una chica de vida disoluta, famosa por su físico y sus fiestas y poco más.

Y, sin embargo, había incorporado la historia, una acusación velada que jamás había llegado a demostrarse. Me sorprendió que hubiese siquiera un ejemplar del libro en Barnsley.

Buscando consuelo, volví a la página de agradecimientos, a la lista de personas que habían sido importantes para mi madre y que después habían desaparecido. Leí sus nombres otra vez. De tantas veces que los había leído, algunos me eran familiares, pero otros me eran tan desconocidos como siempre. Esperé a que me invadiese la ansiada sensación de calma. Me pareció que sería buena idea dormir, si es que podía, pero había algo que me preocupaba.

Uno de los nombres. Volví, los leí de nuevo.

Jean Laidlaw. Conocía aquel nombre. El taxista. La sociedad histórica.

¿Y si me iba a buscar a Jean Laidlaw por la mañana…?

Pero no fui. Porque esa misma mañana descubrimos que Daphne había desaparecido.

19

NO ME DI CUENTA inmediatamente. Ni yo, ni nadie. Como siempre, los niños se fueron al colegio, y Robbie, después de subir a despedirse, volvió a bajar sin mencionar que Daphne no estaba en su cama.

Estaba intentando hacer galletas para los niños cuando sonó el teléfono. Mis dotes para la repostería son bastante limitadas porque no he tenido una madre que me enseñara los rudimentos, y aunque la madre de mi padre mostró cierto interés por instruirme, no era de esas personas que te pasan una preciada receta de familia para hacer bollitos o un pan de frutas confitadas. El colegio al que fui no impartía la asignatura de economía doméstica, así que aprendí a cocinar por mi cuenta, observando a las familias de mis amigos e informándome con programas de cocina, incluido, ironías de la vida, el de Daphne.

Y en los años siguientes, la repostería —sobre todo la que, como esta que estaba haciendo ahora, llevaba tanto azúcar— no encajaba con mi línea empresarial. En cambio, las bolitas de proteína, llenas de caros y esotéricos ingredientes… esas sí que sabía hacerlas con los ojos cerrados.

La masa no estaba respondiendo como debía. Estaba pegajosa, y los montoncitos deformes tenían todas las papeletas para terminar siendo galletas irregulares y mal horneadas. La cocina estaba todavía más desastrosa que la noche de mi llegada. La parte superior del banco estaba cubierta de harina, y la masa había dejado pegajosos todos los mandos del horno.

El contestador del teléfono se activó antes de que pudiera terminar de lavarme bien las manos. Me las estaba secando cuando caí en la cuenta de que la voz de la grabación era la de Daphne. «¡Hola! Has llamado a la familia Summer. Yo seguro que estoy liada en el restaurante, y no tengo ni idea de qué estará haciendo Max, pero por favor deja un mensaje o vuelve a llamar en un par de días si se nos olvida devolverte la llamada».

¡Qué diferente era su voz de la que había oído el día anterior! Segura de sí misma, melodiosa y con un timbre risueño, como si hubiese alguien a su lado haciéndole muecas. ¿Quién habría sido, en aquella casa habitada por personas tan serias y tristes? Al oír que después de la señal del contestador retumbaba la voz de Elizabeth, salí corriendo y agarré el auricular con ambas manos.

—¿Sí? —dije, sin saber exactamente cómo había que responder en un teléfono fijo y asombrada por la novedad.

—Hay dos cosas de las que quiero hablarte y necesito que me escuches —empezó, sin andarse con cumplidos ni asegurarse de que había contestado la persona que buscaba. Había mala conexión y, aunque no había visto su casita, sabía que estaba muy cerca, de modo que me sorprendió que sonara como si llamase desde la otra punta del mundo.

—Se oye muy mal —grité para que me oyera.

—Siempre se oye mal. —Oí que inhalaba; otra vez estaba fumando—. No hace falta que grites.

—No puedo hablar mucho, tengo galletas en el horno.

Además, tenía pensado buscar a Jean Laidlaw antes de que los niños volvieran del colegio.

—No llamo para charlar —dijo, inhalando de nuevo.

—¿Y qué dos cosas quieres decirme, entonces?

—He estado hablando con Tom y me temo que por ahora la visita a la isla queda descartada. En esta época del año es demasiado peligroso, el tiempo es impredecible. No sería buena idea, con todo lo que ha pasado.

—Vaya…

A duras penas pude disimular mi decepción. Con la jornada laboral tan vacía que tenía, la excursión a la isla había sido el único plan que me había despertado un mínimo de entusiasmo.

—Me hacía muchísima ilusión. ¿Estás segura de que no hay manera de que podamos ir? Por lo que veo, Tom y tú vais y venís sin problema.

—Agatha va en silla de ruedas, cielo —repuso Elizabeth, como si se me hubiese olvidado—. Simplemente, no es seguro. Ni se te ocurra mencionarles la idea a Max o a los niños. Ni a Daphne —añadió por si acaso.

—¿Podremos ir cuando mejore el tiempo? ¿En verano? —pregunté esperanzada, sin quitar el ojo al reloj y al horno.

Elizabeth se rio.

—¿De veras piensas que seguirás aquí para entonces?

—No sé… Estoy a gusto —dije sinceramente, porque me parecía que los niños empezaban a cogerme cariño, y la casa y sus secretos cada vez tiraban más de mí. Empezaba a olvidarme de la verdadera razón por la que había venido. Empezaba a pensar en lo agradable que sería simplemente estar allí como una empleada, comenzar de cero en un lugar en el que nadie conocía mi pasado. No sabía durante cuánto tiempo podría salirme con la mía. Seguro que más pronto que tarde mi padre me encontraría, o alguno de los Summer descubriría mi auténtica identidad.

Elizabeth siguió hablando con voz más amable.

—Bueno, ya veremos. Todo depende de Daphne. Aún falta mucho para el verano. Primero tenemos que pasar el invierno.

El timbre del horno sonó ruidosamente, y aunque estaba en la otra punta de la cocina vi que el marrón dorado de las galletas se estaba transformando rápidamente en quemado.

—Elizabeth, tengo que irme. Las galletas se están quemando. ¿Y la segunda cosa?

—Galletas. Qué maravilla. Daphne hace esas galletitas planas tan curiosas, las anzacs. Tenían una pinta muy rara, pero estaban deliciosas. ¿Eso es lo que estás haciendo tú?

—No. Las mías son de pepitas de chocolate, nada más…, más como las típicas galletas, supongo.

—La receta de las anzacs esas debe de estar por ahí, deberías buscarla.

Empecé a oler a quemado; el olor a mantequilla se había vuelto punzante en cuestión de segundos.

—Lo siento, Elizabeth. Mejor te llamo luego.

—No hace falta que me llames, cielo. Cuando me preguntaste por los niños, sabía que me estaba olvidando de algo, pero la idea de la excursión a la isla me dejó tan desconcertada que se me olvidó por completo mencionarlo. ¿Te ha contado alguien lo del cajón?

—¿El cajón? —pregunté, acercándome al horno y preguntándome si habría algún modo de alargar el cable del teléfono lo suficiente para abrirlo y poner las galletas a salvo.

—El cajón del aparador antiguo. Ni siquiera se nota, así los construían en aquellos tiempos, pero si tocas por debajo del estante inferior verás que hay un tirador.

Aflojé el cable en sentido contrario y me dirigí hacia el aparador, en el que hacía tan solo unos instantes me había estado apoyando. No se veía el cajón por ningún sitio, pero, en efecto, mientras exploraba con la mano por debajo del saliente, noté una pequeña hendidura. Por mucho que apretaba, sin embargo, el cajón se resistía.

—Lo he encontrado —dije—. Está cerrado con llave.

La llave que colgaba sobre mi pecho. La cara aterrorizada de Daphne.

El instinto me dijo que no la mencionase. Todavía no.

—Ah.

La voz de Elizabeth sonó extrañamente monocorde.

Habiendo perdido ya toda esperanza de rescatar alguna galleta, rebusqué por debajo del cuello de mi suéter y me saqué la cadena por la cabeza. Procurando no hacer ruido, metí la llave en la pequeña cerradura de latón que había a un lado del aparador. Suspiré bajito, y el cajón se soltó.

—Sí, definitivamente está cerrado con llave —repetí mientras mis ojos se iban posando sobre el contenido. En un primer momento me pareció un surtido de cachivaches: autorizaciones para excursiones escolares, un cuenquito lleno de calderilla, notas y una tarjeta de crédito a nombre de Daphne, llaves de coche y protector solar. Al fondo del cajón había un cuaderno de cuero negro con los bordes gastados, y montones de papeles, recibos, tarjetas postales y cartas.

—Pues nada, me temo que no me va a servir de mucho —dije, intentando disimular la emoción de mi voz.

—Daphne solía meterlo todo ahí —dijo Elizabeth—. Su diario, autorizaciones escolares, cosas así. Siempre estaba escribiendo en un cuaderno. Si apareciera la llave, estoy segura de que encontrarías todo lo que necesitas.

Se oía tan mal que tardé unos instantes en comprender que ya había colgado.

Elizabeth se equivocaba en muchas cosas. La verdad se le escapaba a menudo, ya fuera por casualidad o a propósito, pero en lo que a ese cajón respecta, tenía razón. En él estaba todo lo que necesitaba.

20

AL PRINCIPIO, me pareció mal leer el cuaderno. Era demasiado personal, estaba escrito con algún propósito que aún no había deducido. Y me parecía mal porque en aquel momento aún no sabía que Daphne había desaparecido. Aun así, al verlo en el cajón me lancé sobre él. Daphne era un enigma, sí, pero lo más importante era que había confiado en mí cuando más vulnerable se sentía: al salir de su dormitorio la noche anterior y la tarde en la que con tanta urgencia me había obligado a coger la llave. Sabía que el contenido del cajón tenía que ser importante.

Las primeras páginas del cuaderno estaban llenas de anotaciones del día a día: recetas garabateadas, listas de la compra, recordatorios de asuntos pendientes. Al parecer, Daphne había estado preparándose para Navidad… Había planeado un menú completo, y al lado de cada plato había escrito las iniciales de la persona en la que, cosa rara, había delegado para que lo cocinase. «MM» —Meryl Mins, supuse— iba a encargarse del pudin, y «EC» del relleno. Todo era de lo más amigable.

Robbie necesitaba zapatos nuevos para el cole, y Sophia tenía una cita con el ortodoncista el seis de enero. Las minucias de la vida familiar me interesaban poco. ¿Y si Daphne realmente estaba tan loca como parecía? Hojeé varias páginas más de notas y recordatorios, y de repente los ociosos pensamientos sobre la cita con el ortodoncista se desvanecieron por completo.

Elizabeth:

Esta nota es para ti, aunque no sé si la encontrarás. He intentado esconderla en algún lugar donde nadie pudiera verla, pero me preocupa haberla escondido tan bien que no llegues a encontrarla nunca. Me preocupan las dos cosas, ¡y bien conoces tú cuánto me preocupo!

A menudo me preguntas por qué llevo siempre encima este cuaderno, y siempre te respondo la verdad: recetas, listas de la compra, cosas a recordar... Desde que tuve a los niños, no consigo acordarme de nada. Antes de que abras la boca: no es culpa de las drogas. Me viene de antes, pero supongo que aquellos años no contribuyeron a mejorar las cosas.

A veces me ocurre que estoy ahí en el huerto y cojo algo —hinojo, o cualquier hierba— y para cuando me pongo a guisar por la tarde ya se me ha olvidado lo que tenía pensado hacer. ¡Incluso con el hinojo o el estragón ahí delante de mis narices! Te aseguro que no es precisamente una ayuda para la empresa. El caso es que empecé a anotar todo. Parece de locos, incluso escribir esto lo parece, pero quiero contarte mi plan B.

Por si me pasa algo, quiero compartir lo que sé con alguien. Creo que estoy en peligro. Sé que la consideráis inofensiva. No lo es. Si se le ocurriera un modo de hacerme daño sin disgustar a Max, lo haría, y creo que también se lo haría a él. Pensarás que son las drogas las que me llevan a decir esto, o el alcohol. Algún tipo de efecto secundario. Pero tú sabes que hace tiempo que dejé todo aquello, y sin embargo estoy mucho más paranoica ahora que cuando estaba enganchada.

En fin, sigamos con Meryl... y, sí, aquí voy a llamarla por su nombre de pila a pesar de que en la vida real no me atrevo a hacerlo. Está enamorada de Max. «¡Venga ya, Daphne!», me parece oírte decir. «¡No me jodas!». Me encanta oírte soltar tacos con tu precioso acento engolado. De hecho, cuando nos conocimos rompiste el hielo con un taco muy bien colocado, y supe al instante que a pesar de todo, contra todo pronóstico, iba a sentirme a gusto en Barnsley. Sobre todo teniéndoos a ti y a Max a mi lado.

Yo también amo a Max, pero es un amor normal entre adultos. A veces nos peleamos (bueno, en realidad muy a menudo, sobre todo desde el accidente) y ponemos a prueba nuestra paciencia mutua, pero realmente buscamos lo mejor el uno del otro. Conozco sus puntos débiles y él conoce los míos, y si por lo que sea los míos son más numerosos, en fin, lo acepto sin reservas. No soy perfecta. Max tampoco es perfecto. Pero a ojos de Meryl, lo es.

Max dice que no conoces toda la historia de los Mins...

Llegado este punto, la escritura se interrumpió. La última palabra estaba ligeramente emborronada. Debajo, Daphne había escrito una de sus listas.

Costilla de ternera asada. Grasa de pato. Clementinas. ¿Regalo para Max?

La lista continuaba de esta guisa. La preciosa caligrafía de Daphne volvía atractivas incluso las palabras más rutinarias, y luego, en la otra cara, cambiaba y estaba un poco más torcida y menos cuidada, como si hubiera escrito a toda prisa.

¡Maldita sea, acaba de entrar! ¿Tú te crees? Entró mientras estaba escribiendo eso último y tuve que taparlo como si estuviese en el colegio. Esa mujer tiene ojos en todas partes, y un sexto sentido para hacer daño. Seguro que fue por eso por lo que tu madre la contrató. Más vale que me dé prisa en escribir esto, por si vuelve. Estoy segura de que estaba intentando ver lo que escribía.

¿«Tu madre»? ¿Beatrice había contratado a la señora Mins? Pensaba que era Max el que la había traído de Italia…

Curiosamente, a pesar de que había estado un rato con Daphne, no me había hecho una idea de cómo era. Me costaba relacionar la voz fuerte y vivaz de la carta con la frágil mujer con la que me había topado mi primer día en Barnsley.

Max siempre me decía que tú no tenías por qué enterarte de toda la historia del señor y la señora Mins. Tiene un rollo protector contigo. Yo le digo, «Max, puede que sea tu hermana menor, pero te da sopas con honda». Y es verdad, es un lujo tenerte como aliada. En cuanto te embarcaste en el proyecto del restaurante y el hotel, supe que iba a funcionar. Y así fue. Si estuvieras aquí me llevaría el puño al pecho para decirte que te llevo en el corazón, pero sé cuánto detestas los gestos afectados… y precisamente por eso, casi como que me apetece todavía más, ¡ja, ja!

Esto de proteger a las mujeres está pasado de moda. Así que ahí va. Quizá, en contra de lo que cree Max, ya sepas algo, o casi todo. Las mujeres siempre sabemos más de lo que decimos. Y al final, creo que seremos nosotras, tú y yo, las que protejamos a Max.

Max me contó todo esto a lo largo de varias noches, cuando acabábamos de conocernos y estábamos en pleno arrebato de confidencias. Todavía seguíamos en Londres, y en aquel momento no sabíamos lo que nos deparaba el futuro, no sabíamos que tan solo unos días después estaríamos prometidos. Pero aquella noche, pusimos todo sobre el tapete. No sé si se habría mostrado tan comunicativo de haber sabido que acabaría siendo su mujer y viviendo con él en Barnsley. Por aquel entonces yo no era más que alguien dispuesto a escuchar, y Max necesitaba que alguien le escuchase.

Tuve que obligarme a devolver el cuaderno al cajón. Aún tenía que resolver el problema de las galletas y el autobús estaba a punto de llegar. Pero, sobre todo, no quería que Daphne me pillase leyéndolo. Entonces no sabía que no tenía por qué haberme preocupado por eso. Cerré el cajón, volví a colgar la llave de la cadena y me prometí que seguiría leyendo en cuanto me fuera posible.

21

LA TARDE EMPEZABA a ceder paso a la noche; en Barnsley oscurecía mucho antes que en ningún otro de los lugares en los que había estado. Mientras volvíamos de la parada del autobús, estuve atenta por si veía a Thomas —que era prácticamente indistinguible en la oscuridad— en el largo y sinuoso camino de entrada. Me habían dicho que nunca se alejaba demasiado de Max.

Y a Max no se le veía por ningún sitio desde aquella mañana.

Solo habían pasado unos días desde mi llegada, pero los niños ya empezaban a sentirse lo bastante cómodos conmigo como para lamentarse de sus tribulaciones escolares mientras volvíamos a casa. Agatha iba callada; volvía rendida del colegio. Sophia tenía problemas con una niña que quería ser su mejor amiga y que a la vez no paraba de incordiarla. Robbie me daba la lata para que el fin de semana fuéramos a ver una vieja abadía encantada que estaba por allí cerca.

—Ayer conocí a vuestra tía —dije cuando los dos mayores terminaron de hablar; la llamada de teléfono y el cuaderno me habían refrescado la memoria. Quería saber qué pensaban ellos de Elizabeth.

—A Elizabeth, ¿no? —dijo Robbie.

—Solo tenemos una tía.

Sophia suspiró y miró por la ventana, exasperada con su hermano a la manera exagerada de las niñas de su edad. Me pregunté si estaría pensando en mi madre, y si su actitud insensible sería adrede.

—Sí, Elizabeth —dije.

—¿Vino a casa? —preguntó Agatha desde atrás.

—Sí.

—No puede tener hijos. Le pasa algo.

—¡Agatha! Eso no es asunto nuestro —le espetó Sophia.

—Se dice estéril —dijo Robbie, siempre deseoso de dar nombre a las cosas. Era su manera de controlar el impredecible mundo en que vivía—. Seguro que fue antes de comer.

—¿Por qué? —pregunté, intrigada.

—¿Qué quería? —dijo Sophia. La dejé cambiar de tema pero la miré de reojo. Estaba mirando por la ventana, demasiado fijamente como para convencer a nadie.

—Vino a hablar de vosotros. A decirme qué tengo que hacer, esas cosas… «Cena a las seis, a la cama a las siete», creo que dijo. —Mi intento de darle un toque de humor les pasó inadvertido, así que continué—. Creo que solo quería echarme un vistazo para controlarme, asegurarse de que vuestro padre había elegido bien.

—Espero que no le hicieras caso.

—¿Y eso por qué, Sophia?

—No tiene hijos, y no tiene ni idea de cómo son los niños. Después del accidente, desapareció del todo. Se largaba todos los días a esa puñetera isla y no se le veía la cara.

—Ah… Bueno, no sabría cómo comportarse, nada más. Hay personas así, que no saben cómo enfrentarse a las épocas difíciles —dije, pensando en toda la gente que había perdido cuando murió mi madre. Incluso amigos del colegio que conocía de toda la vida dejaron de repente de invitarme a su casa, como si tener una madre enferma fuera contagioso, o como si un padre soltero fuera peligroso.

—Sophia ha dicho «puñetera» —señaló Agatha.

—Mamá dice cosas peores. Dice jo…

—¡Robbie! ¡Ya está bien! —grité a tiempo; poco faltó para que estrellase la furgoneta contra uno de los setos.

—Dice que estar casada con nuestro padre es motivo de sobra para decirlo.

Por muchas ganas que tuviera de saber más sobre Daphne y sus palabrotas, estábamos llegando a casa, y tenía un tiempo limitado para aprovechar este chorreo de información antes de que Sophia se bajara de un salto del coche y se retirase a su dormitorio, como hacía cada tarde al volver del colegio.

—¿Así que no veis mucho a Elizabeth? —pregunté tímidamente, queriendo retomar el tema y a la vez evitar poner sobre aviso a Sophia de mi interés.

—Ya no. Antes siempre estaba aquí. Mamá y papá discutían por eso.

—¿Por qué?

—Papá dice que tiene mala influencia en mamá.

El que habló fue Robbie, y a Sophia, a juzgar por la mirada que le dedicó, no le hizo ninguna gracia que compartiera esta información. Parecía la encargada de dosificar la información que se me daba. Robbie calló.

Elizabeth me había hecho pensar que Daphne y ella no tenían una relación estrecha, pero he aquí que, según los niños, eran amigas, más que amigas. Elizabeth debía de haber superado su inicial desagrado por la mujer de Max, pero eso no lo había incluido en su relato. En realidad, pensé, ni siquiera se había incluido a sí misma en el relato.

—¿Qué hace en la isla?

La veía a lo lejos, desapacible e inhóspita, un lugar en el que apenas había nada que hacer aparte de acabar con quemaduras graves a causa del viento.

Sophia resopló.

—¿Qué hacen los viejos en cualquier sitio?

—No lo sabemos, nunca nos han llevado —añadió Robbie, mirándome como pidiendo disculpas, como si yo, junto con Elizabeth, Daphne, Max y la señora Mins, fuera uno de «los viejos».

—Mamá dice que es demasiado peligroso.

—A mamá todo lo de aquí le parece peligroso —dijo Agatha, su voz enturbiada por la emoción.

—Bueno, tenía razón, ¿no?

Y ahí quedó la cosa. Otro tema de conversación rápidamente zanjado por Sophia.

El resto del breve trayecto lo recorrimos en silencio.

—Ya hemos llegado —dije mientras doblábamos por la entrada trasera. Nos habíamos acostumbrado a aparcar muy cerca de la casa. Era difícil empujar la silla de ruedas de Agatha por el sendero de grava, y esto nos facilitaba mucho las cosas. Me fui a la parte trasera del coche, y al ver allí a solas a Sophia aproveché la oportunidad.

—Recibí tu carta —dije, tan atropelladamente que no pude dar más detalles.

—¿Qué carta?

Sophia me miró con desdén. Su expresión me devolvió inmediatamente a la época del instituto. Tuve que decirme a mí misma que la adulta era yo.

—La carta —dije con tono significativo, consciente de que Robbie se estaba acercando y de que Agatha seguía esperando en el coche—. Puedes confiar en mí.

—Tú no eres…

—…Tessa. No, no soy Tessa. Mi madre murió.

Se le saltaron los ojos de las órbitas, y vi que me había comprendido. A punto estaba de decirme algo cuando Robbie se abrió paso, agarrando su mochila con tal ímpetu que la silla de ruedas se estampó contra el cuerpo de Sophia. La oportunidad se perdió.

—No sé de qué me hablas.

Robbie miró a Sophia y después a mí con aire avergonzado, y Sophia aprovechó para meterse en casa. No la volveríamos a ver hasta que bajase a cenar malhumorada.

Una vez en la cocina, los niños miraron con recelo las galletas quemadas, pero tuvieron la cortesía de probarlas. Incluso Agatha, por vez primera desde que llegué, comió algo distinto de las tostadas con Marmite.

Robbie se zampó tres con bastante entusiasmo, pero Agatha dio un par de mordisquitos y dejó la suya en el plato.

—Está muy dura, me hace daño en el diente que se me mueve.

—¿Se te mueve un diente? —pregunté, sintiendo que la distancia que nos separaba volvía a ensancharse una vez más. Una madre no habría necesitado hacer semejante pregunta. La mía siempre me había parecido que hacía un inventario de todo lo que sucedía en el interior de mi boca, y sabía casi antes que yo cuándo se me empezaba a mover un diente.

—Dos —dijo Robbie con tono solícito, alargando la mano para coger otra galleta antes de que pudiera impedírselo—. Y seguro que más después de estas galletas.

—¿Me dejas moverlo? —pregunté, arrepintiéndome nada más decirlo. Agatha no había hecho más que empezar a hablar conmigo; quizá le incomodase que le metiera la mano en la boca. Pero asintió, y le di un toquecito al diente de abajo—. Estos siempre son los primeros que se caen.

—A mí sí —dijo Robbie, enseñando todos los dientes aunque tenía la boca llena de migas—. Después se me cayeron estos.

—Mastica con la boca cerrada, Robbie —dije antes de volver a dirigirme a Agatha—. La próxima vez tendré que haceros galletas más blanditas.

—Mamá solía hacer galletas blanditas.

—¿Ah, sí?

Agatha dijo que sí con la cabeza.

—Muy dulces y planas, y tenían un nombre raro.

—Anzacs —dije.

Robbie se quedó boquiabierto, mostrándolo todo de nuevo.

—¿Cómo lo sabes?

—Magia, supongo. Así que más vale que os andéis con ojo. Lo sé todo. Y también sé que seguramente tendréis deberes que hacer, conque ¿qué tal si os vais sentando a la mesa mientras preparo la cena?

Por una vez, Robbie hizo sin tardanza lo que le había pedido. Me dispuse a empujar la silla de ruedas al cuarto de estar para que Agatha viese un ratito la tele, cuando en ese mismo instante oí que la puerta de atrás se cerraba de golpe.

—Maldita sea, ¿quién demonios ha dejado ese coche en medio del camino de entrada? —gritó Max antes de entrar siquiera. Una pregunta sin sentido, ya que nadie más conducía la pequeña furgoneta.

No le había visto en todo el día. Era como si su existencia transcurriese en la periferia de la vida de Barnsley. No comía con los niños y se pasaba la mayor parte del tiempo en su estudio. De noche, desaparecía durante horas; si al *pub* de la zona o a algún otro sitio, aún no lo había averiguado. En cualquier caso, yo lo prefería así. No me apetecía nada sentarme con él en el sofá a ver la tele.

—He sido yo —dije mientras salía de nuevo por la puerta de atrás, hiperconsciente de pronto de los restos de la masa de galletas, que estaban por todas partes. Intenté mirarle a los ojos, sobre todo para evitar que viera el estropicio, pero no me miraba.

—¡Ya sé que has sido tú, maldita sea! —bramó—. Solo un australiano dejaría un coche ahí en medio, con las puertas abiertas de par en par como si viniera de perpetrar un atraco.

Eché un vistazo por la ventana, y comprobé que tenía razón: la puerta del copiloto estaba abierta y la llovizna estaba calando el asiento. La culpa la tenía Sophia. Cabía esperar de una niña de doce años que cerrase la puerta del coche al bajarse, pero no podía culparla sin parecer yo misma una niña quisquillosa.

—Lo siento —dije—, es mucho más fácil meter a Agatha en casa desde allí. La silla se atasca con la grava.

—La señora Mins nunca ha tenido ningún problema —dijo Max. Esperé a que, ya de paso, dijese que todo estaba hecho un asco, pero empezaba a darme cuenta de que Max sufría de un caso extremo de ceguera doméstica. Al otro lado de la oficina del hotel todo estaba inmaculado, mientras que aquí detrás, en sus habitaciones privadas, su nivel de exigencia era sorprendentemente menor. Casi parecía como si esta parte de la casa no existiese para él; evidentemente, todo lo contrario del patio delantero.

—Puede que a la señora Mins le diese miedo decir algo —dije. El rasgueo del lápiz de Robbie sobre el papel cesó al instante, y noté que estaba escuchando.

Max tardó un buen rato en responder.

—Puede que tengas razón —dijo, sacudiéndose la punta de la nariz como si le molestase algo—, pero el coche tiene que quedarse en el aparcamiento. Algo se te ocurrirá para resolverlo, seguro.

Y salió hecho una furia.

Lo dejé pasar, pero decidí que seguiría aparcando el coche exactamente en el mismo lugar. En el lugar que más convenía a sus hijos. Bastante difícil era para Agatha desplazarse sin la indignidad añadida de verse arrastrada en silla de ruedas por un largo trecho de grava al final del día. Bien estaba que hubiera normas —mi padre, desde luego, tenía normas para dar y tomar—, pero imponerlas sin motivo era ridículo.

Seguía echando chispas cuando Max volvió a aparecer poco más de un minuto después. Tosió, y con gesto ligeramente avergonzado, dijo:

—¿Has visto a Daphne?

22

EL BOLSO DE DAPHNE seguía en su dormitorio, después de varias semanas sin haber sido utilizado. Su coche, siniestro total después del accidente, estaba en el aparcamiento. Yo no sabía lo suficiente sobre sus pertenencias como para sacar conclusiones, pero los niños estaban convencidos de que no faltaba nada.

Entre ellos y yo registramos la casa y el hotel de arriba abajo, encendiendo las luces a medida que avanzábamos sin encontrarla. La señora Mins y Max buscaron por los terrenos, incluidos los edificios anexos.

Otras personas habían desaparecido antes de mi vida. Cuando tenía ocho años, mi madre murió de cáncer de pulmón. Los padres de mi padre murieron jóvenes. Después de mi caída en desgracia, había amigos que me habían abandonado. Pero nadie se había ido sin motivos. Sin que yo supiera adónde y por qué se habían marchado. Me inquietaba.

Pero no parecía inquietar a nadie más.

—Lo hace de vez en cuando —dijo Max—. No hay motivos para preocuparse.

—Estará por ahí emborrachándose —dijo la señora Mins, asegurándose de que Max no podía oírla.

Los niños no dijeron nada.

Para cuando renunciamos a seguir buscando ya era casi medianoche, y no había ni rastro de Daphne por ningún sitio. La señora

Mins se fue a su casita, y Max estaba a punto de retirarse a su estudio.

—¿Quiere que telefonee a Elizabeth? —pregunté. Si Daphne y ella eran tan amigas como habían dicho los niños, puede que estuviera con ella.

—Quizá mañana —contestó Max sin volverse.

—¿Y a la policía?

Se paró en seco. Se dio la vuelta rápidamente.

—Ni hablar. No pienso hacerles perder el tiempo con los numeritos de mi mujer.

Recordé el rostro asustado de Daphne, la urgencia con la que me pasó la llave. Max la conocía desde hacía mucho más tiempo que yo. Al fin y al cabo, quizá tuviera tendencia a montar numeritos. Aun así, empecé a cuestionarme que fuera buena idea darle la llave a Max, como me había dicho mi instinto al principio.

Decidí volver a leer el cuaderno en cuanto pudiera. Una vez acostados y dormidos los niños, cosa que llevó un buen rato porque estaban hechos un manojo de nervios, bajé sigilosamente las escaleras, saqué el cuaderno del cajón y volví a hurtadillas a mi dormitorio. A seguir leyendo.

Al principio era como si Max hablase un idioma extranjero. Tardé bastante en acostumbrarme, en comprender que cuando hablaba de Barnsley House se refería al hogar de su infancia, y que cuando mencionaba a Nanny no se refería a su abuela sino a una criada que se encargaba de los niños. Para alguien como yo, que había crecido en las playas del norte de Sídney, el salto era enorme. Mi niñera llevaba una permanente y se iba al bingo en su Corolla, pero la mujer de la que hablaba Max era más joven y, por lo que decía, bastante atractiva. (Cuesta creerlo pero se refería a Meryl, ja, ja).

Al morir vuestra madre no erais más que unos bebés que todavía no habían cruzado esa frontera en la que se empiezan a retener los recuerdos. Max no recuerda la noche del incendio,

142

pero dice que a veces le vienen «flashbacks». Quizá te hayas fijado en que no soporta la noche de las hogueras, y que se mantiene alejado de ese dormitorio del ala este en la medida de lo posible. Tu madre, Beatrice, tenía fama, como sabes, de ser muy hermosa. Es curioso, a veces se dice que alguien de una generación anterior era toda una belleza, y luego ves una foto y piensas, ¿estaban locos o qué? Pero Beatrice era espectacular, incluso en las fotos más antiguas. De hecho, Sophia empieza a parecerse mucho a ella, ¡que Dios nos coja confesados!

Sacaron a Beatrice en la portada de Country Life; cosa rara, ya que para entonces era una mujer casada y con hijos, pero debió de ser un mes con pocas debutantes. No sé. Estoy segura de que tú sabrás más que yo de esas cosas. Maximilian la empujó a hacerlo (me refiero a tu padre. ¿A qué viene tanto nombre repetido? Es un lío tremendo, y a Max le prohibí que continuase la tradición con mi precioso Robbie).

A Maximilian no se le iban de la cabeza los éxitos de algunas de las mujeres que habían estado al frente de Barnsley en otros tiempos (¡y eso que ni siquiera se había publicado aún ese maldito libro!) y quería presumir de esposa, que se viera que estaba a la altura de sus predecesoras. ¡Aunque solo fuera por su aspecto físico!

¿Y qué si Beatrice tenía dos niños pequeños y un bebé y no debía de sentirse precisamente esplendorosa? Le sacaron la foto, y salió en el número del 5 de junio de 1969. Maximilian me enseñó una vez la revista. Hay un ejemplar en la biblioteca; por si no lo has visto, está encajado entre unos viejos tomos de la Enciclopedia Británica.

Me dije que tenía que ir a buscarlo a la biblioteca.

Aparte de su físico, más cercano a una belleza tipo Elizabeth Taylor que a una belleza bucólica, por lo que más destacaba Beatrice entre aquellos que la conocieron era por sus

fiestas. La casa siempre estaba abarrotada, y las fiestas du-
raban varios días seguidos, con todas las habitaciones del pa-
sillo del ala este llenas de invitados que literalmente iban
esquilmando a tus padres, arrasando con todo lo que había en
la despensa. Y Max me dijo que la bodega estaba completa-
mente llena antes de que tus padres se bebieran hasta la úl-
tima gota.

¡Qué lástima que nos perdiéramos aquella época! Y eso
que ni siquiera habían empezado con el festival.

Pasé un par de hojas. No era nada que no hubiera leído ya en
La casa de las novias.

Beatrice había contratado a una niñera a tiempo com-
pleto, una señora mayor, pero no era suficiente. La niñera es-
taba desbordada con vosotros tres, y Beatrice tenía que acudir
al cuarto de los niños con demasiada frecuencia para su gus-
to. Le pidió a una muchacha del pueblo que fuese a ayudar. Ya
te imaginas dónde termina esto.

Meryl empezó a trabajar en Barnsley House en el verano
de 1969. Solo tenía catorce años, y Max, dos. Meryl venía de
una familia con problemas. Su padre era pescador, y su abue-
lo, y el padre de su abuelo. No eran buenos tiempos para ser
pescador; las embarcaciones pequeñas, como las del padre de
Meryl, empezaban a verse superadas por embarcaciones ma-
yores respaldadas por grandes corporaciones. Estaba perdien-
do dinero a espuertas, y pidió un préstamo con su barco como
garantía para dar de comer a su familia, pero nunca llegó a
ganar lo suficiente para devolverlo. Estaban a la cuarta pre-
gunta, pero, como sabes, el litoral de esta zona es peligroso, y
aquel mes de enero estalló una tormenta más fuerte de lo ha-
bitual. Hubo quienes la describieron como un huracán, otros
discrepaban..., en cualquier caso, fue terrible, y dejó un regue-
ro de destrucción por toda la costa. Arrancó de cuajo el

pequeño cobertizo de la caleta y lo lanzó al mar, se llevó por delante la pista de tenis, y en la huerta de la isla hubo un desprendimiento de tierras (que arrasó con la mayor parte de las vides, gracias a Dios).

El padre de Meryl perdió su barco en la tormenta. No tuvo más remedio que ponerse a trabajar en un gran pesquero de arrastre, con la esperanza de ganar lo suficiente para traer el pan a casa y liquidar un barco que yacía hecho pedazos en el fondo del mar. Se llevaba a su hijo mayor, Michael, y se pasaban meses en alta mar, mientras su mujer se quedaba en casa con los otros cuatro. Meryl iba al colegio, pero tres hermanos pequeños, la carga de las tareas escolares y ayudar a su madre con sus hermanos era demasiado para ella. Unos años después nació Leonard, y la situación se recrudeció. Si quería cumplir su sueño de estudiar Ciencias Políticas en la universidad, necesitaba un empleo que le permitiera ganar dinero y estudiar a la vez...

Evidentemente, en aquellos tiempos Barnsley ya no era una empresa tan importante como antes, pero seguía siendo la primera parada obligatoria para cualquiera que buscase empleo en el servicio doméstico o como trabajador manual.

Beatrice, tu madre, conectó inmediatamente con Meryl. Le gustaba la idea de tener cerca a una chica más joven, alguien a quien pudiera mangonear; la otra niñera llevaba muchos años con la familia y Beatrice se sentía intimidada por ella. Nanny siempre tenía claro lo que había que hacer y a Beatrice le parecía agobiante y condescendiente. Meryl se hizo indispensable casi desde el principio; consolaba a los niños cuando lloraban y sobre todo mimaba a Max. Le encantaba vivir en Barnsley y a menudo se la veía empujando el cochecito, aprovechando al máximo los terrenos y la casa que hasta entonces solo había podido admirar desde la distancia. De noche, podía estudiar mientras los niños dormían. Era la situación perfecta.

Por lo que me cuenta Max, Meryl era tan despampanan-
te como Beatrice. Cuesta creerlo, ¿no? Beatrice, morena y re-
finada, y Meryl rubia y etérea. Beatrice vestía ropa cara con
buenos cortes, mientras que Meryl caminaba como levitando
con sus largos vestidos de tipo bohemio. Poco tardó Maximi-
lian en prestar más atención de la cuenta a Meryl. Por pri-
mera vez, se le veía retozando en la pradera en lugar de estar
en su oficina, y hasta se llevaba a Meryl a pasar varios días
por ahí en su clíper. Se avecinaba una tormenta perfecta, y
Beatrice ni siquiera se daba cuenta. Aquel verano tenía otras
cosas en la cabeza. La foto de Country Life no solo había lle-
nado de orgullo a su marido, sino que además había llamado
la atención de Peregrine Grenville, un almirante que había
participado en la Segunda Guerra Mundial.

Me llevé las manos a la garganta, a la cadena: «P.G.».
Peregrine Grenville.
Así pues, era una prenda de amor ilícito, y no una preciada reliquia de familia. Era comprensible que mi madre no hubiera mencionado su nombre. Yo solo era una niña. Me pregunté si mi madre
habría llegado a saber siquiera lo de aquel hombre.

Era mucho mayor que Beatrice y tenía fama de donjuán,
pero algo vio en la foto que despertó su interés, y aquel verano,
con el pretexto de que iba a ver a unos amigos que vivían cer-
ca, bajó navegando por la costa y atracó en la caleta. El cober-
tizo había sido reconstruido en primavera, y el mismo día en
que Peregrine llegó con su velero, Beatrice estaba dando una
fiesta para celebrar la reconstrucción.
Beatrice estaba aburrida. Consignada a la remota
Barnsley después de un idilio apasionado y un veloz compro-
miso, a sus veintidós años ya tenía tres hijos y un marido dis-
tante. Era finales de los años 60, y parecía como si el tiempo
hubiera seguido su curso en todas partes menos en Barnsley,

donde ella no era más que una simple madre y esposa mientras todas sus amigas disfrutaban de unas vidas glamurosas en Londres.

Peregrine, con su flamante atractivo y su desdén por los dictados de la tradición, alborotó un poco las cosas, y no tardó en estar cómodamente instalado en el redil de Barnsley. Después de dormir un par de días en su barco, dejó de fingir que pensaba seguir rumbo a la casa de sus amigos y se instaló en una de las habitaciones de invitados. Los amigos fueron invitados a Barnsley y allí se trasladó la fiesta, que habría de prolongarse durante semanas, hasta finales de aquel verano largo y caluroso. (Siempre desconfío cuando oigo decir de vuestros veranos ingleses que son calurosos, pero Max jura que así se lo describieron a él..., de hecho, en su opinión, el calor fue una de las razones por las que todo se desarrolló como lo hizo).

Peregrine era uno de esos hombres a los que el paso de los años no resta sino que suma atractivo, y a una edad en la que lo normal habría sido que se estuviera preparando la jubilación con una mujer de edad similar e ilusionado con tener nietos, no había renunciado a seducir. De hecho, con tantos años de práctica se le daba de maravilla. Tenía buen ojo para detectar las debilidades ajenas, sabía utilizar a las mujeres y era muy guapo, con el rostro moreno y curtido y una lacia cabellera que, como se aprecia en las fotos, le caía sobre los ojos.

Peregrine, con su olfato para las trastadas, percibió un exceso de familiaridad entre Maximilian y Meryl casi nada más llegar, y ya la primera noche que pasó en el cobertizo se lo insinuó a Beatrice. (Imagínate la escena: una calurosa noche de verano, las guirnaldas de luces parpadeando sobre el muelle, música sonando en el viejo equipo estéreo. El montón de discos que tu padre había traído de Londres y que seguimos poniendo en el restaurante).

Aquella noche, mientras oía las palabras de Peregrine y

veía a los invitados zambullirse vestidos en las mansas y os-
curas aguas, entre ellos Maximilian y Meryl, Beatrice sintió
como si se le quitase un peso de encima. ¿El peso del compro-
miso, tal vez? ¿De la lealtad a Max? En cualquier caso, des-
pués de aquella noche se le abrieron los ojos y su armazón
moral cambió. Peregrine sugirió que estaba atrapada en un
matrimonio infiel, y luego le indicó cómo podía evadirse. Bea-
trice aceptó su sugerencia, y a los pocos días ya se habían acos-
tado. El cobertizo era su lugar especial, y la pequeña antesala
anexa a la casa, donde estaban los catres de los niños, fue
aquel verano el refugio al que se retiraban durante horas para
salir tan solo de vez en cuando a darse un baño y para ir a la
casa a cenar. Fue una traición flagrante, y durante una tem-
porada todo el mundo menos Maximilian estuvo al corriente.

Por vez primera, reflexioné a fondo sobre el mundo en el que
había nacido mi madre. Nunca había considerado su vida como independiente de la mía, nunca había pensado en ella como hija de
alguien o como hermana menor de Max y Elizabeth. Se había criado sin madre, con un padre hacia el que, en el mejor de los casos,
tenía sentimientos encontrados, y —de repente caí en la cuenta—
su niñera había sido la señora Mins. ¿A quién admiraba de niña?
Alguien debía de haberla animado a seguir escribiendo, a aspirar a
grandes cosas, como había hecho ella conmigo. Pero en el Barnsley
del cuaderno no parecía que hubiera ni un solo candidato posible.

Meryl, sin embargo, no perdía ripio de lo que sucedía a su
alrededor. Piensa que por aquel entonces solo tenía catorce
años, y cuando no requerían su presencia en el cuarto de los
niños —cosa frecuente, ya que los niños todavía dormían la
siesta—, tenía la facilidad de los adolescentes para despla-
zarse furtivamente, lánguida e imperceptible como una gata.
En aquel momento, Meryl todavía estaba pensando
en volver a la escuela en otoño. Quería estudiar Ciencias

Políticas y siempre estaba enfrascada en algún libro de la biblioteca de Barnsley. Maximilian alentaba su interés, sugiriéndole títulos y hablándole de sus ilustres amigos. Una tarde que había bajado a la caleta a darse un baño y a leer, se quedó flotando en el agua con idea de ver a Beatrice y a Peregrine sin ser vista.

Aparté el cuaderno con rabia. Estas viejas historias no me ayudaban ni pizca. Lo único interesante era que la señora Mins me había mentido al contarme su llegada a Barnsley House, como si hubiese algo en el pasado que quería olvidar. Algo que quería ocultar.

El cuaderno no me decía dónde estaba Daphne. No me decía qué había pasado entre Max y mi madre. Con todas estas incógnitas en la cabeza, me dejé llevar y finalmente sucumbí al sueño.

23

ERA EL PENÚLTIMO DÍA de colegio antes de las vacaciones de Navidad, y me quedé dormida. Estaba soñando que mi padre venía a Barnsley House a buscarme. Estaba enfadado, gritaba no sé qué de su tarjeta de crédito. En el sueño, su súbita aparición no me sorprendía. Me parecía inevitable y real, y la angustia que me provocaba fue en aumento hasta que me desperté y vi a Robbie plantado delante de mi cama.

—¿Miranda?

No sabía dónde estaba.

—¿Tienes las orejas de reno para el concierto?

La pregunta no hizo sino incrementar mi desconcierto.

—¿Qué?

Tenía un ligero dolor de cabeza, estaba aturdida. El sueño me había devuelto de golpe al mundo real. A mi mundo real. Aquel en el que le había robado a mi padre y le había mentido.

—Para el concierto. Mañana por la tarde, ¿te acuerdas?

Por fin, até cabos.

—¡Las orejas de reno! ¡Sí! Quiero decir, ¡no! Busqué en el desván y no las encontré.

Robbie puso cara larga.

—Hoy seguro que doy con unas.

La sonrisa, cuando asomó, no era convincente.

—¿Robbie?

Se detuvo cuando estaba a punto de salir por la puerta. Ya se había puesto el uniforme del colegio e iba repeinado como un niño antiguo.

—¿Ha vuelto tu madre?

Robbie respondió que no con un triste movimiento de cabeza y salió disparado antes de que pudiese hacerle más preguntas.

Cuando los niños se hubieron marchado, llamé suavemente a la puerta del estudio. Suponía que podía disponer de mi tiempo como quisiera mientras los niños estaban en el colegio, pero, después del estallido de Max por lo del coche, no estaba dispuesta a volver a provocar su ira.

—Adelante.

Estaba sentado a su mesa, mirando un papel con el ceño fruncido. Al levantar la vista, lo deslizó por debajo del mismo libro rojo de contabilidad que había visto la otra mañana.

—Hola. Hola, señor Summer —tartamudeé.

—Hola, Miranda. Puedes llamarme Max. Y tutearme. —Se volvió hacia el retrato de un hombre de aspecto adusto que había en la pared de enfrente—. Es… más fácil.

Tenía razón, era más fácil.

—Solo quería informarte de que me voy a acercar andando al pueblo a comprar unas cosas para los niños. Un disfraz, concretamente. Para el concierto de mañana.

Max me miró con expresión ausente. Como esperando a que fuese al grano. Debía de tener muchas cosas en la cabeza, me dije.

—No tardaré mucho. Una hora, ¿no crees? O dos. Tú lo sabrás mejor que yo. ¿Cuánto se tarda en ir a pie al pueblo?

—¿A qué pueblo?

—A South Bolton —dije, intentando recordar lo que me había dicho el taxista.

—¡Buf! Hasta allí no puedes ir andando. Supongo que te referirás a Minton.

—¿Ah, sí?

—South Bolton está a un montón de kilómetros de aquí.

Puedes llevarte el coche, pero allí no hay nada. Eso sí, los caminos son complicados si no los conoces. Al anochecer hay que tener cuidado con los ciervos.

La voz se le entrecortó.

Miré por la ventana. El sol entraba a raudales. Se hacía raro pensar en el anochecer a esas horas.

—Entonces, quizá mejor que vaya a Minton.

—Sí, mejor. Al fondo del jardín hay un sendero que bordea la costa. Ponte un calzado adecuado.

Casi había salido cuando Max habló de nuevo.

—¿Por qué tienes que ir al pueblo?

—Los niños necesitan orejas de reno. Busqué en el desván y no encontré nada.

Pareció todavía más confuso, incluso un poco alarmado.

—Para el concierto.

—¿Qué concierto?

—El de Navidad. Mañana.

—Ah, sí. Sí.

Me dio la impresión de que se agobiaba ligeramente.

—Empieza a las seis y media.

—Ya. Sí. Vale… Y, esto…, Miranda…

—¿Sí?

—No comentes nada en el pueblo por ahora. De lo de Daphne.

A falta de algo que decir, asentí con la cabeza.

Me alegraba salir de Barnsley. Bajo un sol resplandeciente, partí en busca de la senda costera que había mencionado Max, con la esperanza de que Daphne, dondequiera que estuviese, hubiera sentido lo mismo que yo al marcharse. Me había parecido que tenía un aspecto frágil, enfermizo, y seguramente le sentaría de maravilla ausentarse una temporada de Barnsley.

Hacía fresco; incluso con el gorro, el abrigo y la bufanda iba a pasar frío. Pero gracias a la obsesión que tenían en Barnsley con mis zapatos, al menos iba bien calzada.

El sendero empezaba en la pista de tenis y bajaba hasta el nivel de la playa casi inmediatamente, de manera que enseguida te volvías invisible para cualquiera que pudiera estar observándote desde el hotel. Estaba convenientemente señalizado con letreros artesanales de Barnsley House, con sus insignias y todo: el primero me informó de que había una milla y tres cuartos hasta el pueblo. Aquello de pasar del sistema imperial al métrico no se me daba muy bien, pero calculé cerca de cuatro kilómetros. Un paseo razonablemente largo, teniendo en cuenta que luego estaba el paseo de vuelta. Me sentí culpable al acordarme de la ropa deportiva que tenía guardada sin estrenar en el cajón, y me alegré al pensar que por fin iba a hacer un poco de ejercicio, aunque fuera de baja intensidad. #bien estar#vidaactiva#airefresco.

El cielo despejado volvía más azul el agua del mar; la idea de nadar allí en los meses cálidos parecía más posible, apetecible incluso. A lo largo del sendero, por el lado de la tierra, unos arbustos inmensos —me parecieron azaleas y rododendros— aguardaban la magnífica floración del verano. Poco después, el sendero doblaba hacia una caleta, y el suelo, una mezcla de fango y hojarasca, se volvía húmedo. Del sendero principal salía otro más pequeño, y un letrero de Barnsley House indicaba que era el camino hacia el cobertizo para botes.

La descripción del cobertizo que había leído en el cuaderno seguía fresca en mi memoria. Me picó la curiosidad, y, aprovechando que hacía buen tiempo, enfilé el sendero pequeño y fui hasta el borde del agua. ¿Habría bajado Daphne hasta aquí para librarse del claustrofóbico ambiente de la casa? Max había dicho que ya había mirado, pero no estaba segura de que lo hubiese hecho bien; a juzgar por el temor que reflejaban los ojos de Daphne, pensé que tal vez se estuviera escondiendo de él.

Incrustada en el borde de las rocas había una casita de madera, y al otro lado unas cuantas barcas de latón cabeceaban junto al muelle. En comparación con el resto de Barnsley, el cobertizo y el muelle habían sido mantenidos primorosamente; parecía que a la madera del muelle le habían dado una mano de aceite hacía no mucho, y los postes, recién pintados de blanco, estaban resplandecientes.

Al asomarme a una de las relucientes ventanas vi un salón decorado con motivos náuticos, sofás tapizados de blanco y guirnaldas luminosas. No se veía a Daphne por ningún sitio, pero me imaginé a Beatrice y a Peregrine sentados ante la barra de bar hecha de madera de deriva en una cálida noche de verano, bebiendo cócteles y escondiéndose del mundo entre viejos flotadores y boyas de cristal.

Un crujido a mis espaldas, en el muelle, interrumpió mis ensoñaciones.

—Esto es propiedad privada, señorita.

El acento, muy marcado, volvía incomprensibles las palabras, y me volví para ver de dónde procedían. El hombre, mucho más alto incluso que Max, descollaba sobre mí, y la tupida barba hacía difícil adivinar su edad.

Debía de haber amanecido antes que el sol porque iba vestido con ropa propia de un tiempo mucho más desapacible: chubasquero largo, pantalones encerados y un sombrero impermeable de esos que llevan los pescadores en los cuentos ilustrados. Tenía la piel del rostro aceitunada y curtida allí donde no se la tapaba la barba, y unos escrutadores ojos color verdemar.

—Soy la niñera nueva. A-allí arriba, en la casa —tartamudeé, sintiéndome expuesta. Acababa de comprender hasta qué punto era vulnerable en aquel lugar tan recóndito.

—¿Ah, sí, eh? Eres mayor de lo que pensaba. —Se sorbió la nariz y, después de rebuscar en el bolsillo, sacó un paquete de tabaco y papel de fumar. ¿Era yo la única que no fumaba en aquel lugar?—. Meryl me dijo que lo mismo te encontraba husmeando por aquí.

Me quedé clavada en el sitio mientras el hombre intentaba liarse un cigarrillo. A pesar de la ropa impermeable, los papeles se habían humedecido y le costó separarlos; sus dedos estaban poco dispuestos a colaborar por culpa del frío. Por fin lo consiguió y encendió el pitillo, aspirando con fuerza y volviéndose a mirar el mar, en vez de a mí.

—Está precioso en días como este. —Asentí con la cabeza, y añadió—: Pero no son aguas fáciles. La isla está más lejos de lo que parece.

Era cierto. Desde allí, la isla parecía más lejana que desde la casa, y en este momento estaba oscurecida en parte por el cabo en el que se alzaba Barnsley House. Solo alcanzaba a ver la punta saliente, donde el jardín tenía un aspecto casi tropical, y eso dije, sin saber de qué otro modo llenar el silencio que se abría entre aquel hombretón taciturno y yo, y preguntándome cuánto tiempo iba a tener que esperar antes de salir por pies.

—Aquí el clima es más tropical que en cualquier otro lugar de Inglaterra. Podemos sacar adelante plantas que no sobrevivirían en ningún otro sitio. El tatarabuelo del señor Summer plantó ese jardín de allí para su mujer, como regalo de bodas. Ella no podía viajar, ¿sabes?, y como él quería que disfrutara de las plantas que él veía cuando salía en sus barcos, se las traía. Las ponía en la isla para que no le fastidiasen este jardín de aquí.

—Qué romántico —dije, a falta de nada mejor que decir.

—De romántico, nada. Pragmático. Si lo que buscas es romanticismo, mejor será que te olvides de los hombres de la familia Summer.

—No estoy buscando… —empecé a decir, pero volvió a clavarme una mirada sagaz y dejé la frase a medias.

—Además, el jardín ese es una pesadilla. Lo cuido lo mejor que puedo, pero esos dos no ayudan nada. —Hizo un gesto con la cabeza en dirección a la isla—. Cuanto más haces, más haces, decía mi madre, y esos dos no hacen nada de nada. Nada.

—¿Qué dos?

—Elizabeth y Tom. —El tono de desprecio era evidente—. No sé qué ve en ellos.

—Qué ve ¿quién? —me limité a preguntar; claramente, no era el momento de revelar el vínculo que me unía a «ellos».

—Meryl. Mi hermana. Los tiene en un altar…

Se interrumpió con un gesto nervioso y echó un vistazo en derredor, como si pudiese haber alguien mirando. Le seguí la mirada hasta una pequeña cámara que estaba remetida bajo el alero del cobertizo. En efecto, había alguien mirando.

—Soy Miranda.

Le tendí la mano, con la esperanza de que a cualquiera que estuviera observándonos le pareciera un encuentro inocente. Un encuentro casual entre dos desconocidos. Que era exactamente de lo que se trataba.

Sonrió y movió la cabeza, dio una última calada a su cigarrillo.

—Y yo Leonard. Aquí todo el mundo me llama señor Mins.

—Ah… El famoso señor Mins.

Apagó el cigarrillo en la suela de la bota y, a continuación, después de comprobar que hasta el último rescoldo estaba negro, se metió la colilla en el bolsillo del chubasquero.

—A Max no le gusta que se queden por ahí tiradas —dijo a modo de explicación—, y con toda la razón. Un vicio asqueroso. —Se rio, tosió y volvió a reírse—. Y no queremos darle un disgusto a Max, ¿a que no?

Por fin me cogió la mano y me la estrechó con firmeza, sin dejar de mirarme a los ojos.

—Me tengo que ir, lo siento —dije mientras intentaba alejarme lentamente. Había algo en ese hombre que me hacía sentir incómoda.

—Nadie lo diría ahora —dijo, o bien porque no me había oído o porque había decidido no hacerlo—, pero en verano la marea baja tanto que hay días que puedes ir caminando hasta la isla.

Miré el agua, que llegaba hasta las piedras de la orilla y lamía frenéticamente la parte inferior del muelle, aunque no había ni una brizna de aire. No conseguía imaginarme la caleta sin agua, como los enormes bancos de arena de las playas en las que jugaba de niña.

—No, no me lo imagino —dije—. Bueno, ya nos veremos…, me voy al pueblo.

—Pero en invierno no ocurre —dijo, moviendo la cabeza—. No se habría metido en el agua.

—¿A qué se refiere? ¿Sabe dónde está Daphne?

El señor Mins me miró con dureza. Lamenté mis palabras al instante.

—Aquí no compensa chismorrear. Cuanto antes lo aprendas, mejor.

A pesar de su acento, entendí cada una de las palabras que dijo. Me volví y eché a correr hacia el sendero principal, renunciando por completo a la idea de despedirme educadamente, y no dejé de correr hasta que llegué a la entrada del pueblo. Por suerte, iba bien calzada.

24

NO ME ESPERABA que Minton fuera tan bonito, además de extrañamente familiar. En algún momento debieron de rodar en él los exteriores de algún programa de televisión de aquellos que veían mi padre y Fleur los domingos por la noche, esos que yo despreciaba abiertamente hasta que comprendí durante el último año lo reconfortante que puede llegar a ser la televisión escapista. Estaba segura de haber visto a un veterinario malhumorado recorriendo aquellas calles en bici, o tal vez a una doncella pechugona despidiéndose allí mismo de un pretendiente que se iba a la mar, pero no acababa de situar el recuerdo.

Mientras paseaba por las callejuelas empedradas, tenía la sensación de hallarme en un universo alternativo. Había pintorescas casitas que se abrían directamente a la calle, y los pequeños *pubs*, con sus fachadas baqueteadas por las inclemencias del tiempo, tenían toda la pinta de llevar sirviendo la misma cerveza y las mismas empanadas desde hacía muchas generaciones. Reinaba la tranquilidad; solo había unos cuantos lugareños, pero la profusión de heladerías y expositores con tarjetas postales sugería que en verano debía de estar muy concurrido.

En Australia, el tipo de tienda que iba buscando estaba por todas partes, en todos los centros comerciales de las afueras y en las zonas peatonales. Vendían de todo, desde papel de regalo a camas para perros, disfraces de Halloween y cestas de plástico. Tenía la esperanza de que estos comercios fueran una constante universal, y al doblar por la calle paralela a la orilla del agua me alegró ver una señal inequívoca: un montón de cubos de plástico apilados frente a un escaparate.

Con las orejas de reno en la mano y mi misión cumplida, me entretuve un rato deambulando por las calles. Una parte de mí esperaba toparse con una cafetería como las que frecuentaba en mi país y que tanto añoraba. Me moría de ganas de comer lo que comía allí. Un cuenco de açaí, por ejemplo. Zumos verdes. Aguacate espachurrado sobre pan de semillas. Brotes de cúrcuma. No había nada ni remotamente similar, solo tiendas cerradas de pescado con patatas fritas y alguna que otra panadería que vendía pastel de Cornualles. Al final me decidí por una chocolatina del supermercado para comérmela durante el trayecto de vuelta. Al fin y al cabo, aquí no podía verme nadie.

Mientras regresaba por donde había venido, pensé en lo que debía hacer a continuación. Había venido hasta aquí renunciando a mi empleo y poniendo en peligro la relación con mi padre, ya frágil de por sí, en un arrebato de adolescente histérica. Tenía que conseguir verme a solas con Sophia para hablar con ella de verdad, pero entre los portazos y los enfurruñamientos propios de su edad resultaba más difícil de lo que me había imaginado.

Lo cierto, y hasta ahora no me lo había admitido a mí misma, era que Sophia no me había importado lo más mínimo cuando recibí la carta. Era una oportunidad para descubrir más cosas sobre mi madre, pero, bien mirado, era una oportunidad para descubrir más cosas sobre mí misma. Al viajar a Barnsley, averiguaría más cosas sobre la mujer a la que había idolatrado y sus motivos para marcharse del hogar familiar. Quizá descubriría por qué su familia la había desterrado. Quizá descubriría qué había hecho mal.

Suponiendo que hubiese hecho algo mal.

Por lo que había leído en el cuaderno, el favor de los varones Summer podía cambiar en un instante. Maximilian, el padre de mi madre, había adorado a su hermosa mujer Beatrice hasta que un buen día dejó de hacerlo. Max, mi tío, amaba a Daphne, pero no se había casado con ella. Quizá el único crimen de mi madre había sido contar la verdad de los hombres de su familia. Se había jugado el cuello, y se lo habían cortado sin miramientos. La sensación me era conocida.

Todas las callejuelas tenían el mismo aspecto. Ninguna iba en línea recta, y cuando hube pasado por delante de la misma casita de estuco rosa por tercera vez, renuncié a volver sobre mis pasos y me dirigí hacia las relucientes aguas que parecían llamarme entre los edificios apiñados. En el puerto, más de lo mismo; por lo que veía, los inmuebles más caros del pueblo se dividían entre las tiendas de alimentación y las impresionantes casas vacacionales que mantenían las cortinas echadas hasta el verano, pero al menos pude encontrar por fin el inicio del sendero de la costa al fondo del espolón.

Mi madre habría paseado por aquellas mismas calles. La imaginé pasando por delante de las mesas de pícnic vacías y los caballetes publicitarios con candados, pensando, como yo ahora, en las mujeres ya fallecidas que habían estado allí antes que ella: Elspeth, Gertrude, Sarah, Beatrice. También a mí empezaban a abrumarme, y no solo las mujeres de *La casa de las novias*, sino también las que habían desaparecido más recientemente. Mi madre, Daphne. Había algo roto en Barnsley, y yo tenía que intentar arreglarlo. Y para ello tenía que saber qué era.

Ensimismada, di un paso hacia el agua y un pequeño autobús casi me embistió de refilón. Inmediatamente sonó el claxon, ensordecedor incluso entre la cacofonía de las gaviotas. Con el corazón acelerado, di un salto hacia atrás. El autobús local de Minton se alejó ruidosamente por la cuesta; por las ventanas se veían cabezas canosas bamboleándose sin inmutarse por el incidente que podría haber terminado en atropello.

En vista de que era demasiado peligroso permanecer más tiempo en un pueblo lleno de ancianos desbocados, me dirigí hacia el sendero. La chocolatina que llevaba en el bolsillo no se me iba de la cabeza. Estaba pensando en arrancar el envoltorio y dar el delicioso primer mordisco cuando el sol hizo destellar una pequeña placa de bronce que había en un edificio bajo de color azul claro, y por un momento me olvidé de la golosina.

SOCIEDAD HISTÓRICA DE MINTON

Junto a la placa, pegada al interior de una ventanita, había un letrero con el nombre de Jean Laidlaw y un número de teléfono. *Cerrado en invierno*, decía; *Por favor, llame para pedir cita*. Y debajo, otro teléfono.

No me daba tiempo. Eché un vistazo al reloj y vi que tendría que darme prisa para volver a Barnsley antes de comer. Cogí el móvil, inservible porque no tenía ni cobertura ni crédito, y saqué una foto del letrero. Otro día tendría que ser.

Mientras subía poco a poco por la colina de Barnsley, relajada después del paseo y con un colocón de azúcar —mi cuerpo aún no se había acostumbrado a las arremetidas del azúcar refinado—, vi a Max cruzando por el césped, procedente de la zona del cobertizo. Parecía incómodo, nervioso; no hacía más que mirar por encima del hombro, como si alguien o algo le estuviese mirando. Me acordé de la cámara que había visto antes en el cobertizo. Quizá, en efecto, le estaban observando.

—¿Has estado buscando a Daphne? —pregunté. Parecía una suposición perfectamente razonable.

—No. No tardará en aparecer. Solo ha pasado un día, más o menos.

El «solo», en mi opinión, era un eufemismo. Para Daphne, en su estado, incluso desaparecer durante unas pocas horas podría haber sido peligroso.

—¿Ya lo había hecho antes?

—Desde el accidente, no. —Max miró a su alrededor, como si pudiese haber alguien escuchando—. Pero antes…, en fin, era bastante habitual.

Debió de parecer que no estaba convencida, porque se detuvo y me obligó a mirarle de frente.

—Escucha, Miranda. No debes enredarte demasiado en todo esto. Daphne tiene tendencia a…, esto…, a…

—¿A desaparecer?

—Al drama.

Volvimos juntos a la casa. En un raro arranque de caballerosidad, Max me cogió la bolsa de la compra, y en un arranque todavía más raro de interés me preguntó qué había en su interior. ¿Intentaba desviar mi atención? O peor aún: ¿podría ser que fuera yo el objeto de su interés?

—Regalos para los niños —contesté—. Orejas de reno.

Como si los cuernos de fieltro con campanillas que le iban dando golpecitos en la pernera del pantalón no hablaran por sí solos.

—Navidad —dijo con voz monocorde—. Claro.

—El lunes —dije amablemente, como si este año las Navidades pudieran caer en otra fecha—. Quería preguntarte…, ¿me toca trabajar?

—Para ser sincero, todavía no he pensado en las Navidades —dijo, frotándose una perilla imaginaria—. Aún no he hecho ningún plan.

Era comprensible.

—Quizá podría encargarse Elizabeth —dije, esperanzada—. O la señora Mins.

«Por favor, no me pidas que cocine», pensé. Mi repertorio culinario no incluía el pavo, ni el ganso, ni ninguno de los posibles asados de carne típicos de las festividades de este país.

En casa cenábamos marisco: montones de gambas que pelaba mi padre en Nochebuena, cigalas encargadas a la pescadería y ostras desbulladas la mañana de Navidad. Por la noche nos empapuzábamos de rollitos de jamón glaseado mientras, con los pies colgando del borde de la piscina, pasábamos revista al día. Mucho me temía que aquí esto último estaría fuera de lugar.

—Hay una cosa que podrías hacer por mí —dijo Max—. Algo

que me ayudaría muchísimo. ¿Vendrías conmigo a comprar regalos de Navidad para los niños? Parece que no has tardado nada en congeniar con ellos, y seguro que tendrás más ideas que yo sobre lo que podría gustarles.

—¡Pero si acabo de estar en el pueblo! —dije, esforzándome por verbalizar mis emociones contradictorias.

—Sí, en el pueblo. Pero lo que te propongo es que vayamos a la ciudad. Solo está a unos cuarenta minutos de aquí, si conoces las carreteras comarcales.

—Tengo que estar de vuelta para cuando lleguen los niños.

La perspectiva de ponerme otra vez con el cuaderno se estaba desvaneciendo.

—Tendrás tiempo de sobra. Incluso puede que nos dé tiempo a comer en un *pub*, sin nos ponemos en marcha ya mismo.

—¿Y qué pasa con Daphne?

—Ya basta de Daphne.

Al parecer, no me quedaba más remedio.

25

FUIMOS A LA CIUDAD en un viejo Land Rover Defender color verde aceituna. Parecía un vehículo agrícola, y se lo dije.

Max estaba de acuerdo.

—Barnsley es una explotación agraria, ¿sabes? Aquí atrás tenemos centenares de ovejas de Jacob —dijo, señalando los pastos que íbamos dejando a nuestras espaldas. El tamaño del lugar me asombró; para mí, Barnsley terminaba al final del camino de entrada—. Es un coche muy práctico, y un auténtico caballo de tiro…, no me ha fallado nunca.

Por una vez, Thomas no estaba, pero había dejado recordatorios de su presencia: miles de pelos negros que se me pegaban a la ropa. Intenté sacudírmelos, y Max, sin apartar la vista de la carretera, murmuró:

—Yo en tu lugar no me molestaría. Es una batalla perdida. La próxima vez ponte algo negro.

Se paró de repente. También mi corazón.

—¿Por qué paramos?

Las palabras brotaron entrecortadas.

El acantilado en el que nos habíamos detenido tenía el pueblo detrás y la bahía delante.

Desde mi asiento, no se veía la carretera. Solo agua. Aguas revueltas y amenazantes. Aunque sabía nadar, era un acantilado escarpado. Daphne no aparecía por ningún sitio, y ahora yo estaba a solas con Max. ¿Repararía alguien siquiera en mi desaparición?

Max se inclinó desde el asiento del conductor, su cuerpo casi pegado al mío. Contuve la respiración, en parte porque desde tan cerca su aroma era muy penetrante, pero sobre todo porque estaba claro lo que me iba a hacer. Pero entonces puso la mano izquierda sobre el asiento, a mi lado, y señaló hacia el agua. Solté el aire.

—En verano, esta bahía se llena de barcos pesqueros y familias que salen a remar. —Max recorrió la costa con la mirada, buscando algo que no supe identificar—. Seguro que a tus ojos australianos no les parece que valga gran cosa como playa —pronunció «australianos» con una mueca desdeñosa—, pero en julio es el paraíso terrenal.

—Sí, a veces la arena blanca y las aguas azul celeste están sobrevaloradas. También el sol —dije. Mejor darle un tono guasón.

Max pasó por alto mi comentario.

—No fue fácil construir esta carretera. Salió carísima, y hubo muchísimos problemas. La maquinaria provocó un caos en los caminos, pero Daphne insistía. Decía que las vistas le recordaban su tierra natal.

Esta vez fui yo la que barrió la costa con la mirada. Ni siquiera entornando los ojos conseguí evocar un día de verano; el paisaje era desapacible, y no se parecía en nada a las playas de mi infancia.

Por fin, Max arrancó el coche y seguimos el viaje. Llevaba todas las ventanillas abiertas, y, aunque ayudaba a disipar el omnipresente olor a perro, la conversación se hacía muy difícil. Me concentré en contemplar el paisaje y tratar de hacerme una composición de lugar. Fue inútil. Cada vez que pensaba que doblaríamos en una dirección, doblábamos por otra.

El terreno de detrás de Barnsley House enseguida pasaba a ser agrícola. Después de pasar de largo unas granjas, bajamos por carreteras bordeadas de setos vivos y cruzamos por caminos llenos de zarzas. En numerosas ocasiones tuvimos que parar en pequeños arcenes para dejar paso a los vehículos agrícolas. En uno de los arcenes había una pequeña estructura de madera en lugar de una valla.

—¿Sabes qué es eso? —preguntó Max.

Tragué saliva, nerviosa, antes de responder:

—Una «puerta de besos».

Puso cara de sorpresa y siguió conduciendo.

Max no había bromeado al decir que iríamos por las carreteras comarcales; de haber ido sola, habría tenido que tirar miguitas de pan para encontrar el camino de vuelta a Barnsley. Intenté imaginarme a Daphne recorriendo aquellos caminos en la oscuridad.

—¿Y no crees que a lo mejor cogió un taxi? —le pregunté mientras reducía la velocidad para entrar en la ciudad y se hacía más fácil mantener una conversación.

—¿Quién?

—Daphne. El taxista que me trajo la otra noche era muy parlanchín. Seguramente podría decirte adónde se dirigió. No puede haberse ido muy lejos. —Miré a Max, pero tenía la vista clavada en la carretera—. Teniendo en cuenta su estado, quiero decir —añadí mientras nos deteníamos ante un semáforo, el primero que veía desde hacía varios días.

Max me miró fijamente. Se hizo un incómodo silencio que duró hasta que por fin el disco cambió a verde y el coche que teníamos detrás tocó el claxon. Al manipular el cambio de marchas para meter primera, la mano de Max se puso blanca.

Cuando al fin habló, sus palabras sonaron forzadas:

—Hay un dicho para las compras de Navidad: algo que quieran, algo que necesiten…

—… algo de vestir y algo de leer —terminé—. Mi madre también lo decía. ¿Quieres que llame a la compañía de taxis?

Volvió a ignorarme.

—Daphne nunca hace caso del dicho. El montón de regalos que les compra a los niños… ¡Es un crimen!

«Crimen». La palabra cortó en seco la conversación, y volvimos a quedarnos en silencio: yo, pensando furiosamente en Daphne y en la reticencia de Max a mover ni un dedo para investigar su desaparición, y él…, en fin, él simplemente con expresión furiosa.

—¿Adónde vamos primero? —pregunté una vez que llegamos

a una zona llena de peatones y decoraciones navideñas. Había un ambiente alegre y navideño, y de repente me sentí más animada y capaz de quitarme a Daphne de la cabeza por un rato.

—¿A la librería? —sugirió Max mientras miraba las tiendas de ropa con recelo. Al oír la estruendosa cacofonía de la música de fondo, puso cara de dolor.

—¿Qué tal si nos quitamos esto de encima primero? —dije—. Espérame aquí.

Me zambullí en la primera tienda al ver que los maniquís del escaparate llevaban los vaqueros ajustados y los tops de tirantes que le gustaban a Sophia. Mi época de vendedora me vino como anillo al dedo para tomar decisiones rápidas y calcular la talla de Sophia sin vacilar. Una vez elegidas varias prendas, hice señas a Max para que entrase a pagar, y eso hizo, sacando un monedero lleno de tarjetas de crédito de todo tipo. Titubeó antes de seleccionar una al azar, y me fijé en que no miró a la dependienta a los ojos hasta que se completó la transacción y las compras pasaron a mis manos sin incidentes.

—No ha sido para tanto, ¿no? —pregunté, saboreando la oportunidad de ponerme por encima de él. Por una vez, me encontraba en mi zona de confort, y Max estaba muy lejos de la suya.

—No nos durmamos en los laureles. Hemos resuelto un regalo, pero tengo tres hijos, por si no lo sabes.

Continuamos con la misma pauta en las siguientes tiendas: Max se quedaba fuera esperando mientras yo seleccionaba los regalos y solo entraba al final, para pagar. Hasta yo estaba sorprendida de cuántas cosas había aprendido sobre los niños en tan poco tiempo: sabía que Agatha necesitaba un pijama nuevo, y si era de unicornios, mejor que mejor; Sophia hablaba tanto del iPod de su amiga Jasmine que convencí a Max para que le comprase uno, y a Robbie le iba a encantar cualquier cosa que llevase los colores de su querido club del Southampton.

Cuando llegamos a la librería que había al final de la calle, me sorprendió la eficacia con que habíamos resuelto todo.

—Ya casi hemos terminado —dije, y mientras Max me sujetaba la pesada puerta de la calle sentí que me embestía una bocanada de aire caliente. Pasé y, al cruzarnos, me puso la mano en la cintura. El cuerpo se me tensó. Me había tocado en un punto demasiado alto para que me lo pudiera tomar como una insinuación y demasiado bajo para ser un gesto meramente familiar. El olor de la librería estaba reñido con el malestar que sentía: un aroma a papel, doméstico, como de toda la vida.

Con aire distraído, Max cogió una biografía de Winston Churchill y otro libro que no pude ver bien del mostrador de literatura de no ficción, y se los metió debajo del brazo. Estuvimos unos minutos hojeando en silencio, escuchando las conocidas notas de *El tamborilero*. Escogí unos libros para Robbie, en su mayoría libros históricos sobre los aspectos más horripilantes del período Tudor, y después le pedí al dependiente que me buscase una pequeña guía de casas encantadas de la zona. Sophia fue fácil: encontré unas preciosas ediciones nuevas de Jane Austen que le quedarían bien al lado de la cama aunque no las leyera.

—En cuanto a Agatha… —empecé a decir mientras sonaban los últimos acordes de *El tamborilero* y tomaba el relevo *Let it snow*.

—Sí —dijo Max, silbando la melodía con tono guasón—. ¿Qué pasa con ella?

Al parecer, la música le había puesto de buen humor.

—Creo que deberíamos comprarle libros en los que no salgan padres y madres ausentes.

—Buena idea. En ese que tienes en la mano sale Barnsley. —Max señaló el libro que había elegido para Robbie—. Sale un vejestorio merodeando por el ala este. Podría darle pesadillas.

—Vaya.

¿Un vejestorio? Mi abuela. La madre de Max. Me mordí la lengua para disimular mi estupor, convencida de que me estaba poniendo a prueba una vez más para confundirme. Pensé en mi madre. Por alguna razón, Max la había desterrado al otro lado del mundo. No iba a permitir que hiciera lo mismo conmigo.

—Vale, pues entonces lo dejo —dije, mirando en derredor para ver de dónde había cogido el libro la dependienta y devolverlo discretamente a su sitio.

—Yo no me preocuparía por eso. En Barnsley, los vivos son más preocupantes que cualquier viejo cuento de fantasmas. Y no le vendría mal hacerse una idea de la historia del lugar.

—¿Ah, sí? —dije. Ansiosa por tirarle de la lengua, giré sobre mis talones, pero ya había empezado a alejarse. Volví a poner el libro en el montón de los que había elegido, con la firme idea de leérmelo yo antes de decidir si lo dejaba o no bajo el árbol. Antes de decidir qué era lo más peligroso en Barnsley.

El tiempo iba pasando. Escogí un cuento con ilustraciones maravillosas en las que el lector tenía que encontrar elementos escondidos, y unas novelitas relativamente inofensivas sobre dos niñas y un poni. Y con eso ya estaba todo, aunque me temía que los libros iban a decepcionar a Agatha después de las emocionantes aventuras de Pipi Calzaslargas y compañía.

—¿Ya es hora de comer? —preguntó Max con voz gimoteante cuando salimos de la librería. También habría podido interpretarse como un tono de flirteo, si no hubiera sido mi tío y me hubieran gustado los comportamientos de ese tipo. Pero no me gustaban.

—Tengo otra idea más para Robbie —dije, guiándole hacia una tienda de electrónica que había visto antes. Estaba mucho más concurrida que la librería, y tuvimos que abrirnos paso entre una multitud que se apiñaba en torno a expositores de tabletas, ordenadores portátiles y otros aparatos electrónicos. No habrían servido absolutamente de nada en Barnsley, teniendo en cuenta el estado de la conexión a Internet.

Una pareja mayor nos hizo un hueco sin dejar de mirar con aire perplejo el producto que tenían delante, y pudimos acercarnos más.

—Se me ha ocurrido que esto podría estar bien para Robbie. Es una cámara, y te la puedes llevar a todas partes. Hasta te la puedes enganchar a la cabeza con una cinta, y así la cámara ve lo que tú ves. Podría venirle bien para cuando salga a cazar fantasmas.

Me giré hacia Max esperando ver una sonrisa, sobre todo porque había pronunciado las últimas palabras con una voz cómicamente horripilante, pero no le hizo gracia. De hecho, ya había empezado a apartarse.

—No. Ni hablar —dijo mientras retrocedía.

—¿Por qué no? —pregunté, sin ver la ira que iba asomando a su rostro.

—Porque lo he dicho yo, y soy su padre.

Para entonces ya habíamos vuelto a la calle, y agradecí que el aire frío contribuyese un poco a aliviar el ardor que se iba extendiendo lentamente por mis mejillas. Mi sonrojo se debía a la vergüenza, pero estaba teñida de rabia. Empezaba a molestarme que su humor diera tantos bandazos, aturullándome y obligándome a estar pendiente de cada paso que daba.

—Pero si solo es una cámara…

—No quiero más cámaras en mi vida —dijo—. Bastantes problemas han causado ya todos estos años.

Recordé las cámaras que había visto en Barnsley: en el restaurante y en el cobertizo de las barcas. ¿A quién habían causado problemas? ¿Acaso encerraban la clave de la desaparición de Daphne? Un misterio más que añadir a mi lista, que cada vez era más larga.

26

EL VIAJE DE VUELTA en coche fue igual de tempestuoso que el de ida. El paisaje se iba desplegando en dirección contraria, y traté de fijarme en las curvas y los caminos hasta que entramos en un sendero rural por el que, a pesar de mi confusión, estaba segura de que no habíamos pasado antes. A la espera todavía de que Max abriese la boca, guardé silencio. Por fin, paramos a la orilla de un río, en el aparcamiento de un pequeño *pub*. Aunque no era más grande que una casita corriente, había coches por todas partes: era, sin duda, un establecimiento muy popular.

—¿Te parece que comamos? —preguntó Max. Deduje por su expresión que sabía que su conducta había dejado un poco que desear, y que pensaba que podría compensarlo invitándome a comer.

—¿Vas a pagar tú?

Me negaba a dejarme intimidar, a pesar de que el temor y la sospecha empezaban a asediar los límites más oscuros de mi subconsciente. Además, había algo que me estaba agobiando: Max estaba mostrando más interés por mí del debido, teniendo en cuenta que yo era su empleada y, en fin, aunque no pareciera saberlo, su sobrina.

—Me lo preguntas tan educadamente que hasta consigues que me apetezca invitarte. Pero solo tienes derecho a pedir un plato. Y que sea un aperitivo, ¿eh?

A sus labios asomó una sonrisita, pero no se extendió a sus ojos.

Había algo más allí, pero no acababa de averiguar el qué. Bajé apresuradamente del coche y di un portazo.

El letrero que colgaba encima de la puerta rezaba: *La Cabeza del Ciervo*, y debajo, en una pequeña y lustrosa placa de latón, leí: *Propietario: M. Summer.*

—¿Hay algo por aquí que no sea tuyo? —pregunté, obligándome a mantener su mismo tono distendido mientras Max abría la puerta.

El comedor era una acogedora sala con vigas bajas y mesas llenas de comensales; allí, lejos de los confines claustrofóbicos del coche, era más fácil relajarse. Para ser un día laborable, estaba muy concurrido, y al entrar Max la mayoría de los presentes se fijaron en él y murmuraron algo a sus compañeros de mesa sin quitarle la vista de encima.

Parecía probable que alguien de aquella pequeña comunidad supiera algo acerca de la desaparición de Daphne. Quizá se estuviese alojando en casa de alguno de ellos. Quizá había hecho parar a algún coche para que la acercasen a algún sitio. O quizá estaba aquí.

—Por lo visto, hasta el dueño puede tener problemas para encontrar mesa aquí en esta época del año —dijo, sin darse cuenta de que era el centro de atención mientras buscaba con la mirada una mesa vacía o alguna que estuviese a punto de estarlo—. Vamos a tener que pasar a la salita.

—Yo ni me molestaría —dijo una voz a nuestras espaldas—. Hay una manada de maestros de escuela celebrando las fiestas. ¿Manada, he dicho…? En fin, ¿cuál es el término colectivo para los maestros?

La voz era perfectamente reconocible, pero Max esperó a volverse para hablar.

—Hola, Elizabeth.

Se besaron en ambas mejillas, con cuidado de reducir al mínimo el contacto físico.

—Qué casualidad, tú por aquí.

—Ya ves, apoyando el negocio familiar.

Llevaba la cajetilla de cigarrillos en la mano; era evidente que se disponía a salir.

—¿Comiendo gratis, quieres decir?

Elizabeth hizo como que no le oía.

—Coged nuestra mesa. Estábamos a punto de irnos, ¿verdad Tom?

Sin dar oportunidad a Tom de responder, Max dijo:

—¿No queréis acompañarnos?

—No seas condescendiente, Max, no te pega nada. Ya hemos comido.

A juzgar por su esbeltez, acentuada aquella tarde por un vestido entallado de *tweed* con cinturón color mostaza, la comida había sido frugal, a diferencia del atracón que esperaba darme yo a costa de Max. Hasta entonces me había ido apañando con las cenas que improvisaba para los niños: pasta con pesto de bote, huevos revueltos con hierbas por cortesía del huerto y el corral de Barnsley, y, por supuesto, tostadas con Marmite. Empezaba a aficionarme al Marmite, pero sentía verdaderas ansias por una comida en toda regla: carne y verdura, con cuchillo y tenedor y en compañía adulta.

Elizabeth miró por encima de mi hombro, como buscando a alguien.

—No es propio de Daphne perderse una comida en un *pub* —dijo. Max pasó por alto el comentario y preguntó:

—¿Quién conduce?

Elizabeth emanaba delatores vapores etílicos, y su actitud franca parecía absolverla de cualquier responsabilidad.

—Buena pregunta —dijo—, viniendo de ti.

Ninguno de los dos parecía darse cuenta de que el *pub* se había quedado en silencio; los comensales habían abandonado su afectada indiferencia para mirarlos sin tapujos.

—No hay nada más mojigato que un adicto reformado.

—Conduzco yo, Max, así que no pasa nada —soltó por fin Tom. Su deseo de poner fin al espectáculo debió de superar a su reticencia a hablar en público.

—De acuerdo, Tom. Ten cuidado si vais a la isla. Ahora está todo en calma, pero han dicho por la radio que esta tarde se levanta el viento.

—Lo hemos hecho mil veces, Max —dijo Elizabeth, que no estaba dispuesta a seguir callada mucho tiempo. Parecía dividida entre el deseo de salir a fumar y el de quedarse a dar el golpe de gracia—. Vamos, creo yo que Tom conoce los canales que van a la isla mejor que nadie.

Tom agarró a Elizabeth con fuerza justo por encima del codo; la mueca de su mujer y el blanco de los nudillos fueron los únicos indicios de la intensidad del agarre. Elizabeth continuó hablando mientras Tom la llevaba hacia la puerta.

—Nuestra mesa está al fondo, detrás de la chimenea. Aunque no hace falta que te lo diga, ¿no?

Para mi sorpresa, Max se rio. Una vez que la puerta se cerró detrás de su hermana, dijo en voz más alta de lo estrictamente necesario:

—Bueno, Elizabeth nunca falla si lo que buscas es un buen espectáculo, ¿no?

Cruzamos la sala. Los comensales habían vuelto a apartar la mirada, salvo varios que se levantaron ligeramente de la silla para saludar a Max con un gesto de la cabeza o para estrecharle la mano. Max se mostró cordial; saludaba a la gente por su nombre e incluso le dio una palmadita en el hombro a un hombre y le preguntó por la venta reciente de unas tierras. Sin embargo, cuando el hombre se interesó por Daphne, Max se alejó rápidamente, y para cuando llegamos a la mesita del fondo, su rostro tenía señales claras de agotamiento.

—Esta esquina, para mí —dijo, sentándose en el cómodo banquito corrido—. Me gusta tenerlo todo controlado. ¿Te apetece beber algo?

En ese mismo instante apareció delante de él una pinta de algo que parecía agua con gas, y una mujer rubia y redondita de rostro colorado y redondito dijo:

—¿Y tú qué quieres, corazón?

Mientras me decidía, la camarera no me quitaba ojo. Me pareció que mi aspecto la decepcionaba; un práctico jersey gris con un cuello de camisa a cuadros asomando por debajo, vaqueros y botines. Ni escote, ni tatuajes ni, por lo que se veía, ningún retoque de cirugía estética.

—Mmm… —dije, buscando alguna lista de bebidas, una pizarra con los nombres de los vinos o cualquier cosa que pudiese ayudarme.

—Para ella una rubia, Sue, gracias.

—¿Estás de acuerdo, corazón?

Sue, sin hacer caso a Max, me miró como si pensara que no sabía lo que quería.

—Sí. Por favor —añadí para suavizar la frialdad de mi expresión. Podría estar bien una cerveza, para variar; además, en el pequeño mundo que rodeaba a Barnsley no convenía ponerse a malas con nadie…; a saber si no volverías a encontrártelo en el momento menos pensado.

Sue me escudriñó de nuevo. Debía de hacer mucho tiempo desde la última vez que había entrado alguien nuevo al *pub*.

—¿Y Daphne, está bien? —preguntó al fin, poniéndole la caperuza al bolígrafo y sin mirar a Max—. Hace tiempo que no la vemos.

Max tragó saliva con clara intención de que se notase.

—Antes se pasaba aquí la…

—Todavía se está recuperando del accidente, Sue. Le daré recuerdos de tu parte.

—Siento lo de Elizabeth —dijo Max una vez que se hubo marchado Sue, aunque la última persona que me preocupaba en estos momentos era Elizabeth—. Bebe mucho. Siempre lo ha hecho. Últimamente ha ido a más, y no parece que la cosa vaya a mejorar. Tampoco ayuda que Tom y ella se pasen un día sí y otro también dando vueltas por la isla sin nada que hacer.

—No me molesta. La verdad es que me cae bien.

La puerta de la calle se abrió de golpe, y Max estiró el cuello para ver quién era.

—Ten cuidado. Parece divertida, pero es calculadora. No le cuentes nada que no quieras que utilice en tu contra. Está convencida…

Dejó la frase sin acabar al ver que Sue volvía con mi cerveza y fingía esmerarse en colocar bien el posavasos debajo del vaso, entreteniéndose todo lo posible.

—Convencida ¿de qué? —pregunté en cuanto Sue se alejó. Quería evitar que Max perdiera el hilo de la conversación, pero ya era demasiado tarde.

—Tom se deja pisotear por ella. Era colega mío, ¿sabes? Del colegio. Éramos muy muy amigos. Así fue como se conocieron. Tom solía venir a pasar las vacaciones a casa porque tenía una familia disfuncional. Y la cambió por otra que también lo era. —Movió la cabeza mientras daba otro sorbo—. Bueno, y tú, ¿qué tal te estás acoplando? ¿Estás lista para cambiar tu familia disfuncional por la nuestra?

Eché rápidamente mano a mi cerveza. Me la bebí de un trago, y al notar las burbujitas en la nariz intenté contenerlas y los ojos se me llenaron de lágrimas. Cualquier cosa con tal de no mirar directamente a Max.

Pero estaba esperando mi respuesta. ¿Qué podía decirle? A medida que pasaban los días, cada vez me costaba más imaginarme que volvía a mi antiguo mundo: una vida familiar en la que no hacía más que suplicar por ser aceptada, desesperada por sentirme incluida, por que me perdonasen; amistades que rehuían mis llamadas y que conseguían empleos de posgrado y se embarcaban en sus carreras profesionales mientras yo me las apañaba con contratos semanales de dependienta. Chicos que conocía de toda la vida y que pasaban de mí para irse con chicas más jóvenes o interesantes, chicas sin tanta historia detrás. Al menos, aquí en Barnsley tenía el encanto de una forastera, un glamur exótico que disfrazaba mis estrepitosos fracasos. Era una experiencia embriagadora.

—Me gusta estar aquí —dije. No solo me gustaba, también me sentía necesitada. Los niños me necesitaban. Y tal vez incluso Daphne me necesitara.

—Por ahora. Espera a que pasen las Navidades, cuando llegue el frío de verdad. Para febrero estarás llamando a tu madre a gritos.

—Mi madre murió, hace mucho tiempo.

Max me miró con detenimiento.

—¿Ah, sí?

—Cuando era pequeña. Tenía casi la misma edad que Agatha.

—Lo siento.

—Tranquilo. Es verdad que para un niño es muy duro.

—¿Y tu padre?

—Se volvió a casar. Un par de años después. Para mí era demasiado pronto, pero él estaba contento. Mi madrastra es muy maja, pero no es mi madre, y nunca trató de serlo.

—Bueno, mejor que sea así, supongo.

Nunca lo había contemplado de esa manera. Durante casi toda mi infancia había deseado sentirme más incluida, más querida por mi madrastra, pero al menos me había eximido de la obligación de quererla. Nos miramos un instante a los ojos, y acto seguido Max apartó la vista.

—Ah, Sue, aquí estás…

—¿Van a comer algo hoy? Es que la cocina está a punto de cerrar, y no queremos que se queden con hambre…

—Sería una lástima, ¿no? En mi propio *pub*…

—Una lástima terrible, señor Summer.

—¿Qué tal si me sugieres algún plato del menú que no sea una molestia tremenda para el chef?

Me miró con una sonrisita cómplice.

—El plato del labrador se hace en un pispás. Queso, pan y alguna que otra cosa y hala, listo.

—Gracias, Sue. Para mí, venado.

Sue se quedó desconcertada, pero lo anotó cuidadosamente en su bloc y añadió un asterisco a un lado. Supuse que sería para avisar al chef de que se trataba de un cliente «especial», lo cual sobraba ya que el chef estaba acodado en el pasaplatos mirando hacia el comedor, dejando bien claro que estaba esperando a que pidiéramos.

De nuevo busqué un menú, pero no había ninguno disponible; y Sue, ejemplo por excelencia de camarera desganada, no hizo ningún esfuerzo por traer uno. Acordándome de los menús de *pub* de mi adolescencia, pregunté:

—¿Hay pollo a la parmesana?

Por toda respuesta, Sue me dirigió una mirada inexpresiva.

—¿Y asado del día?

—Hasta el domingo, no.

—Hacen un pastel de pollo riquísimo —dijo Max, viniendo al fin en mi rescate.

—Vale, pues eso.

Sue lo anotó en su bloc, sin asterisco.

La ventana que había detrás de Max daba al aparcamiento, y parecía que al otro lado el césped bajaba hasta un arroyo. Había un denso follaje, y me imaginé a Daphne y a Max sentados a una de las mesas de pícnic en verano, con los niños jugueteando en la orilla.

¡Los niños! El aparcamiento se había vaciado. Vi en mi reloj que eran más de las tres; había perdido la noción del tiempo.

—Max. Tengo que ir a por los niños.

Me los imaginaba esperando en la parada: Agatha, sentada pacientemente en su silla de ruedas; Robbie, intentando excusarme con dulzura, y Sophia bufando. Comprendí que no quería decepcionarles. Bastante desbarajuste había ya en sus vidas.

—¿Ya es esa hora?

Vi con alivio que le hacía una seña a Sue, que salió corriendo de detrás de la barra.

—¿Nos sirves otra ronda, Sue? ¿Y te importaría llamar al hotel y pedirle a Meryl que vaya a recoger a los niños a la parada del autobús?

Sue parecía muy interesada por el giro de los acontecimientos.

—En serio, debería irme. Es mi trabajo.

Me levanté.

—No, tu trabajo es hacer lo que yo te diga.

Me puso la mano en el hombro y me senté. ¿Fue cosa mía, o la dejó allí plantada más tiempo del necesario?

Por segunda vez aquel día, las palabras de Max provocaron un silencio sepulcral. Sin embargo, esta vez se apresuró a romperlo.

—Perdona por haberme puesto así antes con lo de la cámara.

—Ah... —Me sorprendió la arbitrariedad de la estructura mental de Max—. No pasa nada. Es que pensé que a Robbie podría gustarle.

—Creo que le gustaría mucho.

Llegó la comida. Sue nos sirvió los platos y volvió con sal y pimienta y las bebidas.

—Hay cámaras por todo el hotel, como seguro que sabrás —dijo Max cuando se hubo marchado la camarera.

No lo sabía, pero no dije nada y me limité a escuchar atentamente mientras levantaba el hojaldre del pastel para que se enfriase. Se me había ido el apetito.

—Están sobre todo como medida disuasoria para los clientes. Tenemos muchos muebles valiosos, antigüedades y cosas así, en la zona principal del hotel. ¿Sabías que a la semana de abrir nos quedamos sin molinillos de pimienta de plata? Sospecho que fueron los empleados, pero, en cualquier caso, se acabó cuando instalamos las cámaras. Parece que a la gente se le van las ganas de robar si sabe que la están filmando.

Como no quería pasar por alto la oportunidad para decir algo sobre las cámaras, me tragué a toda prisa la comida que tenía en la boca a pesar de que amenazaba con escaldarme la garganta.

—¿Y no habrá algo en las cámaras que indique adónde se ha ido Daphne? Quiero decir, no cogió ningún coche, ¿no? Así que debió de irse a pie. O vendría alguien a por ella.

La mirada de antes volvió a aparecer en sus ojos. Esta vez duró más y la reconocí.

Miedo.

—Las cámaras crean más problemas que los que resuelven, y no pienso dejar que Robbie ande merodeando por el hotel con una. Y no hay más que hablar.

Sí había. Para mí, sí. Max no hacía más que esquivar el tema de la desaparición de Daphne. Atribuí su falta de lógica al estrés. Al menos, por ahora.

—¿Tú no bebes?

Lamenté el torpe cambio de tema nada más pronunciar las palabras, pero quería hacer creer a Max que daba el tema por cerrado. Y también quería que hablara para que no se fijase en que yo no estaba comiendo.

—Lo dejé hace unos años, para apoyar a Daphne. La pena fue que ella no hiciera lo mismo. —Movió la cabeza y bebió otro sorbito de agua con gas—. Acabó por gustarme, lo de no beber alcohol. Dormía mejor —no pude evitar arquear las cejas al recordar los gritos de la primera noche—, y durante el día era más productivo. Beber, en mi familia, nunca lleva a buen puerto.

—Yo tampoco bebo mucho —dije, señalando la jarra de cerveza casi vacía que tenía delante—. Bueno, a veces un poco.

—No durarías mucho en la familia Summer, eso seguro —dijo él moviendo la cabeza, y sus palabras sonaron vagamente amenazantes. Cortó otro cachito de venado, desgajando delicadamente la carne rosada. Con dedos ágiles, reunió un poco de todo en el tenedor: puré de patata, jugo de carne, un guisante descarriado.

—¿Qué hacen Elizabeth y Tom ahí, en la isla?

Max se puso a canturrear.

—Me gusta esta canción. Me recuerda a mi juventud.

Agucé el oído. La algarabía de la muchedumbre había disminuido ligeramente, y si me quedaba quieta y dejaba de masticar conseguía oír la canción. Los primeros acordes de *La danza del hada de azúcar* eran inconfundibles.

Comimos en silencio durante un rato, escuchando la música. Sonaron todos los clásicos navideños, pero ya no volvió a reaccionar a ninguno. Cada vez que la puerta se abría y se cerraba, levantaba automáticamente la cabeza. Y cada vez, al ver que no era la persona que estaba esperando, volvía a centrarse en su plato.

Me obligué a dar cuenta de lo que habíamos pedido. La comida estaba francamente deliciosa, y aparte de hacer algún que otro ruidito aprobatorio, nos concentramos en ella. Era casi un silencio amigable. La cerveza se me había quedado caliente y ya no tenía burbujas. Aun así la terminé; noté que mi angustia remitía un poco y me sentí animada por la rara cordialidad que propiciaba la bebida. Un hombre rubicundo, con las mejillas rosadas por el frío, pasó por delante de nosotros y preguntó por Daphne. Esperé a que volviera a alejarse.

—Conoces a todo el mundo de por aquí, ¿no?

—Sí, prácticamente.

Max empujó el cuchillo y el tenedor un poco más hacia la derecha, a pesar de que ya estaban perfectamente colocados en posición de las cuatro y veinte.

—Tendrás muchos amigos.

—¡Ja! —exclamó. Miró en derredor para asegurarse de que no había nadie cerca, y en ese mismo instante una mujer le saludó con la mano desde la barra y se sonrojó al ver que Max le respondía con una sonrisa. Convencido de que la mujer no podía oírle, continuó—: Conocer a gente y que te caiga bien son dos cosas distintas. Sobre todo en un lugar pequeño como este.

No me costó identificarme con sus palabras. En el punto álgido de mi popularidad, llegué a tener casi cien mil seguidores en Instagram. Su cariño y su aprobación me daban un subidón de endorfinas todos los días. Ahora, mis amigos más antiguos ni siquiera me llamaban el día de mi cumpleaños. Conocer a gente y que te caiga bien —o caerles bien tú— eran, sin lugar a duda, dos cosas distintas, a pesar de las falsas ilusiones a que daban pie las redes sociales.

—Los Summer tienden a apañarse solos. Nosotros, Daphne, Elizabeth, Tom y yo, solíamos hacerlo todo juntos. Echo de menos aquellos tiempos. Y Daphne, siendo como es, hizo miles de amigos que ya ni dan señales de vida. Piensan que... —se interrumpió bruscamente.

Haciendo un esfuerzo visible por serenarse, se puso en pie.

—No ha sido buena idea venir aquí. Venga, vámonos.

No había terminado de masticar, pero aparté la silla y salí detrás de Max. Sentía un pequeño nudo de rabia y miedo formándose en mi interior. No me era desconocido, el nudo aquel. Lo había sentido después de morir mi madre, y esperaba que esta vez, en estas circunstancias, fuera pasajero. Que no durase años y años, como entonces.

27

LA SEÑORA MINS, enfundada en su chaqueta, nos estaba esperando junto a la puerta de la cocina, impasible ante el hecho de que le hubiesen vuelto a encasquetar tareas de niñera. Thomas salió estrepitosamente moviendo el rabo como loco, y a punto estuvo de hacerla caer. La señora Mins miró a Max con gesto de desaprobación, y después dijo algo en voz muy baja. No pude oírlo, pero sí adivinar de qué se trataba.

Daphne no había vuelto.

Max, con aire escarmentado, dijo:

—Voy a guardar el coche.

Me miró de manera elocuente.

La señora Mins enfiló hacia un sendero que se perdía hacia el interior, en sentido opuesto a la casa y el mar. Un pequeño letrero con la palabra «Privado» indicaba que no formaba parte del hotel.

—¿Y vendrás luego a la casita? —le pregunté a Max.

—Iré luego a la casita —contestó él con un tono sumiso que no le había oído hasta entonces. Sus palabras parecieron apaciguar a la señora Mins, que echó a andar.

—¿A la casita? —pregunté.

—Asuntos del hotel.

Volvió a subir al Defender y dio un portazo.

La señora Mins casi había desaparecido entre la arboleda cuando se volvió y me gritó:

—¡Te ha llamado tu padre al teléfono del hotel. Ha dicho que le llames!

Me quedé clavada en el sitio.

No debería haber subestimado a mi padre, que había sido periodista toda su vida. Era un hombre que había destapado desde corrupciones corporativas de alto nivel hasta escándalos de celebridades de poca monta. Seguro que no le había costado mucho unir los puntos entre la carta, mi pasaporte desaparecido y el cobro de la tarjeta de crédito. Era evidente que acabaría averiguando dónde me había metido, pero no pensaba que fuera a ser tan pronto.

La señora Mins me miró detenidamente.

—Parecía bastante… —vaciló antes de dar con la palabra que buscaba, disfrutando de mi malestar— desesperado.

No me atreví a pedir detalles. «Desesperado» lo resumía todo. Pensé en lo que debía de haber sufrido estos últimos días. Yo, desaparecida. Mi pasaporte, desaparecido. Mi teléfono, desconectado, mis correos sin responder. El cobro en su tarjeta de crédito.

Me subió reflujo a la garganta y cerré los ojos, concentrándome en tragar.

La señora Mins no se movió, así que me metí apresuradamente en casa antes de que pudiese preguntarme nada y me apoyé en el quicio de la puerta, agradecida a la solidez de la madera de roble y al macizo pomo de latón. A pesar de mi sensación de culpa, había un pensamiento que no se me iba de la cabeza: «Por favor, por favor, que no les haya dicho quién soy. Por favor, por favor».

Al llegar, Barnsley House había sido un cuento de hadas, poblado de personajes más que de seres humanos. Y ahora, justo cuando empezaba a conocer a mi familia de Barnsley, a verlos como personas de verdad, parecía que mis mentiras iban a tener consecuencias. Otra vez. Tenía que evitar a toda costa que mi padre dijese algo.

A punto estaba de levantar el auricular cuando entraron los niños, primero Robbie y después, empujando la silla de Agatha, Sophia.

—¿Cenamos ya? —preguntó Robbie inocentemente.

Respiré hondo y aparté la mano del teléfono.

—Sí, supongo que ya toca. ¿Tostadas?

Entre lo tarde que habíamos comido, las dos jarras de cerveza y mi corazón acelerado, me sentía incapaz de preparar nada más complejo.

Agatha asintió con la cabeza, contenta, y Sophia soltó su hondo suspiro de adolescente decepcionada mientras se escabullía al saloncito a esperar.

Aquella noche, la cena y el ritual del baño se eternizaron. El enfado de mi padre debía de estar aumentando a cada minuto que pasaba, y por tanto también las probabilidades de que volviese a llamar y me desenmascarase. Era sorprendente que aún no lo hubiese hecho.

Por fin, los niños se fueron a la cama, o al menos a sus dormitorios. Agatha y Robbie estaban leyendo tranquilamente, y Sophia estaba haciendo los deberes. Volví a bajar a la cocina, disfrutando del silencio. En comparación con los días anteriores, aquel había sido muy ajetreado, casi abrumador. La reunión con el señor Mins. El largo paseo al pueblo. El autobús que casi me pilla. El viaje a la ciudad. La comida en el *pub*. Tenía la sensación de que todo había sucedido hacía mil años.

Uno de los niños había dejado una silla de cocina al lado de la estufa, así que me senté y planté los pies con sus calcetines sobre la compuerta calentita mientras marcaba el teléfono de mi padre. Esperaba convencerle de que mi llamada era una coincidencia. De que la señora Mins debía de haberse hecho un lío cuando cogió el recado. La diferencia horaria ayudaría…, su perspicaz mente de periodista estaría ofuscada por el sueño, tendría las gafas de leer en la mesilla de noche. Y seguro que el número de la línea privada de la cocina era ligeramente distinto del número de la oficina que había marcado él. ¿Optimista? Sí. ¿Me estaba engañando a mí misma? Quizá. Pero no tenía alternativa.

Respondió al instante.

—¿Diga?

Incluso a través de la conexión de ultramar pude oír el frufrú de las sábanas y a mi madrastra refunfuñando al fondo. Según mis cálculos, debía de ser muy temprano, pero mi padre siempre había sido madrugador y me había transmitido el hábito.

—Papá, soy yo.

—Peque —dijo, llamándome por el nombre que, por suerte, a pesar de un nuevo matrimonio, dos hijas más y una serie de jugarretas por mi parte, jamás había vuelto a asignar a nadie.

—Siento haber tardado tanto en llamarte. Es que no he parado. —Al menos, no era mentira—. Hoy hemos ido a Liberty. No me he podido comprar nada, era carísimo. Pero ha sido divertido hacer como si...

Me cortó.

—Sé dónde estás.

—¿Qué?

—No es buena idea, Miranda.

—Denise y Terence tienen una casa estupenda, papá. Me han dejado el apartamento de arriba, así que puedo quedarme un poco más. Después de Navidad nos vamos a Francia, nos quedaremos en casa de unos amigos. Vamos a esquiar..., hace siglos que no esquiamos, ¿verdad? Desde aquel año que Ophelia se rompió la muñeca en la primera...

—Miranda —volvió a cortarme. «Demasiados detalles. No te enrolles, Miranda»—. Te he llamado a Barnsley.

Mi boca se abrió y volvió a cerrarse en silencio. Si las excusas habían sido débiles hace un momento, ahora eran completamente inverosímiles.

—No deberías estar ahí.

Hizo una pausa, y le oí cambiar de postura. Estaría levantándose, mirando a mi madrastra y moviendo la cabeza para decirle que no se preocupase, que se volviese a dormir. Me lo imaginé al lado de la ventana, con la mirada perdida en el tejado del vecino, en la bahía.

—¿Dónde dices? ¿En Londres?

—Corta el rollo.

Definitivamente, se estaba desplazando por la casa; se hizo el silencio en la línea telefónica y le oí contener la respiración al pasar sigilosamente por delante de los dormitorios de mis hermanas. Después, el zumbido de la cafetera al ponerse en marcha y de nuevo la voz de mi padre, a su volumen habitual.

—Barnsley House. Hay una razón por la que nunca te llevamos allí, ¿sabes?

—¿Cuál?

—Miranda. Por una vez en tu vida, deja de mentir. ¿No ves el peligro que corres?

¿Peligro? Mi padre solía dejar el histrionismo para las mujeres que compartían su vida: Fleur, Ophelia y Juliet, yo. Siempre yo. Papá era el sensato. El pragmático. A veces severo, pero en general justo.

Solté una risita nerviosa.

—¿Por qué crees que tu madre se vino a vivir al otro lado del mundo, lejos de su familia? No son… personas agradables, Miranda.

—No saben quién soy —susurré, aceptando la derrota y alegrándome de que Max estuviera con la señora Mins, y los niños en la cama. Oí que crujía la tarima del pasillo, cerca de la cocina. En la zona del hotel. Me dije que allí no había nadie.

—¿Por qué será que no me sorprende?

Noté la frustración de mi padre, le imaginé frotándose los ojos y moviendo la cabeza, como aquella mañana del año anterior en la que todo había llegado a su punto crítico. Una mañana de invierno, temprano. Fotógrafos y periodistas acampados al pie de las escaleras de la entrada, yo sentada en el banco, llorando. Papá, haciendo café, lo que fuera para dar un toque de normalidad a la situación. Yo, aceptando la taza, sin fingir ya que no bebía café ni me metía toxinas en el cuerpo.

—Pensaba decírselo…, pero luego, al llegar aquí, se pensaron que era la niñera y les dejé creer que…

Me interrumpió.

—Por una vez en tu vida, puede que hayas hecho lo correcto.

Me acordé de las cintas azules que había ganado en las competiciones deportivas del colegio. De mis notas, siempre de sobresaliente. La primera de mi curso a los doce años. Delegada del colegio. Beca. Había hecho infinitos esfuerzos por no ser una persona vulgar y corriente. Y después había borrado de un plumazo todos los éxitos con la deshonra que había labrado para mí y para mi familia.

Estaba de acuerdo con mi padre. Lo mejor de estar en Barnsley era el anonimato. Y no solo porque me mantenía a salvo. También, porque me permitía darme a mí misma la oportunidad de ser vulgar y corriente. Mi padre interpretó mi silencio como una claudicación.

—Escúchame bien. No sé qué disparate les habrás contado, pero quiero que salgas de ahí. Te voy a comprar un billete de vuelta, y te mandaré los detalles por correo electrónico. ¿Puedes ir a Londres? Llamaré a Denise y le diré que vas para allá.

—Me quedo aquí, papá.

No lo supe hasta que pronuncié las palabras, pero así era. Barnsley House era misteriosa, sí. Era escalofriante. Pero aún no estaba preparada para marcharme.

—No, Miranda. No y no. Me da igual lo que te prometan. Después de lo que le hicieron a tu madre… No. Le voy a decir a Susie que reserve hoy mismo los vuelos.

—¿Qué le hicieron a mamá?

Miedo en mi voz. Mi padre había colgado.

La casa estaba en silencio. Y de repente, un sonido de pasos por el pasillo. En el hotel. Vi que desaparecía una luz por debajo de la puerta. Alguien había estado allí, escuchando. Los niños, imposible. No había ninguna manera de que hubieran llegado hasta aquí sin que yo los viera. ¿Max y la señora Mins? No estaba segura.

Pensé en la conversación con mi padre. Mi vehemente negación del miedo. Había vuelto a mentir. Pues claro que tenía miedo. A medida que pasaban los días, le había cogido miedo a lo que le hubiese podido pasar a Daphne. Tenía miedo de haber sido yo la última persona que la vio. Tenía miedo de que les pasara algo a los niños.

Tenía miedo de que me pasara algo a mí.

28

—BONITAS OREJAS.

Noté el aliento caliente de Max en mi oreja, su cara muy cerca de la mía. Tardé unos instantes en comprender que se refería a las orejas de reno de los niños, que se bamboleaban sobre el escenario mientras el colegio entero cantaba a voz en cuello una versión entusiasta de *Jingle Bells*.

—Dos libras —dije, orgullosa de mí misma por mi frugalidad.

—Una ganga.

Apartó la cara y me permití respirar de nuevo.

Estábamos todos en una fila, la familia feliz de Barnsley. Sophia, en el asiento del pasillo, de mala gana y disimulando a duras penas su desdén; la señora Mins, envuelta en una chaqueta de lana beis que estaba segura de que no habría podido permitirse con su sueldo, al menos si se parecía al mío; y Max, alegre y orgulloso, demostrando que un hombre no necesita ni alcohol ni a su esposa para divertirse. Oscilaba entre la señora Mins y yo, incapaz de quedarse quieto. Sí, estábamos todos en una misma fila. Todos menos Daphne.

A pesar del calor que hacía en la sala, Max llevaba un abrigo largo abotonado hasta el cuello, con unas enormes botas asomando por debajo. Incluso así, tan arrebujado, muchas de las madres que andaban cerca le lanzaban miradas aprobatorias; si intentaba pasar desapercibido, no lo estaba consiguiendo. Me quité la chaqueta y la metí debajo del asiento, al lado de una enorme bolsa que Max había insistido en traer.

La señora Mins le dio un golpecito en el muslo con un programa enrollado, y aparté la vista, decidida a no presenciar nada más. Me concentré en el escenario. Agatha estaba en un extremo, su silla de ruedas desafiantemente decorada con espumillón y estrellitas de papel de aluminio. Detrás de ella había una niña pequeña, no mucho más alta que la silla, agarrando el manillar con aire protector. Se estaba tomando su tarea muy en serio. Un poco más lejos, en la misma fila y subido a una grada, estaba Robbie, cantando y haciendo todos los movimientos con entusiasmo, a pesar de que los chicos que había a su alrededor no hacían ni lo uno ni lo otro.

—¿Qué más encontraste cuando subiste al desván?

Sentí las palabras de Max antes de oírlas. Un extraño dulzor en su aliento. Escogió un momento bastante estrepitoso de la función, cuando era poco probable que le oyera nadie. Fingí que yo tampoco le oía.

Poco después volvió a intentarlo, y me repitió la pregunta a la vez que posaba fugazmente la mano en mi brazo para exigir mi atención.

—¿Encontraste algo interesante cuando subiste al desván?

«Interesante» era quedarse corto. Había todo tipo de cosas en el desván. De hecho, había pasado media mañana allí arriba. Baúles llenos de telas viejas, catálogos de semillas, la colección de libros de cocina de Daphne que, para mi sorpresa, incluía muchos de los libros sobre vida sana que tan estimulantes me habían parecido en otros tiempos. Había estado un buen rato hojeándolos, recordando mi época de bolitas nutritivas y boles de açaí. Había también montones de fotos de caballos de carreras y un traje de jinete al completo. Planos metidos dentro de tubos, incluidos algunos que detallaban el trazado originario del jardín. Y cajas grandes, justo al lado de la puerta, llenas de ropa de ahora. También de Daphne, supuse.

Pero ¿algo que pudiera ser relevante para el momento actual, para el concierto de Navidad de los niños, y lo bastante urgente como para merecer un susurro agobiado en medio de la oscuridad? No me lo parecía.

—No.

Mi respuesta le frenó en seco, y, después de recostarse en el asiento, empezó a darse golpecitos nerviosos en la pierna con el programa. Intenté concentrarme en los niños, pero notaba los ojos de la señora Mins clavados en mí. El sudor se me iba acumulando en las axilas. Me esforcé por mantenerme impasible, pero tenía la cabeza disparada. Intenté sonreír a la señora Mins, pero apartó los ojos hacia un punto situado detrás de mí, como si hubiese estado mirando hacia allí todo el rato.

Los niños terminaron de cantar y el auditorio estalló en una gran ovación. Me quedé mirando a Agatha con una sonrisa de oreja a oreja, con la esperanza de que pudiera verme aplaudiendo como una loca a pesar de la oscuridad. Nos buscó con la mirada, hasta que por fin nos encontró y se ruborizó de orgullo. Max vitoreó y se llevó el pulgar y el índice a los labios para soltar un silbido ensordecedor. No pude evitar reírme, y sobre el escenario Robbie y Agatha también se reían. Robbie movió la cabeza con cara de vergüenza; puro formulismo, ya que su sonrisa decía otra cosa distinta.

Por unos instantes, los aplausos y los vítores ahogaron todo lo demás. La directora se acercó al atril, y el auditorio calló. Arrancó a hablar; los pendientes de espumillón atrapaban la luz, tiñéndole las mejillas de un luminoso rubor. Un grito al fondo de la sala la interrumpió, y dirigió la mirada en aquella dirección, entrecerrando los ojos, deslumbrada por los focos del escenario. Detrás de ella, los niños estaban expectantes.

Por un momento, creí que había sido Daphne.

—¿Max?

Y después la voz fue inconfundible. Max agarró con fuerza el programa y los nudillos se le pusieron translúcidos. Una tras otra, todas las cabezas del auditorio se volvieron hacia la parte de atrás.

Todas menos la de Max.

—¿Max?

La voz se acercaba, y la gente había empezado a murmurar.

La alegría de los rostros de Agatha y Robbie cedió paso al miedo. Me quedé mirándolos fijamente, dispuesta a que no se me notase el pánico. Por si acaso me miraban a mí en vez de al hombre y la mujer que avanzaban ruidosamente por el pasillo. Max soltó un profundo suspiro y se puso en pie.

—Estoy aquí, Elizabeth.

—¡Ah, ahí estás!

Siguió avanzando con paso enérgico por el pasillo, como si hubiese llegado con diez minutos de antelación y no como si ni siquiera la esperasen. Max nos indicó con un gesto que nos apretásemos para hacerles un sitio.

—Las orejas esas —dijo Elizabeth mientras se hacía un hueco en la fila, tirando de un perplejo Tom— le sientan bien a Agatha.

Levantó la mano para indicarle a la directora que, por ella, el espectáculo podía continuar.

De entre bastidores salió un niño pequeño con un enorme cheque de pega, y la directora respiró hondo antes de explicarle a la comunidad escolar el trabajo realizado durante el año para recaudar fondos.

—Menudo rollo.

Elizabeth se inclinó hacia adelante y nos miró con cara de aburrimiento. Una tufarada a alcohol se expandió por la fila. Me mordí la lengua para contener la risa. Sophia cogió la mano de su tía y se la apretó, como si fuera una niñita a la que había que contener. Tom no ayudaba en nada; estaba en la otra punta de la fila y toda su atención estaba volcada en evitar caerse de la silla de tijera.

—¡Shh!

Una voz de mujer, exasperada.

Me giré para ver quién era la valiente que hacía callar a Elizabeth. La señora Mins.

A mi lado, Max cerró los ojos. Un hombre que estaba entre el público subió al escenario, aceptó el cheque en nombre de la Misión Familiar de St. John y habló de la necesidad de una comunidad compasiva. Tal vez fuera fruto de mi imaginación, pero me pareció que sus ojos taladraban nuestra fila. Más aplausos, sobre todo de las personas sentadas cerca de nosotros.

La banda volvió a tocar, y el cuerpo se me empezó a relajar. Los niños cantaban con los demás, y Sophia, sin apartar la vista de sus hermanos, tenía bien agarrada a su tía. A lo mejor salía todo bien. La canción continuó.

Feliz Navidad, Feliz Navidad…

Y de repente, una voz en medio de la oscuridad.

—Que no me mandes callar —dijo Elizabeth entre dientes—. Tengo más derecho a estar aquí que tú.

Max cerró los ojos y cogió aire.

¡Feliz Navidad, próspero año y felicidad!

Elizabeth se inclinó hacia delante y me lanzó una mirada elocuente. El corazón me empezó a palpitar con fuerza, y volví a centrarme en el escenario. Hubo movimiento a mi lado, y noté que el espacio se desahogaba; detrás de nosotros, alguien sofocó una exclamación. La señora Mins se había marchado. El auditorio entero nos miraba, pero aun así la canción continuaba. La directora del coro, de espaldas al público y ajena al jaleo, abrió los brazos de par en par y los niños concluyeron con un vigoroso crescendo.

—Elizabeth, eso que has dicho sobraba —dijo Max, abriendo los ojos. Donde esperaba ver ira, solo vi compasión. Una profunda tristeza.

Elizabeth parecía arrepentida, al borde de las lágrimas.

—Son fechas para estar con la familia, Max.

Incluso con el pantalón vaquero, tenía la sensación de que los muslos se me estaban pegando al asiento. El resto de la familia Summer parecía ajeno al espectáculo que estaban dando, al inagotable caudal de información con el que estaban alimentando las especulaciones que habría esa misma tarde en La Cabeza del Ciervo o en Minton.

—¿Familia? —dijo entre dientes Max—. Meryl pertenece más que tú a esta familia.

Me moví en el asiento, incómoda, mientras continuaba:

—¿Dónde has estado los últimos meses, cuando los niños te necesitaban, cuando yo te necesitaba? En esa maldita isla, dedicándote Dios sabe a qué. En el maldito *pub*.

La mujer que estaba a mi lado resopló, y trató de disimularlo fingiendo un ataque de tos. Ladeé el cuerpo para servirles de escudo a Max y Elizabeth. Para protegerlos.

Definitivamente, ahora Elizabeth estaba llorando. No de manera histérica, sino a lo Elizabeth, con las lágrimas cayéndole a mares por las mejillas. Lágrimas silenciosas. El rostro, sereno. Y, de repente, se inclinó hacia delante. Se inclinó hacia atrás. Contó a todas las personas de la fila, y al caer en la cuenta se le demudó el semblante.

—¿Y Daphne?

—Ahora no, Elizabeth.

Max fijó la atención en el escenario. Inútilmente. Ahora Elizabeth lo sabía, y no iba a dejarlo pasar. Hasta yo me daba cuenta.

—¿DÓNDE ESTÁ?

—Lo hablamos luego en casa —dijo Max con la voz tensa—. Aquí no.

Tom cogió la mano de Elizabeth con intención de calmarla.

Sobre el escenario, la directora del colegio había vuelto a tomar la palabra, pero en nuestra fila —aparte de Sophia, que no había apartado ni un instante los ojos del escenario— estábamos todos atrapados en un complicado limbo. Teníamos que marcharnos, pero ¿cómo sacar a los niños del escenario sin armar todavía más escándalo? El auditorio había recuperado la calma, pero era un tipo distinto de calma. Había un ambiente de expectación. Miré a mi alrededor intentando averiguar qué estaba pasando.

Sonaron los primeros acordes de otra canción familiar.

—Mierda —dijo Max a mi lado—. Mierda, mierda, mierda. —Rebuscó debajo de la silla y sacó la bolsa—. Mierda, mierda.

195

Miré a Elizabeth, pero había apoyado la cabeza en el hombro de Tom, agotada por las emociones. Agotada por el alcohol. En los labios de Sophia empezó a perfilarse una sonrisita, pero seguía sin darse la vuelta. Guardaba la compostura como una persona mucho mayor; no se me ocurría de dónde podía venirle. Su padre, por el contrario, la estaba perdiendo: empezó a quitarse la ropa.

Debajo del inmenso abrigo llevaba puesto un disfraz de Papá Noel en toda regla. Metió la mano en la bolsa y sacó un gorro y una barba, y al grito de «¡Ho, ho, ho!», se levantó e hizo sonar una campanita. Se abrió paso por delante de Elizabeth, Tom y Sophia, aprovechando para besar las cabezas de su hermana y de su hija. Al hombro llevaba un saco del que iba sacando tofes para lanzárselos a la gente. Mientras avanzaba hacia el escenario, soltando sonoras risotadas y haciendo repiquetear la campanita, le seguían gritillos alborozados. Para cuando hubo subido los peldaños, estaba rodeado de niños que se agarraban a él pidiéndole chuches.

Daphne debería haber estado allí para verlo, y no dondequiera que estuviese. Ese era el tipo de recuerdo que deberían atesorar las familias; estaba mal que no estuviese allí presente. No había nada más importante que eso. Ni los amigos, ni el alcohol, ni nada. Era imposible que Daphne se lo hubiese perdido adrede.

Me obligué a concentrarme de nuevo en los niños. Robbie, Agatha e incluso Sophia miraban a Max con cara de adoración, riéndose y susurrando con sus amigos. Alargando la mano para coger dulces como todos los demás, aunque sabía que estaban apesadumbrados por la ausencia de su madre.

Pero era evidente que Max tenía mejor relación con sus hijos de lo que había pensado. Y que, a pesar de todos sus defectos y de todas las cosas que los habían distanciado, Max y Elizabeth se querían muchísimo. Y que nadie, ni siquiera Elizabeth, sabía dónde estaba Daphne.

29

NO FUI LA ÚNICA persona en darse cuenta.

Más tarde, una vez en Barnsley y acostados los niños —Max subió en brazos a Agatha, ya dormida, y yo acompañé a Robbie, que no paraba de protestar— , me acordé de mi cama. No de una de las pequeñas camas de Barnsley, sino de la cama de matrimonio que tenía en casa, con su edredón de plumas, su colchón ultraconfort y sus sábanas cálidas y limpias gracias al sol del verano, y la ventana entreabierta para dejar pasar la brisa de la bahía. Mi cama era, seguramente, lo que más echaba de menos de Australia.

Dando vueltas bajo la colcha, intenté convencerme a mí misma de que había regresado a casa. Pero un vago runrún me impedía dormir. Preocupaciones no me faltaban, pero al hacer repaso de las habituales —mi relación con mi padre, mi pasado, mi futuro—, ninguna se reveló como causante de mi zozobra. Era algo más reciente. Algo más relacionado con Barnsley.

Me incorporé. Habíamos acompañado a Agatha y a Robbie a la cama, pero ¿y a Sophia? No. Ya tenía edad para ocuparse de sí misma. De repente me vino a la cabeza una imagen de Sophia sentada entre el público, con los ojos clavados en el escenario, la expresión inalterable y resuelta. Como si intentase entender algo. O como si hubiese logrado entender algo y no quisiera que se le notase.

No estaba de más que me pasase a verla. Por supuesto, me arriesgaba a que me lanzase una de sus miradas fulminantes o a que me despachase con cajas destempladas. Pero merecería la pena si con ello comprobaba que estaba sana y salva en su cuarto. Me quedé un poco más en la cama, intentando reconstruir nuestros pasos desde que llegamos a casa. Habíamos vuelto todos juntos desde el aparcamiento —a insistencia de Max— y Sophia iba detrás. Max y yo habíamos subido directamente con los niños, y yo había dado por hecho que Sophia se habría escabullido al saloncito a ver la televisión. Pero no la había visto. Retiré la colcha y cogí el cárdigan que me había dejado al pie de la cama. Por si acaso.

Sophia no estaba en su cama. Las luces de su dormitorio estaban apagadas, pero las cortinas estaban abiertas y a la luz plateada de la luna vi que la cama estaba hecha. Ni siquiera había llegado a acostarse. Miré por la ventana, hacia los jardines. Desde allí, parecían mágicos: tejos sin hojas iluminados desde abajo por las lucecitas del jardín, que seguían encendidas después de habernos señalado el camino a casa. Había caído una helada sobre el césped, y soltaba destellos aquí y allá. Pero no quería salir. Yo lo que quería era meterme en la cama.

¿Para qué iba a avisar a Max? Se había ido a la casita después de acostar a los niños, excusándose una vez más con que tenía que resolver «asuntos del hotel». Quedaba de mi mano encontrarla.

No se me ocurría dónde podía estar, así que empecé por la casita de la señora Mins. Puede que hubiese ido allí a buscar a su padre.

Un subidón de adrenalina me recorrió el cuerpo, eliminando los últimos vestigios de cansancio, mientras me vestía apresuradamente y partía hacia la gélida noche. El tiempo me acompañaba. Al salir, unos inmensos bancos de nubes se dividieron y asomó la luna, ayudándome a cruzar la pradera en dirección al sendero en el que suponía que estaría la casita de la señora Mins. Como era de esperar, después del letrero de madera que decía «Privado» no había más letreros que pudieran guiarme.

A lo largo del camino, negro como la boca de lobo, se oían capas de sonidos por debajo del bramido del mar y del incesante viento. La oscuridad hacía que mis oídos estuvieran hipersensibles; cada vez que ululaba un búho o aullaba un zorro, me sobresaltaba y me paraba en seco. No llevaba linterna, y, mientras los ojos se me iban adaptando, me aventuré lentamente por el oscuro túnel que habían formado las ramas entrelazadas sobre mi cabeza.

Al principio pensé que el lloriqueo era de un animal salvaje. Suave y constante, era más como el gimoteo de un animalillo separado de su madre que como el de un ser humano. Venía de detrás de mí. No de la dirección de la casita de la señora Mins, sino de la del agua. De las inmediaciones del cobertizo de las barcas.

Me volví y eché a correr con la sangre palpitándome en los oídos, intentando no tropezar sobre el escabroso terreno. Fue un alivio salir a la pradera, y aceleré campo a través hasta que llegué al sendero que bajaba a la caleta del cobertizo.

Sophia no había llegado muy lejos por el camino antes de caerse. Debía de haber tropezado con la primera o la segunda raíz, y estaba acurrucada bajo un espeso arbusto, agarrándose el tobillo. Sus ojos, asustados, se toparon con los míos.

—¡Sophia! —dije entre dientes—. ¿Qué haces aquí?

El sonido de mi voz la hizo explotar, y los gimoteos se intensificaron hasta convertirse en sollozos en toda regla, histéricos y guturales. Cambié de estrategia.

—¿Estás bien? —Me acuclillé a su lado. Se apartó ligeramente—. ¿Te has hecho daño en el tobillo? —Alargué el brazo y dio un respingo. Volví a intentarlo, y aunque esta vez me dejó que le cogiera el tobillo, fue inútil: en la oscuridad, y con los vaqueros puestos, no se veía nada—. Venga, te ayudo a volver a casa.

Pensé que protestaría, pero no. El arranque de bravuconería que la había impulsado hasta allí en plena noche había remitido, y se había colado el miedo. Avanzamos un trecho a la pata coja: su brazo alrededor de mi hombro, mi brazo alrededor de su cintura, las lágrimas de su rostro brillando a la luz de la luna. Me habría gustado llevarla en brazos, pero sabía que, aunque fuerzas no me faltaban, el orgullo de Sophia se habría interpuesto. Estaba más cerca de ser una mujer que una chiquilla.

—Pensaba que Elizabeth sabría dónde está mamá. —El llanto fue de nuevo en aumento—. Pensaba que estaría con ella.

Asentí con la cabeza. Yo también lo había pensado. Deseado. No me atreví a hablar. Había tantas cosas que quería decirle…, pero no había ni una que me pareciese adecuada en estos momentos.

—Papá y la señora Mins dicen que han buscado por todo el terreno. Pero no puede ser. Tiene que estar por aquí. Quizá esté herida. —Hizo un alto—. Como yo. Quizá se cayó y necesite ayuda. —Su rostro estaba pegado al mío, tenía los ojos abiertos de par en par, como si acabara de tener una revelación. De cerca, era clavada a Daphne—. ¿Puedes bajar y echar un vistazo por mí? ¿En el cobertizo?

—¿El cobertizo?

Me lanzó una mirada elocuente.

—Sí, el cobertizo.

Sus ojos se cruzaron con los míos. «Sí», decían. «Sabemos lo del cobertizo». Tragué saliva. Frente a mí veía las luces del jardín, y la sombra de la casa detrás. Casi podía sentir el calor del pasillo de arriba, casi olía el aroma a lavanda de la ropa de cama.

Y después me vino a la cabeza Daphne tal y como la había visto la última vez, pálida y frágil en mitad de la noche. Si se había aventurado a salir en plena noche, lo más probable era que se hubiese caído o tropezado; si estaba por aquí, estaría en malas condiciones. Unas pocas horas podían decidir entre la vida y la muerte.

—Vale.

Nos paramos delante de un banco de jardín que estaba pegado a un viejo roble. Pensé que sería un lugar agradable para sentarse en verano, con la pradera extendiéndose hacia el mar. Pero de noche y en pleno invierno, no era precisamente un rincón acogedor. A Sophia no pareció importarle.

—Te espero aquí.

Salí corriendo. Tenía el corazón acelerado; de acuerdo, no estaba en forma, pero la velocidad de mi respiración se debía más al miedo que a problemas respiratorios. Estaba muerta de miedo. El camino que bajaba serpenteando hacia el cobertizo era cada vez más oscuro, y esperaba toparme con el señor Mins en cualquier momento. O con algo peor. Por fin, justo cuando estaba a punto de darme la vuelta, el sendero dobló por última vez y apareció el agua, soltando destellos negros a la luz de la luna.

No había nadie allí.

Llamé con fuerza a la ventana, sin importarme quién pudiera oírme. Sacudí el picaporte de la puerta, pero estaba cerrada a cal y canto y la persiana bajada. Aparte de las barcas que se mecían y chocaban con el muelle, todo estaba en silencio. Me quedé quieta, intentando oír algo, cualquier cosa, por encima de los latidos de mi corazón. Pero nada.

Daphne no estaba.

Mientras recuperaba el aliento para la vuelta, intenté imaginarme la caleta como la había descrito Daphne en el cuaderno. El agua, lo bastante cálida como para nadar. Música transportada por el aire templado. Ruidos de risas, de bebidas sirviéndose. Una sonora carcajada, después una zambullida. No un silencio sepulcral como el de aquella noche. Era casi imposible.

Y entonces se oyó una voz en la oscuridad.

Mi nombre.

No era Sophia. Era Max.

Eché a correr hacia la casa.

Cuando por fin llegué al borde de la pradera, donde me estaban esperando, Max estaba hecho una furia, y yo tan jadeante que no podía ni hablar. Casi mejor.

—¿Tengo que recordarte que tu única responsabilidad es cuidar de los niños? Gracias a ti, mi hija se ha lesionado.

Asentí con la cabeza, intentando controlar la respiración y parecer sincera al mismo tiempo.

—Si no fuera porque estamos en vísperas de Navidad, buscaría una sustituta. Considera esto como la única advertencia que voy a darte.

Sophia no dijo nada, y volvimos a la casa con Sophia cojeando entre los dos.

30

ERA LA MAÑANA del día de Navidad, y Daphne aún no había vuelto. A Elizabeth no se la había visto desde el concierto, y los niños me habían tenido ocupada. Max apenas me había dirigido la palabra desde la noche del incidente del cobertizo. Sophia le había dicho que yo la había convencido para salir a buscar a Daphne. Yo no lo había negado. Lo que le faltaba a Sophia era que otro adulto más la dejase tirada.

Sus dos hermanos estaban cansados y Sophia tenía que mantener el tobillo en reposo, así que los días transcurridos entre el concierto y Navidad habían sido tranquilos; ocupábamos el tiempo en hacer galletas de mantequilla y ver películas navideñas: *Polar Express*, *Elf* y, cómo no, *Solo en casa*. Me limitaba a agachar la cabeza y a cumplir con la que era, en opinión de Max, mi única responsabilidad.

A pesar de todo, la mañana de Navidad, muy temprano, había una sensación mágica en el ambiente. Llevaba oyendo corretear a los niños por el pasillo desde antes de las seis de la mañana, pero la cama estaba tan calentita y el cielo tan oscuro que esperé hasta que el ruido alcanzó un volumen insoportable.

Al salir de mi cuarto, después de ponerme un cárdigan de lana sobre el pijama, vi a Robbie apretujado entre la cama de Agatha y una estantería, frotándose el codo. Aun así, estaba de buen humor. Incluso Sophia, la clara adversaria de su hermano, estaba sonriendo desde el otro lado de la cama.

—¡Shh! —dije—. Vais a despertar a vuestro padre.

—¡De eso se trata! —dijo Agatha, con la risa boba—. Si no armamos jaleo, no se despertará nunca.

—Demasiado tarde —se oyó refunfuñar a Max al otro lado de la puerta—. Ya me he levantado.

—¿Ha vuelto mamá? —preguntó Robbie, esperanzado. Las risitas cesaron. Sophia, en particular, parecía al borde de las lágrimas. Se me partió el corazón.

Cuando asomó la cabeza por la puerta, fue evidente que también a él le costaba enfrentarse a la ausencia de Daphne.

—Todavía va a tardar un poquito en volver, creo —dijo, la voz extrañamente entrecortada.

—¿No va a pasar aquí la Navidad? —preguntó Agatha con un hilo de voz.

—¡No es normal en ella! ¡Me da igual lo que digas! —gritó Sophia, y acto seguido bajó corriendo las escaleras, dejándonos a todos enmudecidos.

—¿Os parece que bajemos, niños?

Max estaba intentando poner buena cara, pero le temblaban las manos mientras se ataba el cordón de la bata. Besó a Robbie en la coronilla y después sacó a Agatha de la cama y la cogió en brazos; la niña hundió el rostro en el hueco entre el cuello y el hombro de la bata de su padre. Comprendí que estaba llorando por el movimiento de sus hombros.

Recordé las primeras Navidades que pasé sin mi madre. Mi padre y yo intentamos celebrarlas solos, pero fue un día muy tenso. Al año siguiente, mi madrastra ya había entrado en escena, y consiguió, a su manera, que volviese a ser un día especial. Empezaba a valorar ahora lo mucho que se había esforzado por conseguirlo.

Pero aquí en Barnsley no había árbol de Navidad, ni más adornos que la guirnalda de papel que habíamos hecho y colgado en la cocina, ni olor de guisos navideños. Podría haber sido cualquier otro día. No había visto los regalos desde que los metimos en casa a hurtadillas después de nuestras compras furtivas; durante varios días había esperado que Max me pidiera que los envolviese. Al ver que no lo hacía, supuse que se los daría metidos en las bolsas de las tiendas o envueltos de cualquier manera por él.

Bajé las escaleras sin prisa, mirando detenidamente el paisaje en busca de nieve. Nada, ni pizca. Para cuando llegué a la cocina, estaban todos esperándome. Incluso Sophia. No había regalos por ningún sitio. ¿Y eso era una mañana de Navidad?

Robbie, sin embargo, parecía un poco más animado que antes.

—¡Venga! Papá ha dicho que teníamos que esperarte.

Tiró de la puerta que separaba la cocina del resto de la casa. Al otro lado estaba el hotel.

Era extraño. Los niños no tenían permiso para acceder a la zona del hotel, y, aparte del pelotón de búsqueda del otro día, ya me había encargado yo de que se respetase la prohibición.

Pero, al parecer, el día de Navidad era la excepción a la regla. Max ayudó a Robbie a abrir la puerta, y los niños pasaron como una exhalación. Agatha y él me sujetaron la puerta, soltándola con delicadeza una vez que hubimos pasado todos.

—Tengo la misma sensación que tenía de niño —dijo Max, fingiendo un escalofrío—. Afortunada tú.

Con razón mi madre se había escapado a Australia. Yo, desde luego, no duraría ni una noche en aquella zona de la casa. Pensé en la acogedora cocina que estaba justo al otro lado de la puerta, el cálido saloncito, el estudio con el fuego abierto. ¿Por qué no podíamos quedarnos allí?

Robbie y Sophia se frenaron en seco delante de una puerta doble y se quedaron mirando a su padre, pidiéndole permiso con los ojos para entrar. Una vez concedido, abrieron las puertas de par en par y trataron en vano de contener grititos de gozo. Max aceleró el paso y, casi al trote, empujó la silla de ruedas para que Agatha no se lo perdiera.

Era la habitación a la que me había asomado la primera mañana: una sala de estar grande y formal, con su mirador en un extremo y, en el otro, un enorme hogar en el que ardía un crepitante fuego de leña. Las lámparas estaban encendidas y había velas de té brillando sobre todas las superficies, pero lo que verdaderamente quitaba el hipo era el gigantesco abeto navideño del mirador, adornado de arriba abajo con lucecitas y bolas de cristal. Era espectacular, pero aún más lo era el montón de regalos que había a sus pies. Había cajas y más cajas, muchísimos más regalos que los que habíamos comprado. Era evidente que Max, u otra persona, se había volcado con las compras navideñas, de manera que ¿a qué se había debido nuestra repentina y urgente misión de unos días atrás?

Arrinconé estos pensamientos y me paré unos instantes a disfrutar de las reacciones de los niños al espectáculo. Con el esfuerzo que había hecho Max para que la Navidad fuera especial, era mágico incluso para un adulto. La idea que me había formado de Max estaba cambiando; no acababa de entender su carácter, tan voluble.

Me quedé atrás, disfrutando del calor de la habitación, pero con la sensación de que sobraba. Me pregunté si habría algún modo de retirarme sin que nadie lo advirtiera. La mesa estaba puesta para el desayuno, y, aunque por el número de cubiertos vi que había uno para mí, me pareció que mi presencia estaba de más. Me mantuve prudentemente al margen mientras los niños exploraban los montones de regalos y vaciaban los calcetines abarrotados de chocolatinas, baratijas y mandarinas.

—Hay un regalo ahí para ti —dijo Max, pillándome en el mismo instante en que daba otro paso hacia atrás—. Más de uno, creo.

—Ah…, esto…, tengo unas cosas para los niños. Voy a por ellas —contesté, decidida a tardar lo máximo posible, incluso a darme una ducha y dejarles un buen rato a su aire.

—Creo que por ahora ya tienen bastante. Ven. Siéntate aquí, al lado de Aggie.

Era la primera vez que oía el cariñoso diminutivo en labios de Max. Acercó a la niña. Comprendí que no tenía argumentos para retirarme y me rendí, contemplando cómo los niños abrían los regalos y apartando a un lado del sofá el montoncito que se iba acumulando para mí, a fin de abrirlos más tarde en la intimidad de mi dormitorio.

Los niños rasgaban extasiados los envoltorios de los regalos. Entre ellos reconocí las cosas que habíamos elegido y vi que eran bien recibidas, si bien sobraban en medio de la avalancha. ¿En quién había delegado Max para organizar todo esto? En las tiendas le había notado incómodo, y parecía tener poca idea de los deseos de sus hijos, sin embargo, ahora iban abriendo un regalo tras otro con gritos de alegría. No se veía a la señora Mins por ningún lado, no obstante, detectaba su mano; era la única en aquella casa que poseía la habilidad necesaria para combinar artimañas y eficacia. Sospeché que los comentarios que había hecho Elizabeth en el concierto eran la razón de que se estuviese perdiendo ahora su momento de gloria.

Max no reveló nada, y, por supuesto, no podía preguntarle nada, ya que el generoso despliegue que teníamos ante los ojos era obra de Papá Noel. Pero ¿quién había decorado el árbol y adornado la habitación? ¿Qué sentido tenían aquellos adornos tan recargados, cuando solo se mostraban la mañana de Navidad? Max me trajo un café y di unos sorbitos vacilantes, intentando convencerme a mí misma de que me gustaba el sabor tanto como el olor.

—Aquí es tradición desde que yo era niño —explicó al percibir mi confusión—. El árbol no se enseña hasta el día de Navidad. En realidad, no es tan raro…, así se hacía antes, en tiempos lejanos.

—Vaya, anclado como siempre en el pasado —comenté de broma, pero descubrí que las palabras sonaban amargas. Supongo que era a causa de la rabia que me daba que Max eliminase con tanta facilidad a mi madre de aquellos recuerdos. Como si ni siquiera hubiera existido. ¿Planeaba hacer lo mismo con Daphne? Ya me encargaría yo de que no fuera así.

—Solo en lo que respecta a las cosas verdaderamente importantes —respondió, mirándome con detenimiento. Di otro sorbo al café y me volví hacia los niños.

—Es precioso —dije, y era cierto. La habitación, aun siendo

imponente, resultaba cálida y acogedora, y no se parecía en nada a lo que había visto el día que me había asomado por la ventana. Sí, estaba el árbol, pero era la emoción que emanaba de los chiquillos lo que la hacía especial. Lo único que faltaba era su madre.

Como si me hubiera leído la mente, Max dijo:

—A Daphne le encantaba esta habitación en Navidad.

Los adornos, las luces y el fuego del hogar habían insuflado vida a la estancia, pero yo sentía intensamente la ausencia de Daphne. No me imaginaba cómo debían de sentirse los niños.

—¿Encantaba, dices? —pregunté amargamente, pero Max se había dado la vuelta.

—¡Abre tus regalos!

Noté que me tiraban de la manga. Era Robbie.

—Venga, tienes un montonazo.

Tenía razón; la torre que se alzaba a mi lado amenazaba con volcarse.

—Adelante.

Max señaló hacia los regalos con la cabeza. Agatha y Sophia interrumpieron lo que estaban haciendo para mirar. Había tres paquetes de distintos tamaños: desde uno muy grande hasta uno con forma de libro. Abrí primero el grande —un hábito que me viene, supongo, de la infancia— y en su interior descubrí otra caja que contenía unas brillantes botas rojas.

—¡Katiuskas! —exclamé.

—Botas de lluvia —me corrigió Agatha desde el sofá—. ¿Cómo has dicho tú?

—Katiuskas.

—Mamá también las llama así.

—Sí, es verdad —dijo Max. Pareció que se alteraba un poco. A veces hablaba abiertamente de su mujer y otras le enfurecía que se la mencionase. Era como si fuese a la vez demasiado difícil hablar de ella y no hacerlo: me costaba encontrar unas pautas definidas en su conducta.

—Son preciosas. Perfectas para este clima. Podré llevaros a dar largos paseos, ahora que tengo las botas adecuadas. —Todos callaron, y me di cuenta de mi error. Sin mirar a Agatha, me apresuré a añadir—: Me encanta este rojo.

—Siempre podremos verte, estés donde estés —dijo en voz baja Max, con un tono ligeramente amenazante que no se correspondía con su actitud festiva. Cruzó una mirada conmigo y alargué la mano para coger el siguiente regalo.

El papel era grueso, como de pergamino, y tenía muchos dibujitos dorados en relieve; me temblaban las manos y traté de aflojar el nudo del lazo de seda con dedos torpes.

—Trae, déjame a mí.

Max se metió la mano en el bolsillo y sacó una navajita con sacacorchos y destornillador, de esas que venden en las ferreterías. Puso la mano sobre la mía, y noté su calor. Presionándomela suavemente, cortó el lazo, que cayó al suelo.

Dentro había papel de seda, y después una chaqueta de algodón encerado, una versión más corta de la que le había visto a la señora Mins en la caleta, forrada de un suave algodón de tartán. Quité el papel y la abrí; solo con verla supe que era la talla perfecta. No era algo que habría llevado en mi vida normal, pero aquella vida estaba en pausa y esta chaqueta era más apropiada para mi nueva vida en Barnsley. Mi chaqueta ligera de plumas no había estado a la altura de la implacable llovizna y los gélidos vientos. Me conmovió que Max se hubiese fijado…, me conmovió y también me agobió un poco.

Me disponía a desenvolver el tercer regalo de Max cuando se abrió la puerta. Era la señora Mins. Su presencia, combinada con la ausencia de Daphne, me hizo sentir incómoda.

También la señora Mins parecía intranquila, en contraste con su habitual actitud imperturbable.

—¡Feliz Navidad, Summers! —exclamó, alegre y festiva. Llevaba otro vestido cruzado de los suyos, esta vez de terciopelo rojo. Tenía las mejillas encendidas, y aunque iba maquilladísima, sus ojos traslucían cansancio. Parecía como si llevase un buen rato en danza. Me sentí culpable por haberme quedado ganduleando en la cama hasta el último momento.

—Feliz Navidad, señora Mins —contestaron los niños sin dar muestras de querer levantarse a saludarla.

La señora Mins desapareció por la puerta y volvió empujando un carrito lleno de bandejas con tapas de plata. Las fue dejando una a una en el aparador, sobre soportes especiales, acompañándolas de cucharas de servir a juego. Una vez colocado todo, se acercó a los sofás y besó uno por uno a los niños. Agatha y Robbie le sonrieron, pero Sophia se apartó ligeramente y el beso le cayó cerca de la raya del pelo, dejándole un delator manchón de pintalabios en la sien.

La señora Mins se agachó a dar un beso a Max en la mejilla, ofreciéndole un buen vistazo del escote. Entonces Max, al caer en la cuenta de que no la había saludado educadamente, se levantó de un salto y le agarró la mano; a punto estuvo de darle un cabezazo antes de recomponerse y besarla en ambas mejillas.

—Feliz Navidad, Meryl. Muchísimas gracias por todo.

—No ha sido nada —dijo ella sin soltarse, aunque hasta el último rincón de la sala en la que estábamos indicaba que se había esforzado mucho—. El ganso está en el horno, y he dejado instrucciones para que sepáis cuándo hay que sacarlo. Las verduras están en el calentador, sé que te gustan bien hechas, y las salsas están en la despensa. Aquí está el desayuno. Sue vendrá más tarde a recoger, así que no os preocupéis por eso.

Genial. Sue. La camarera cotilla del *pub*. Me propuse que se me viera el pelo lo menos posible cuando viniera.

—Gracias, Meryl. Has pensado en todo.

—¿Estás seguro de lo del pudin, Max?

—Sí, completamente. Además, los niños preferirán helado.

—A mí nunca me ha gustado el pudin de Navidad —dije, con la esperanza de relajar la tensión que había en el ambiente. Era cierto: el sustancioso bizcocho borracho afrutado no me hacía ninguna gracia de niña, y solo me lo comía para poder pasar a las monedas de chocolate.

—¿Hay algo sobre lo que no tengas una opinión firme? —preguntó Max.

—Creo que hasta ahora he sido bastante reservada en lo que respecta a mis opiniones.

Max resopló. Noté que Sophia me miraba. Con cautela.

—Bueno, esto…, el desayuno está listo —dijo la señora Mins—. Hay huevos revueltos, salmón ahumado, cruasanes y tortitas para los niños.

Al oír la palabra «tortitas», se me escapó una exclamación de entusiasmo. ¿Qué mosca me había picado? Después de tantos años de evitar el azúcar refinado, me estaba obsesionando. Era como si tuviera unas ganas desmedidas de comer cosas carentes de cualquier valor nutritivo.

—Y para Miranda —dijo Max, arqueando las cejas.

La señora Mins nos miró a ambos y, a continuación, o bien por incapacidad o bien por falta de ganas de descifrar qué estaba pasando, se dio media vuelta y salió de la habitación. Max me sonrió y me rogó con un gesto que me sirviera.

—Venga, chicos. Dejad todo eso un ratito.

Uno a uno se separaron a regañadientes de los regalos. Sophia ayudó a Agatha a sentarse en la silla de ruedas y la acercó a la mesa. Robbie fue el último en levantarse, y lo hizo con una pequeña cámara sobre la cabeza.

—Robbie, ¿qué es eso? —pregunté. Max se arrimó a mí.

—Es una cámara —explicó Robbie—, y filma todo lo que voy viendo. Así que ahora mismo te está filmando a ti. Y ahora —se giró— está filmando a papá.

—Apaga eso, Robbie —dijo Max—. A veces Papá Noel es de lo que no hay…

Y me guiñó un ojo por encima de la cabeza de Robbie, sin importarle si la cámara le grababa o no.

31

CALOR Y FRÍO. Esa era la naturaleza de Max. Al principio pensé que solo era así conmigo, hasta que vi que era igual con todo el mundo, incluso con sus hijos. Una vez que te acostumbrabas, era más fácil soportarlo; si gozabas de su favor, la certeza de que no duraría atenuaba el placer, y viceversa. Pero aquel no era modo de criar a unos niños, así, sin saber nunca si pisaban tierra firme. El amor incondicional era un concepto desconocido para los niños Summer. Para ellos el amor estaba aquí y allá, era arbitrario y raramente previsible. A las grandes muestras de amor o de generosidad les sucedían bruscas trifulcas y críticas. Las Navidades no iban a ser una excepción.

Aunque la señora Mins nos había preparado más que de sobra para los cinco, sobre todo considerando que también había dejado una cena navideña completa en la cocina, hicimos todo lo posible por dar buena cuenta del desayuno. Max comió con fruición, y Robbie también. Sophia comió huevos y salmón, pero no quiso tostadas, y Agatha hizo una concesión especial para la ocasión y accedió a probar las tortitas. Era un paso adelante.

—No has abierto el último —dijo Max mientras mirábamos a los niños jugar con sus regalos. Esperaba que no se hubiese fijado, pero no tenía sentido fingir.

—No, no lo he abierto.

Yo no le había comprado nada a él. ¿Por qué iba hacerlo?

El regalo en forma de libro estaba envuelto con el mismo papel de aspecto caro que los otros, y lo abrí rápidamente mientras hablaba con los niños; cualquier cosa para relajar la tensión que me producía la mirada de Max. Era, como cabía esperar, un libro. La biografía de Winston Churchill que le había visto escoger en la librería. Era una elección rara, y no conseguí disimular mi extrañeza. En ningún momento había manifestado interés por Winston Churchill, y apenas sabía casi nada de él, pero el regalo me produjo una sensación de complicidad que me estremeció. ¿Sería que Max veía algo en mí que ni yo misma había sabido ver? ¿Un interés latente, pero digno de ser fomentado, por primeros ministros de otras épocas?

—¡Vaya por Dios! —dijo Max—. Envolvió el libro que no era. Ya decía yo que dónde estaba este. —Me lo arrebató sin contemplaciones; eso sobraba, pensé—. No tengo ni idea de dónde está tu regalo.

Lo dijo como si fuera culpa mía, y parpadeé, estupefacta.

—¿Y no será este, papá? —dijo una vocecita. Era Robbie, agitando, cohibido, otro regalo en forma de libro.

—Bueno, pues tráelo aquí, entonces.

Max prácticamente se lo arrancó de las manos, sin ver la cara de agobio del niño. Me lo pasó con ademán brusco. Consciente de que ahora me estaban mirando cuatro pares de ojos en vez de uno solo, lo desenvolví, de nuevo, lo más deprisa posible. Una parte de mí sabía qué podía ser, y otra parte pensaba que no se atrevería a regalármelo.

Sí se atrevió.

La familiar cubierta. Una edición flamante, con el título estampado en dorado. La contracubierta, ocupada toda ella con una fotografía de mi madre de perfil, sonriéndole a alguien que estaba más arriba.

—*La casa de las novias* —leí, como si lo viera por primera vez…, esperé que colase.

—¿Has oído hablar de él? Es muy famoso —dijo Max. Negué

con la cabeza y estudié atentamente la portada. Una ilustración estilizada, más *art déco* que las ediciones anteriores, le daba un aire a lo P. G. Wodehouse. Otra mentira. Esto no tenía nada de comedia.

—Lo escribió mi hermana.

—¿Ah, sí?

Fingí sorprenderme. Me acordé del capítulo sobre la madre de Max, de los demás secretos de familia que habían sido expuestos. ¿Por qué querría que lo leyera?

—Pensé que quizá te interesara la historia de la casa, de mi familia. Por supuesto, no te creas todo lo que leas ahí. Se equivocó en algunos detalles sueltos. Pero lo esencial es correcto.

—Gracias.

—Después de nuestra visita a la librería —echó una ojeada a los niños para ver si estaban escuchando; Agatha y Robbie estaban absortos en unos legos, pero Sophia estaba mirando un folleto de instrucciones con una atención sospechosa—, me pareció que te interesaba mucho…

Le miré, presa del pánico.

—…, la zona. En fin, que pensé que podría gustarte.

Me lo metí debajo del brazo.

—Gracias —dije, reculando hacia la puerta. Era difícil caminar hacia atrás con las botas nuevas que me había calzado a petición de Agatha—. Bueno, me voy para que estéis un rato a solas. En familia. Quiero decir…

No sabía qué quería decir. La ausencia de Daphne era muy llamativa. ¿Por qué no había llamado Max a la policía? Llevaba ya varios días desaparecida. Aunque se hubiera ido de borrachera, lo mismo en estos momentos estaba tirada en una cuneta. O algo peor.

—Antes de que te vayas…, ¿te importa que hablemos? —preguntó Max, mirando nerviosamente hacia los niños—. ¿Te parece que salgamos un momento?

Solo podía tratarse de una cosa: Daphne. Parecía que me había leído la mente. Abrió la puerta para que pasara y la cerró suavemente; en el gélido pasillo, los villancicos apenas se oían.

—¿De veras hacía este frío cuando eras pequeño? —pregunté. Me acordé de nuestra cálida casa de Australia. Radiadores en cada habitación. Mi padre decía que mi madre había sido muy precisa al respecto cuando hicieron los planos de la reforma, a pesar de que no había vivido lo suficiente para ver el resultado.

—No. Solo si se rompía la caldera, como pasaba de cuando en cuando. Mi abuelo modernizó la casa, instaló la calefacción y todo lo demás, pero mi padre la recordaba así, y le gustaba recordárnoslo a nosotros bajando mucho el termostato. Nada más llegar, Daphne no daba crédito del frío que hacía, pero enseguida se encargó de remediarlo poniendo los radiadores a toda máquina. Me ha malcriado…, ya no soporto tanto el frío como antes. Eso sí, las facturas…

—¿Llegasteis a vivir en esta parte de la casa, Daphne y tú?

Quería meterla en la conversación. Nadie más parecía capaz de hacerlo. Max me miró de forma intensa.

—Esa era la idea —respondió al fin—. Teníamos una habitación en la fachada, justo encima de donde estamos ahora. Daba al mar y al lado había habitaciones para los niños, todas en fila. Pero el hotel se volvió demasiado popular, y decidimos mudarnos a la parte de atrás de la casa, dejar esas habitaciones para los huéspedes. Todo el mundo quería vistas al mar. Y sigue queriéndolas.

—¿La Habitación Amarilla? —pregunté, sorprendida porque Max hubiese llevado a su flamante esposa a la habitación en la que murió su madre.

—Eso es.

Pareció que iba añadir algo pero se contuvo, tapándose la boca con la mano.

—¿Y qué dijo Daphne?

Me parecía de esa clase de personas que preferiría las espectaculares vistas marítimas, pero también pensé que podría haber tenido algún inconveniente en dormir en la misma habitación donde había muerto su suegra.

—Bueno, ante todo es una empresaria. No era como las chicas

inglesas a las que había traído aquí antes, que parecían contagiarse de las ínfulas del lugar y se sentían menospreciadas si las alojábamos en una habitación de los desvanes. Daphne veía que ese tipo de vida era cosa del pasado, y que teníamos que hacer algo nuevo aquí.

—Tenía razón —dije.

Por lo que veía, Daphne era exactamente lo que necesitaba aquel lugar. Su restaurante había transformado Barnsley House en una atracción turística y le había dado un nombre, y a pesar de que en estos momentos Daphne estaba haciendo una especie de paréntesis, su legado ya era más poderoso que el de muchas de las mujeres Summer inmortalizadas en *La casa de las novias*. Me vinieron a la cabeza imágenes de Max absorto en el libro de contabilidad con el ceño fruncido, de Max rebuscando en su cartera una tarjeta de crédito viable. ¿Hasta cuándo podía seguir Barnsley cojeando sin Daphne?

—Tengo que viajar a Londres —dijo de repente, clavando la vista en un punto encima del dintel. Había un blasón familiar grabado en la madera, y se concentró en él como si lo viera por primera vez—. Esta noche.

—¿Esta noche?

—Shh. Sí. No armes un escándalo. —Se me debía de haber escapado un gritito de incredulidad. Añadió—: Por el bien de los niños.

—Pero ¿por qué? Es Navidad.

Por alguna razón, me sentía al borde de las lágrimas. No era mi padre, pero era Navidad y sabía lo que era sentirse frágil en esas fechas, y recordé lo mucho que había necesitado siempre a mi padre aquel día, más que ningún otro. Agatha por fin había empezado a probar comidas distintas, Sophia había mostrado mucho interés por enseñarle todos sus regalos a su padre, Robbie se moría de ganas de explicarle cómo funcionaba la cámara y habían planeado ir a cazar fantasmas los dos juntos cuando se hiciera de noche.

—¡Por el amor de Dios, ya sé que es Navidad! —Parecía

215

disgustado, y con razón, pero alguien tenía que alzarse en defensa de aquellos chiquillos. Primero desaparecía su madre, y después su padre se largaba el día de Navidad—. Es algo relacionado con Daphne.

—¿Está en Londres?

—¡No lo sé! —bufó Max. Se frotó los ojos, la barbilla, la cabeza. Se apoyó en el marco de la puerta con aire cansado—. El que está es su hermano. Daniel. Quizá él sepa algo.

—¿Quizá? Eso no es decir mucho. ¿Y si simplemente llamaras a la policía? Como haría una persona normal.

Levantó la cabeza bruscamente.

—No vamos a llamar a la policía.

—¿Es necesario que vayas? Los niños se van a llevar un buen chasco.

—¿Tú crees que iría si no fuera necesario? No soy un capullo integral.

—Pues no lo parece —dije, con cuidado de no alzar la voz, consciente de que los niños podrían venir a buscarnos en cualquier momento. Consciente de que empezaban a confiar en mí. No quería que me vieran discutiendo con su padre.

—¿Y qué es lo que parece?

—Oí gritos. La noche de su desaparición. Se notaba que estaba asustada, Max. Podría haberle sucedido algo malo.

No quería decirle que la había visto.

Me planté delante de la puerta para impedir una posible huida antes de hacerle la siguiente pregunta.

—¿Qué ha pasado, Max? ¿Qué le ha pasado a Daphne?

Una minúscula sonrisa asomó a sus labios, y desapareció al instante. Los acordes iniciales de *El buen rey Wenceslao* rompieron el silencio.

—¿Y no será que sabes algo, Miranda? Fuiste la última persona que la vio.

Tragué saliva, nerviosa, pero Max ni siquiera se dio cuenta y siguió hablando.

—Andabais fisgoneando en los cuartos de los huéspedes… Daphne estaba muy alterada cuando os encontré a las dos. Tuve que llevarla a la cama.

Se acercó más. El aliento le olía a café, un olor penetrante que se imponía sobre los demás aromas.

—¿Qué tramabas? —Se inclinó—. ¿Quién eres?

Intenté no respirar. Había pegado la cara a la mía, y la proximidad era a la vez amenazante e íntima. Me hinqué las uñas en la palma de la mano, deseando que no se acercase más. No tenía claras sus intenciones.

—Nadie.

Lo dije en un susurro.

—Buena chica. —Max alzó el dedo índice y me lo puso sobre los labios—. Buena chica.

Noté que se me subía la bilis y tragué, evitando mover los labios; evitando provocarle. Di un paso atrás, alejándome de la puerta, y Max dejó el dedo a media altura, ahora a modo de advertencia.

Por fin, bajó la mano y la puso sobre el pomo de la puerta del salón.

—Solo te estoy pidiendo que les eches un ojo a los niños. Me iré después de que se acuesten y volveré lo antes posible. —Hizo una pausa—. La encontraremos, Miranda.

La voz se le quebró, pero antes de que pudiera comprobar si tenía lágrimas en los ojos, ya se había marchado.

32

LA PARTIDA DE MAX me sirvió de revulsivo: sin su hipnótica presencia, caí presa de una extraña obsesión. Impulsada por un sentimiento que no llegaba a ser ira, pero sí algo parecido, decidí aprovechar al máximo su ausencia y avanzar en mis pesquisas. Esta vez no iba a permitir que ni los obstáculos tecnológicos ni las cuestiones de decoro me frenasen. Iba a volcarme de manera implacable en descubrir lo que quería saber.

Iba a averiguar qué le había pasado a Daphne. Qué le había hecho Max a mi madre. Qué sabía Elizabeth. Iba a averiguar qué tenía que ver todo ello conmigo.

Apenas acababa de arrancar el coche de Max cuando llamé a la puerta de Sophia. Aún era temprano, pero no se veía luz por debajo, así que me dije que quizá había esperado demasiado para pasarme a verla. Entre la emoción y el agotamiento —los dos pilares de la Navidad— había sido un día muy largo, pero Sophia tenía por costumbre quedarse leyendo hasta tarde. Agatha y Sophia se escapaban a sus libros, y Robbie se iba hacia el otro extremo con una simpatía y un brío desbordantes. Los tres parecían jóvenes insomnes.

Después de una breve pausa, dijo «¿Sí?» con tono intranquilo. Su timidez me sorprendió. Sophia, en general testaruda y combativa, parecía acobardada por la oscuridad después de los acontecimientos de la otra noche.

—Soy yo —dije, accionando el picaporte.

Me vino una vaharada de un empalagoso olor adolescente: desodorante mezclado con perfume barato y brillo de labios pegajoso. Me recordó a los vestuarios del colegio, la intensidad emocional que concentraban. Tragué saliva nerviosamente, apartando aquellos recuerdos y compadeciendo a Sophia por estar todavía en medio de aquellos años. A pesar de la oscuridad que había visto por debajo de la puerta, una lamparita de noche proyectaba un pequeño halo de luz sobre la almohada. Estaba leyendo un libro de bolsillo viejo y destrozado, no uno de los libros que le habían regalado por Navidad, y parecía tan a gusto que me sentí mal por interrumpirla.

—¿Qué lees? —pregunté, armándome de valor para contarle el verdadero motivo de mi presencia allí.

—Era uno de los favoritos de mamá —dijo, levantándolo para que lo viera—. Lo cogí de su mesilla de noche después de que…

Las palabras se negaron a salir, así que la interrumpí leyendo el título en voz alta.

—*El castillo soñado*. No lo conozco.

—Creo que se lo regaló Elizabeth a mamá cuando vino a vivir aquí. Nada más casarse. Le dijo que le explicaría muchas cosas del lugar, de los ingleses. Y mamá me dijo que podría leerlo cuando fuera un poco más mayor.

—Y ahora eres un poco más mayor.

—Sí.

No estaba segura de que fuera un libro adecuado, pero me pareció que no me correspondía interponerme entre una madre y su hija.

—¿Me lo prestas cuando termines?

—Vale. —Cerró el libro y se quedó mirando la cubierta—. Tú ya tienes mucho que leer.

—¿Lo dices por *La casa de las novias*?

—Sí.

—¿Lo has leído?

Yo lo había leído por primera vez más o menos cuando tenía

la edad de Sophia. Me había saltado un montón de páginas, sobre todo las largas descripciones de arquitectura de iglesias y de paisajes. En general, simplemente me había decepcionado que la esencia de mi madre no apareciera en mayores dosis. Y que no se dijera nada de mí.

—Papá no me deja.

En realidad, no era una respuesta. Lo dejé estar.

—¿Qué tal tu tobillo?

En su rostro se dibujó una fugaz expresión de culpa, y se tocó instintivamente el pie.

—Mucho mejor, gracias.

Guardé silencio con la esperanza de que me dijera lo que yo quería oír.

Nada.

—¿Has tenido un buen día? —pregunté.

Se quedó pensando unos instantes, sentada en su cama y apoyada contra el cabecero tapizado, con el largo pelo rubio ligeramente revuelto por la almohada.

—No ha estado tan mal como me esperaba —dijo despacio—. Ha sido diferente sin mamá… Ya me lo imaginaba, pero también ha sido raro que Elizabeth y Tom no vinieran. Antes celebrábamos la Navidad por todo lo alto. Íbamos a cantar villancicos al pueblo, y después Elizabeth y Tom venían a la casa grande. Incluso cuando éramos unos enanos, nos permitían quedarnos hasta las tantas, y los adultos nos dejaban participar en sus juegos, y cantábamos. Un año me regalaron una máquina de karaoke, y casi ni pude cantar porque mamá y Elizabeth no la soltaban, no paraban de cantar canciones viejas mientras papá y Tom ponían cara de espanto. Fue divertidísimo.

—¿Cómo era antes tu madre? —pregunté—. Antes del accidente, quiero decir.

—Mamá era superdivertida. Siempre estaba contenta. Nos dejaba ayudarla en la cocina. Desenvainar habas, chascar espárragos… Decía que el único modo de aprender es participar. Y nunca se ponía de mal genio, ni siquiera una vez que intenté desbullar unas ostras sin su permiso. —Sophia hizo una pausa para enseñarme la cicatriz en forma de media luna que tenía en la palma—. Siempre nos daba ánimos. Como a Robbie con lo de los fantasmas. —Asentí para animarla a continuar—. Papá ponía cara de resignación, pero mamá cogía a Robbie y se lo llevaba por ahí en coche a buscar fantasmas. Incluso cuando volvía del restaurante agotada. Decía que yo también encontraría mi vocación. Y que fuera cual fuera, me apoyaría hasta el final.

—De todos modos, tener un padre o una madre genial puede ser duro. Te puede presionar mucho.

Sophia se quedó desconcertada.

—Mamá no es así.

¡Cuánto había echado yo de menos a mi madre de niña… y todavía más de adulta! Todo lo que había conseguido había sido gracias a sus consejos, cada éxito se lo debía a su insistencia en que hiciese algo especial. Hubo ocasiones en mi vida en que habría dado lo que fuera por que estuviera viva: el lanzamiento de mi *app*, el fin de semana que salí en la portada del suplemento dominical… Pero también hubo otras en que me alegré de que no pudiera ver en qué me había convertido. ¡Me preocupaba tanto que se sintiese orgullosa de mí! Quizá Sophia lo entendería cuando fuera más mayor.

—Suena fantástica. Entiendo que la eches de menos.

Lo sabía por experiencia.

A la luz de aquellos recuerdos, el silencio que nos rodeaba se hacía aún más inquietante. Todavía no eran las diez y la casa ya estaba completamente a oscuras. Sue había venido y se había marchado, borrando todas las pruebas de la cena navideña. El árbol, tan resplandeciente al amanecer, parecía estar a miles de kilómetros de distancia de la minúscula buhardilla en la que nos encontrábamos. Sospeché que a la mañana siguiente ya no habría ni rastro de la Navidad en toda la casa.

—¿Te ha gustado tu regalo? —pregunté.

El neceser que le había comprado estaba sobre su mesa, junto a un montón de regalos. Le vendría bien cuando fuese a dormir a casa de una amiga, para guardar las infinitas botellitas de espray corporal y si se iba al internado, pero en estos momentos solo parecía un recordatorio de su posible partida. Viéndola ahora, a salvo en su dormitorio empapelado, no podía imaginármela lejos de casa. Si me quedaba en Barnsley House ¿sería necesario que Sophia se marchara?

—Es muy bonito, gracias.

Sus modales me sorprendieron. Por lo visto, sus enfurruñamientos no obedecían a una configuración predeterminada. Alguien había intentado educarla bien. ¿Habrían sido Daphne o Max, o habría adquirido los buenos modales por ósmosis, rodeada de gente que se portaba con educación en público, pero ocultaba un montón de secretos?

Hubo una pausa. Nos quedamos un instante escuchando los sonidos de la casa, que, debido a la cercanía del mar, nunca estaba en silencio total. El ruido de las aguas era una constante, pero cuando el viento soplaba entre las desnudas ramas invernales, se hacía difícil distinguirlos. Las claraboyas de esta parte de la casa eran preciosas, pero armaban mucho ruido; alguien había metido cartón doblado en las grietas para amortiguar el repiqueteo.

Era ahora o nunca. La idea de perturbar el santuario de Sophia me daba pavor, y, lamentando no haberla encontrado a solas en cualquier otro sitio, me senté en su cama. Alisé la colcha con la mano, toqueteé una borla y respiré hondo. Sophia me miró expectante.

—¿Sophia?

—Qué.

—¿Por qué me mentiste sobre la carta?

—No te mentí. No te he enviado ninguna carta.

La típica cerrilidad de los mentirosos. Reconocí los síntomas.

—¿Por qué me mentiste sobre la carta que le enviaste a mi madre?

—¿Y tú por qué mentiste al ocultar que la habías recibido?

Me acerqué. A veces, decir la verdad exige un entorno que propicie el consuelo y la cercanía.

—No mentí —dije, y Sophia me miró fijamente—. No mentí. Nadie me preguntó quién era en ningún momento.

Aparte de Max unas horas antes, en el pasillo. Pero había sido una pregunta retórica. Creo.

—No tenía planeado mentir. Mi idea era venir aquí y verte, y comprobar que todo estaba bien. Quería ayudar. Que era lo que pedías en tu carta —le recordé.

—Y entonces, ¿por qué no dijiste quién eras nada más llegar? —dijo Sophia, toqueteando una borla de la colcha.

—Cuando llegué, había un ambiente un poco raro, la verdad —contesté. Se le saltaron los ojos, pero continué—: No podía presentarme así por las buenas preguntando por ti sin decir quién era, así que cuando surgió la oportunidad de ser la niñera, me pareció una buena solución provisional.

No mencioné las advertencias de mi padre. Ni mi inquietud al llegar, la sensación de que había algo que no estaba del todo bien.

—Provisional —repitió Sophia.

—Sí, bueno… —Las dos soltamos una especie de risita—. Así que ahora ya lo sabes.

—Ahora ya lo sé.

—Sienta bien, esto de sacarlo todo a la luz —dije sinceramente—. Y también hace que ahora me cueste más marcharme.

—Me alegro. —Sonrió levemente—. La otra noche, cuando me lesioné el tobillo, pensé que papá te iba a decir que te fueras.

—Yo también, si quieres que te diga la verdad.

—Siento haberle dicho que me obligaste a salir a buscar a mi madre.

Por fin. La disculpa que había estado esperando.

Sophia siguió hablando despacio.

—Y no quería mentir sobre la carta. Es que al principio…, bueno…, al principio estaba un poco liada. Y luego me lo preguntaste delante de Robbie y Agatha y no quería que ellos se enterasen. Pero me alegro de que estés aquí. Sobre todo ahora que mamá se ha ido.

Aproveché para averiguar más cosas.

—¿Lo ha hecho más veces? —pregunté—. ¿Desaparecer así, sin más?

Sophia se sonrojó, y me sentó mal haberle pedido que traicionase a su madre. Yo habría defendido a la mía a capa y espada.

—Un par de veces. Una vez, fue a una clínica de rehabilitación. Aunque en aquella época yo no lo sabía. Ninguno lo sabíamos. Simplemente pensamos que se había ido de vacaciones. Más tarde oí a papá y a Elizabeth hablar de ello. Otra vez se fue una semana. Aunque, en general, no eran más que un par de días. Después del turno de comidas de los domingos, se tomaba unas copas y ya no la veíamos hasta el lunes o el martes.

Cerré los ojos. No era de extrañar que nadie pareciera demasiado desconcertado por su desaparición. Habían tenido que lidiar con ello montones de veces a lo largo de los años.

—Pero esto es distinto. —La insistencia de su voz me hizo abrir los ojos—. Jamás nos habría abandonado en Navidad.

La habitación se quedó en silencio mientras asimilaba sus palabras.

—Lo sé.

Fue lo único que se me ocurrió decir.

—¿Qué está haciendo papá en Londres? —preguntó Sophia de repente. Mi lealtad pasó de Max a la chiquilla vulnerable que tenía enfrente.

—Ha ido a ver al hermano de tu madre.

Max me había pedido que no hiciera un mundo de su viaje a Londres. Aunque en estos momentos no estaba muy dispuesta a seguir sus instrucciones, la carita de Sophia me hizo arrepentirme inmediatamente de mi indiscreción. Vi que me lo había pedido por el bien de los niños.

—¿El tío Daniel?

—Sí, tu tío Daniel.

—¿Sabe dónde está mamá?

—Supongo que tu padre piensa que a lo mejor sí.

Sophia bostezó. Era tarde. Aunque me iba a ser imposible

conciliar el sueño, tenía que irme para que ella durmiera. Pero había algo que no se me iba de la cabeza.

—¿Por qué pensaste que mi madre podría ayudarte?

Sophia parecía avergonzada. Ahora que estaba en Barnsley, comprendí hasta qué punto tenía que haberle costado escribir aquella carta. Difícilmente habría podido colarla entre el resto del correo que salía de la oficina del hotel. Habría tenido que coger un sello para el extranjero, encontrar la dirección de mi madre y, después, ir al pueblo a enviarla. No era imposible, pero para Sophia, una niña que la mayor parte del tiempo apenas podía reunir las fuerzas necesarias para conversar, debía de haber sido una hazaña descomunal.

—Por nada, solo por algo que decía a veces mi madre de ella. Sobre todo cuando estaba borracha.

—¿Y qué era?

El corazón se me aceleró ante la perspectiva de oír algo sobre mi madre. Algo nuevo. Algo acerca de ella y de Barnsley.

—Mamá decía: «No llegué a conocer a Tessa, pero que se largara de aquí cuando lo hizo demuestra que es la única Summer sensata».

33

LA OFICINA ESTABA vacía, pero daba la sensación de que acababa de estar alguien. Un ligero calor, un aroma humano que no supe reconocer. Eché un vistazo a las puertas francesas. No estaba echado el cerrojo. Me quedé mirando la oscura noche y me di cuenta de que cualquiera que estuviese allí fuera podría verme. Con ademán solemne, y diciéndome que Max me había pedido que me encargase de todo en su ausencia, eché el cerrojo y corrí las cortinas para impedir que entrase la noche. Para impedir que entrase la señora Mins. ¿Quién si no podría haber sido?

El fondo de pantalla del ordenador era una foto de Barnsley. El césped estaba cubierto por una fina capa de nieve, o de escarcha, no estaba claro; en cualquier caso, la belleza del lugar me cortó la respiración. La etérea majestuosidad del sauce desmochado y los setos de boj que subían en forma de nube eran como de otro mundo, y sin embargo solo estaban a unos metros de donde me hallaba yo sentada. Me costaba creer que alguien pudiera marcharse de allí para no volver. A pesar de todas las pruebas en sentido contrario, me costaba creer que alguien pudiera ser tan desgraciado en semejante lugar. Mi madre. Daphne. Hice clic en el icono del buscador, con la esperanza de encontrar respuestas.

Primero, para tener una coartada en caso de que alguien me sorprendiera, inicié sesión en mi correo electrónico. Empezaron a cargarse los mensajes, cientos y cientos. La mayoría era correo basura, pero muchos eran de mi padre. Las mayúsculas utilizadas en la casilla de «Asunto» transmitían su creciente frustración. Me bastó ver la cantidad de correos que me había escrito para que los remordimientos amenazaran con abrumarme, así que me salté los primeros y abrí el último, enviado tan solo unas horas antes. El asunto era «Tessa». O, con más precisión, «TESSA». De mala gana, saqué las gafas del bolsillo del abrigo y empecé a leer.

> Miranda:
> No estás respondiendo a mis correos. Me gustaría pensar que hay una buena razón para ello, pero sospecho que no. Al menos espero que los estés leyendo, aunque no respondas. Lo cual, por cierto, es de muy mala educación, y creo que no es así como te hemos criado.

Pongo cara de exasperación.

> No he sido del todo sincero contigo.
> La carta de Sophia que leíste no era el primer intento que hacía alguien de Barnsley por ponerse en contacto contigo.

Contuve el aliento. Me imaginaba lo que venía a continuación.

> Tu tía Elizabeth lleva un tiempo intentándolo.

¿Sabía Elizabeth quién era yo? ¿Por qué no había dicho nada?

> Intentará convencerte de que tu madre cometió una gran injusticia con ella en su juventud. Elizabeth nunca ha podido demostrarlo, y, con el tiempo, sus cartas se han ido volviendo cada vez más histéricas, más rabiosas. Me temo que pueda volcar toda esta rabia en ti.
> Por favor, Miranda, por mucho que todas esas personas sean de tu familia, no son tus amigos. Este súbito interés debe tomarse

con precaución. Espero que puedas salir de allí antes de que descubran tu verdadera identidad.

Papá.

Y nada más. Simplemente «Papá». Ni un beso, ni recuerdos ni nada. Una vez más, le había cabreado.

Siempre me había cubierto las espaldas, incluso en los peores momentos, y ahora, al parecer, por fin había puesto a prueba los límites de nuestro vínculo. Había estado tan enfrascada en las vidas de estas personas a las que apenas conocía que me las había apañado para destruir la única relación auténtica que había en mi vida.

Habíamos estado muy unidos. Cuando solo éramos nosotros dos, y, después, cuando vinieron primero Fleur y luego Ophelia y Juliet. Cuando me llegó el éxito pensé que estaría orgulloso de mí, pero fue entonces cuando empezó a alejarse de mí. Y luego, cuando pasó lo que pasó, me pareció que se disgustaba más de lo debido. Empezó a mirarme como si no me reconociera. O peor: como si me reconociera.

Me puse a escribirle una respuesta, pero las palabras no encajaban. Se negaban a decir lo que quería sin sonar falsas o histéricas. Con cada palabra que tecleaba, aparecía el fantasma de otra distinta.

Farsante, estafadora, mentirosa…

Mentirosa, mentirosa…

Frustrada, cerré el correo electrónico. Tendría que regresar a él más tarde. Tendría que encontrar la manera de disculparme como es debido con mi padre. Abrí otra pestaña y empecé a buscar en Google todo lo que me iba viniendo a la cabeza.

Barnsley House, Max Summer, Daphne Summer, Summer House, Daniel.

Todas las búsquedas me daban toneladas de información, infinitas páginas de historias sobre las famosas mujeres que habían vivido en Barnsley House, sobre aquel escandaloso pasado cuyo eco había seguido resonando hasta la actualidad. Entremedias había artículos más serios, informes sobre las innumerables construcciones importantes que Sarah Summer había salvado de las ruinas o reseñas de las novelas policíacas de Gertrude, todas ellas situadas en las inmediaciones y algunas de ellas aquí mismo, en Barnsley House.

Eché un vistazo a un montón de artículos de *Country Life*. Había uno anterior a la época de Max, sobre su padre y la modernización de la casa. Al padre de Max le había costado encontrar personal después de morir su esposa, decía, ya que el persistente rumor de que había un fantasma ahuyentaba a muchos trabajadores potenciales. Al final, cerró esa parte de la casa y tuvo que apañarse con menos personal doméstico.

Había otro artículo que resumía una subasta celebrada en Sotheby's de buena parte de los cuadros y objetos de valor de la casa. Un famoso retrato de la abuela de Max firmado por John Singer Sargent había cotizado el precio más alto y ahora estaba colgado en un museo de Chicago. Una bandeja de plata del tamaño de un coche pequeño había contenido en cierta ocasión casi cien botellas de champán, y el autor del artículo especulaba con que la iban a fundir para reconvertirla en otra cosa distinta.

Un artículo más reciente volvía sobre el sentimentalismo de la semblanza de Daphne que había leído. Una historia de amor, la transformación de una casa en ruinas. «Un ave fénix renace de las cenizas», se titulaba, y venía acompañado de una foto de Daphne y Max que no conocía. Estaban posando en los peldaños de la entrada, los dos con botas de lluvia, y ante ellos estaba obedientemente plantado un joven Thomas. Al lado de la foto había otra de un dormitorio. El pie rezaba: *La famosa Habitación Amarilla en la que Gertrude Summer escribió sus libros, con vistas a la pradera que baja hasta el mar de Cornualles, ya está disponible para los huéspedes del hotel.*

En la esquina inferior de la pantalla vi algo que me llamó la atención. El icono de una cámara, el programa del circuito cerrado de televisión. El corazón se me aceleró: por mucho que Max negase la posibilidad, estaba segura de que la explicación de la desaparición de Daphne podía estar en las grabaciones de la cámara. ¿Me atrevería? Las manos me empezaron a sudar sobre el ratón. No había nadie cerca; los niños estaban durmiendo. Max estaba muy muy lejos. Antes de que me diese tiempo a cambiar de idea, pinché. Inmediatamente salió una casilla pidiendo una contraseña.

Pues claro. Max no era tan tonto. Me pregunté quién tendría la contraseña. Max, sin duda. ¿O tal vez la señora Mins? ¿Elizabeth? A saber; ¡había tantas contraseñas posibles! Probé con «Barnsley». Probé con «Daphne». Y después se cortó la conexión. Por lo visto era cierto lo del Internet poco fiable. Apoyé la cabeza en la mesa para pensar.

Y un minuto después me había dormido.

Soñé que alguien me llamaba a voces. Una mujer. No le veía la cara, pero reconocí la voz. Me pareció normal, en mi estado semiinconsciente, que la voz fuera una mezcla de la de mi madre y la de Daphne, a pesar de que despierta no recordaba ninguna de las dos. En esta casa, la muerte y la humanidad, la naturaleza y el horror, tenían vínculos muy estrechos.

La puerta se entreabrió y oí pisadas muy suaves. De nuevo mi nombre, esta vez susurrado por la voz vacilante de un niño. No era una mujer. Era un niño pequeño.

—Robbie, me has asustado —dije con cuidado—. ¿Te importa quitarte eso, por favor?

Apagué a toda prisa el ordenador.

Se tocó la cámara que llevaba en la cabeza.

—¿Qué, esto?

—Hay que pedir permiso para filmar a alguien —dije, intentando presentar como un dilema moral lo que en realidad era una conducta deshonesta por mi parte.

—¿Por qué? Papá no lo pide.

—Eso es distinto.

—No lo es. Lo dijo Elizabeth. Basta con que pongas un letrero que avise de que hay un circuito cerrado de televisión.

—¿Qué más dijo Elizabeth? —pregunté. ¿Qué más conversaciones había oído Robbie? ¿Había dicho yo algo en su presencia?

—Dijo que tenía que haber algo en los vídeos. Estaba muy enfadada.

Como para no estarlo.

—¿Y eso cuándo fue?

—El día después del concierto del cole.

Pues claro.

—¿Qué dijo tu padre?

—Dijo que había mirado y que no había nada.

Esto ya era demasiado. Tenía la sensación de que solo había dormido un par de minutos, y mi cerebro se negaba a espabilarse.

—Es muy temprano, Robbie.

¿En aquella casa no dormía nadie?

—En realidad, no es tan temprano. Está todo oscuro, nada más.

—No te creo.

Me enseñó su reloj, uno de los regalos. Adormilada como estaba, los números me parecieron un gurruño borroso y chillón. Me froté los ojos y los vi un poco más nítidos, aunque igual de chillones.

—¡Robbie!

Sonrió.

—Venga, Miranda. Cuando hay luz no tiene ninguna gracia. ¿No te gustaría ver unos auténticos fantasmas ingleses?

—Lo único que quiero es dormir un poco —refunfuñé.

Robbie me miró con cara inocente. Suspirando, me levanté. Desde luego, no era el típico trabajo de nueve a cinco… Bien mirado, tal vez me habría convenido más Grant and Farmer.

—¿Te importa apagar eso?

La luz roja seguía brillando. Lo que me faltaba era que me filmase a esas horas, sobre todo después de lo poco que había dormido.

—¿Es necesario? Estoy buscando fantasmas. Mi libro nuevo dice que hay uno en el ala este.

Al final, Max le había regalado el libro. Mucho me temía que iba a ser yo la que tendría que apechugar con las consecuencias de aquella decisión paterna. Ojalá hubiese dedicado un rato a leerlo antes, como me había propuesto.

—¿Qué dice tu libro?

Robbie no era el único que estaba pensando en fantasmas. Aunque no quería conceder validez a su creencia en los fantasmas, ya no era tan escéptica.

—Te lo leo.

Llevaba una especie de chaleco de pescador, con montones de bolsillos y bolsitas de malla. De un bolsillo especialmente grande del lado izquierdo sacó el libro que le había comprado Max. Aunque solo había pasado un día, ya tenía señales de una lectura minuciosa; las páginas estaban dobladas por las esquinas, había fragmentos subrayados con rotulador y pegatinas que señalaban los capítulos más interesantes.

—Veo que has estado muy ocupado.

—No duermo bien.

—Quizá dormirías mejor si leyeras menos historias de fantasmas.

Robbie me miró socarronamente y empezó a leer.

—«Barnsley House, en el escarpado litoral de West Country, se encuentra en un privilegiado enclave con espectaculares vistas a la famosa isla Minerva. Ambas son propiedad de la familia Summer, y se dice que en ellas hay fantasmas de antiguos habitantes. El fantasma de Barnsley House es un fenómeno relativamente reciente, y, a diferencia de la mayoría de los otros fantasmas referidos en este libro, no surgió de la histeria por los fantasmas que tan fascinada tenía a la sociedad de comienzos del siglo XIX. El fantasma de Barnsley House fue visto por primera vez en la década de 1970, y a pesar de que hubo expertos en fenómenos paranormales que intentaron filmarlo, jamás ha sido captado por una cámara. Barnsley House es en la actualidad un hotel *boutique*, y hay huéspedes que afirman haber oído gritos en los pasillos cuando no hay nadie presente. En una habitación del ala este, la Habitación Amarilla, el agua de la bañera ha empezado a correr sola en numerosas ocasiones durante la noche. La primera aparición del fantasma fue nada más fallecer Beatrice Summer, la madre de uno de los propietarios actuales, Max Summer. Beatrice murió en un incendio doméstico durante un festival musical de verano».

Robbie interrumpió la lectura y me miró con los ojos abiertos como platos, esperando que atase cabos.

—La abuela —dijo con temor reverencial—. Mi abuela es un fantasma.

También la mía, quise decir. En cambio, dije:

—No seas bobo, los fantasmas no existen. —¿Cómo era posible que empezase a tener más miedo que un niño pequeño?—. Dame ese libro.

Le di la vuelta para ver quién lo había escrito: Hugo Whittal, un tipo de aspecto creíble con gafas de carey y camisa abotonada hasta el cuello.

—Hugo Whittal no sabe lo que dice. Seguro que va por ahí recorriendo casas viejas en busca de muertos y se inventa historias según le convenga.

—Hugo Whittal es un cazafantasmas muy famoso. —Robbie me quitó el libro—. Una vez, mamá me llevó a oír una charla que daba en la universidad de Exeter. Me voy arriba a ver a la abuela.

—Robbie. Espera. ¿Estás seguro de que quieres subir tú solo?

—Qué remedio. Supongo que tienes demasiado miedo para venir conmigo. Y eso que los fantasmas no existen…

A pesar de que estaba un poco asustada, no podía dejarle ir solo. Las niñas todavía tardarían un rato en despertarse, así que accedí a acompañarle, con la condición de que apagase la cámara y me enseñase dónde estaban los interruptores de la luz. Después de mucho refunfuñar, dijo que vale, no sin antes hacerme prometer que le dejaría encender la cámara y apagar las luces si oíamos algo sospechoso.

Robbie encabezó la marcha por la amplia escalera de madera, que doblaba formando un ángulo recto y tenía una vidriera en el descansillo. Las paredes estaban desnudas, y sabía por qué: los cuadros se habían vendido en la subasta y no se habían sustituido por otros.

—Esta es el ala este —susurró Robbie.

A pesar de que me negaba a creerme los desvaríos de Hugo Whittal, había una rara sensación en el ambiente de que el ala estaba habitada. Otra vez. Tenía todos los sentidos en alerta. Había algo que me escamaba.

—¿Hay alguna luz por aquí? —respondí, también en un susurro. A pesar de que me hacía la bravucona, era incapaz de hablar en un tono normal.

—Voy a ver.

Las pisadas de Robbie eran silenciadas por la mullida moqueta mientras avanzaba poco a poco por el pasillo sin apartar la mano de los paneles de madera.

—¿Qué es eso? —pregunté. Sonaba música. Música clásica, muy bajita, pero no tanto como para que no se oyera a través de las puertas macizas.

Robbie se encogió de hombros. Pasó rápidamente por una puerta de incendios —que, evidentemente, había sido instalada demasiado tarde para Beatrice— y, de repente, ahí estaba, al fondo del pasillo a la derecha.

La Habitación Amarilla.

La música se oía más alta cuando nos plantamos delante de la puerta. Robbie me dirigió una mirada inquisitiva, y, después de que le respondiera con un gesto de asentimiento, pulsó el botoncito que había a un lado de la cámara. Se encendió la luz roja, y vi que su aliento trazaba formas en el aire. Al dejar de contener la respiración, mi propio aliento hizo otro tanto.

Robbie puso la mano en el picaporte. Esperé a que intentase abrir mientras pensaba que el picaporte se resistiría y nos marcharíamos con el plan de buscar la llave otro día, o incluso olvidándonos por completo de la misión. Ambas opciones eran preferibles a entrar y descubrir qué había al otro lado. Para mi inmensa sorpresa, el picaporte cedió.

Robbie me miró, señalando el interior. Asentí con la cabeza. Estábamos manteniendo conversaciones enteras con señas. Robbie siguió empujando, y no se lo impedí. La música, definitivamente, venía de dentro. Dio un paso más, se detuvo de golpe y volvió la cabeza para mirarme con cara de terror. Con los pies clavados en el suelo, me incliné hacia delante y lo oí. El agua de la bañera.

La puerta del cuarto de baño estaba cerrada y una pequeña franja de luz asomaba por debajo. El alba se iba filtrando sigilosamente entre las cortinas, que habían sido descorridas. Por lo que sabía, nadie había vuelto a entrar en esta parte de la casa desde que estuve con Daphne unos días antes. ¿Y si había estado aquí todo el tiempo?

Como no sabía en qué estado podría encontrarse, cogí a Robbie de la mano para sacarle de la habitación. Se soltó y señaló la cama. Estaba deshecha, y parecía que alguien había dormido allí recientemente. En la mesilla de noche había una radio encendida, con música sonando. Además, flotaba en el ambiente un olor distinto al del pasillo, un aire húmedo saturado de un cálido aroma a perfume. Había alguien en el cuarto de baño, alguien demasiado humano para ser un fantasma.

Robbie me agarró de la mano y nos dimos media vuelta para salir corriendo. En ese momento, el disparatado libro de Hugo Whittal se le cayó del bolsillo y aterrizó con un sonoro golpe sobre el baúl que había al pie de la cama. El agua dejó de correr. Hubo una pausa, y a continuación dijo una voz:

—Max, ¿eres tú?

34

—ES LA SEÑORA MINS.

Robbie susurró las palabras pálido y muerto de miedo. No estaba del todo convencido. Todavía no descartaba que fuera un fantasma, y quería que yo le tranquilizase.

Hice un esfuerzo por disimular mi decepción por el hecho de que no fuera Daphne.

—Sí, eso parece —dije, y la puerta se abrió.

—¿Se puede saber qué hacéis aquí arriba?

Era la señora Mins, pero estaba tan distinta de la última vez que la había visto que ni en una rueda de identificación de presos me habría sido fácil reconocerla. A pesar del frío glacial, llevaba una bata de encaje que agarraba con fuerza para impedir que se le abriera, con el solo efecto de que resultaba más reveladora porque le marcaba todas las curvas y delataba la desnudez que cubría. Sin maquillaje, tenía la cara muy pálida, los rasgos difuminados; las cejas y las pestañas eran prácticamente inexistentes, y los labios estaban fruncidos en un mohín indignado.

—Hola, señora Mins. Creíamos que era usted un fantasma.

—Ni hola ni nada, Robbie. Sabes que aquí no puedes estar —dijo con tono brusco, para desconcierto de Robbie. No estaba acostumbrado a que le hablasen así, y menos ella.

La señora Mins volcó sobre mí su ira.

—Deberías tener más juicio. Los niños tienen prohibido el acceso a esta zona. Y tú también.

—Lo siento. Robbie quería ir a buscar fantasmas.

Era una débil excusa y me sentía confusa, pero su reacción me parecía exagerada. No estábamos en plena noche, era casi la hora del desayuno, y aunque en sentido estricto estábamos en el hotel, no dejaba de ser, al fin y al cabo, el hogar de Robbie. A mi modo de ver, tenía él más derecho a estar allí que ella.

—Voy a tener que contárselo a Max.

Era la primera vez que me amenazaba.

—¿Perdón, cómo dice?

—Voy a decirle a Max que has desobedecido sus órdenes y has traído a los niños a las habitaciones de los huéspedes. ¡Fantasmas! Tu trabajo consiste en ser responsable, no en alentar las pequeñas obsesiones de Robbie.

Se agachó a coger el libro y vi la suave piel de su escote, la turgencia de sus grandes pechos. No se lo devolvió.

—Se lo compró Max, no yo.

Sin hacerme el menor caso, se puso a hojearlo. Robbie me agarró más fuerte y me miró con ojos suplicantes, claramente deseando salir de allí lo antes posible.

—Pensaba que hoy no madrugarías, con lo tarde que te acostaste anoche —dijo sin apartar la vista del libro. Me fijé en que ya había encontrado la página de Barnsley House, pero no estaba claro si la estaba leyendo o si la mantenía abierta para provocarnos.

—¿A qué se refiere?

—Ya sabes a qué me refiero. Fisgoneando en la oficina…, usando el ordenador del personal… Me pregunto qué pensaría Max de todo eso…, ¿tú no? ¿Tú no te lo preguntas?

—No estaba fisgoneando, estaba enviándole un correo a mi padre.

Me sentía como si hubiese vuelto a ser una colegiala, aunque nunca había tenido una maestra tan amenazadora como la señora Mins en estos momentos.

—¿Por qué estás aquí? —preguntó, los ojos centelleantes. Su mal genio, que había sospechado, pero no visto, había salido a la superficie.

—¿Y usted? —respondí. El ataque era la mejor defensa, y sus mentiras sobre Italia estaban frescas en mi memoria.

Robbie, o bien adrede o por casualidad, acudió en mi rescate. La luz roja de su cámara seguía brillando. La señora Mins se volvió a fijar en él, y esta vez su voz fue casi normal:

—Tu padre me pidió que me quedase en la casa a echar un ojo en su ausencia.

Sonrió con naturalidad.

—Max no me lo mencionó —dije.

—Creo que descubrirás que hay montones de cosas que Max no te ha mencionado.

Tenía razón.

—Deberíamos volver ya con las niñas… —empecé a decir.

De nuevo sin hacerme caso, la señora Mins se puso a leer el libro en voz alta.

—«Barnsley House es en la actualidad un hotel *boutique*, y hay huéspedes que afirman haber oído gritos en los pasillos cuando no hay nadie presente. En una habitación del ala este, la Habitación Amarilla, el agua de la bañera ha empezado a correr sola en numerosas ocasiones durante la noche. La primera aparición del fantasma fue nada más fallecer Beatrice Summer, la madre de uno de los propietarios actuales, Max Summer. Beatrice murió en un incendio doméstico durante un festival musical de verano».

Dejó escapar un bufido.

—¡Agua en la bañera! Os habréis quedado aterrorizados al oírme abrir el grifo.

—Ah…, esto…, no, la verdad —tartamudeé, aunque estoy segura de que nuestras caras pálidas me desmentían.

—He oído decir —se arrimó a Robbie y le devolvió el libro, asegurándose de que el niño la oía bien— que la vieja señora Summer estaba llenando la bañera para intentar salvarse. No es cierto. Yo estaba allí. Lo vi todo. Estaba llenando la bañera para ahogar a…

—Ya basta, señora Mins.

Saqué a Robbie de la habitación, arrastrándole de tal manera que sus pies apenas rozaron la moqueta.

—Esa de la que hablaba era mi abuela —susurró boquiabierto cuando terminamos de bajar la escalera y por fin le dejé caminar solo otra vez.

«También la mía», quería decirle. «También la mía».

35

DESPUÉS DE AQUELLA MAÑANA, sentía la presencia de la señora Mins por todas partes. A pesar de que no siempre podía verla, era como si ella siempre pudiera verme a mí. Iba a tener que jugar a su mismo juego; si saber era poder, utilizaría sus mismas armas. Estaba segura de que sabía algo acerca de la desaparición de Daphne. Estaba segura de que tenía algo que ocultar.

Era más complicado para mí desplazarme con disimulo: ella se escondía entre las sombras y tenía las llaves de todas las cerraduras, pero yo cargaba con tres niños; ella tenía acceso a los ordenadores y conocía la historia de la familia, mientras que yo iba cogiendo información de aquí y de allá y estudiaba fotos viejas. Había llegado la hora de buscar un aliado.

Causalmente, esa misma mañana Elizabeth telefoneó desde la isla. No había vuelto a verla desde el concierto, a pesar de que en algún momento debía de haberse pasado por la casa para mantener la conversación que había oído Robbie. Llamaba, dijo, para ver qué tal habíamos pasado la Navidad, pero sospeché que en realidad llamaba para saber de Daphne. Interpreté el momento elegido para la llamada como una especie de señal de que se podía confiar en ella. El correo de mi padre insinuaba que Elizabeth había sabido de mi existencia desde el principio, y sin embargo no había averiguado mi identidad. A pesar de las advertencias de mi padre, no veía que Elizabeth pudiera suponer ningún peligro para mí.

Robbie y yo estábamos otra vez en la cocina, dándonos un atracón de tostadas con mantequilla y mermelada de ciruela que había encontrado en la despensa en unos botes etiquetados con la letra de Daphne. Había conservas de todo tipo: membrillo, pepinillos, mermelada de pera, *chutney* de manzana, y estaba intentando animar a los niños a que se las comieran. Me decía que estaba reforzando el vínculo entre ellos y Daphne, pero, en un nivel más egoísta, estaba buscando una excusa para comérmelas yo. Estaban absolutamente deliciosas, y empezaba a ver a Daphne como algo más que la frágil mujer que había conocido en el restaurante.

—Hola, cielo —dijo Elizabeth, arrancando a hablar sin darme oportunidad de abrir la boca siquiera—. ¿De veras que Max se ha ido a Londres?

Aquí los secretos duraban poco. ¿Cómo se habría enterado?

—Sí, se fue anoche. ¿Qué tal ayer? ¿Estuvo bien el día?

La tostadora fue soltando poco a poco cuatro rebanadas más. El mecanismo gradual, tan distinto del brusco resorte de otras tostadoras, me desconcertaba. Le hice un gesto a Robbie para que untase mantequilla y vi cómo trazaba profundos surcos con el cuchillo en la tostada.

—¿Ayer? Sí, claro.

A pesar de la mala conexión telefónica, noté su desconcierto.

—Navidad.

—¿Ah, sí? Es verdad, fue ayer. Entonces no me extraña que Max se haya ido a Londres.

—¿Siempre se va a Londres en Navidad?

El viaje repentino y urgente de Max era otro misterio más que había sido eclipsado por los acontecimientos de la víspera y de esa misma mañana. También había buscado a Daniel en Google, pero al no disponer del apellido ni de más detalles no había encontrado nada.

—No. ¿Por qué iba a hacer eso?

Era demasiado temprano y no había dormido lo suficiente como para enfrentarme al enrevesado estilo de conversación de Elizabeth.

241

—¿Quieres hablar con los niños? —dije, cambiando de tema con la esperanza de que ella hiciera lo mismo.

No quería.

—¿Para qué?

—Para desearles una feliz Navidad, por ejemplo…

—¿Ya has visto a Daphne?

El modo de formular la pregunta me pareció extraño. Era como si Daphne estuviera aquí, remoloneando en la cama o duchándose. Miré a Robbie y dije que no.

Al otro lado de la línea telefónica se oyó un profundo suspiro.

—Lo mismo tenemos que volver al plan A.

—¿Plan A?

—Aquello que hablamos por teléfono la última vez.

Habían ocurrido tantas cosas en el ínterin que casi ni me acordaba de la última llamada, menos aún del plan A. Tardé unos segundos en recordar que había telefoneado para cancelar la visita a la isla.

—¿Lo de la isla?

—Sí. He cambiado de opinión. Creo que estaría muy bien que vinieras.

—¿A la isla?

Robbie apartó la vista del destrozo que le estaba haciendo al pan de masa madre y asintió enérgicamente con la cabeza, juntando las palmas de las manos como si rezara.

—Sí.

—Bueno, aunque supongo que será complicado porque estoy sola con los niños, y sobre todo Agatha…

—Ah, no —me interrumpió con voz chillona—. No traigas a los niños.

Miré a Robbie negando con la cabeza y me di media vuelta, apoyando la frente en el aparador en un vano intento de sostener una conversación privada.

—No tengo otro remedio, Max no está y…

—Hablaré con Meryl.

Sentía los ojos de Robbie en la nuca, y pensé que al menos tenía que volver a intentarlo por él.

—¿Y no podría venir ella conmigo? Así podríamos ir todos.

—No. No es buena idea. Solo tú. ¿Mañana?

—Mmm… de acuerdo. —Miré a Robbie moviendo la cabeza, esperando que entendiera que estaba de su parte—. Si consigues organizarlo con la señora Mins…

Robbie resopló, decepcionado, y se fue al saloncito con el plato de tostadas resecas.

—¿Elizabeth? —Volví la cabeza para asegurarme de que Robbie ya no podía oírme.

—Dime.

—¿Es cierto que Daphne tenía miedo al agua?

Una pausa. Oí que se encendía la tele en el saloncito.

—Eso decía.

—Y por eso nunca llevó a los niños a la isla, ¿no?

—Supongo.

Elizabeth estaba acostumbrada a ser ella quien llevase la voz cantante en las conversaciones; su incomodidad era palpable.

—¿Por qué?

—Por qué ¿qué?

Su voz sonó distante, como si hubiese apartado la cara del auricular. Era evidente que estaba haciendo otra cosa a la vez. El chasquido del mechero y, acto seguido, la inhalación lo confirmaron.

—¿Por qué tenía miedo al agua?

—Vosotros los jóvenes… a todo le buscáis una razón. Hay cosas que son como son y ya está.

Esperé.

—Algo pasó en la bahía de Sídney, un incidente con un catamarán. Nunca llegué a enterarme de los pormenores. Además, no le gustaba hablar del tema.

Bueno, tenía sentido…, el mismo sentido que cualquiera de las historias de Elizabeth.

—En fin. Ahora, escúchame bien. Lo importante es lo siguiente. En los últimos días he pensado mucho en Daphne, y creo que me habría dejado algo. Un mensaje, algo. Tú subes, bajas, te mueves por toda la casa; fisgoneas mucho, según me han dicho… Me preguntaba si no habrías encontrado algo…

En un abrir y cerrar de ojos, decidí confiar en Elizabeth. Tenía que confiar en alguien. Acallé la vocecita quejica que había en mi interior, la que me preguntaba por qué Sophia no había acudido a Elizabeth en busca de ayuda. Sophia era una niña, incapaz de tomar decisiones adultas. Los propios niños habían dicho que Elizabeth y Daphne habían estado muy unidas. Dejé a un lado las advertencias de mi padre. A Daphne le había sucedido algo, de eso estaba convencida, y Elizabeth podía ayudarme a descubrirlo.

—Creo que he encontrado una llave, podría intentar… —empecé a decir, sin estar segura de cuánto debía confesar.

—No digas más. Mañana tráete cualquier cosa que encuentres. Baja al embarcadero a las diez, irá Leonard a buscarte.

Colgó.

36

EL DÍA DESPUÉS DE NAVIDAD. Un día que siempre parece estirarse hasta el infinito. En esta ocasión, no fue distinto; me recordó a todos los de mi infancia, cuando los adultos se pasaban el día sesteando y no sacaban nada especialmente rico de comer…, yo lo único que quería era que se acabase. Apenas había dormido nada, y no hacía más que saquear el alijo de dulces navideños de los niños para mantenerme despierta con el azúcar. Para horror de Sophia, ya casi había dado cuenta de la mitad de su lata de Quality Street, y a pesar de mis promesas de restituirlos, la niña contemplaba con recelo cómo iba aumentando a un ritmo constante el montón de envoltorios de celofán de colores.

¡Si me vieran ahora mis miles de seguidores, subsistiendo a base de azúcar y fécula mientras mi cuerpo pedía a gritos fibra y verdura y el ojo izquierdo me temblaba sin parar por falta de magnesio! Sabía bien lo que necesitaba mi cuerpo, pero por primera vez desde hacía años no hacía ni caso, cogía un kilo tras otro y hacía caso omiso de la sutil ansiedad que los acompañaba. Y me encantaba.

Los niños tenían miles de cosas con las que mantenerse ocupados…; un pequeño consuelo, ya que la mayoría de ellas exigían mi participación o bien mi supervisión. Después de infinidad de partidas de Twister con Agatha encargada de hacer girar la rueda mientras nosotros tres hacíamos contorsiones sobre la esterilla, les había anunciado que había llegado el momento de ver una peli. Nos sentamos todos juntos y vimos las películas navideñas que repetían por la tele; algunas que ya había visto y otras más tradicionales que, para pasmo e indignación de los niños, no conocía. Durante todo el rato, el cuaderno me llamaba desde el cajón de arriba; me había decepcionado y no había vuelto a tocarlo, pero después de la llamada de Elizabeth estaba segura de que contenía algo importante. Una pista sobre la desaparición de Daphne.

Acabábamos de sentarnos a ver *Sonrisas y lágrimas* —que, sin ser una película navideña, era una tradición familiar— cuando habló Robbie.

—Papá la veía con nosotros todos los años, casi siempre en la cama. El día después de Navidad nos quedábamos en la cama. Mamá dormía, y papá corría las cortinas y sacaba chocolatinas.

Sin apartar la vista del capitán Von Trapp —tampoco es que me costase mucho— a fin de disimular mi interés por este chismorreo sobre Daphne, pregunté:

—¿Vuestra madre se pasaba el día entero durmiendo?

—Se quedaba muy cansada después de tantas fiestas y de cocinar para nosotros el día de Navidad.

En su voz no había tristeza, tan solo aceptación.

—Y después del karaoke de Nochebuena —añadió secamente Sophia.

Cenamos sobras, sin quitar ojo al teléfono. Robbie trajo el aparato y lo dejó sobre la mesita, y, aunque nos lo callábamos, todos esperábamos que sonase y que fuera Max. No sonó. Al cabo de un rato, los bostezos superaron a la conversación, y hasta Sophia parecía soñolienta. Los últimos días habían pasado factura tanto a los niños como a mí.

—Hora de irse a la cama, chicos —dije, mirando descaradamente mi reloj—. Es tarde.

—No es tarde, estamos de vacaciones —dijo Sophia, y los otros la secundaron a coro.

—Ha sido un día muy largo. Yo también me voy a la cama.

Después de tanto azúcar empezaba a notar un bajón, pero la perspectiva de lo que pensaba hacer a continuación me daba energías.

—Un poquito más, porfa…

Agatha levantó la cabeza del cojín lo justo para murmurar las palabras.

—No —dije. Apagué la tele y me levanté trabajosamente del sofá. Los niños me imitaron de mala gana.

El viento empezó a hacer batir los marcos de las ventanas. Era como si supiera elegir el momento; cada noche, una vez acostados los niños, soplaba al principio como un susurro y terminaba en un bramido, haciendo que las ramas de encima se chocaran unas con otras y arañasen las ventanas.

La señora Mins no se me iba de la cabeza. Cada ráfaga de viento escondía sus pisadas; cada palo que se chascaba era su sigiloso paso entre los nudosos árboles. Hasta los búhos y los zorros parecían gritar su nombre. Estaba en todas partes: acechando en el huerto de madrugada, oculta entre las sombras frente a la ventana de la oficina, durmiendo y bañándose en el ala este. Para alguien cuyo principal cometido era llevar el hotel, parecía llevar muchas más cosas. Estaba segura de que tenía algo que ver con la desaparición de Daphne.

Robbie, en particular, estaba disgustado aquella noche. Nuestra aventura mañanera le había afectado de varias maneras, aunque lo había ocultado hábilmente. Estos niños eran expertos en camuflaje, en esconderse ellos y esconder sus emociones. A la vez que me iba acercando a ellos, notaba que se alejaban.

Tardé un buen rato en relajar a Robbie, no como se relaja a los bebés, con tiernas palabras y caricias, sino distrayéndole y haciendo uso del sentido común. Ni se me ocurrió mentar el episodio del fantasma de aquella mañana, y conseguí que se fijase en los otros libros de su montón navideño; había una historia de aventuras y una novela gráfica, y confié en que darían cierto respiro a su activa cabecita. ¿Sería capaz un niño tan pequeño de relacionar la historia de fantasmas con lo que había dicho la señora Mins, que su abuela había intentado ahogar a su padre? Mi enfado con la señora Mins iba creciendo por momentos.

Por fin, se durmieron; hasta Sophia había caído, y tenía *El castillo soñado* abierto sobre la almohada, a su lado. Coloqué con cuidado el marcapáginas y me aseguré de cerrar bien las puertas de sus dormitorios. Silbé suavemente a Thomas, y cuando vino saqué su cama del cuarto de Max y la llevé al descansillo del último piso para que cualquiera que quisiera pasar tuviera que vérselas con el fiel Thomas.

Después saqué el cuaderno de su escondrijo y me senté en la cómoda butaca de mi habitación, junto al hogar apagado. Desde allí veía perfectamente la puerta, que había dejado abierta para poder oír el reconfortante sonido de los ronquidos de Thomas. A los pocos segundos, a pesar del mal tiempo de fuera, estaba de nuevo inmersa en los sofocantes días de aquel verano.

Años después, sin el menor respeto al hecho de que Beatrice fuera su madre, Meryl le contó a Max con todo lujo de detalles lo que había visto aquella tarde. Max estaba muy afectado cuando me lo dijo, y en ese mismo instante fue cuando empecé a odiar a Meryl. Comprendí que había manipulado a Max toda su vida, y que había terminado ejerciendo un poder enorme sobre sus emociones y sobre su estado psicológico en general.

Meryl estaba atascada en una especie de limbo entre las dos generaciones, y en vista de que por su edad no encajaba de entrada con ninguno de los dos, al final les tiró los trastos a ambos. Al ver que no le funcionaba con Maximilian, esperó unos años y después lo intentó con mi Max. En ausencia de su madre, Max era vulnerable, y Meryl pasó a serlo todo para él. Todo.

No creo que esto sea ninguna sorpresa para ti.

Para mí, sí.

Lo había sospechado, claro. Había visto a Max ir a la casita de los Mins noche tras noche «por asuntos del hotel», dejando a sus frágiles hijos a mi cargo. Había notado la mirada territorial de la señora Mins clavada sobre mí mientras me desplazaba por el lugar. Pero pensar que la relación había empezado cuando Max apenas era un adulto y estaba a cargo de la señora Mins me resultaba inquietante.

Retrocedí varias páginas. Si la señora Mins tenía catorce años cuando vino a Barnsley y Max dos, cuando Max cumplió los dieciocho —y esperaba que, en efecto, los hubiese cumplido para entonces— la señora Mins tendría treinta. Calculé que la diferencia de edad era más o menos la misma que la que había entre la señora Mins y mi abuelo. Después de nuestro encuentro con la señora Mins en el ala este, cuando había mencionado como de pasada la muerte de Beatrice delante de su nieto, había sospechado que carecía de escrúpulos. Ahora no me cabía la menor duda.

Mi madre y Elizabeth también debían de haber sufrido algún efecto colateral. Una vez más, sentí lástima por mi madre y por la infancia que se había perdido.

Así que aquella tarde, la última tarde del festival, Meryl se estaba bañando. Se lo había dicho al padre de Max, Maximilian, contando con que se acercaría a la playa a mirarla. En mi opinión, fue una trampa de Meryl: sabía lo que estaba pasando, y se las ingenió para atraer a tu padre a la caleta. Quería que viera lo que estaba haciendo Beatrice. Max no está de acuerdo conmigo en esto. O no entiende lo manipuladoras que pueden ser las adolescentes, o subestima a Meryl.

De repente, la puerta del cobertizo se abrió de par en par y aparecieron Beatrice y Peregrine. Meryl se zambulló elegantemente en el agua y nadó en secreto hasta quedar oculta por el muelle. Jamás había visto a Beatrice tan desaliñada. En lugar de su moño bajo y suelto de siempre, llevaba el pelo revuelto, y sus intentos de cerrarse el quimono de seda con una mano se veían entorpecidos por la botella de champán que sostenía con la otra.

Estaban discutiendo, y Meryl escuchó con atención, deseando que las olas dejaran de romper tan estrepitosamente contra el muelle. En vano se esforzó por oírlo todo, pero al menos captó lo esencial: Peregrine iba a volver a Londres y Beatrice no quería que se marchase.

Para Peregrine había sido un flirteo de verano, pero para Beatrice había sido algo más. Para ella, él era su oportunidad de volver a Londres. Peregrine tenía buenos contactos, una casita preciosa en Chelsea y, lo más importante, a su edad ya no quería más hijos. A Beatrice le daba pavor tener más hijos.

Meryl vio cómo Beatrice hacía todo lo que estaba en sus manos por conseguir que se quedase. Para entonces ya estaban justo encima de ella y podía oír todo lo que decían a través de las rendijas del entablado. Las pisadas avanzaban y retrocedían. Peregrine estaba intentando subirse a su barco, y Beatrice le tenía agarrado del brazo.

—No estoy enamorada de Maximilian. Lo sabes.

Su voz tenía un tono suplicante; Peregrine, sin embargo, respondió con tono tranquilo e indiferente. Hasta la adolescente Meryl veía que era una batalla perdida y que Beatrice estaba haciendo todo mal. ¡Deja que se marche!, pensaba, a pesar de que deseaba con todo su ser que Peregrine cediera y dejase subir a Beatrice a bordo. De este modo, Maximilian sería todo suyo. Esperaba que él siguiera en lo alto de la colina, testigo de todo aquello.

—Estás casada. Eres preciosa... —Se hizo una pausa mientras la besaba, y la luz del sol que se filtraba entre los resquicios se atenuó mientras se fundían en un abrazo—. Pero lo nuestro ha terminado. No puedo seguir aprovechándome de la hospitalidad de Maximilian.

—¡No estoy casada! —gritó Beatrice—. ¡Ya no!

Meryl estaba segura de que Maximilian lo había oído. Se

hizo un silencio, y de repente un pequeño objeto pasó zumbando por delante de la cabeza de Meryl y cayó con delicadeza en el agua. Instintivamente, alargó la mano y lo cogió. Era tan minúsculo que le pareció milagroso que sus dedos acertasen a cerrarse sobre él. El anillo. A Meryl siempre le había maravillado aquel zafiro, enorme en comparación con los diminutos dedos de Beatrice, y, haciendo un poco de fuerza, se lo encajó rápidamente en el rechoncho anular, preocupada por si una ola intempestiva se lo llevaba ahora que por fin estaba en su poder. Porque ya no cabía duda de que el anillo le pertenecía a ella. Después de lo que acababa de ver aquella tarde, Maximilian ya no podía aceptar que volviera Beatrice, y por fin sería suyo. Que ella hubiera rescatado el valioso zafiro de la familia sería la guinda del pastel.

En ese momento, Maximilian, horrorizado al ver que la reliquia familiar desaparecía bajo las aguas e incapaz de seguir viendo ni un segundo más cómo su mujer se humillaba y, por extensión, le humillaba a él, soltó un grito atronador. Bajó en estampida por los matorrales y se detuvo en las rocas como si fuera un guerrero enloquecido.

—¡Beatrice! —gritó con voz severa—. Ni se te ocurra subirte a ese barco.

Beatrice protestó, pero las fuerzas combinadas de Maximilian y Peregrine fueron demasiado para ella. Era como si estuvieran compinchados, y se sentía impotente para enfrentarse a ninguno de los dos. Peregrine aprovechó la confusión para soltar amarras, despidiéndose de Maximilian con tono compasivo, como si acabasen de jugar un partido de tenis reñidito y uno de los dos tuviera que ser el perdedor.

Beatrice salió corriendo en dirección a la casa, donde el festival estaba en lo mejor, negándose a mirar a Max; las faldas del kimono se le abrían por detrás y sus sollozos se siguieron oyendo incluso cuando ya hubo desaparecido por el sendero. Meryl vio que era su oportunidad y salió del agua, consciente de que estaba completamente desnuda, pero sin darle importancia ahora que sabía que iba a ser la señora de Barnsley.

Subió por la escalerilla, y Maximilian, que contemplaba cómo se alejaba el barco de Peregrine, se quedó estupefacto al verla. Ni siquiera se acordaba de que estaba allí.

Me he tomado la libertad de inventarme la mayoría de las conversaciones que aparecen en este cuaderno, basándome en lo que le contó Meryl a Max y lo que Max me ha contado a mí, pero la siguiente conversación es literal. Max dijo que Meryl insistió mucho en su veracidad, ya que nunca ha olvidado las palabras que le dirigió aquel día Maximilian en el muelle. Quizá si las hubiera olvidado las cosas se habrían desarrollado de otra manera, pero aquellas palabras la hirieron en lo más vivo, se le quedaron grabadas en el alma y la transformaron para siempre. (¡Porque supongo que no será una psicópata nata!).

—Maximilian —dijo—, lo siento mucho.

Él no contestó. Movió un poco la cabeza, como para espantar una mosca molesta. Tenía la cara enrojecida, ojos de loco, y, repugnado por la desnudez de Meryl, se dio media vuelta.

Meryl le siguió y, con cuidado de no mostrar el anillo que lucía en el dedo, todavía no, le abrazó por la espalda, apretando su cuerpo contra él, sintiendo su calor a través de su camisa, con la esperanza de que él sintiera el frescor de su cuerpo de la misma manera. Había habido momentos aquel verano en los que se había colado en el vestidor de Maximilian para oler las camisas que había dejado tiradas sobre una silla, a echarse su loción para después del afeitado en las muñecas, pero nada en comparación con esto, con la familiar fragancia realzada por el sudor, por el calor, por la vida y la respiración de un ser humano. Aspiró profundamente, hundió el rostro en su espalda y esperó a que él se dejase llevar por su abrazo.

—¿Se puede saber qué haces, niña estúpida?

La rechazó sin contemplaciones, y Meryl estuvo a punto de caerse sobre las tablas astilladas.

—No te preocupes más por ella —dijo—. Se ha marchado. Podemos estar juntos.

Maximilian se giró y la miró con ojos gélidos. Meryl sintió cómo le recorrían el cuerpo de arriba abajo, evaluándola fríamente, deteniéndose en sus pechos abundantes a la vez que la boca dibujaba una mueca de repugnancia.

—Ponte algo de ropa —dijo con desprecio.

Meryl entró en pánico. El poder que había tenido sobre él se estaba marchitando, y de repente se convirtió en la mujer que había sido Beatrice tan solo unos instantes atrás en ese mismo lugar. «¡Te amo, Maximilian!», gritó. Y era cierto, le amaba de veras. Mi Max lo niega, pero una mujer lo sabe. El amor que sientes de adolescente por alguien no es menos poderoso que el que sientes de adulta; de hecho, en muchos casos es más fuerte. Creo que su amor por Maximilian desencadenó todo lo que sucedió después. Ya sabes a qué me refiero.

—Yo no te amo. Estás haciendo el ridículo.

Se volvió para seguir su camino, la forma del cuerpo de Meryl impresa húmedamente en su espalda, un recordatorio de lo cerca que habían parecido estar hacía tan solo unos segundos.

—Pero si Beatrice... —empezó a decir Meryl entre sollozos, preguntándose cómo había podido salir todo tan mal.

Maximilian se volvió abruptamente, mirando en derredor para ver si había alguien observándolos.

—Beatrice ¿qué? —preguntó con voz distante—. Beatrice es una mujer adulta. Lo cual significa que volverá a casa a arreglarse para la cena de despedida del festival que damos esta noche. Bajará y recibirá a nuestros invitados, y se sentará a la mesa como si no hubiera pasado nada. Beberemos vino, y al acabar la cena me guiñará un ojo en reconocimiento de que la velada, una vez más, ha ido sobre ruedas. Y si tanto le gusta venir aquí, yo mismo la traeré. En cuanto a ti, si tienes dos dedos de frente, te largarás.

La pobre Meryl no volvió a ser la misma después de aquello.

37

—¡MAMI! ¡MAMITA!

El grito se abrió paso a través del silencio de la noche, y por un momento fui presa del pánico. Las palabras eran tan insólitas en aquel lugar que me entró calor por todo el cuerpo y el corazón se me aceleró. ¿Un fantasma?, fue lo primero que pensé, en parte debido a lo que estaba leyendo y en parte a la aventura del día anterior con Robbie. Y después el niño volvió a llamar, y esta vez reconocí la voz. Robbie.

Metí el cuaderno entre el cojín y el respaldo de la butaca, reacia a separarme de él por un minuto siquiera, consciente de que cada instante que pasara lejos de él podría ser aprovechado por la señora Mins —o Meryl, como figuraba en el cuaderno—. Lo pensé mejor y volví para esconderlo debajo de otro cojín, aunque dudaba de que ni siquiera todos los cojines del mundo conseguirían pararle los pies a la señora Mins. No había nada en el cuaderno que la implicase, ni tampoco a Max. Era lógico que mintiera acerca de su pasado en Barnsley House cuando los comienzos habían sido tan humillantes para ella. Pero no acababa de comprender por qué a Daphne le afectaba tanto aquella historia del pasado.

Robbie estaba incorporado en la cama, febril.

—¿Mami? —dijo al verme entrar por la puerta. El sonido de la palabra en sus labios me rompió el corazón.

—No, soy yo, Robbie —dije, a la vez que encendía la luz de la mesa y la habitación, al igual que yo, cobraba vida. Las sábanas se le habían vuelto a caer, y tenía el pijama empapado de sudor—. Soy Miranda.

—No me encuentro muy bien —dijo, y los ojos se le llenaron de lágrimas—. Quiero que venga mi mamá.

Parecía tan desconsolado que habría hecho cualquier cosa para traerle a Daphne. Necesitaba a su madre. Y yo, que después de haber pasado la última hora con la voz de Daphne dentro de mi cabeza, le comprendía. Yo también quería que volviera.

No había nada que pudiera decirle, así que fui a su armario y saqué otro pijama, uno de algodón con el pantalón corto para sustituir al grueso pijama de invierno que llevaba.

—Toma —dije—. Ponte este. Voy a por un trapo húmedo.

Parecía tan abatido que quería quedarme a ayudarle, pero sabía que le daría vergüenza. Cuando volví con el trapo húmedo y sábanas limpias, empezaba a llover; las gotas sueltas de la ventana se iban transformando vertiginosamente en chorros furiosos.

—Me da que mañana va a ser un buen día para quedarse en la cama —dije mientras cambiaba las sábanas de la manera más eficaz posible y quitaba el edredón. Al decirlo, recordé que Elizabeth me había pedido que fuese a la isla. No me veía subiéndome a un barco con semejante tiempo, pero dudaba que fuese a permitirme dejarlo para otro día.

—Me duele la garganta —dijo Robbie, tumbándose de nuevo—. ¿Me das un paracetamol?

El esfuerzo de hablar le había dejado ronco.

—Ahora te lo traigo.

No tenía ni idea de dónde podía encontrarlo, pero no quería preguntárselo.

En mi pequeño cuarto de baño no había un botiquín, y tampoco había visto ninguno en el cuarto de baño de los niños. Max y Daphne tendrían muchos defectos como padres, pero al menos parecían seguir el consejo de los farmacéuticos de mantener los medicamentos fuera del alcance de los niños. Como si notase mi titubeo, dijo con voz ronca:

—En el cuarto de baño de mamá. En píldora no, todavía no puedo. Del que se disuelve en agua, por favor.

Al cuarto de baño de Max y Daphne se entraba por su dormitorio, al fondo del pasillo. La puerta siempre estaba cerrada a cal y canto; lo que hubiera al otro lado era para mí un misterio impenetrable. El mero hecho de cruzar el umbral parecía una falta grave, pero no tenía alternativa. En vez de preocuparme, sentí que mi enfado con Max por haber abandonado a sus hijos en Navidad se redoblaba.

La tormenta iba adquiriendo fuerza en los alrededores de la casa, y a través de la ventana del pasillo vi una luz que parpadeaba a lo lejos advirtiendo a las embarcaciones que no se acercasen. Había peligro en el mar. Me dije que ojalá Daphne estuviese en algún lugar calentito. Y seco.

Avancé sigilosamente por el pasillo y pasé por delante de Thomas, que, al percibir mis intenciones, se levantó del cojín y me siguió, siempre fiel, hasta el dormitorio de su amo. Hacía frío al otro lado de la puerta de Max. Debía de haber apagado el radiador, en un intento por emular las austeras condiciones de su infancia. Las cortinas estaban abiertas. El dormitorio de Max y Daphne era el único lugar de la zona privada con vistas al mar. Se extendían en dirección contraria al terreno del hotel, sobre el acceso de coches privado y, más allá, hacia mar abierto. La cama estaba colocada de manera que se pudiera disfrutar del paisaje, y me imaginé a Max y a Daphne contemplando, abrazados, las embestidas del oleaje contra las rocas lejanas.

Consciente de que Robbie estaba esperando, y movida por la presencia inquisitiva de Thomas, pasé al pequeño cuarto de baño. El aroma de Max me envolvió nada más abrir la puerta. Encendí las luces y vi que, a diferencia del resto de la casa, era una estancia completamente moderna: estaba alicatada del suelo al techo con un mármol oscuro y tenía una elegante grifería negra. Por lo poco que sabía de Daphne, no me la imaginaba en un cuarto de baño como aquel.

La cesta de las pastillas y los jarabes fue fácil de encontrar: resultó que no estaba fuera del alcance de los niños sino en el armarito de debajo de la pila, y estaba a rebosar de frascos y píldoras envueltas en sus blísteres de aluminio. Mientras buscaba el paracetamol encontré frasquitos con el nombre de Daphne, y se me cayó el alma a los pies. Ojalá supiera más de medicamentos, pensé.

Pero Daphne no era en esos momentos lo que más me preocupaba. O sí, pero de otra manera: en la medida en que pudiese afectar a Robbie. El pobre niño estaba febril, hecho polvo, y lo único que quería era estar con ella. No le servía nadie más. Ni yo, ni la señora Mins. Sabía cómo se sentía. Y gracias a Fleur, sabía que unos pocos mimos podían ser de gran ayuda para que no echase tanto de menos a su madre.

Apartando las pastillas de Daphne, cogí la cajita de paracetamol. Era sorprendentemente pesada, y, vencido por los contenidos, el fondo se abrió. Cayeron varias láminas de pastillas y, a continuación, un pequeño objeto golpeó contra el suelo emitiendo un ruidito sordo. Thomas soltó un ladrido angustiado. «Shhh, tranquilo, no pasa nada», murmuré, tratando de que no percibiera mi desasosiego. Era un pequeño estuche para anillos de boda, forrado con fieltro de color burdeos, desgastado por algunos sitios y con las bisagras oxidadas. A sabiendas de que no debía abrirlo, de que no era asunto mío, lo abrí lentamente… y me quedé sin aliento. Dentro había un anillo. El anillo. Aunque no sabía nada de joyas, lo reconocí por la descripción del cuaderno. Meryl debía de habérselo devuelto a la familia.

Incapaz de resistirme, lo saqué y me lo deslicé fácilmente en el dedo. La joya azul ovalada del centro, el zafiro, estaba flanqueada por dos diamantes triangulares, e incluso bajo la débil luz del cuarto de baño el conjunto resplandecía con un brillo mágico. Era precioso, y me lo quité a regañadientes, preguntándome si llegaría el día en el que pudiera yo tener un anillo semejante. Porque en ese caso, no me lo quitaría nunca. ¿Por qué se lo habría quitado Daphne?

Robbie gimoteó en su cama. Recordando mi misión, devolví el

anillo al estuche y cogí el paracetamol del suelo. En el último momento, me metí el estuche en el bolsillo, obedeciendo a un instinto repentino que me decía que era lo correcto. A pesar de que mi mente racional me decía que no lo era, hice caso a mi instinto.

La señora Mins me estaba esperando al otro lado de la puerta. Me quedé boquiabierta al verla, y a sus labios asomó una sonrisita. Pensé en la puerta de abajo, a la que le había echado prudentemente el cerrojo.

—He visto la luz encendida —dijo—. ¿Todo en orden?

Me tenía atrapada entre la puerta del dormitorio de Max y el pasillo; el estuche me hacía un bulto muy llamativo en el bolsillo de los vaqueros, que, por otra parte, debería haberme quitado hacía un buen rato; incluso el hecho de que siguiera vestida con ropa de calle era sospechoso. Si me miraba con detenimiento, sin duda vería la cajita, y, en efecto, me estaba mirando con detenimiento, examinando la habitación y después mi rostro en busca de pruebas que delatasen alguna fechoría.

—Ro-Robbie está enfermo…, tenía que darle paracetamol —dije, maldiciendo el tartamudeo e intentando en vano controlar mis nervios.

—Será amigdalitis otra vez, pobrecito mío. En invierno siempre le da guerra.

Las palabras eran cariñosas, pero el modo de transmitirlas fue frío. El pelo, empapado por la lluvia, se le había pegado a las mejillas y le daba cierto aire de loca, y ya fuera por el cambio de temperatura o por la turbación que le causaba haberme encontrado en terreno prohibido, estaba sonrojada.

—¿Cómo ha entrado? —Intenté tomar las riendas de la situación, pero cualquiera habría podido oír el miedo en mi voz—. Cerré todas las puertas. Como no está Max, pensé que…

—He pasado por el hotel, querida. —Hizo tintinear las llaves que colgaban del cordón que llevaba al cuello—. Max me paga para que eche un ojo a todo.

La señora Mins me estaba superando en astucia. Había dormido tan poco como yo y era mucho mayor, y sin embargo ella era ágil y yo torpe, ella implacable y yo cauta. Comprendí que a menos que yo cambiase de chip, acabaría consiguiendo exactamente lo que se proponía. Pero todavía no había averiguado de qué se trataba.

El cuaderno estaba mal disimulado entre los cojines de la butaca, podría verlo fácilmente. Daphne lo había guardado a buen recaudo y un par de días en mi poder habían bastado para que la señora Mins lo descubriera. La decepción se estrelló contra mi terror; después de todo lo que había tenido que soportar Daphne, yo la había decepcionado.

Le enseñé el paracetamol con mano temblorosa.

—Debería ir a…

—Ya me encargo yo —respondió con firmeza—. Estarás cansada después de tanto fisgonear. Primero el ordenador de la oficina, después el ala este… La luz de tu cuarto, encendida a todas horas… ¿Cuándo aprenderás que más vale dejar las cosas como están?

La señora Mins me acompañó a mi habitación y me dijo que me acostase y procurase descansar. Que todo iría mejor por la mañana. Esperó mientras me ponía el pijama en el cuarto de baño, y cuando salí seguía allí.

Dejé que pensara que acataba mansamente sus órdenes y, fingiendo un bostezo, me acosté. Me subió la colcha hasta el cuello y, venciendo sobre mí todo el peso de su cuerpo, me arropó a conciencia mientras hacía un extraño chasquido con la lengua. Apoyó la mano en mi hombro, y estaba tan cerca que podía oler su aliento y el aroma tóxico de su perfume viciado. Me sentía, en efecto, agotada, y a pesar de que el cuaderno me llamaba desde la butaca, noté que el cuerpo se me iba relajando sobre el colchón y que cada vez me pesaban más los ojos.

—Ya me quedo yo con Robbie. Tú no te preocupes. Estoy en el cuarto de al lado —susurró. En boca de cualquier otra persona, aquellas palabras habrían sido un consuelo.

38

ME DESPERTÉ TEMPRANO y salté de la cama. Barnsley House no era un lugar propicio para el sueño: me entraba cuando menos quería dormir y me esquivaba cuando estaba agotada. Aquella mañana, sin embargo, agradecí mi incapacidad de dormir hasta tarde; tenía que volver al cuaderno.

Cuanto más leía, más lástima me daba la señora Mins. Era como si me identificase con ella, más o menos como me había sucedido con Daphne. La señora Mins, al igual que yo, se había sentido seducida por el encanto de Barnsley House; ella, como yo, se había sentido atraída por la casa y sus habitantes, a pesar de las diferencias de edad y de origen. En cuanto a Max, su manera de comportarse conmigo me recordaba a su padre: tan pronto se mostraba carismático y comprometido como distante y desdeñoso. ¿Habría sentido lo mismo Daphne? Todavía quedaban unas cuantas páginas llenas de aquellos familiares garabatos antes de que las palabras volvieran a integrar listas y recetas. El tiempo jugaba en mi contra; los niños no podían tardar mucho en despertarse y quería haber terminado de leer para entonces.

Demasiado tarde.

Llamaron suavemente a la puerta, y antes de que me diera tiempo a responder el pomo giró. La señora Mins. ¿Quién si no?

Después de reprenderme por no haberme vestido aún y de recordarme mis obligaciones, me dijo que Robbie había amanecido mucho peor. Le había subido la fiebre; el termómetro marcaba lo suficiente como para preocuparse. La interrumpí diciéndole que era capaz de manejar la situación yo sola; al fin y al cabo, conocía los principios básicos del control de la fiebre.

—Tú cuida a las niñas —dijo la señora Mins con un ligero tono de amenaza— y ya me encargaré yo de todo aquí arriba.

No tenía elección. Agatha y Sophia tenían que desayunar, y aunque podía confiar en que Sophia hiciera tostadas con Marmite, me inquietaba pedirle que llevase a Agatha en brazos por las escaleras. Me pasé a ver a Robbie y le prometí que volvería enseguida.

Aproveché que la señora Mins estaba arriba jugando a ser niñera para llamar a Elizabeth. Quería desembarazarme del cuaderno con todo mi ser; los detalles de lo que había leído la noche anterior y en las primeras horas del día me daban vueltas en la cabeza, y las oscuras imágenes se negaban a abandonarme. Fuego y traición, odio y venganza. Me sentía como si hubiera irrumpido en un mundo nuevo y horrible, en una escena espantosa y depravada en la que no pintaba nada. Los idílicos prados de Barnsley ya no parecían tan mágicos. La idea de pasarle el cuaderno a Elizabeth y olvidarme de todo empezaba a tentarme.

Elizabeth contestó al instante.

—Me imaginaba que serías tú —dijo nada más oír mi voz.

Todas las conversaciones que había tenido desde mi llegada a Barnsley habían sido escuchadas, tanto con mi conocimiento como sin él, y esta no tenía por qué ser distinta. Las niñas no me quitaban ojo mientras daban cuenta de las tostadas, así que intenté comunicarme de la manera más indirecta posible.

—No puedo llevar el…, bueno, eso —empecé, volviéndome hacia la pared y rezando para que Elizabeth no me pidiera que se lo repitiese.

—¿Has encontrado algo? ¿Un cuaderno? —preguntó con brusquedad.

—Sí. Pero hoy no puedo ir a la isla. Robbie está malo. Y hace un tiempecito que…

No terminé la frase, convencida de que me daría la razón.

—¿El tiempo? —Elizabeth soltó una risotada incrédula—. Madre mía, si esto no ha hecho más que empezar. Tú espera a febrero antes de utilizar el tiempo como excusa.

—Bueno, es que Robbie...

Una mano me agarró del hombro, y pegué un respingo. Me di la vuelta, pensando que sería una de las niñas, y solté un grito ahogado: era la señora Mins, y gesticulaba como una loca.

—Espera, no cuelgues. La señora Mins me quiere decir algo.

Oí refunfuñar a Elizabeth mientras tapaba el auricular. Tenía el corazón acelerado, y traté de repetir mis palabras mentalmente. ¿Había dicho algo demasiado revelador? Por la expresión de los ojos de la señora Mins, parecía que sí.

—Necesito que vayas al pueblo a por unas medicinas para Robbie —dijo.

—¿Qué dice? —gruñó Elizabeth, pero no le hice caso.

—El tiempo..., no hace muy bueno.

Decir que no hacía muy bueno era quedarme corta. Quería gritarles a las dos que se asomasen a la ventana y vieran la lluvia torrencial y las rachas de viento que hacían que los árboles casi tocasen el suelo. Al fondo del jardín había visto unos cuantos que estaban en posición casi horizontal, y ahora comprendía cómo habían terminado así.

—Cariño, Leonard te llevará a la isla si tienes que ir —dijo la señora Mins, recogiendo ostentosamente con sus manos venosas las migas de tostada de la encimera—. Pero hoy no.

—¿Vas a venir? —preguntó Elizabeth con tono insistente, como si fuera mi obligación.

No era fácil ignorar a Elizabeth, y, por distintas razones, me sentía presionada por ambas. Sabía por qué quería Elizabeth que fuese a la isla. El descubrimiento del cuaderno había supuesto un cambio radical en su actitud hacia mí; por primera vez, yo tenía algo que ella quería, y a duras penas disimulaba sus ganas de hacerse con ello. También yo me moría de ganas de ver qué podría descifrar

Elizabeth del cuaderno. Los días iban pasando inexorablemente para Daphne.

Pero mi lealtad me comprometía con los niños. Al fin y al cabo, estaba aquí porque era su cuidadora. Más aún: éramos de la misma familia. Sophia y yo estábamos empezando a estrechar la relación, Robbie estaba enfermo y Agatha necesitaba mi ayuda. La verdad es que me gustaba sentirme necesitada. Por mucho que quisiera volver al cuaderno, iba a tener que esperar.

—Voy a tener que dejarlo para mañana. Si mejora el tiempo, claro.

—Hay una pequeña cabina en el barco de Leonard, y puedes ponerte esa chaqueta tan resultona que te ha regalado Max —dijo Elizabeth, resignándose al cambio de planes. Yo ya había renunciado a preguntarme cómo podían enterarse aquí de mis cosas antes incluso que yo misma.

—Mañana, entonces —le dije a Elizabeth, que calló un instante antes de decir con tono pícaro:

—Si hay alguien capaz de sacar de casa al farmacéutico en esta época del año, esa es Meryl.

—Mmm… —contesté, hiperconsciente de la proximidad de Meryl—. La señora Mins va a pedirle al señor Mins que me acerque.

—Pues mira qué suerte tienes. Con Leonard puedes meterte tranquilamente en una tormenta. ¿Me puedes traer huevos?

Y una vez más, colgó sin despedirse. Solo más tarde me di cuenta de que en realidad no había llegado a decirle que lo que había encontrado en el cajón era un cuaderno. De algún modo, lo había averiguado por su cuenta.

39

MI SEGUNDA EXPEDICIÓN al pueblo fue sorprendentemente distinta de la primera. Solo habían pasado unos días, y sin embargo el sendero que tan mágico y frondoso me había parecido se me antojaba ahora siniestro y descuidado. La lluvia se abría paso entre las copas de los árboles y caía sobre mí en goterones. Había decidido deprisa y corriendo ponerme las botas que me había regalado Max, pero a los pocos metros ya me parecieron muy incómodas; me rozaban los tobillos y me costaba avanzar. Iba a ser un paseo largo y lento.

Estaba echando pestes de mi decisión, diciéndome que quizá debería darme media vuelta, cuando apareció el señor Mins en lo alto del camino de la caleta. Al igual que su hermana, parecía que estaba en todas partes. Ni siquiera con el mal tiempo parecía posible escapar a la familia Mins. ¿Les pagaría Max por su extraña vigilancia, o era algo que hacían voluntariamente?

—¿Otra vez usted?

Intenté tomarle la delantera hablando yo primero.

—Hace un tiempo estupendo para dar un paseo —contestó, haciéndose a un lado para dejarme pasar.

—No ha sido idea mía.

Al apartarme para que pasara, a punto estuve de empalarme en una rama caída.

—¿Ah, no?

No estaba dispuesta a pararme a charlar. Hoy no.

—Voy a sugerencia de su hermana.

Dio un respingo.

—Si te pide que salgas con la que está cayendo, sus buenos motivos tendrá, seguro.

En sus ojos, casi ocultos por el ala del sombrero, había tristeza.

—Robbie está enfermo.

—¿Otra vez? —Suspiró—. Pobrecito.

Asentí con la cabeza. La empatía que percibí en su voz hizo que se me humedecieran los ojos, como si estuviese a punto de echarme a llorar. Sin atreverme a decir nada más, hice un gesto de despedida y continué andando en dirección al pueblo. Desde mi llegada a Barnsley tenía las emociones a flor de piel…, como si oscilase incontroladamente entre la angustia y la euforia, el miedo y la nostalgia.

Alejarme un rato del lugar, de sus habitantes, me iba a sentar bien, pero no tuve que volver la cabeza para saber que el señor Mins no se había movido del sitio. Notaba su presencia.

—Miranda.

No era una pregunta. Pronunció mi nombre atropelladamente, como si la boca se le hubiese abierto sin el consentimiento de su cerebro.

Me detuve. Esperé, pero no dijo nada. Respiré hondo y seguí andando.

Una vez que dejé atrás la pequeña capilla de St. John's —donde Sarah Summer había empezado su distinguida trayectoria profesional— y llegué al pueblo atravesando el cementerio, la amenaza de las lágrimas había cesado. El esfuerzo físico había obrado su magia; gracias al ligero aumento de la frecuencia cardiaca, sentía el dulce alivio de las endorfinas. No tenía nada que ver con la descarga de adrenalina que me daban mis carreras matinales seguidas de una dinámica sesión de pilates, pero aun así mi cuerpo lo agradeció como si de un viejo y leal amigo se tratase. Ejercicio. Lo necesitaba para mantenerme en mi sano juicio. Con razón me estaba desquiciando tanto.

Las calles de Minton estaban tranquilas, lo cual no era de extrañar teniendo en cuenta las fechas. La mayoría de la gente seguía celebrando las fiestas con la familia, comiendo sándwiches de pavo y contando los días que les quedaban antes de volver al trabajo. Me temí que la farmacia también estuviera cerrada, pero la señora Mins lo tenía todo previsto. El farmacéutico, un hombre bajito de tez rubicunda que se había peinado a toda prisa, me estaba esperando en la puerta con una bolsita de papel en la mano.

—Tú debes de ser Miranda —dijo. Esperó a que asintiera antes de darme el paquete, como si hubiera una incalculable cantidad de mujeres jóvenes deambulando por las calles con intención de conseguir productos farmacéuticos ilícitos—. Soy Simon Pale.

—Gracias. Es usted muy amable por atenderme, con el día que hace.

Los dos nos volvimos a mirar el camino empedrado que llevaba al puerto; las banderitas navideñas se mecían furiosamente con el viento, y el oleaje se estrellaba con fuerza contra el muro de piedra. Nunca había visto una farmacia situada en un lugar tan pintoresco.

—Esto en verano tiene que ser precioso —dije, repitiendo como un loro lo que todos me decían en vista de que Simon no parecía tener ninguna prisa y sí muchas ganas de charla. Tal vez estuviera huyendo de la parentela, o tal vez se sintiera incómodo por tener que darle la medicina a una desconocida. En cualquier caso, no hizo ademán de moverse, a pesar de que la espuma del mar, arrastrada por el viento, estaba dejando manchones húmedos en la bolsa de papel.

—Sí, sí —dijo con entusiasmo, como si fuera la primera vez que oía esas palabras—. ¿Cuánto tiempo piensas quedarte aquí?

—No estoy segura.

Se rascó la cabeza, despeinándose. Bien mirado, quizá no se lo hubiera peinado a toda prisa. Puede que simplemente fuera su aspecto habitual.

—Le vendrá bien a Daphne tener ayuda.

Cogió una bolsa de plástico solitaria que pasaba volando, la alisó e hizo un nudo con ella.

—Me imagino.

—Le dije a Meryl que ya se lo llevaba yo con el coche. No hace tiempo para andar por ahí.

Por el rabillo del ojo vi movimiento, un vehículo. Me concentré en él, leí la matrícula.

HV 323 TLS

Mi padre y yo solíamos entretenernos jugando con las matrículas durante los viajes largos. El objetivo era inventarse una frase absurda a partir de las siglas…, cuanto más absurda, mejor. El premio era una de las infrecuentes y arrebatadoras carcajadas de mi padre.

TRISTE LOBO SOLITARIO

TRAGALDABAS, LA SEÑORA

TÓMATE LA SCHWEPPES

A veces ni siquiera me daba cuenta de que estaba jugando; era algo automático. Mi cerebro simplemente se ponía a ello. Como en estos momentos. Intenté centrarme, comprender qué me estaba diciendo aquel farmacéutico azotado por el viento.

TÚ LASTIMAS SIEMPRE

Moví la cabeza.

—¿Cómo ha dicho?

—Que ya lo acercaba yo a Barnsley. No me cuesta nada, me pilla prácticamente de camino a mi casa.

Se rio para borrar la expresión confusa de mi rostro.

—¿Y qué dijo la señora Mins?

—Dijo que…

Parecía incómodo. Entonces me di cuenta, y, asintiendo lentamente con la cabeza, le animé a que continuase.

—Dijo que no tenías nada mejor que hacer.

—Vaya.

De repente, me vino a la cabeza la conversación telefónica con Elizabeth en la cocina. Sin duda, la señora Mins lo había oído todo. Sabía que tenía pensado ir a la isla. ¿Por qué estaba tan empeñada en impedírmelo?

—Anda, por ahí va Jean Laidlaw.

Me volví rápidamente, olvidándome de la señora Mins. ¡Jean Laidlaw!

El farmacéutico parecía aliviado por cambiar de conversación.

—¡Hola, Jean! ¡Feliz Navidad! ¿Qué, lo habéis pasado bien?

—¡Sí, genial! ¡Ahora me toca ayunar unos días!

Siguieron hablando a mucha distancia, acompañando con grandes aspavientos una alegre cháchara guasona con la que ni el ruido del vendaval ni el de las olas podían competir. Y luego, tan de repente como había comenzado, terminó. El farmacéutico se despidió rápidamente de mí con la mano antes de meterse en su tienda y echar el cierre, satisfecho de haber esquivado una conversación delicada.

Me pareció buena idea ir a hablar con Jean Laidlaw, por mucho que luego tuviera que volver escopetada a casa con la medicina de Robbie. Mientras me encaminaba hacia la sociedad histórica por el irregular pavimento, volví a fijarme en la matrícula de la furgoneta.

HV 323 TLS

TIENTAS LA SUERTE

40

—¡HOLA, JEAN! —dije, tratando de imitar el tono de camaradería de Simon. Jean, como es lógico, me miró con cara de póquer. Y de repente cayó en la cuenta.

—Tú eres Lisa. De la iglesia. Me dijeron que ibas a venir a ayudar.

Señaló la furgoneta. De cerca, vi que estaba llena de sillas de plástico de esas que se alquilan para las fiestas.

—¿Y Tony dónde está? Pensaba que veníais dos personas.

Tiró de la puerta de la furgoneta. A pesar de su edad —debía de rondar los setenta—, era ágil. La melena estilo paje todavía mantenía su color, y subió con brío las escaleras sin que se le moviera un solo pelo. Vacilé. ¿Y si me hacía pasar por Lisa la de la iglesia? El corazón se me aceleró al imaginarme el inesperado subterfugio. Pero ¿y si se presentaba Tony? ¿Y si se presentaba Lisa?

—Soy Miranda —dije al fin, notando que la adrenalina retrocedía con tristeza—. Trabajo en Barnsley House.

—¡Vaya! —Jean Laidlaw se volvió y me miró detenidamente—. ¡Entonces seguro que preferirías ser Lisa la de la iglesia! Ese lugar… —Movió la cabeza—. Bueno, Lisa y Tony no dan señales de vida, así que tendré que apañarme contigo. Me imagino que los habrá retrasado algún árbol caído en la carretera, o la Navidad.

—La verdad es que quería hacerle unas preguntas.

Me metí la medicina en el bolsillo del abrigo. Robbie podía esperar un poquito más, Daphne también. Quería averiguar cosas sobre mi madre.

—No me extraña nada.

El cuerpo menudo de Jean desapareció al fondo de la furgoneta, y a continuación una fuerza invisible empujó hacia mí una altísima pila de sillas—. Habla y trabaja, querida, habla y trabaja.

—¿Para qué es todo esto? —pregunté, y al tirar de las sillas, las de arriba amenazaron con volcar la pila entera—. ¿Dónde las dejo?

Jean indicó con un gesto la puerta abierta de la sociedad histórica.

—Para el convite de Año Nuevo. No me sorprende que no sepas nada. Hace años que no viene ninguno de los Summer.

—¿Es una fiesta?

—Bueno, esto es una sociedad histórica, así que quizá la palabra «fiesta» no sea del todo exacta, Miranda. —Se asomó por la puerta y sonrió—. Hacemos una recreación de la historia local. Simon, el de la farmacia, es muy activo, siempre está dispuesto a interpretar papeles importantes. Contrabandistas. Piratas. Cuando hace un tiempo de perros, como hoy, organizamos algo en el pueblo. Y después venimos aquí a tomarnos un vino y algo de picoteo.

Jean se percató de mi desinterés y se calló mientras bajaba de la furgoneta y cerraba de un tirón.

—Bueno, ¿qué quieres saber?

Señaló la puerta abierta, y entramos. Dentro hacía prácticamente el mismo frío que fuera.

—Detalles de la historia de la casa, supongo. Y de la familia. —Y para demostrarle que iba en serio, añadí—: Me he leído *La casa de las novias*.

Jean resopló.

—¡Qué raro…! —Se puso a trajinar en la pequeña cocina, enchufó un hervidor de agua—. ¿Té?

—Sí, por favor. ¿Qué es raro?

Jean cogió dos tazas del fregadero, vació el culito de agua

turbia y puso una bolsa de té en cada una. No tenían pinta de haber sido lavadas nunca como es debido.

—Que venga a verme a mí una chica como tú… ¿Cuánto tiempo llevas en la casa?

—Una semana. Más o menos.

Jean me miró con expresión recelosa, y maldije mi recién estrenada sinceridad.

—¿Y ya te has leído ese libro?

Esta vez, estaba preparada.

—No hay mucho que hacer allí por las tardes. Me lo regaló Max por Navidad.

Pensé en mi ejemplar sobeteado y otra vez escondido en mi mochila.

—¿Max? Por lo visto, el señor Summer y tú ya os habéis hecho muy amigos…

El hervidor, más que silbar, sonó como si entrase en erupción. Empezó a soltar vapor, y los armaritos se humedecieron. Jean vertió el agua, agitó apresuradamente las bolsitas y añadió leche de un cartón de aspecto costroso.

—¿Sabe algo de la autora, de la otra hermana? —pregunté—. ¿Sabe qué fue lo que sucedió realmente? En Barnsley, nadie habla de ello.

—No me sorprende. Se armó un follón tremendo.

Pasamos a un pequeño cuarto contiguo. Había libros desde el suelo hasta el techo; el único hueco entre los estantes era una ventana que daba al puerto y que llevaba tiempo sin limpiarse. Para sentarse solo había dos sillas de plástico de esas que se ven en los *campings* y en las barbacoas. Jean Laidlaw se sentó y sacó una carpeta de la balda que tenía detrás. Me pareció idéntica al resto de las carpetas, pero ella apenas si miró las otras, como si supiera exactamente cuál era la que buscaba.

—Esas pobres niñas… —dijo, hojeando lo que me parecieron artículos de periódico envejecidos y amarillentos.

—¿Sophia y Agatha?

—Therese y Elizabeth.

La taza me tembló casi imperceptiblemente en la mano. Bebí un sorbito para contener el temblor; el té, en efecto, estaba malísimo, y la leche un poco agria.

—¿Conoció…, conoce a Therese y a Elizabeth?

—Fui la directora de Balcombe House —Debió de notar mi confusión, porque, sin dejar de hojear los artículos, añadió—: Era una pequeña escuela de primaria que estaba al otro lado del páramo. Hace tiempo que cerró, como todas esas escuelitas. El edificio se vendió y lo convirtieron en apartamentos para la generación del *baby boom*.

—¿Y ellas iban a esa escuela?

—¿Ellas? Sí. Cómo no, su padre las envió a centros de más postín cuando se hicieron mayores, pero al principio las tuve yo. «Déjame a un niño hasta que cumpla siete años y te daré al hombre», dijo Aristóteles. Tenía razón, y no solo en relación con los chicos. Te habría podido decir qué iba a ser de aquellas niñas el primer día que vinieron a mi escuela. Vaya, no lo encuentro…

Jean cerró la carpeta de golpe y se levantó. Su taza estaba vacía y el descanso había llegado a su fin.

—Espero que estos dos vengan pronto. Queda mucho por hacer.

—¿Qué estaba diciendo de Elizabeth?

—¿Elizabeth? Pensaba que querías que te hablase de Therese.

—Ah, bueno, la verdad es que me interesan todos.

—El libro ese. La gente dice que fue muy beneficioso para la zona. Que despertó el interés. Durante una temporada se habló de rodar una película aquí. ¡Imagínate cómo se puso Simon! ¡Pensaba que iba a ser su gran oportunidad! Gracias a Dios, la cosa se quedó en agua de borrajas. Me da igual lo que diga la gente, ese libro no ha hecho más que crear problemas desde el mismo día de su publicación. Incluso desde antes.

—¿A qué se refiere?

Jean suspiró. Se quedó mirando al frente, y pareció que sacaba fuerzas de lo que quiera que estuviese viendo.

—Esas niñas, Therese y Elizabeth… No podrían haber sido más distintas. Therese era lista como ella sola. Más lista que el hambre, decíamos en aquellos tiempos. Y tenía ángel. Siempre se iba de rositas, le bastaba con aquella sonrisa suya…

Sus palabras encajaban con lo que recordaba de mi madre, pero me gustó oírlas en boca de una desconocida. Sonreí y asentí con la cabeza a pesar de mí misma, otra vez con lágrimas en los ojos. ¿Qué me pasaba? Seguro que era por culpa de todos los alimentos procesados que estaba comiendo.

Jean me miró de una manera extraña, pero continuó.

—Elizabeth era la más inteligente, tenía una cabeza que valía por las de los otros dos juntos. A Max no llegué a darle clase, pero se bandeaba bien con su belleza y su apellido…, y suerte que los tenía, porque tenía poco más. ¡Ah, qué inteligente era! Escribía que daba gusto, pero lo dejó después de lo que pasó con Therese. Una vez, en el *pub*, le pedí que me ayudase con el boletín informativo, y ¡menuda mirada me echó! ¡Y yo que pensaba que se alegraría de tener algo que hacer! En fin, todo eso ya es agua pasada.

Se oyeron voces en el exterior. Entre el viento y los chillidos incesantes de las gaviotas, destacaba el inconfundible sonido de los humanos. Jean se levantó, dando por acabada la reunión.

—¡Pero si usted dirige la sociedad histórica! ¡El pasado es precisamente a lo que se dedica! —exclamé.

Quería saber más. ¡Aquella mujer había conocido a mi madre! Con la de tiempo que llevaba sin que nadie me hablase de ella, ¿y pensaba ponerse a amontonar sillas así, tan tranquila?

La anciana directora irguió la cabeza y los hombros, levantó la barbilla y de repente pareció más alta que antes. Sentí una extraña cercanía con mi madre: ¿también ella se habría acobardado ante aquella mujer tan imponente?

—¿Por qué te interesa tanto? —Fuera, la puerta de la furgoneta se abrió con un chirrido. Tony y Lisa, aunque tarde, habían llegado dispuestos a trabajar—. ¿Cómo has dicho que te llamas?

—Miranda —respondí con un hilo de voz—. Miranda Courtenay.

De repente agradecí que mi madre nunca hubiera utilizado su apellido de casada y hubiese preferido seguir siendo Therese Summer incluso después de casarse. Una oleada de alivio por la decisión de mi madre de conservar su apellido de soltera me recorrió el cuerpo.

—Miranda.

Jean, sin inmutarse, se limitó a seguir colocando cosas en las estanterías. Dando por hecho que la conversación había llegado a su fin, cogí mi té, lo vacié rápidamente en el fregadero aprovechando que no miraba y le dije adiós. Cuando me di media vuelta para marcharme, Jean estaba detrás de mí. Con otra carpeta en los brazos. Era casi tan grande como su minúsculo cuerpo, pero no parecía que le costase ningún esfuerzo cargar con ella. Cuando al fin habló, lo hizo con voz tranquila y pausada mientras daba golpecitos a un artículo de periódico con un dedo menudo y arrugado.

El artículo se titulaba «Rotundo éxito de *La tempestad* en Balcombe House». Las personas que salían en la vieja foto que lo acompañaba iban disfrazadas, y algunas tenían la cara oscurecida por una barba rala y una peluca zarrapastrosa, pero había una niña, en el centro de la fotografía, que resultaba magnética. Sus ojos miraban directamente a cámara y en su rostro había una expresión de puro triunfo. Era mi madre.

Miré a Jean y me sentí orgullosa y eufórica, como si estuviera forjando un vínculo con mi madre por el mero hecho de estar ahí, en el lugar en el que se crio. Era como si estuviese destinada a estar ahí, como si mi simpatía por Jean respondiese a una razón. Le sonreí, entusiasmada por lo que sabía de mi madre y preguntándome qué más tesoros podría desenterrar para mí. Pero Jean me miraba con expresión glacial, y su boca, hasta entonces tan apacible, estaba contraída en una mueca de ira.

—Eres clavadita a ella. No solo tu aspecto. Hay algo más. —Me miró de arriba abajo, y noté que la espalda se me tensaba involuntariamente; mi madre siempre había insistido mucho en la postura—.

Tu actitud, como si algo te fuera debido. Y tu nombre. Muy propio de Therese, darte el nombre del personaje que interpretó. Su momento de gloria.

Me quedé boquiabierta. La dureza de su juicio me había cogido por sorpresa.

—Menuda caradura, venir aquí después de lo que hizo tu madre. Yo en tu lugar tendría mucho cuidado. Y no le diría a nadie…, a nadie, ¿me oyes?…, quién eres.

Cerró la carpeta de golpe, tan fuerte que una bocanada de aire me apartó el pelo de la cara.

Salí corriendo. Corrí sin detenerme hasta llegar a Barnsley, con la bolsita de papel dando tumbos en mi bolsillo y raspándome el pecho. Para cuando llegué a la casa, apenas podía respirar, y tenía los pies llenos de heridas por culpa de las botas de goma. La señora Mins echó una ojeada a mi cara pálida y sudorosa, vio algo en mis ojos de pánico y me preparó un baño, dispensándome de mis obligaciones para el resto del día.

41

NECESITABA DORMIR. Todo aquello era demasiado para mí. O puede que me hubiera contagiado de lo mismo que Robbie. Fuera como fuese, cuando la señora Mins asomó la cabeza por la puerta y me dijo que Robbie, medicado con paracetamol y antibióticos, estaba durmiendo como un lirón y que las niñas también se habían acostado sin problemas, estaba demasiado cansada para discutir. Demasiado cansada para que nada me importase. Me guardé el estuche del anillo en el bolsillo del pijama, puse el cuaderno debajo de la almohada y apagué la luz.

Y no pegué ojo. Pasaban las horas, y nada. Al final me rendí y saqué el cuaderno de su escondrijo. Inmediatamente, la voz de Daphne me hizo volver atrás en el tiempo.

Aunque no es nada que se le pueda reprochar a Meryl. Conozco bien a Max, y, a juzgar por lo que me ha contado, su padre era cien veces peor. Es decir, a mí me molesta que Max me pida que eche otro leño al fuego..., y es que a veces hay algo en su tono de voz que... Bueno, ya sabes a qué me refiero. El viejo encanto de siempre de los Summer..., cuando se muestra, es una maravilla, y cuando no, es letal. Literalmente.

En fin. Meryl estaba furiosa por lo que había pasado aquel día, pero no culpó a Maximilian como habría hecho cualquier persona normal. No, le echó la culpa a Beatrice. Había dos razones para ello: la primera, que Beatrice había dejado a su amado Maximilian en ridículo, traicionándole y menospreciándolos a él y a sus hijos del alma, y, la segunda, que no había subido a bordo del barco de Peregrine. Si hubiera zarpado con él rumbo a un lugar lejano, todos los problemas de Meryl, en su opinión, se habrían resuelto.

Seguramente ya habrás adivinado que es ahora cuando todo se pone turbio, cuando se abre un abismo entre lo que le contó Meryl a Max sobre la noche que murió Beatrice, y lo que Max piensa que ocurrió realmente.

Max y Meryl estuvieron años acostándose..., me lo contó él la misma noche que nos conocimos. Y creo que desde entonces sigue arrepentido de habérmelo contado.

Pero nada de esto había sucedido aun cuando era niño. Lo único que sabía era que Meryl le quería, y a medida que fue entrando en la adolescencia, veía que ese amor se iba transformando en algo más sensual. Recuerda que, aunque ahora nos parezca vieja, solo le sacaba doce años a Max, de manera que cuando él tenía diecisiete años, que fue cuando sucedió por primera vez, ella tenía veintinueve, y era espectacular.

¡Diecisiete años!

Puede que no hubiera calculado las edades con exactitud, pero en lo que no me había equivocado era en que no tenía escrúpulos. ¿Y qué si la señora Mins era espectacular? ¡Max ni siquiera era un adulto!

Insisto: espectacular. Max me ha enseñado fotos —bueno, vale, en realidad las encontré en el cajón de los calcetines— y era explosiva. Explosiva. Allí siguen las fotos, por si se te ocurre alguna excusa legítima para echar un vistazo al cajón.

Aquello duró bastante. Cada vez que Max volvía del internado, se acercaba sigilosamente por el pasillo a su dormitorio. En aquellos tiempos, las habitaciones en las que vivimos ahora eran las del servicio, y Meryl vivía allí, en el dormitorio del fondo, el que tiene un cuarto de baño minúsculo.

Mi habitación. Miré en derredor hecha un manojo de nervios, sintiendo de repente la presencia de la señora Mins de una manera muy intensa. Basta de tonterías, me dije, y seguí leyendo.

Max estaba en el ala este, un par de puertas más allá del antiguo dormitorio de Beatrice. Maximilian había convertido la biblioteca, que estaba abajo, en su dormitorio, alegando que le costaba subir las escaleras, pero Max sabía que era porque no soportaba estar cerca del lugar en el que había sucedido todo. En cualquier caso, la cosa continuó de esa guisa durante años: la pareja se veía furtivamente, y Meryl nunca soltó prenda acerca de sus sentimientos por Maximilian. No le habló de aquel verano fatídico hasta muchos años más tarde.

La relación entre Max y Meryl continuó durante toda la época universitaria de Max y hasta que murió Maximilian. Fue entonces cuando llegó a su punto crítico. Max amaba a Meryl. Ahora asegura que no estaba enamorado, pero yo creo que lo dice para no hacerme daño, y también para no parecer ridículo. Antes que yo no había habido nadie, solo Meryl, y cuando nos conocimos Max tenía treinta y pocos años. Había algo que le estaba impidiendo encontrar una novia como es debido, y ese algo era Meryl, diga él lo que diga. De hecho, una de las condiciones que puse para venir a Barnsley fue que Meryl se marchase. Había dejado pasar la oportunidad de ir a la universidad para quedarse a esperar a Max, y para cuando comprendió que Max no iba a casarse con ella, ya era demasiado tarde. Max le encontró trabajo en un pequeño hotel familiar en Capri, propiedad de un amigo de su padre. Meryl llegó a ocupar puestos de bastante responsabilidad, era muy respetada en el sector. Pero aquí pasamos un par de temporadas desastrosas y tuvimos problemas con los empleados, y Max me convenció para que le acompañase a Capri y nos trajésemos a Meryl para que echase una mano. Me pregunto ahora si no habría sido ese su plan desde el principio.

En fin, me estoy adelantando a los acontecimientos, y quiero volver a lo que pasó aquel verano, el verano que perdieron a Beatrice.

Maximilian tenía razón. Aquella noche, después del escándalo de la caleta, Beatrice bajó a cenar como siempre. Y, como siempre, había mitigado su dolor con unas cuantas ginebras de aperitivo. Estaban ahí todos sus amigos más cercanos, reunidos para la última noche del festival. Beatrice se cogió una buena cogorza durante la cena, alzando sin parar la copa para que le sirvieran vino, sin tocar apenas la comida y fumando un pitillo tras otro. (Es obvio que esto a ti te viene de ella, Elizabeth).

Meryl, al pasarse a dar las buenas noches con los niños, solo vio parte de la escena, pero dijo que Beatrice arrastraba las palabras y que, con la cabeza apoyada en la palma de la mano y el codo hincado sobre la mesa, gesticulaba como una loca, soltando ceniza por todas partes. Los invitados de aquella noche eran una combinación de rezagados de las fiestas veraniegas y gente que había venido más tarde con motivo del festival. Había una silla, llamativamente vacía, en la que Beatrice parecía concentrar toda su atención: la de Peregrine.

Meryl volvió a cruzarse con Beatrice, que iba tambaleándose por el pasillo de arriba, poco después de acostar a los niños. La ayudó a llegar hasta su habitación, pero no entró con ella; dijo que, aunque Beatrice estaba borracha, no le parecía correcto. Puede que sea cierto. Tal vez.

Lo siento, sé que se trata de tu madre y que te será difícil leer esto, pero en cualquier caso una buena parte ya se cuenta en ese maldito libro. Por mucho que Max y tú lo detestéis, seguro que lo has leído. Max dice que el problema de Tessa fue que no le importaba nadie cuando lo escribió. Que es una narcisista. Pero él está tan vinculado como ella a la mitología de Barnsley y de «La casa de las novias».

El caso es que creo que debo agradecerle mi matrimonio a Tessa. Estoy segura de que el puñetero libro fue la razón por la que Max no tuvo valor para casarse con Meryl. Era una empleada. No era del tipo de mujeres que salían en «La casa de las novias».

En fin, sigamos.

Un rato después, quizá una hora o dos, Meryl subió al ala este a echar un vistazo a los niños. Oyó gritos procedentes del dormitorio principal, pero no le extrañó, sobre todo teniendo en cuenta los incidentes de aquella tarde.

Fue al llegar a la habitación de Max y ver que su cama estaba vacía cuando empezó a preocuparse.

Mientras volvía a la carrera por el pasillo, olió el humo por primera vez. Los viejos muros de aquella parte de la casa son muy sólidos y en algunas zonas tienen casi un metro de ancho. Las puertas están hechas de una madera de roble muy maciza y son casi tan impenetrables como los muros, de manera que casi todo el humo se quedó contenido hasta que Meryl llegó a la puerta. Sin pararse a llamar, la abrió de golpe. El humo era tan denso que apenas se veía nada, y al principio no parecía que hubiese nadie.

Las llamas ya estaban devorando las gruesas cortinas, y nada más entrar ella, el bastidor cayó estrepitosamente al suelo y el fuego se propagó por la moqueta.

Estaban en el dormitorio: Beatrice, tirada sobre la alfombrilla de baño mientras el agua de la bañera se desbordaba a su alrededor, y el pequeño Max al lado de su cuerpo inmóvil, llorando. Meryl agarró a Max, pero dejó a Beatrice donde estaba. Dijo que no fue capaz de moverla, pero ¿llegó siquiera a intentarlo?

Por aquel entonces, Meryl fue aclamada como una heroína. Había rescatado a Max y había dado la voz de alarma sobre el fuego, salvando Barnsley House de convertirse en pasto de las llamas. Maximilian estaba desconsolado, y echaba terriblemente de menos a su mujer. Si Meryl pensaba que la muerte de Beatrice le allanaría el camino, se equivocaba. Lo único que consiguió fue que su trabajo se volviera más pesado, ya que la niñera interna, indignada por el escándalo, renunció a su puesto, dejando a los niños completamente a cargo de Meryl. Maximilian desaparecía durante meses, huyendo de los malos recuerdos de Barnsley en el extranjero o en casas de amigos.

Supongo que sabrás que tu padre nunca estaba presente; no hace falta que sea yo quien te lo diga. También sabes que murió cuando Max tenía veinte años, y que el amorío entre Meryl y Max había empezado hacía ya un tiempo. El chismorreo no había tardado en extenderse por el pueblo; ya sabes cómo son las cosas. Pero no estoy segura de que llegase a oídos de tu padre. En cualquier caso, jamás le dijo nada a Max.

Max, entonces un adulto joven, y Meryl estaban encerrados los dos juntos en la casa. Y entonces el hermano menor de Meryl, Leonard, que había estado trabajando en alta mar con su padre, sufrió un accidente grave en una trainera. Un gancho se le clavó en la cara y le lanzó por la cubierta, rompiéndole las piernas. Al volver a casa para recuperarse, se convirtió en otra carga más para su madre.

Leonard vino a vivir a Barnsley, y durante un tiempo su presencia alivió la presión que había sobre los demás. Tú pasaste aquellos años en el internado y en la universidad, pero entre los tres consiguieron mantener Barnsley con saldo a favor, impidiendo que siguiera los derroteros de muchas otras casas de campo de la época. Cosa rara para alguien tan joven, Leonard tenía un gran instinto para la agricultura, y al poco tiempo estaba aconsejando a Max sobre casi todos los asuntos *agrícolas, además de encargarse del mantenimiento del lugar. Leonard no da problemas, nunca los ha dado. De hecho, fue algo que dijo después del accidente de Agatha lo que me dejó pensando, lo que me hizo comprender que Max y Meryl se estaban acostando de nuevo.*

Max se niega a escucharme. Cada vez que digo algo de Meryl, cree que son los celos los que hablan por mí, o que estoy tratando de echarle a ella la culpa del accidente. Sé que el accidente fue culpa mía. Pero no creo que Meryl vaya a quedarse esperando para siempre. Dio el paso después del accidente, y le funcionó. No va a permitir que Max se le vuelva a escapar. Es peligrosa, y necesito tu ayuda.

Ahí terminaba. Pasé frenéticamente el resto de las hojas, repasando cada renglón por si descubría alguna clave oculta, pero no encontré nada. Nada más que miedo y desesperación. El mismo miedo y la misma desesperación que empezaba a sentir yo.

42

LAS GANAS DE marcharme fueron repentinas e incontenibles. Las últimas palabras que había escrito Daphne en el cuaderno no dejaban lugar a dudas. Me sentía sobrepasada. El lugar estaba corrompido hasta la médula, y entendía por qué mi madre había salido huyendo. Estaba segura de que mi presencia, anónima o no, estaba causando problemas. Tarde o temprano, Max o la señora Mins averiguarían que el cuaderno estaba en mi poder, que Daphne había confiado en mí. Tarde o temprano descubrirían quién era yo. Por mis venas corría la misma sangre de la familia, pero la mía era sangre mala. Y Barnsley sería un lugar más seguro para todos sin mí.

Pero ¿realmente sería más seguro para los niños si me marchaba? La pregunta no se me iba de la cabeza mientras embutía en la mochila todos mis bártulos. Lo único que verdaderamente me importaba era *La casa de las novias*. Me aseguré de dejar el ejemplar que me había regalado Max sobre la mesilla de noche, manifiestamente sin abrir. En el último momento cogí el cuaderno y lo metí debajo de la almohada. Estaba harta del cuaderno y de los secretos, harta de todo. No tenía por qué proteger una historia que no era la mía.

La casa estaba en silencio. Fui deteniéndome delante del dormitorio de cada uno de los niños, ofreciendo no una plegaria muda sino un deseo, la esperanza de que, con mi partida, la paz volviera a Barnsley. La esperanza de que volviera Daphne. De que no hubiera en Barnsley otra generación de niños sin madre que luchaban por mantenerse a flote. Y también pedí disculpas por no estar a la altura del puesto de trabajo.

Pero fuera el viento rugía, batiendo los gruesos muros de Barnsley y redoblando su fuerza al encontrar resistencia. Al pasar por delante de Thomas, se me quedó mirando con ojos enrojecidos y amodorrados. Volvió a cerrarlos; no le daba ninguna pena que me marchase. Me abroché la chaqueta hasta arriba y pensé en rascarle detrás de la oreja, pero al final seguí andando. No fuera a ser que cambiase de opinión.

En Barnsley no había nada para mí. Aquí no sería nadie, una vez que descubriesen quién era. Al menos en Australia era una persona independiente; muy popular no es que fuera, pero en fin. En cambio aquí siempre sería la hija de Tessa, y hasta que llegué no había comprendido lo que eso significaba. De la misma manera que mi madre era la hija de Beatrice, yo estaría siempre a la sombra de mi madre. Había visto el desagrado dibujado en el rostro de Jean Laidlaw…, era preferible merecer ese desagrado a heredarlo.

La furgoneta no estaba en la entrada. Alguien la había aparcado en otro sitio. Y habían apagado las luces del jardín, tal vez después de la noche en la que había ido a buscar a Sophia al cobertizo de las barcas. La lluvia empezó a caer de nuevo mientras me dirigía fatigosamente hacia el aparcamiento, evitando que la gravilla crujiera bajo mis pies, pegándome a los bordes de la explanada para refugiarme bajo la bóveda de ramas. Pasé de largo por delante del Volkswagen de Daphne, machacado y con el parabrisas hecho añicos, y me subí a la furgoneta, agradeciéndole a mi buena estrella que el motor arrancase. Fue tal el estruendo que pensé que se encenderían las luces de la casa, pero solamente se veía el brillo suave y constante de la lamparita de noche de Agatha en la ventana superior.

Al igual que Beatrice y que mi madre, había intentado huir de mis problemas. Beatrice había intentado escapar en el barco de Peregrine, sin conseguirlo; mi madre se había subido a un avión y no

285

había vuelto la vista atrás. Y, sin embargo, sus respectivos problemas habían terminado por encontrarlas. Beatrice había muerto de una forma solitaria y truculenta, y mi madre jamás se había vuelto a reunir con su familia. De repente vi lo que tenía en casa: un padre que me quería y me apoyaba, una familia que me había protegido en el que había sido el peor año de mi vida. Un empleo. Un nuevo comienzo de verdad.

No había salido nunca de Barnsley House conduciendo yo, pero esperaba ser capaz de orientarme. Seguro que había señales que indicaban el camino a South Bolton, donde podía quedarme hasta la mañana siguiente y coger el primer autobús a Londres. Denise se alegraría de verme, y quizá, solo quizá, podría arreglar las cosas con mi padre. Encontrar trabajo, devolverle lo que le debía. Poco a poco. Y Max acabaría encontrando la furgoneta. En realidad, no era robar. Como tampoco lo era usar la tarjeta de crédito de mi padre para comprar el billete de avión. Pero esto era distinto. Esta era la última vez. Una vez que estuviera de vuelta en casa, le escribiría una carta a Max explicándoselo todo. Una vez que estuviera bien lejos de allí.

El acceso para los coches también estaba oscuro como la boca del lobo, pero no me atreví a encender los faros hasta que me alejé de la casa, en el tramo del camino flanqueado por una densa arboleda. Mientras el coche avanzaba palmo a palmo, busqué a tientas el botón del limpiaparabrisas. En el silencio del coche, el chirrido era ensordecedor.

Daphne también se había marchado en mitad de la noche. Incluso puede que justo después de que la viera en el pasillo de arriba. Parecía asustada, sí, pero en sus ojos había algo más que se me había escapado. Una sutil indicación de la mujer que había sido antes del accidente. Una vez más, como en tantas otras ocasiones durante los últimos días, me vino la imagen de su cabeza temblorosa. El dedo posándose en los labios, los ojos acerados.

Determinación.

Eso era.

Yo también estaba sintiendo un arrojo similar. Estaba abandonando Barnsley por iniciativa propia. Y barruntaba que lo que le había pasado a Daphne aquella noche, fuera lo que fuera, había tenido su origen en un parecido despertar de una determinación latente. La misma determinación que había catapultado sus libros de cocina a las listas de *best sellers* y que le había granjeado una estrella Michelin. La misma determinación que había levantado Summer House y había devuelto la prosperidad a Barnsley.

Atenta al espejo retrovisor por si veía señales de vida en la casa, entrecerré los ojos para ver el camino. Vislumbré movimiento entre los árboles y di un viraje brusco. Pensé en el parabrisas resquebrajado de Daphne, y me imaginé que sería un ciervo, o una persona. Pero solo era un conejo. Me quedé mirándolo mientras se alejaba dando brincos, y, cogiendo aire de nuevo, volví a concentrarme en el camino.

Casi no vi el árbol. Encendí los faros justo a tiempo. Era inmenso, bloqueaba todo el camino. Pisé el freno. La furgoneta patinó sobre la gravilla y derrapó lentamente. Me agarré al volante, temiendo que no se parase a tiempo. Temiendo que el ruido despertase a toda la casa. La furgoneta se detuvo en paralelo al árbol; el tronco estaba pegado a mi ventanilla, oscuro y nudoso. De haber estado bajada, habría podido tocarlo con la mano. Si hubiera hecho mejor tiempo, habría podido trepar por él. Para ponerme a salvo.

Pero a salvo ¿dónde?

No tenía adónde ir.

Con el corazón acelerado, apoyé la cabeza en el volante. La lluvia arreciaba y la furgoneta se iba hundiendo en el barro, que cada vez estaba más blando.

Tenía que ponerme en marcha inmediatamente. En estos momentos, lo único que quería era devolver la furgoneta al aparcamiento antes de que nadie se percatase de su ausencia. Antes de que se quedase atascada en el barro. Antes de que me encontrasen.

Di marcha atrás, pero las ruedas se pusieron a girar inútilmente. Pisé el acelerador, esta vez con más suavidad, y la furgoneta avanzó un poco. Volvió a hundirse. Cerré los ojos, respiré hondo. Volví a intentarlo. Por fin, la furgoneta reculó y salió del cenagal. Sin prisa, arranqué y volví a ponerla de cara a Barnsley House.

La casa parecía aún más oscura. Me dije que eran imaginaciones mías. Mientras volvía lentamente por el camino de acceso para los coches, me fijé en que había, sin duda, algo distinto. Donde antes brillaba la cálida luz del dormitorio de Agatha, ahora estaba todo negro. Se me pusieron los pelos de punta. Por debajo de la ropa húmeda, empecé a tiritar.

Aparqué la furgoneta y me abrí paso a tientas por el oscuro aparcamiento. Para cuando llegué al vestíbulo, no me cabía ninguna duda. La casa estaba sumida en una oscuridad total, y al cruzar sigilosamente la puerta que daba a la cocina, noté inmediatamente la diferencia. El fogón había mantenido el calor, pero no se oía el zumbido de fondo de la nevera ni se veía el suave resplandor de las guirnaldas luminosas. No había luz en ningún sitio. Aunque era evidente, di al interruptor para asegurarme. Nada.

Se había ido la luz.

Tardé un buen rato en encontrar el camino de vuelta a mi cuarto. Con los brazos extendidos, pasito a pasito, fui tocando las paredes frías y desiguales hasta que llegué a la pesada puerta que había al fondo del hueco de la escalera. Una vez que la hube cruzado, todo fue más fácil. Cada paso me iba acercando al relativo santuario de mi cama.

—¿Miranda?

La pregunta, en voz muy baja, sonó vacilante. Si hubiese estado dormida, seguramente no la habría oído. Ni siquiera estaba segura de haberla oído hasta que Thomas respondió con un gemido.

—¿Miranda? —oí de nuevo.

—Agatha.

Me detuve en la escalera, deseando quitarme la ropa húmeda. Deseando ducharme, ponerme mi pijama de franela y refugiarme en mi habitación.

—Voy —respondí. Su manera de llamarme era diferente de la de Robbie, menos apremiante. No me rasgaba el corazón como la de su hermano, pero la necesidad genuina de su voz me hizo acelerar el paso por el oscuro pasillo.

—Agatha.

Me había acostumbrado a la oscuridad, y vi nada más entrar que estaba incorporada en la cama, los ojos brillantes.

—¡Mi lamparita! ¡Me la has apagado!

Señaló la mesilla. La lamparita, inutilizable en estos momentos, tenía forma de ganso y era muy bonita cuando estaba iluminada, pero apagada tenía una forma ligeramente desagradable. Intenté no mirarla.

—No, Agatha. Tranquila, no pasa nada.

Me senté a su lado y le acaricié el pelo. Le puse la mano sobre la frente. Fue algo instintivo. Algo que había aprendido de mi madre y que jamás había olvidado. Pero el gesto me trajo algo más a la memoria. Algo que sí había olvidado. Antes de que pudiese atrapar el recuerdo, Agatha habló de nuevo, y se me escapó.

—Pensaba que la habías apagado.

—No, Agatha, no haría eso. Se ha ido la luz. Túmbate y trata de dormir un poco.

Me miró como si le hubiese sugerido que se fuese nadando a la luna.

—No puedo dormir sin la luz de la lamparita.

—Ya. Claro, es lógico. —Me quedé pensando unos instantes. Me acordaba de mi cama, pero sobre todo pensaba en lo asustada que debía de estar la niña. Primero se había marchado su madre, y ahora su padre. Después, se había despertado en una habitación oscura. ¿Cuánto tiempo llevaba despierta?—. ¿Qué te parece si me quedo aquí contigo?

Asintió con la cabeza y volvió a acurrucarse debajo de las sábanas. Al pie de la cama había un viejo edredón, así que me lo eché sobre los hombros y me hice un ovillo, intentando olvidarme en la medida de lo posible de mis vaqueros mojados y pegajosos. Vi que había un radiador pegado a la pared, así que puse los pies encima esperando entrar en calor, pero estaba frío como el hielo.

Y entonces una mano cálida apareció por debajo de las sábanas, encontró la mía y me la agarró con fuerza. Le di un apretón, reconfortada por el contacto de piel con piel, y a los labios de Agatha asomó una sonrisita. Cerré los ojos.

El recuerdo que se me había escapado reapareció, completamente formado. El dormitorio oscuro de mi infancia, una noche febril. Siempre había sido mi padre el que venía por las noches a cuidarme cuando enfermaba: limpiaba el vómito, me daba paracetamol, buscaba peluches perdidos y me cambiaba las sábanas mojadas. Pero aquella vez mi padre había salido a cenar, y vino mi madre.

La puerta se había abierto de golpe, dando paso a un torrente de luz procedente del pasillo. Mi madre aborrecía la debilidad, y desde muy temprana edad me había enseñado a dormir completamente a oscuras, con la puerta cerrada. Así se había criado ella, me decía.

—¿Qué pasa? ¿A qué viene tanto maullido? —preguntó.

Tragué saliva mientras se acercaba con paso enérgico a mi cama y me plantaba el dorso de la mano en la frente. De pronto, me pareció que la garganta no me dolía tanto y que el dolor de cabeza se me había pasado.

—Nada.

Mantuvo la mano en mi frente, y esperé a que emitiera su veredicto. Soltó un profundo suspiro y al fin la apartó.

—Pues sí, no es nada. Estás un poco caliente, pero muy poco.

Se levantó para irse, pero se detuvo antes de dar un paso.

—Sabes que mañana tengo una reunión importante. Te dije que hoy tenía que dormir bien.

Sí, algo me sonaba. Pero es que no había noche en que mi madre no necesitase dormir bien. Le parecía que absolutamente todo lo que hacía ella era importante. Una cena en casa exigía un mes de preparativos, un mes limpiando y planificando frenéticamente, y después, cuando los invitados la felicitaban por la naturalidad con la que organizaba los saraos, se limitaba a soltar unas risitas. Y para preparar su intervención en un segmento radiofónico de dos minutos, se encerraba durante días y días en su estudio.

No merecía la pena que me defendiera. Fingí que volvía a dormirme, y cuando se fue cerrando de un portazo apreté más los ojos para contener las lágrimas. Por la mañana, mi padre me había llevado al médico, que inmediatamente me había recetado antibióticos para combatir una virulenta infección, y estuve una semana sin ir al colegio.

Me quedé dormida en la cama de Agatha después de expulsar aquel recuerdo. Me parecía desleal… Seguro que mi madre, de haber estado aquí para defenderse, tendría una explicación.

Poco después, o eso me pareció, oí a la señora Mins al fondo del pasillo llamando a mi puerta.

—¡Son las siete! —anunció, llamando bruscamente—. ¡Vamos, arriba!

La mano de Agatha seguía cogida a la mía, y cuando abrí un ojo a ver si estaba despierta, me sorprendió ver que Sophia también estaba en la cama. Estaba despierta y pareció que se alegraba de verme.

—Gracias —dijo moviendo mudamente los labios.

—No hay de qué —susurré.

—Estoy despierta, por si no lo sabíais. —La voz de Agatha sonó estropajosa, pero espabilada—. Sophia, ¿sabes que se ha ido la luz?

—Ya me he dado cuenta. —Sophia estiró las largas piernas sobre la colcha, apuntando al techo con los dedos de los pies. La hinchazón del tobillo había bajado—. Los generadores empezarán a hacer efecto ahora por la mañana. La señora Mins lo arreglará.

—Se ha caído un árbol en el camino —dije—. Supongo que algo habrá tenido que ver. —Sophia me miró con curiosidad—. Estamos aquí atrapados, todos juntitos —bromeé. Las niñas no se rieron.

Me acordé del cuaderno, que había dejado bajo la almohada, y me levanté de un salto, pero la señora Mins ya estaba en la puerta de Agatha. Tenía las manos caídas y vacías, y al vernos allí a las tres apretó los labios con gesto de reprobación. De nuevo me sorprendió pensar que mi madre se había criado con la señora Mins: la educación estricta de la que hablaba le había venido de ella. Sentí todavía más rencor.

Hacia la señora Mins.

No hacia mi madre.

En aquel momento, no. Pero algo estaba empezando a cambiar.

—Elizabeth ha vuelto a llamar —dijo.

Me levanté con gran esfuerzo. Mi ropa seguía un poco húmeda, pero al menos ya estaba vestida —alguna ventaja tenían que tener aquellas excursiones nocturnas—, y nos dirigimos hacia el dormitorio de Robbie. Tampoco la señora Mins lucía su habitual compostura…, tenía el pelo grasiento en las raíces, y la piel de debajo de los ojos oscura y brillante. Empezaba a aparentar todos y cada uno de los años que tenía.

—¿Ah, sí?

—Lo ha organizado todo para que el señor Mins te acerque hoy a la isla.

—El tiempo…

—Leonard es muy competente. Estarás segura con él.

No me miraba.

Me olisqueé furtivamente la axila y me dije que ojalá corriera bien el aire en el barco.

—¿Qué tal está Robbie?

La puerta de su dormitorio estaba cerrada, y cuando la abrimos salió una ráfaga de aire frío.

—Estoy bien. —Robbie estaba despierto y me sonrió débilmente—. ¿Qué tal si descargamos hoy lo que grabamos la otra mañana?

—¿A mí en camisón, te refieres? ¡Madre mía, eso sí que da miedo! —dijo la señora Mins, apartándose para abrir las cortinas. No era propio de ella bromear y no pude ver si sonreía o no. Robbie me miró arqueando las cejas. Me alegré de ver un poco de animación en su rostro después del lánguido letargo de la víspera.

—Hace un frío que pela —dije, arrebujándome en el cárdigan.

—Anoche apagué los radiadores. Robbie estaba ardiendo. —La señora Mins se agachó a tocar el panel—. No consigo volver a encenderlo.

—Vuelve a meterte debajo de las sábanas, Robbie.

Me incliné al lado de la señora Mins y traté de abrir la llave del radiador. Tenía razón, estaba atascada.

—¿Se puede saber qué ha hecho con esto?

Me salió con un tono mucho más acusatorio de lo que había pretendido.

—La instalación es muy vieja, Miranda. No hay nada que puedas hacer.

Estaba harta de su actitud derrotista. Pues claro que podíamos hacer algo. Todas las habitaciones del pasillo de arriba tenían una preciosa chimenea de esquina, algunas mucho más grandes de lo que merecía la habitación. Si encendíamos el fuego en el cuarto de Robbie, se calentaría en un abrir y cerrar de ojos.

—Sí que lo hay.

Me puse en cuclillas y estiré el cuello para ver el tiro de la chimenea. Parecía limpio. Aunque había zonas de Barnsley que estaban bien mantenidas, dudaba de que los cuidados se extendiesen a las chimeneas. En una casa como aquella, había que estar limpiando continuamente los tiros; de lo contrario, podía haber nidos de pájaros, murciélagos. Mi padre mandaba limpiar las chimeneas al comienzo de cada invierno, incluso las que no utilizábamos. Seguro que Max o la señora Mins también. Al lado de la puerta trasera había un montón de leña para el hogar del saloncito; podía encender un fuego en menos que canta un gallo.

—No, Miranda. —La señora Mins me cogió del brazo mientras me iba—. No es seguro.

Por una vez, no iba a dejar que me intimidase aquella mujer que cerraba a cal y canto las puertas de los dormitorios y se mantenía impasible en cualquier circunstancia. Aquellos niños necesitaban sentirse queridos y seguros. Eso era lo más importante. Necesitaban saber que yo les iba a cuidar. No iba a permitir que Robbie se congelase. Me zafé de su brazo y pasé por su lado dándole un empujón.

43

—¡LOS HUEVOS!

A pesar de la lluvia torrencial y del viento huracanado, el señor Mins me oyó. Aun así, se llevó la mano a la oreja, pensando que me había oído mal.

—Elizabeth quería que le llevase huevos.

El señor Mins se encogió de hombros, como diciendo «qué le vamos a hacer».

—Por favor...

—Puede que tenga algunos ahí en la casita. —Suspiró y apartó la vista de la cuerda que estaba desatando—. Vamos.

Echamos a andar cuesta arriba, uno al lado del otro, pero en silencio. Había cogido el cuaderno de su plácido escondite bajo mi almohada y me lo había metido en la chaqueta, a salvo del mal tiempo. A pesar de que me había comprometido a llevárselo a Elizabeth, estaba segura de que no había nada en él que pudiera ayudarnos. Daphne me había dado la llave como si fuese a revelar algo importante, pero no había ofrecido nada más que otra sórdida historia de los Summer. No nos daba ninguna pista sobre su paradero.

El señor Mins estaba sumido en sus pensamientos. Casi habíamos llegado a la casita cuando tiró de mí para que nos resguardásemos bajo la copa de un tejo. La lluvia nos azotaba y el viento rugía entre los árboles. Tenía que gritar para hacerse oír.

—¡¿Qué estás haciendo aquí?!

La sangre se me subió hasta las orejas. El corazón me latía a mil por hora.

—Cuidar de los niños.

Me miró intensamente a los ojos. Me sorprendió ver preocupación en ellos, cuando esperaba encontrar hostilidad.

—Esto no es seguro para alguien como tú.

Preocupación, sí. Pero también ternura. Hacía mucho tiempo que nadie se preocupaba por mi bienestar.

—¿Alguien como yo?

A pesar de que estábamos gritando, había un ambiente de intimidad.

—Una rival. Eso es lo único que eres para ella.

Intenté no fijar la vista en su cicatriz mientras me hablaba. Ahora que sabía cómo se la había hecho, me pregunté cómo habría sido capaz de volver a subirse a un barco.

—Rival ¿de quién?

Pero lo sabía. Solo quería comprobar hasta dónde alcanzaba su deslealtad. Comprobar si me diría la verdad. No se sentía con el valor suficiente para pronunciar su nombre.

—¿Y no te convendría más trabajar para una familia normal y corriente?

—¿Existe tal cosa?

—Por aquí, no.

Hizo una mueca y volvió a mirar a su alrededor. La lluvia por fin había cesado, pero su ausencia había sido cubierta por el viento. Me hizo arrimarme más al árbol, para protegernos mejor del tiempo. Aunque mi cuerpo me pedía obedecer, me obligué a quedarme quieta. No quería caer en su trampa. Al fin y al cabo, era el hermano de la señora Mins.

—¿Qué es lo que realmente está pasando aquí? —preguntó—. ¿A qué se debe todo esto de ir a la isla en medio de un ciclón?

—Vaya, y yo que pensaba que no era más que un chaparrón de nada…

Movió la cabeza y se frotó la barbilla, como si tuviera una barba incipiente.

—No sé si Elizabeth va a ser capaz de ayudarte.

—Puede que sea yo la que la esté ayudando.

—Puede. Pero tú corres más peligro que ella. Ya han desaparecido suficientes personas por aquí.

Murmuró algo más, pero no le entendí. Fuera lo que fuera, le tiñó las mejillas de una sombra carmesí. ¿O sería cosa del gélido viento?

—No tengo otro lugar adonde ir.

Era cierto, y, aunque podría haber fingido lo contrario, el disimulo y el ego ya no tenían sentido entre nosotros. Había llegado el momento de confiar.

—Tú no estarás enamorada de él también, ¿no?

Volvió la cabeza y me miró detenidamente.

Nos quedamos callados unos instantes. A solas. Por primera vez desde mi llegada a Barnsley, no me vigilaba nadie. No me seguía nadie. Me sentí valiente.

—Max es mi tío.

El señor Mins no dijo nada, solo silbó. Un silbido largo, lento, incrédulo. Y a continuación:

—¿Y él lo sabe?

—No. No creo.

—¿Lo sabe alguien?

—Elizabeth, creo. Y Jean Laidlaw.

—Otro maldito secreto de los Summer —dijo Leonard, moviendo la cabeza.

Al oírle, se me encendió una lucecita. Tenía la molesta sensación de que había algo en el cuaderno que se me había pasado por alto.

La receta secreta del pudin Summer.

—¡Señor Mins! —grité—. ¿Tiene Internet en la casita?

44

—GRACIAS, SEÑOR MINS.

Me arrimé a él con una desenvoltura que era fruto de una sensación nueva: esperanza. La satisfacción era mayor que la que me habrían dado cien me gusta. Mil me gusta.

—Llámame Leonard.

—Gracias, Leonard.

Le sonreí y me devolvió la sonrisa, quizá con cierta cautela, pero en cualquier caso lo suficiente como para que frunciera ligeramente los labios y le brillaran los ojos. Suficiente para mí.

Estábamos sentados en el sofá de Leonard, en una pequeña y acogedora habitación escondida en el alero de la casita. Era un apartamento independiente, con una sala de estar y una cocina americana, y, al fondo, lo que supuse que sería un pequeño dormitorio. La habitación olía toda ella a Leonard y hacía un calorcito que desde mi llegada a Barnsley había olvidado que existía. Me había colocado el ordenador portátil sobre el regazo, de manera que nuestros pies, o más bien nuestros calcetines, se estaban tocando.

Una inusitada vibración en el bolsillo me sobresaltó. Mi teléfono. Por vez primera desde hacía muchos días, estaba en un entorno con wifi. Lo saqué con vacilación, ladeando la pantalla para que Leonard no pudiera verla. Mensajes. Alertas. Notificaciones. No paraba de vibrar, y al ver todas las actualizaciones se apoderó de mí una angustia que me era de sobra conocida, una angustia repentina e insistente. Leonard me miraba con curiosidad. Respiré hondo y apagué el teléfono. Me sentí mejor en el acto.

Volvimos a concentrarnos en el cuaderno que yacía abierto a mi lado sobre el sofá. El encabezamiento de la página rezaba «Receta secreta del pudin de Navidad Summer», y debajo había una lista de ingredientes. Nada fuera de lo normal, y, desde luego, nada sospechoso de secretismo, aunque, como nunca había sido muy aficionada al pudin, tampoco es que fuera una experta. Frutas deshidratadas. Miga de pan. *Brandy*. Era lógico que no me gustase.

Debajo de los ingredientes, alternando diminutas letras mayúsculas y minúsculas, había una palabra escrita a lápiz. Ahora que ya sabía lo que andaba buscando, era evidente, y me sorprendió que me hubiera pasado desapercibida hasta entonces.

—Espera un segundo —dije, metiendo la mano en el bolsillo de la chaqueta y sacando tímidamente las gafas.

Las letras y los números se alinearon con nitidez:

ThOmAs
1732

Introduje la palabra en la casilla de la contraseña del circuito cerrado de televisión mientras Leonard me miraba. El circulito con los colores del arcoíris se puso a girar y el programa se abrió.

—No sé cómo no adiviné que la contraseña sería «Thomas».

—Nunca infravalores el amor entre un inglés y su perro.

Leonard volvió a arrimar su pie al mío. El calcetín, de lana gruesa, parecía tejido a mano. Era de un rojo fuerte; el otro, marrón.

—¿Y qué pasa con el 1732?

—Es el año en que se construyó Barnsley. Tiene más años que tu querida Australia.

—Tus calcetines también, por lo que parece. —Hice una pausa—. Y tú también.

—¿Es tu manera de preguntarme la edad?

—No sé si quiero saberlo…

—Ando rondando los cuarenta —dijo, sonriendo.

Y por un instante me olvidé de la desaparición de Daphne. Me olvidé del tiempo de perros, del barco que me estaba esperando para llevarme a la isla surcando las traicioneras aguas. De que Elizabeth me esperaba. Del cuaderno secreto. De mi madre. Todo se esfumó y solo estaba sentada en una cálida habitación con un tipo atractivo que en realidad no era tan viejo y al que, a juzgar por los toquecitos con el pie, parecía que yo también le gustaba.

¡Hacía tanto que no me permitía sentir algo por alguien…! En el colegio había tenido un montón de novios, pero cuando me fui a la universidad empezó a darme miedo el compromiso. Que alguien se enamorase de mí. Que me pidiera que nos fuéramos a vivir juntos. Que me frenase.

Mi madre había escrito *La casa de las novias* y, después, nada. Me contó que el matrimonio le había cambiado todo, y que tener una hija había dado la puntilla a su creatividad. Cada vez que me acercaba a su mesa y la interrumpía, movía la cabeza y murmuraba «Si es que con niños no hay manera…» antes de decirme que cerrase la puerta al salir.

Y ahora había conocido a Leonard, que me hacía dudar de todo lo que había creído hasta entonces. Como si me leyera el pensamiento, o tal vez malinterpretándome y pensando que estaba nerviosa por la tarea que nos ocupaba, me apretó la mano y continuamos.

Los vídeos estaban dentro de unas carpetas organizadas por fecha y lugar. Había grabaciones del restaurante, del vestíbulo del hotel, del pasillo del ala de los huéspedes, de la entrada principal, del cobertizo, del aparcamiento, de la pista de tenis y de la piscina. ¡La piscina! Ni siquiera había reparado en que hubiera una. En la zona privada de la casa no había cámaras.

Conté hacia atrás con los dedos para calcular la fecha de la desaparición de Daphne. Solo habían pasado seis días, pero parecía una eternidad. En seis días podía pasar de todo. No por primera vez, deseé que se hubiera ido a Londres con amigos, o que hubiera

300

vuelto al centro de rehabilitación, o incluso —tal era mi desesperación— que estuviera por ahí en algún bar.

—¿Por dónde empezamos? —preguntó Leonard.

—¿Por el aparcamiento?

Era una posibilidad remota, pero tal vez hubiera salido por allí.

—No. Su coche sigue ahí. Destrozado por el accidente, sí, pero ahí sigue.

—¿Por la fachada del hotel? —Pinché ahí aunque aún no lo habíamos decidido—. Debió de irse entre la medianoche y el amanecer.

Pasé rápidamente las horas con la tecla de avance.

—Después de medianoche nunca pasa nada bueno —dijo Leonard, a la vez que nos acomodábamos para observar la entrada vacía.

—¿Por qué razón viniste a Barnsley?

Sabía lo que había leído en el cuaderno, pero me costaba creer que un hombre como Leonard hiciera nada que no quisiera hacer de verdad.

—Me fui a trabajar de marinero con mi padre cuando era muy joven. En realidad, no tuve más remedio. Era una vida muy dura, pero no había alternativa. No podía volver a casa y convertirme en una carga para mi madre, y menos aún después de mi accidente. Meryl me dijo que Max pagaría todas mis operaciones, y hubo muchas y muy caras, y que también cubriría los gastos de la rehabilitación.

No había nada en la grabación de la primera cámara.

—¿Cobertizo? —preguntó Leonard.

Pinché en la carpeta. Leonard retiró el pie y tosió.

—Hubo algo que… Fue el día después de la desaparición de Daphne. En su momento no le di importancia.

—¿Ah, sí?

Estaba concentrada en la pantalla.

—Un barco. No estaba bien atado. Se chocó con las rocas y se hizo un buen destrozo.

Aparté los ojos de la pantalla y le miré con detenimiento.

—¿No le diste importancia?

—Daphne tiene miedo al agua. No se le ocurriría irse en barco.

En ese mismo instante hubo movimiento en la pantalla. Detuve la grabación, rebobiné y volví a ponerla: una sombra, y, de repente, dos figuras. Nos quedamos mirando sin abrir la boca. Contuve el aliento, observando sus espaldas y esperando que las figuras se volvieran. Iban de la mano, un hombre y una mujer. Un perro. Thomas.

El hombre se soltó para abrir la puerta, y la mujer se frotó las manos y se apartó el pelo. Sus pendientes de aro dorados brillaron bajo la luz. El hombre se giró y miró a la cámara antes de entrar con ella y cerrar, dejando fuera a Thomas. Eran la señora Mins y Max. A pesar de que me esperaba que fueran ellos, solté un grito ahogado. Las persianas se bajaron, y después, durante un buen rato, nada. Esperamos. Me senté en el suelo; necesitaba espacio. Y entonces algo se movió en la pantalla.

—¡Leonard, mira!

Se sentó a mi lado. Una figura tropezó en la parte inferior de la imagen…, una mujer muy menuda que llevaba un vestido mínimo a pesar de la época del año. Daphne. Tropezó, se cayó en el muelle y soltó lo que llevaba en la mano. El perro corrió hacia ella. Daphne se dejó lamer la mano, le acarició detrás de las orejas.

—Daphne.

Asentí con tristeza. Leonard volvió a cogerme la mano, y le dejé.

La mujer se puso en pie, se inspeccionó la rodilla, sacudió la suciedad y se agachó para coger lo que se le había caído. Una botella. Se la llevó a la boca, dio un trago largo y la tiró al agua. Levantó el brazo con gesto triunfal al ver cómo caía. Después se volvió y se quedó mirando hacia el cobertizo.

—Ay, no —dije.

Daphne probó primero a tirar del picaporte. Al ver que no se movía, empezó a aporrear la puerta. Daba golpes como una loca. Thomas brincaba a su espalda, pensando que se trataba de un juego. Era imposible que quienquiera que estuviese dentro no la oyese. Era imposible que Max y la señora Mins no la oyesen.

—Venga, Meryl —dijo Leonard por lo bajo, y comprendí que estaba avergonzado—. Abre de una vez.

No abrieron. Al cabo de unos minutos, Daphne dejó de aporrear y trató de asomarse por la ventana. Al ver que Max y Meryl no renunciaban a sus secretos, se sentó en el muelle y se quedó mirando el mar. Los minutos iban pasando.

Y de repente, movimiento en la ventana. Persianas que se entreabren, alguien que mira. Y después, nada. Daphne siguió sentada un rato más, hasta que algo que no salía en la cámara despertó su interés. Se apoyó sobre las manos para levantarse, y, tambaleándose ligeramente, echó a andar.

—No lo hagas, Daphne…

No pude contenerme. Daphne no podía oírme y yo no podía oírla a ella, pero sabía lo que estaba pensando. Que Max y la señora Mins se habían ido a la isla.

A continuación, hubo unos minutos desesperantes en los que la vimos desatar la cuerda de una pequeña lancha motora de madera. Leonard suspiró y supe que la había reconocido: era la misma que se había estrellado contra las rocas. Daphne tiró de la cadena de arranque y cayó de espaldas. Volvió a intentarlo y consiguió arrancar. Y después, desapareció.

El teléfono de Leonard empezó a sonar.

—Querrá saber dónde estoy —dijo, el teléfono temblaba ligeramente en sus grandes manos—. Le dije que lo primero que haría sería llevarte a la isla.

—¿Quién? —pregunté. Su mirada temerosa me inquietó. Solamente una hermana podía provocar semejante reacción en alguien.

Me imaginé a la señora Mins observando desde Barnsley, esperando a que atracásemos en el embarcadero de la isla, cada vez más angustiada por nuestro retraso. ¿Estaría mirando desde la ventana del ala este, o estaría ya tan desesperada que habría salido fuera, capeando el temporal, a seguir vigilando?

El mal tiempo se había calmado un poco mientras estábamos

dentro, pero ahora había vuelto a desatarse de manera brutal. Leonard echó un vistazo al cielo; sus dedos, cerrados en torno al teléfono, estaban blancos de la tensión, o del esfuerzo, o de ambas cosas.

—Será mejor que nos pongamos en marcha. No quiero que sospeche nada.

Una vez en el barco, a medio camino entre tierra firme y la isla —que seguía tapada por la punta de la caleta—, Leonard habló de nuevo. Yo estaba acurrucada en la pequeña cabina, intentando en vano mantenerme seca y no pensar en Daphne. La grabación se repetía una y otra vez en mi cabeza.

—Te busqué en Google, ¿sabes? —dijo. A pesar del feroz viento de proa, giré automáticamente la cabeza—. Miranda Courtenay.

El sonido de mi nombre en sus labios me hizo sentir bien.

—¿Cómo supiste mi apellido?

—Lo busqué en tu equipaje. No eres la única fisgona que hay por aquí.

Debía de haber sido él quien había llevado mis bártulos a mi cuarto. Esperé a que la vergüenza se apoderase de mí por el hecho de que Leonard me hubiera encontrado *online*. Pero no. Me sentía extrañamente cómoda con la verdad.

—Una charlatana de nuestro tiempo…, otra estafa más del mercado del bienestar.

—Conque me has encontrado… —suspiré, y Leonard asintió con la cabeza—. Mi padre pagó mucho dinero a una compañía para que enterrasen mi antiguo perfil… No sirvió de nada. Se supone que tengo que fabricarme una nueva presencia *online* para acelerar las cosas, pero aquí es un poquito difícil.

—Sí, estaba toda la información.

Por alguna razón, su comentario me reconfortó. Quería que conociera la magnitud de lo que había hecho. Si hubiera tenido que encargarme yo de explicárselo, podría haber tenido la tentación de suavizar el golpe.

—Entiendo que quisieras salir corriendo —comentó. No lo dijo en broma, pero su acento, tan marcado, hizo que lo pareciera.

—Sí.

—Pero lo que no entendía fue por qué te dio por venir aquí.

—Y ahora ya lo sabes.

—Y ahora ya lo sé.

Me toqueteé las uñas, me arranqué unos cuantos pellejos. Cualquier cosa antes que mirar a Leonard a los ojos.

—¿Cuántos años tenías, Madre Miranda?

Conté hacia atrás en silencio.

—Veinticuatro.

Leonard dejó escapar un gemido.

—¿Consultaste con un médico?

—No consulté con nadie. Estaba tan convencida de los beneficios nutricionales de mi dieta, que no creí que fuera necesario. ¡Había tanta gente diciéndome que mis limpiezas les habían cambiado la vida…! Me creía invencible.

Era verdad. Me lo creía.

—Pero no es que prometieras nada, ¿no? Seguro que solo eran vagas sugerencias…

—Bueno…

—¡Ay, Miranda! Y alguien fue y te pidió explicaciones.

Comprensión. Sin duda, había comprensión en su voz. Me dio esperanzas.

—¡Y tanto que me pidió explicaciones!

El nombre de aquella mujer estaba grabado a fuego en mi memoria.

45

NO HABÍA NADIE esperando en el embarcadero. El barco fue derecho hacia el muelle, y Leonard, con gesto firme y decidido, evitó que se chocase frenándolo con el pie. Tiró la cuerda y saltó a tierra.

—Tengo que dejarte —dijo, recorriendo con la mirada la costa rocosa—. Meryl me necesita en la casa. Se ha caído un árbol en el acceso de los coches.

Noté que me ardían las mejillas. Leonard interpretó el rubor como síntoma de que me había enfadado.

—Pero volveré a por ti. ¿Te parece bien dentro de una hora? ¿Dos?

Me miró con expresión tranquilizadora.

No tenía ni idea. El terreno era inhóspito, y dos horas en aquel lugar parecían una eternidad. Aun así, me dije que, al estar allí Elizabeth, podríamos avanzar algo. Quería contarle lo que habíamos visto en la grabación. Quería que me acompañase a la policía.

—Todo va a ir bien.

No es que fuera una de mis mejores mentiras, y no pareció muy convencido.

—Vale.

Me ayudó a subir al muelle y me dio un estrujoncito en la mano antes de soltarme.

El corazón empezó a latirme a mil por hora, y le dirigí una sonrisa tímida.

—De veras, todo va a ir bien.

Esta vez me esforcé más por que me creyera. Sabía que Elizabeth me cuidaría. Conocía la isla como la palma de su mano. Confiaba en que aparecería de un momento a otro; a fin de cuentas, le había traído los huevos.

Leonard se despidió con la mano y volvió a partir con el viento de cara. Me fui corriendo en busca de algún sitio donde guarecerme.

En busca de Elizabeth. Al final del muelle había una vieja cancela oxidada con un farol solitario. Por lo que sabía de la profunda oscuridad de esta parte del mundo, la luz que diera sería, como mucho, inútil; y en vista de cómo iban aquí las cosas, seguramente ni siquiera funcionaría. Al otro lado de la cancela el terreno subía muy empinado, y unas escaleras vertiginosas serpenteaban cuesta arriba entre el denso follaje.

Y en lo alto estaba la señora Mins.

—Al final Elizabeth no ha podido venir —me dijo a la vez que iniciaba el descenso.

Me di media vuelta para volver corriendo al muelle, pero el barco de Leonard estaba ya muy lejos, rodeando el cabo. Me quedé paralizada. No había ningún sitio adonde ir.

La señora Mins estaba en forma a pesar de su edad, y llegó al pie de la escalera en un abrir y cerrar de ojos. Me cogió del brazo con gesto airoso, como si fuéramos a emprender una divertida aventura. No consiguió engañarme. Su codo se me clavaba demasiado, me agarraba demasiado enérgicamente. Pero no había modo posible de zafarme sin montar un número. Hiciera lo que hiciera, fuera adonde fuera, seguiría estando a solas en una isla con la señora Mins.

—Tengo algo que enseñarte, querida —dijo, arrastrándome escaleras arriba—. Y creo que tú también tienes algo para mí.

Tuve que recurrir a todos los memes edificantes que había reenviado a lo largo de mi vida para dar un paso después de otro y seguir a la señora Mins: «Haz cada día algo que temas. Siente el miedo y, aun así, hazlo. De los grandes riesgos se obtienen grandes recompensas».

Quizá fuera por la ausencia de los dibujitos de osos polares que solían acompañar a aquellos memes, pero el caso es que ante un peligro verdadero no resultaban tan eficaces como me habían parecido en su momento. De nuevo sentí vergüenza por mi hipocresía. Por mi falsedad del pasado.

Mientras subía por la colina, jadeante, temerosa y recelosa, sabía que jamás volvería a ser aquella persona. La persona que hacía cosas sin pensar en los demás. La persona que solo buscaba dar una buena imagen.

—¡Seguro que conoces la historia de la isla! —gritó la señora Mins mientras subíamos—. ¡Tanto usar el ordenador a altas horas de la noche…! Hoy en día está tirado descubrir las historias de la gente. Aunque, claro, lo que encuentras *online* nunca es la historia completa, ¿verdad que no?

A pesar de la pendiente y de la edad de la señora Mins, apenas resoplaba. Y sin embargo yo, varias décadas más joven, me las veía y me las deseaba para avanzar. Tenía que hacer un esfuerzo ímprobo para seguirle el ritmo, y, de no haber sido por la fuerza con que me agarraba del brazo, me habría quedado rezagada.

—Wikipedia, por ejemplo. Seguro que da mucha información. Pero ¿sabías que cualquiera puede meterse ahí a trastear? Añades un poquito por aquí, otro poquito por allá… Cambias un nombre, una fecha… Es muy fácil si sabes lo que haces.

Definitivamente, estaba como un cencerro. Volví la cabeza, y abajo, muy lejos, vi el barco de Leonard esforzándose por regresar a tierra firme, la quilla chocando con la marejada. Y después dejé de verle.

—Es como la vida misma. La verdad es lo que haces con ella: añade esto, quita aquello otro… Es un trabajo incesante. Tú más que nadie sabrás a qué me refiero, ¿no?

Una oleada de calor me recorrió el cuerpo. Pánico. ¿Se refería a lo que creía que se refería?

Aún no habíamos llegado a la cima cuando se detuvo y tiró de mí hacia un lado. No me había fijado durante el ascenso, pero el camino se bifurcaba y un sendero estrecho viraba casi imperceptiblemente hacia la derecha. Estaba cubierto de maleza, como tantas sendas de los alrededores de Barnsley, pero aquí las plantas que lo flanqueaban eran subtropicales… Esta vez, eran helechos y no zarzas los que me cortaban el paso.

El paquete que llevaba bajo la chaqueta me rozaba la piel, y me dije que ojalá la señora Mins no lo viera. El dosel de fronda nos protegía de las inclemencias del tiempo, pero de repente el silencio me pareció de mal agüero. Aterrador. Me imaginé a Daphne llegando aquí en mitad de una noche oscura como la boca del lobo. Ella era lo único que me impulsaba a continuar. Pensar que había estado aquí todo este tiempo.

No tuve más alternativa que seguir a la señora Mins, adentrándome cada vez más en el follaje. Parecía poco probable que alguien hubiera pasado por allí recientemente; el terreno era pantanoso y casi intransitable.

—¿Adónde vamos?

—Era un lugar especial de la tatarabuela de Max. Ya lo verás cuando lleguemos. Es difícil de explicar.

—¿Y no sería mejor que nos volviéramos ya?

—¿Qué, el clima inglés te supera?

—No es que haga un día para estar al aire libre, ¿no cree?

—Pues entonces qué suerte tenemos de dirigirnos a un lugar en el que podremos ponernos a cubierto.

Daphne, pensé, resiste un poco. Estoy llegando.

El sendero trazaba una curva en torno a más vegetación exuberante. A un lado, plantas con frondas del tamaño de un coche pequeño se cernían sobre nosotras, ejerciendo su dominio como seres de otros mundos.

—Gunnera.

—¿Cómo dice?

—Las plantas. *Gunnera manicata.* Hay quien las llama «comida de dinosaurio». Parecen inofensivas, ¿no? —Se detuvo y se volvió para mirarme—. Pues no lo son. Mira debajo y verás miles de pinchos diminutos.

Alargué la mano para tocar el follaje, fascinada por el tamaño de las hojas. Lo menos tenían dos metros de ancho.

Retomamos el ascenso. La señora Mins dijo algo que no llegué a entender del todo. Le pedí que lo repitiera, pero se rio y me dijo que casi habíamos llegado. Entre el ramaje, cada vez más disperso, asomó un pequeño edificio situado al borde mismo de un acantilado. Me detuve justo a tiempo, y la señora Mins sonrió satisfecha. Era la estructura que había atisbado desde el estudio la primera mañana que amanecí en Barnsley House.

—Es una casa de conchas. El tatarabuelo de Max la construyó para su mujer. Eran el último grito en aquella época. No me imagino qué locuras cometerían aquí arriba. O sí me las imagino, si algo sé de cómo son los hombres de la familia.

La subida me había dejado acalorada y sudorosa, y ahora la humedad del cuello empezó a evaporarse y cedió paso al frío. La señora Mins siguió andando sin mirarme ni hacerme el más mínimo caso. Me dije que tenía que tranquilizarme. Intenté no pensar en las advertencias de mi padre. Todo iba bien.

La señora Mins había hablado de una casa, pero a mí me parecía más bien un fortín. Tenía forma hexagonal; sus seis muros se alzaban hacia un techo inclinado de piedra recubiertos a saber cuándo de un alambre cuya función era encarrilar plantas trepadoras más dóciles que las que ahora los envolvían. Una pequeña puerta de madera de roble, construida para personas de una generación más bajita, estaba cubierta en parte por unas vides. La señora Mins las apartó con cuidado. En el interior no se oía nada.

—¡Daphne! —grité—. ¡Estoy aquí!

La señora Mins soltó un bufido y me cortó el paso.

—No seas boba.

Me apoyé contra el muro, intentando cobijarme bajo el trocito de alero que sobresalía.

—El escondrijo familiar —dijo la señora Mins, todavía plantada bajo la lluvia como una auténtica psicópata—. Algunas familias tienen villas en el Algarve. Él tiene esto. La familia Summers siempre ha tenido tendencia a flagelarse. Generación tras generación, los hombres venían aquí a esconderse cuando las cosas se ponían difíciles. Pero Max no. —Resopló—. Él se refugia en el Mediterráneo. El dinero no es ningún problema.

Se estremeció y se puso a mirar por la ventana. Los años la habían revestido de una capa de mugre, y dudé que pudiera ver gran cosa. Ojalá nos pueda oír Daphne, pensé.

Desde allí, veíamos Barnsley con claridad. Si Daphne, en efecto, estaba aquí, habría podido observar la casa. Me imaginé que de noche habría seguido el rastro de los habitantes a partir de las luces de las habitaciones, y, de día, estaba lo bastante cerca como para ver figuras en la pradera, si bien no para identificarlas del todo. Ningún barco podría pasar por la estrecha entrada de la caleta de Barnsley sin que se viera desde este punto de vigilancia.

—¿Tienes el cuaderno? —preguntó sin mirarme.

Estaba segura de que no le había mencionado el cuaderno a la señora Mins. Un pánico arrollador se apoderó de mí, no sentía las extremidades.

—¿Qué cuaderno?

La señora Mins se rio.

—Daphne se pasaba la vida escribiendo en su cuaderno. Recetas, listas, planes para menús. Su vida entera estaba en ese cuaderno que ahora ha desaparecido.

Apreté los labios y moví la cabeza.

La señora Mins se arrimó más.

—Desapareció más o menos cuando llegaste tú.

—Yo no sé nada de ningún cuaderno.

Mi mentira sonó bastante convincente. Tantos años de experiencia habían servido de algo. La señora Mins dio un paso atrás.

Pensé en salir corriendo. Pero el sendero por el que habíamos subido era resbaladizo; un paso en falso y me despeñaría por el acantilado. Si por casualidad conseguía llegar al final del sendero sin caerme, ¿adónde iría después? La señora Mins debía de tener alguna embarcación en algún sitio, pero yo no la había visto. Más allá de la casa de las conchas, en la otra dirección, la isla se extendía agreste y desconocida. La señora Mins sabía que yo estaba atrapada. Yo lo sabía. Sophia había acudido a mí en busca de ayuda. Daphne me había pedido ayuda. Les había fallado.

—Max dijo que tú y Daphne os habíais hecho muy amiguitas antes de que desapareciera. Las dos ahí apartaditas, en la zona de huéspedes, charlando. —La señora Mins estaba tranquila. Sabía que tenía la sartén por el mango—. No voy a dejarte marchar hasta que me digas dónde está el cuaderno. Nadie te echará de menos. Nadie echa de menos a Daphne.

Una risa breve pero triunfal.

—Leonard sabe dónde estoy.

—Ah, sí, Leonard… ¿Cómo es ese dicho…?

Sabía adónde quería llegar.

—«La sangre tira».

—Exactamente.

46

AL PRINCIPIO creía que estaba alucinando. Los acontecimientos de la mañana me habían trastornado tanto que no tenía la menor duda de que el cerebro me estaba jugando una mala pasada y estaba sacando imágenes de *La casa de las novias* para hacerlas realidad ante mis ojos. Pensé que estaba soñando, que al final había sucumbido a las pesadillas que envolvían al resto de la familia. Pero incluso después de cerrar los ojos con fuerza, volver a abrirlos y menear la cabeza para asegurarme, las llamas seguían allí. Lejanas, pero allí.

¡Dios mío!

El incendio.

De una de las ventanas superiores de Barnsley House salían columnas de humo, perseguidas por fogonazos de llamas. Fueron los fogonazos los que me llamaron la atención; las breves sacudidas de rojo y naranja en el, por lo demás, incoloro cielo inglés.

Robbie.

¡Con lo convencida que había estado yo de que había hecho lo que tenía que hacer! Sentí que me atenazaban los remordimientos, que se me disolvían las extremidades. Tan convencida había estado de que estaba ayudando a Robbie que no había hecho caso a las advertencias de la señora Mins. De la misma manera que no había hecho caso a mi padre cuando me advertía que me estaba adentrando por un camino peligroso en mi papel de Madre Miranda.

—Señora Mins —dije en voz baja, consciente de que estaba

esperando una respuesta a su pregunta—. Meryl —añadí; no era momento para andarse con formalidades.

—¿Qué sabes del cuaderno? —repitió, acercándose todavía más.

—¡Señora Mins! Hay un incendio.

—¡Ja! Que te crees tú que me lo voy a tragar…

No quería darse la vuelta. No quería apartar la vista de mí, pero al ver el pánico reflejado en mi rostro no tuvo alternativa: relajó los hombros y giró ligeramente la cabeza, como si quisiera descifrar algo que le resultaba totalmente ajeno. Y después empezó a moverla, negándose a aceptar lo que veía.

—¿Es el ala este? —pregunté esperanzada. Pero sabía que no lo era. Quería echarle la culpa a algún elemento sobrenatural; quería que fuera como las historias de fantasmas que me habían contado. Un fuego espectral. Un talismán del pasado. Un augurio para los vivos. Sabía que no. Era real. Y era culpa mía.

—No lo parece. Es difícil saberlo.

Apenas podía ver nada de lo que había detrás de la señora Mins. Quería correr, pero no podía. El inhóspito paisaje, la amenaza de más tormentas: lo tenía todo en mi contra.

—¡Te dije que no encendieras un fuego! ¡Estúpida!

Por un instante pensé que se me iba a pegar una bofetada, pero dio un paso atrás. Casi deseé que lo hubiera hecho.

—¿El ala del cuarto de los niños? —dije con voz temblorosa. Lo que más deseaba en este mundo era equivocarme.

—Sí.

Empezó a hablar sola. Un batiburrillo de nombres. «Robbie. Agatha. Max».

—Robbie. Seguro que sigue en la cama. —Me costó pronunciar las palabras—. ¿Con quién le has dejado?

Pero no se trataba solo de Robbie; era perfectamente posible que estuvieran todos arriba. Sophia, como buena adolescente, pasaba mucho tiempo en su cuarto, y si Agatha estaba allí sola… La mera idea era insoportable.

La señora Mins hizo un ruido desvinculado del resto de su

persona. Una ráfaga de aire, un estallido, un grito incontrolable. El sonido animal de una madre cuyas criaturas están amenazadas. Una vez, y otra, y otra más. Y después, una sola palabra: «Max». Negué con la cabeza. Max ni siquiera estaba allí.

—Me pidió que cuidase de los niños —dijo.

—Está Leonard. ¡No les va a pasar nada! —grité, aunque no me lo creía.

—Tengo que irme.

La señora Mins empezó a alejarse de la casa de las conchas. Corrí tras ella.

—¡Yo también voy!

—¡No!

Me apartó de un empujón, la agarré de la manga; oí que se rasgaba la tela. Salió despedida hacia delante, tambaleándose.

—¡Señora Mins! ¡Yo también voy! —De nuevo eché a correr tras ella, resbalándome en el barro—. Voy. Los niños…

—¿Los niños? —preguntó. Detrás de ella se veía Barnsley. Las llamas lamían el muro exterior, y sin embargo la casa parecía extrañamente tranquila. A esas alturas ya debería haber salido alguien a dar la voz de alarma. Lo normal sería ver a Leonard, o a los niños, o a los bomberos. Pero con el árbol caído, los bomberos tendrían difícil el acceso. El corazón se me aceleró al pensar en lo que podría estar sucediendo.

—Los niños no son asunto tuyo.

—Pero Agatha…

Dejé la frase sin acabar. El nombre me sonó a hueco, como si fuera un apodo y me faltara la intimidad necesaria para pronunciarlo con soltura.

La señora Mins miró en derredor y abrió la puerta de la casa de las conchas.

—Entra.

En su rostro se veía claramente el desdén, y las ojeras se iban volviendo más profundas con cada segundo que pasaba. Estaba pensando.

Un minuto, dos minutos. Sentí un tirón en el brazo, la señora
Mins me estaba arrastrando hacia la casa de las conchas. Me hizo
pasar de un empujón, perdí pie y tropecé con la alfombra. La puerta se cerró de golpe, y oí que la llave daba una vuelta. Y después, su
voz a través de la cerradura:

—No pensarías que te iba a dejar escapar, ¿verdad que no, Miranda?

47

YA NO HABÍA DUDA: estaba prisionera. Chillé de impotencia. La llamé a gritos. Grité el nombre de Leonard. Desesperada, grité también el de Elizabeth. Aporreé la puerta de madera hasta que la piel de las manos se me desolló y se me llenó de astillas. No vino nadie.

Y luego, derrotada, me desplomé y, apoyando la espalda contra la puerta, me puse a mirar a mi alrededor. No había ni rastro de Daphne. Olisqueé el aire entre las lágrimas, pero nada. Ni el más mínimo olor que delatase la presencia de una mujer. Tan solo el olor a mar y a humedad. En otros tiempos, alguien había cubierto de conchas hasta el último milímetro de la pared interior; algunas eran grandes, otras pequeñas; las había que más parecían pedernal que conchas, y había también especies exóticas de playas extranjeras. La casa debía de haberse construido como residencia veraniega, porque en pleno invierno hacía un frío atroz. La alfombra, viejísima y raída, apenas si impedía que el frío se filtrase por el suelo húmedo, menos aún que el viento se colase silbando por debajo de la puerta.

Había tres ventanas colocadas a intervalos regulares a lo largo de las paredes, dos de ellas tapadas por un follaje impenetrable. Pero la tercera tenía vistas al mar, y, debajo, alguien había dejado una mesita... más bien un pequeño escritorio, porque sobre él había una máquina de escribir y otros indicios de una vida literaria:

cuadernos, una vieja lata de sopa llena de lápices, montones de papel amarrado con gomas y libros agrietados por el canto con los bordes de las cubiertas abarquillados por la humedad. Las estanterías bajas que recorrían toda la habitación también estaban llenas de libros. Algunos los reconocí; otros muchos, no. El estudio de un escritor. Pero ¿quién era?

Detrás de mí había una cama plegable. Estaba hecha, y daba la impresión de que alguien había dormido allí recientemente; la almohada conservaba la marca de una cabeza. Tenía que ser Daphne. A lo mejor había estado allí antes y no habíamos coincidido por los pelos.

Me enfurecí solo de pensarlo, y cogí las mantas y las lancé a la otra punta de la habitación. Después las recogí y traté de rasgarlas por la mitad; con las manos, con los dientes. Fue inútil. Eran de otra época, de cuando las cosas se hacían para que durasen. Hasta el último milímetro de aquella lana tan basta se resistía a mis intentos de hacerla trizas. No había modo de salir de allí; las ventanas eran demasiado pequeñas, y la puerta era maciza.

La imagen de Robbie en medio del incendio no se me iba de la cabeza. El sentimiento de vergüenza regresó y sucumbí a él, rendida por completo a la culpa destructiva que tan bien conocía. La señora Mins me había dicho que no encendiera el fuego, y yo no le había hecho caso. Creía que sabía lo que hacía. Una vez más, me había equivocado. Una vez más.

Era inútil chillar. Mis ojos se posaron en los lomos de los libros. *Retorno a Brideshead. La hija de Robert Poste. Rebecca.* Ninguna sorpresa, y nada que pudiera ayudarme. Una estantería entera de Agatha Christie. Libros de referencia: diccionario de Arte, diccionario de Medicina, Debrett's. Libros de cocina: Larousse, Elizabeth David, Anna del Conte. Y de repente lo vi: casi escondido, al lado de un montón de viejos ejemplares de la revista *Country Life,* estaba *La casa de las novias.*

Acaricié el lomo con la punta de los dedos, siguiendo el relieve de las letras y convocando la memoria de mi madre con cada una.

El libro se abrió fácilmente; era de tapa dura y, a juzgar por las apariencias, una primera edición. Lo abrí por la página inicial esperando ver la letra de mi madre, una sentida dedicatoria a su única hermana, pero no había nada.

Tampoco había nada en la página siguiente.

Lo hojeé rápidamente, buscando una tarjeta, una nota, algo personal de mi madre. Cayó un sobre. Un grueso sobre de pergamino; el pegamento estaba seco y amarilleaba por el paso de los años. Se abrió al primer toquecito, y vi que estaba lleno de recortes de periódicos. Los saqué uno por uno buscando una nota que, estaba segura, estaría oculta en su interior. Quería encontrar alguna pista de la relación entre mi madre y Elizabeth. Quería saber cómo la llamaba, qué giros verbales utilizaba con ella; si usaban apodos para referirse la una a la otra, cualquier guiño entre hermanas.

En una pequeña maleta que había en casa de mi padre tenía guardadas todas las tarjetas de cumpleaños que me había dado mi madre. Había ocho, desde mi primer año hasta el octavo, cada una escrita con su caligrafía grande y curva: un mensaje gracioso, alguna anécdota de alguna monería que había protagonizado yo aquel año, la razón de que hubiese escogido aquel regalo concreto para mi cumpleaños… En total, no tenía más de cuatrocientas palabras de mi madre, cuatrocientas palabras que me decían casi todo lo que sabía de ella. Necesitaba saber más.

No había nada aparte de los recortes. Solo reseñas de su libro de la época de su publicación. No había nada aquí que yo no supiera. Tiré los recortes a la cama y volví a la ventana. Volvía a haber bajas presiones, así que me era difícil ver la casa; había un tenue brillo en la distancia, pero esta vez no podía ver las llamas. Parecía imposible que un fuego pudiera seguir ardiendo bajo semejante lluvia. Me dije que ojalá estuviese controlado y que alguien se diese cuenta de mi desaparición. Y que ojalá Leonard se acordase, en medio del caos, de que yo estaba aquí.

Distraídamente, cogí los recortes y los miré por encima. No decían nada que no hubiera leído antes; los titulares se parecían a los que seguían apareciendo de tarde en tarde en artículos nostálgicos sobre este o aquel momento concreto.

«HISTORIA DE UNA CASA, Y DE UNA FAMILIA»

«BARNSLEY HOUSE: EL NACIMIENTO DE UN MOVIMIENTO FEMINISTA»

«LA CASA DE LAS NOVIAS: LA HISTORIA DE UNA CASA CONTADA POR CUATRO MUJERES FORMIDABLES QUE VIVIERON ALLÍ»

«UNA CASA PARA UNAS NOVIAS, Y LA HIJA QUE RECUPERÓ SU ESPÍRITU»

Cogí uno al azar y empecé a leer.

La asombrosa historia de las mujeres que vivieron en Barnsley House solo podía ser contada por alguien cercano a la familia. Alguien con acceso a los documentos de los enormes archivos familiares; alguien que, ante los cientos de fotografías de la época, pudiera escoger solamente las más evocadoras. Alguien que supiera dónde se guardaban los secretos de familia y que no tuviera miedo de abrir el armario y que se esparcieran todos por el suelo, a la vista de todo el mundo. Para ello hace falta un alma valerosa. Solo había una mujer apta para esta tarea.

«Una mujer apta para la tarea». Mi madre. Siempre decía que tuvo que salir del país después de escribir el libro, que después de su publicación era imposible que siguiera viviendo allí. Su familia estaba furiosa, se sentía humillada. ¡Menudo atrevimiento, destapar los secretos de familia de semejante manera! Con razón se había ido a Australia y no había vuelto. Ahora lo veía más claramente.

Cogí otro artículo. Este se centraba menos en el aspecto histórico y más en la prosa.

Therese Summer escribe como un ángel, lo cual no es de extrañar dado su linaje familiar. Summer se crio en el idílico entorno de Barnsley House, entre los mismos muros que Gertrude Summer y Sarah Summer, de modo que era inevitable que el impulso creativo y los frutos de ambas penetrasen en los huesos de Therese a través de una especie de ósmosis mística. Todas y cada una de las palabras están elegidas con meticulosa precisión. Si no fuera porque lo que cuenta es tan fantástico que cuesta creerlo, podría parecer literatura de ficción.

Mi madre jamás volvió a escribir después de terminar *La casa de las novias*.

En público, decía que había cumplido su objetivo: había escrito la obra de su vida, y ya no le quedaba nada sobre lo que escribir. Pero yo la recordaba sentada a su escritorio, enfadada cuando las palabras se le resistían. Llorando de frustración. Poniendo excusas. Y haciendo cualquier cosa para no admitir su fracaso.

Mientras seguía allí sentada, rodeada de los rastros de una vida literaria, algo empezó a rebullir en mi cerebro. Empezaron a repetirse ciertas frases.

Empecé a recordar cosas, a verlas de otra manera. Personas. Historias. Realidad. Ficción.

Las tarjetas de cumpleaños: divertidas y burbujeantes, pero imprecisas y verbosas. Nada que ver con *La casa de las novias*. ¿Qué había dicho Elizabeth de sí misma cuando nos conocimos? Que prometía mucho, pero al final no había llegado a nada. ¿Había resonado en su voz una amargura que no supe reconocer?

«La asombrosa historia… solo podía ser contada por alguien cercano a la familia…». Por una sola mujer…, pero ¿y si había otra mujer que también podría haberla contado? No. Imposible. «Eres clavadita a tu madre…».

Elizabeth era una narradora nata. Las historias que contaba del pasado eran tan reales, tan dinámicas y detalladas, que a veces hasta ella confundía la realidad con la ficción. Los libros que había escrito para Daphne. Los indicios, aquí mismo, ante mis ojos, de que seguía escribiendo.

Volví a la estantería, saqué un libro que había visto antes de refilón. Un ejemplar del libro de cocina más famoso de Daphne, *The Summer House*. Tenía que haber alguna pista en la escritura de Elizabeth. Leí la introducción. Reconocí la voz de Daphne, la misma que se oía en el cuaderno.

Cordial, familiar, apasionada. Todo lo que Elizabeth no era; imposible detectar ahí su mano.

Volví a hojear el libro, escudriñando ávidamente las fotografías para comprender mejor a Daphne y a su familia. No había fotos de Elizabeth y Tom, solo de Max y los niños. A punto estaba de rendirme cuando el libro se cayó, abriéndose por la primera página. En *La casa de las novias* no había ninguna dedicatoria, pero en *The Summer House* sí. Escrito de puño y letra de Daphne, leí:

Para Elizabeth, la auténtica escritora de la familia.

48

—¡MERYL! ¡MERYL! ¿MERYL?

Silencio.

A punto estaba de volver a gritar cuando un ojo pequeño y brillante apareció en la cerradura.

—Miranda, ¿eres tú?

Una voz de hombre. Y después un rostro como de gnomo en
la ventana, con aire preocupado.

—¿Se ve el incendio? ¿Ya se ha extinguido? —pregunté con desesperación, y me asusté al ver que no me respondía. La llave giró en
la cerradura y le vi plantado en el umbral: estaba empapado, y la ropa
húmeda destacaba la menudez de su cuerpo. Percibió mi sorpresa.

—En tiempos fui jinete de carreras. —Movió la cabeza—. No
deberías haber venido aquí.

Le aparté de un empujón.

—¿Por qué todo el mundo me dice lo mismo?

Eché a correr, y Tom me siguió. Seguí corriendo, temiendo que
cambiase de opinión y me obligase a volver a la casa de las conchas.
De nuevo me rodeaba un denso follaje que me impedía ver lo que
estaba sucediendo en tierra firme…, la única manera de averiguar-
lo era volver a Barnsley lo antes posible.

—¡Despacio! —gritó Tom—. Te puedes caer.

—¡El incendio! Tengo que volver con los niños.

—Leonard ya está allí.

Pero no bastó para frenarme. Sabía que Leonard era un hombre capaz, pero necesitaba verlos con mis propios ojos. Tocarlos. Convencerme a mí misma de que las vidas humanas no eran superfluas. Lo cual me llevó a pensar en mi madre. Empezaba a sospechar la verdad que se escondía tras su decisión de marcharse de Barnsley.

—¿Por qué Max y Elizabeth no hablan nunca de Tessa? —De nuevo, silencio. Esto no estaba en el guion, y Tom, sin Elizabeth, no sabía qué decir—. ¿Tom?

—¿Tessa, dices?

No era la pregunta que esperaba.

—Tessa. Mi madre.

La verdad salió sin obstáculos. Me sentí bien. Algo dentro de mí se abrió, se deshizo un nudo.

Tom se quedó callado unos instantes.

—Eso me dijo Elizabeth, pero no la creí.

—¿Por qué la odian?

—Por el amor de Dios, déjame pensar.

—No sé qué pasó entre ellos.

—¿Cómo no vas a saberlo?

—Yo era muy pequeña cuando murió —dije, empezando a resoplar; Tom me seguía y resoplaba todavía más—. ¿Tuvo que ver con el libro? ¿Con *La casa de las novias*?

Me temblaba la voz.

—¿Tu padre nunca te contó nada?

—No —dije con firmeza—. Bueno, creo que no —maticé, esta vez con menos firmeza. Pensé en Fleur. Mi padre siempre había valorado profundamente los frutos de su creatividad. Enseñaba nuestro jardín a las visitas, y cuando iba en coche con Fleur hacía una parada cada vez que ella quería ver un jardín. La adoraba y también respetaba su trabajo.

A mi madre la quería, pero el ejemplar baqueteado de *La casa de las novias* llevaba escondido en mi habitación desde que tuve edad para leer. Y ni una sola vez había venido a pedírmelo.

—No es algo de lo que hablásemos.

Cada vez que respiraba tragaba aire gélido. Me esforzaba por mantener la calma. Inhalar, exhalar. Inhalar, exhalar. El pánico se cernía sobre mí. Era aún más difícil bajar la cuesta que subirla; cada vez que pisaba el barro, mis pies me llevaban mucho más lejos de lo que era mi intención, y acabé bajando entre resbalones y trompicones. Había raíces de árboles bajo el fango, amenazando a cada momento con hacerme tropezar.

—No soporto la idea de que la gente pueda reírse de Elizabeth a sus espaldas —dijo Tom.

—¿Por qué no hizo nada al respecto, si era eso lo que pensaba?

—Tu madre era muy lista. Cuando se fue, se llevó todos los cuadernos y todas las notas de Elizabeth.

—Si Elizabeth decía la verdad, Max lo habría sabido y habría dicho algo.

Vi fuego en el horizonte, pero a medida que pasaban los minutos cada vez confiaba menos en que pudiese hacer algo por ayudar. El tiempo pasaba inexorablemente y no estaba más cerca de los niños, como tampoco de encontrar a Daphne.

—No. Elizabeth tenía un historial de histeria, así que no la creyó —resopló—. Además, bebía mucho, incluso entonces. ¡Como todos nosotros! Max pensó que sería otro de sus delirios. No sabía que se pasaba día y noche aquí, escribiendo. La casa y sus historias eran su obsesión. Max creía que simplemente estaba celosa.

Si Max conocía a Elizabeth mejor que nadie y no la creía, todo esto tenía que ser un disparate. Mi incredulidad se transformó en ira. Me volví para mirar a Tom, me di contra una raíz y caí de rodillas; no fui lo bastante rápida como para parar el golpe con las manos, pero apenas me dolió.

—¡Mi madre jamás habría hecho algo así! —exclamé, convencida.

El barro, impresionante, me cubrió la mitad inferior del cuerpo casi en el acto. Parecía imposible levantarse. Todo parecía imposible. Empezaba a comprenderlo todo, y me sentía apabullada.

Tom me tendió la mano, y al acercarse vi los poros abiertos de su nariz, el sudor que se le iba formando en el bigote. Olía igual que Elizabeth. Saqué el brazo del lodazal y dejé que me ayudase.

—Fue una época terrible —dijo—. Había un gran malestar en el campo. Tu madre había fracasado estrepitosamente y había perdido mucho dinero. Causó muchos problemas a Barnsley, y también a otras explotaciones agrícolas de la zona.

No entendía cómo mi madre, con sus vaporosos conjuntos de seda y sus gafas de sol descomunales, podía haber causado problemas a los agricultores. Continuamos bajando, cojeando y moviéndonos más despacio y con más cuidado esta vez.

Tom notó mi confusión.

—¿No sabes nada de aquellos tiempos? —preguntó—. Tu madre invirtió un montón de dinero en una rara variedad de ovejas. Tenía la fantasía de convertirse en pastora. ¿No ves adónde quiero llegar con esto?

—No.

Una vez más, mi increíble desinterés por los temas de actualidad quedó en evidencia.

—Hubo un virus. Fue años antes del brote de fiebre aftosa, pero fue casi igual de grave. No solo se infectó por completo el rebaño que trajo de Yorkshire, sino que se extendió también entre el rebaño de Barnsley. La granja estuvo muchos meses cerrada y hubo que quemar a todas las ovejas. Y las de las granjas vecinas. No la apreciaban mucho por estos pagos. Elizabeth y Max estaban desconsolados. No había consultado con ellos. La había convencido un tipo de Yorkshire.

Esta fantasía, esta falta de consideración por los sentimientos de los demás, sonaba más a la madre que yo recordaba. De pequeña, cuando me negaba a ir a clase de natación, zas, me borraba y ya está. ¿Ir al colegio? Optativo. Los días de sol nos íbamos a la playa o al parque, saltándonos cualquier compromiso que pudiéramos tener previsto. Desde la perspectiva de una niña, era una delicia; pero ahora, desde una perspectiva adulta, veía que tenía muy poco respeto a la gente y a sus emociones, y que terminaba siendo muy irritante.

—De manera que huyó a Australia —adiviné.

Tom tenía cara triste.

—Y se llevó el libro de mi Elizabeth.

49

ELIZABETH ESTABA ESPERANDO en el embarcadero con el motor del barco en marcha. Acelerando el paso en la medida en que me lo permitían mis rodillas magulladas, di un salto y subí a bordo.

—Cuidado, a ver si te vas a caer.

Me cogió del brazo para ayudarme. Tom se detuvo debajo del faro, doblado de cansancio. Nos hizo un gesto para que continuásemos sin él.

—Elizabeth.

Me saqué la cadena de debajo de la chaqueta, con intención de explicarme.

Elizabeth asintió bruscamente con la cabeza. La mentira que había empezado un rato atrás a desenmarañarse dentro de mí siguió haciéndolo.

—Eres más grandota que tu madre —dijo, dando un tirón a la cuerda.

—Cuando te oigo decir ese tipo de cosas, no me sorprende que mi madre saliera corriendo de aquí.

Elizabeth soltó una melodiosa —e infrecuente— risotada, y el motor arrancó con un ruido vibrante.

—¿Dónde estabas? Pensaba que habíamos quedado en la isla —dije. La liberación de energía nerviosa y la emoción de la charla con Tom me habían dejado exhausta, y me eché a llorar—. Pensé que lo mismo Daphne estaba allí.

En el rostro de Elizabeth vi compasión, teñida de una sutil expresión de desagrado ante mi estado emocional.

—Meryl me telefoneó y me dijo que Leonard se negaba a cruzar con el mal tiempo. ¡Negarse Leonard! No es propio de él. Debería haberme dado cuenta al instante de que estaba mintiendo.

Elizabeth negó con la cabeza, asombrada por su propia credulidad.

El barco era más pequeño que el que me había traído. Ni cabina, ni toldo. De niña había salido a pescar en uno parecido en Wilsons Prom. Los llamábamos «latitas», y la única diferencia entre este y aquellos era la banderita andrajosa de Gran Bretaña que colgaba de un fino poste metálico que había en la parte posterior. El incesante bamboleo no parecía molestar a Elizabeth, cuyo cuerpo menudo era tan ágil sobre el agua como en tierra firme.

Mientras recobraba el aliento, me quedé mirando hacia la casa. La tormenta impedía ver con claridad, pero daba la impresión de que el fuego había remitido. Allí donde las brillantes llamas color naranja habían perforado antes las nubes, ahora solo había densas bolsas grises. «Por favor, por favor, que los niños estén a salvo». No había nadie en el prado de la entrada. Deseé con todas mis fuerzas que estuvieran detrás de la casa; ¡tenían que estar allí! Me repetía sin cesar el mantra para mis adentros: «Por favor, por favor, que los niños estén a salvo». Una figura cruzó rápidamente el césped, y Elizabeth, siguiéndome la visual, vio que intentaba identificarla.

—Leonard está con los niños.

El alivio fue inmenso. Al menos, los niños estaban a salvo.

Nos estábamos alejando de la isla, pero no en dirección a la caleta en la que estaban el cobertizo y el muelle. El barco rodeaba el cabo y seguía la línea de la costa, rumbo al lugar en el que Max había detenido el coche el día que nos fuimos de compras.

—¿Adónde vamos? —pregunté.

—Quiero enseñarte una cosa —respondió Elizabeth.

Hacía un frío tremendo. El barro empezaba a secarse, formando grandes pegotes helados, y tenía la ropa completamente calada. Intenté olvidarme por un momento de mi inquietud.

—Elizabeth, sé lo que piensas que hizo mi madre.

Los dientes me castañeteaban tanto que apenas podía hablar. No pareció sorprenderse.

—Maldito Tom. Se pasa diez años sin hablar con nadie, y de repente va y abre la boca cuando menos falta hace.

Su boca se tensó alrededor de las palabras.

—Lo deduje yo sola. —«Y Tom lo confirmó», pensé—. Y tú ¿cuándo dedujiste quién era yo?

Elizabeth no me hizo ni caso.

—En tiempos, Tessa y yo estuvimos muy unidas. Creo que por eso estaba yo tan dispuesta a aceptar a Daphne cuando vino. Echaba de menos la dinámica típica de las hermanas. Y Daphne era tan…, bueno, ¡tan Daphne! Podría haberla odiado, pero supongo que si me pongo a ello soy capaz de odiar a cualquiera. Era tan espontánea, tan sencilla… Era un soplo de aire fresco, no tenía complicaciones; no tenía nada que ver con todo lo que había sucedido antes. Eso era algo que me gustaba de ella. Los Summer llevaban varias generaciones destrozando el lugar y destrozándose a sí mismos, y ella estaba al margen de todo aquello.

El rostro se le nubló y pareció que se acordaba de algo. Detuvo el motor y nos quedamos meciéndonos en las aguas picadas. Ya no se veía la isla, ni tampoco Barnsley.

—¿Por qué pensabas que Daphne estaba en la isla? —preguntó.

Mientras me disculpaba otra vez en silencio con Daphne, me bajé ligeramente la cremallera de la chaqueta y saqué el cuaderno. Elizabeth negó con la cabeza, no hizo amago de cogerlo.

—Entonces, ¿no vas a leerlo? —pregunté con incredulidad.

¡Con lo que se había esforzado por echarle el guante al maldito cuaderno! Había puesto mi vida en peligro, y también la de Leonard, ¡y ahora ni siquiera lo miraba! No tenía sentido.

—¿Leerlo? —Elizabeth se rio y me miró con cara de desconcierto—. Me bastará con que me cuentes tú lo esencial. ¿Dónde está Daphne? ¿Encontraste la contraseña de las cámaras?

—Pero Daphne…

—Si conozco bien a Daphne, seguro que es pura palabrería sobre Max, Meryl y el pasado. Mucho ruido y pocas nueces. La mayor parte del tiempo, Daphne era incapaz de pronunciar dos palabras seguidas.

Yo no estaba de acuerdo. La lectura del cuaderno me había dado una idea no solo de quién era Daphne realmente sino también de la historia que había detrás de *La casa de las novias*. La verdad que había detrás de la mitología. Además, lo que decía Elizabeth no tenía sentido. Daphne había construido un miniimperio basado en la comida: cocinarla, servirla y, sobre todo, escribir sobre ella.

—¿Y qué me dices de sus libros de cocina?

Elizabeth se dio la vuelta. El pelo, por lo general tan impecable, se le había soltado por un lado.

—¿Sus libros de cocina? Fui yo quien escribió todas y cada una de las palabras. Cocinaba como un ángel, pero ¿escribir? No.

Me sentía incapaz de asimilar tantas cosas de golpe. No entendía lo que me estaba diciendo. ¡La voz de la Daphne del cuaderno se parecía tanto al tono cordial del libro de cocina, era «tan Daphne»…! Elizabeth debía de ser una escritora de gran talento. Recordé la dedicatoria:

Para Elizabeth, la auténtica escritora de la familia.

—¿Qué se siente cuando descubres que te han engañado? —Los ojos de Elizabeth interrumpieron su veloz recorrido para posarse en los míos—. ¿Eh?

Por un instante me quedé sin palabras. Se suponía que Elizabeth era mi aliada. La única persona adulta de Barnsley en la que podía confiar. El mundo se tambaleó ligeramente y me agarré al borde del barco, pensando por un momento que era debido al agua. Continuó.

—Y ¿en qué se diferencia de lo que hiciste tú? ¿O de lo que hizo tu madre? Me da que el fraude es el negocio familiar.

Elizabeth suspiró y tiró el cigarrillo a un rincón, sumándolo a un respetable montón de colillas mojadas.

—Lo averigüé enseguida. Pero ¡parecías tan convencida de que nadie sabía quién eras…! Y aunque no hubiera sido tan rápida, tampoco habría tardado mucho en descubrirlo. Para empezar, tu nombre: ¡Miranda! ¡Pues claro! ¡Si no había quien la aguantara durante la preparación de *La tempestad*! Se pasaba el día dando vueltas por la casa, aprendiéndose el papel.

Sin darme cuenta, asentí con la cabeza. En efecto, sonaba muy propio de mi madre.

—La agencia de niñeras llamó una mañana que estábamos en el estudio de Max y dijeron que les estaba costando encontrar una candidata en vísperas de Navidad. Suerte tienes de que cogiera yo el teléfono. Ah, y además vi la cadena con el colgante —añadió.

La mano se me fue a la garganta y agarré el collar, temiendo de repente que Elizabeth pudiese arrancármelo.

—Y podría continuar.

Negué con la cabeza. Me había convencido.

—Una vez que se sabe, se ve que eres su viva imagen. No paraba de pensar que Max se daría cuenta, pero no. Estaba demasiado embobado con tu trasero como para mirarte siquiera a la cara. Como siempre. No suele llevarse a los empleados a comer a La Cabeza del Ciervo, ¿sabes? —Ladeó la cabeza—. En realidad, a Meryl no sería raro que la llevase. O a Leonard. Pero llevarte a ti fue una salida de tono.

Me sonrojé y di gracias a que no hubiera estado con nosotros en la librería. O en el concierto. O la mañana de Navidad.

De repente se acordó de algo.

—¿Dónde están los huevos?

Al igual que su hermano, era errática conversando.

—¿Los huevos?

—Te pedí que me trajeras huevos.

Con tanto barullo, no tenía ni idea de dónde los había dejado. Ni de por qué eran tan importantes.

—No sé —dije.

—Pues claro que no lo sabes. Si es que eres igual que ella. Solo te interesas por ti. Al principio, yo tampoco sentía ningún interés por ti. Los niños nunca me han llamado demasiado la atención, menos aún su hija. De tarde en tarde te seguía la pista, me aseguraba de que no estabas cerca de Barnsley. Facebook es una maravilla para localizaros a los jóvenes. Y después empezaste con todas esas tonterías de la vida sana y con todas esas fotos. —Su voz estaba cargada de desdén—. Las recetas. Aguacate machacado. Tortillas de la diosa verde.

Bajé la cabeza, muerta de vergüenza. Nunca había dejado de sentirla, pero en Barnsley me había abrumado menos. La reacción de Leonard había sido tan cariñosa que había olvidado la inquina que despertaba en otras personas. Y de repente volvió estrepitosamente.

—Las fotos de comida no estaban mal, supongo. Algunas eran bastante atractivas. No se te da mal la cámara. A no ser, claro, que las sacara otra persona, ¿no? Sería lo normal.

Me miró con recelo.

—Las saqué yo.

Era verdad. No era difícil sacar buenas fotos; había ido a cursos. Los había a patadas: cómo aprovechar al máximo tu perfil de Instagram, cómo vender en Instagram, *flat lays*... En tiempos me había gastado dinero a espuertas en este tipo de cosas, pero no me veía explicándoselo a Elizabeth.

—Pero luego empezaste a hablar más de la cuenta sobre los beneficios de tu comida. A hacer promesas sobre lo que podría conseguir la gente si seguía tus recetas culinarias. Sistema inmunológico. Fertilidad. Acné. Les decías a las mujeres que podías curar la infertilidad.

Tenía razón. Solo lo había hecho una vez, y lo había lamentado al instante. Lo había retirado casi nada más subirlo, y por fortuna no lo había visto demasiada gente. Pero Elizabeth sí. Dicen que la huella que dejas *online* dura para siempre, y hasta entonces yo no había entendido lo que eso significaba realmente. Ahora, sí. Nadie me había cuestionado nunca nada, y de repente, un buen día, una mujer cuestionó todas mis afirmaciones. Lo colgó en Facebook, y desde ahí se reenvió, y después un programa televisivo de actualidad lo recogió. No era el programa de mi padre; al principio, no. Mi padre resistió todo lo que pudo, pero al final la historia creció demasiado y tuvo que ceder.

Aparecía gente no se sabe de dónde diciendo que en mi *app* había afirmado esto o aquello sobre temas de fertilidad, adelgazamiento, envejecimiento y afecciones inflamatorias. Decían que no había ni una pizca de verdad en nada de ello. Algunas de mis afirmaciones eran exageradas, lo admito, pero otras eran ciertas por aquel entonces. Aunque había otras —eso sí, poquísimas— que sabía que eran mentira mientras las escribía.

—Intentaba ayudar.

—Pffff…

Elizabeth entrecerró los ojos. Bajo la fuerte luz del día, parecía más mayor que nunca. En mi antigua vida, le habría recomendado inyecciones de cúrcuma para combatir la inflamación y el envejecimiento. Zumo verde con col rizada, zanahoria, piña y pepino. Le habría dicho que dejara el alcohol y el tabaco; tenía la cara chupada de los bebedores, y las caladas de humo le habían dibujado un montón de arruguitas en torno a la boca.

—¿De veras creías que estabas ayudando? Hice algunas averiguaciones sobre tu *app*. Ganaste mucho dinero con tus mentiras, ¿no?

—Ya no me queda nada.

Y era cierto. Nada de nada. La editorial me demandó cuando tuvo que destruir la edición entera de mi libro de cocina, y el resto había pasado a manos de los abogados. Yo me había guardado un ejemplar para el futuro, para el momento en el que pudiera mirarlo sin sentir náuseas. *Una vida abundante*, por Miranda Courtenay. Solo de pensarlo se me ponía el nudo de siempre en el estómago.

—Toda esa gente a la que timaste… Alimentabas tus mentiras con su dinero. Tuve que pararte los pies. —Hizo una pausa y me miró—. Eres igualita que ella.

—¡Deja de decir eso! —grité, echando saliva por la boca; las palabras me rasparon la garganta—. ¡Para!

Elizabeth se puso derecha.

—En fin, el caso es que eso lo solucioné.

De nuevo empezaba a llover a cántaros, y me costaba entender a Elizabeth, que se puso a gritar para hacerse oír entre el ruido.

—¿Qué?

—Puse fin a tus mentiras. Llegué tarde con tu madre, pero aún podía hacer algo por ti. De manera que lo hice.

50

—PENSABA QUE A ESTAS ALTURAS ya lo habrías deducido.

Negué con la cabeza, desorientada. En todo caso, estaba más perpleja que nunca. Cuanto más escuchaba a Elizabeth, menos sabía. La verdad estaba flotando a mi alrededor, pero lo único que podía hacer era intentar asirla en vano, sin llegar a saber del todo si la información con la que me iba quedando era la correcta.

Elizabeth. Daphne. La señora Mins. Los niños.

Mi madre.

Era demasiado para mí. Pensé que ojalá me hubiera marchado de Barnsley la noche anterior. Que ojalá no se hubiera caído aquel árbol. A estas alturas estaría sentada en la cocina de Denise, bebiendo té y compartiendo historias sobre mi madre con una persona que la recordaba con cariño. En cambio, aquí estaba, atrapada en un barco con Elizabeth.

Entre mi casa y yo había océanos y páramos. Océanos y páramos entre la parada de autobuses más cercana y yo. Me costaba creer que hubiera podido ser tan ingenua como para confiar en ella. ¿A qué se refería con eso de que había puesto fin a mis mentiras? Era Internet lo que había puesto fin a mis mentiras: la red despiadada que me había ayudado a convertirme en alguien importante se había vuelto contra mí y me había atacado. Las mismas personas que habían sido mis paladines, reenviando mis fotos y compartiendo mis *links*, siguiéndome, dando a me gusta, comentando y colaborando, no habían tardado ni medio segundo en bajarme de mi ciberpedestal. A no ser que…

Elizabeth esbozó una sonrisita, orgullosa de su obra.

—Para la gente como yo, Internet es divertidísimo.

Me invadió la rabia. Mi tía. La hermana de mi madre, destrozándome la vida por puro juego. Los oscuros días que vinieron después de que se hiciera pública la historia estaban entre los peores de mi vida. Incluso peores que la muerte de mi madre, porque esta vez la culpa la tenía yo. Había decepcionado a mi padre. Había decepcionado a todos mis seguidores.

¡Y bien que me lo hicieron saber! Los troles se abalanzaron sobre mí inmediatamente. A algunos los había conocido *online* y había conversado con ellos. A otros no. Había una en particular que llevaba la voz cantante en los ataques. Lizzie Winter. Su nombre me había obsesionado, y había dado vueltas y más vueltas por Internet durante días, intentando descubrir su verdadera identidad. Ahora ya sabía cuál era.

Lizzie Winter. Elizabeth Summer*.

—Llevo siguiéndote todos estos años, preguntándome si la manzana cae lejos del árbol. Y no, no cae lejos. —Frunció el ceño, como si recordase algo desagradable—. ¿Qué había en la grabación?

Tragué saliva. Ni loca pensaba contarle lo que había visto en el vídeo, después de lo que me había hecho.

Perdí la vista en el horizonte. La rabia me había enmudecido, estaba paralizada. Toda la vida había querido que la familia de mi madre me hiciera caso. Más que eso, había querido amor. Y, sin embargo, lo que me había dado Elizabeth era venganza. Una venganza desalmada y amarga.

—Venga, te llevo a Barnsley —dijo Elizabeth, sin la más remota idea de lo que se me estaba pasando por la cabeza. Malinterpretó

---

* «Lizzie», diminutivo de Elizabeth; «Winter», invierno en inglés, y «Summer», verano en inglés. (N. de la T.).

mi silencio—: Aunque estoy segura de que Leonard tiene la situación bajo control.

Empujó la palanca a fondo, concentrándose de nuevo en el horizonte que, oscurecido en su mayor parte por las agitadas aguas, se bamboleaba en la distancia. Sentí náuseas, la cabeza estaba a punto de estallarme.

La parálisis que me atenazaba se transformó en otra cosa distinta, un maremoto de emociones. Soledad infantil. Rencor por haber perdido a mi madre. Vergüenza por los derroteros que había seguido mi vida. Y se manifestaba en una rabia pura, completamente física. Una violenta alquimia de culpa. Odio por la mujer que tenía delante.

Quería hacerle daño. Se me escapó un grito, un grito feroz, sanguinario, y arremetí contra Elizabeth; a su rostro asomó un fugaz gesto de espanto al comprender cuál era mi intención y se apartó, haciendo zozobrar el barco con demasiado ímpetu. Mientras me caía al agua, la oí gritar. El frío me había aturdido y no sabía dónde estaba. No sabía que me había caído por la borda.

No me daba cuenta de que me estaba hundiendo.

51

TODO ESTABA EN SILENCIO.

En un gran silencio.

Por un segundo, puede que más, me quedé quieta mientras el agua se arremolinaba a mi alrededor formando silenciosas burbujas. Pasar de estar sobre el agua a estar debajo había sido tan repentino, tan brutal, que por unos instantes ni siquiera pude comprenderlo. Y después empecé a revolcarme. Era tal el descontrol de brazos y piernas, que no paraba de dar vueltas, sin distinguir entre arriba y abajo, si me estaba hundiendo más o si estaba saliendo a la superficie.

El mar me había golpeado miles de veces en Australia. Olas grandes y poderosas que me habían dejado sin aliento. Una vez, el agua me había estampado contra la arena, dejándome la cara llena de sangre y arañazos. Pero siempre había encontrado la forma de volver a la superficie. El fulgor del sol veraniego me había mostrado el camino, y en una ocasión particularmente difícil, un joven surfero me había subido a su tabla y me había llevado remando de vuelta a los bajíos.

Pero esta vez no. Eran aguas oscuras. La pesada ropa de invierno me arrastraba hacia el fondo, anulando mi natural capacidad para flotar. Y eran aguas frías. Más frías de lo que jamás habría podido imaginarme.

Presa del pánico, agitaba cada vez con más fuerza los brazos y las piernas, girando en círculos inútiles. Paré. Después fui nadando hacia lo que pensé que era la superficie, evitando contemplar la posibilidad de que no lo fuera. Evitando pensar en lo que le había pasado a Daphne. Que estas aguas tenían vida propia.

Me empezó a doler el pecho. Cerré los ojos con la esperanza de que sirviera para orientarme. Algo me tiró del hombro, fuerte, insistente. La adrenalina volvió a latir en mis venas, corriendo aceleradamente. Intenté no pensar en tiburones, y de nuevo sentí el tirón. Abrí los ojos y vi una madera oscura. Venía de arriba.

Me agarré, y la madera dio otro tirón. A los pocos segundos me encontraba en la superficie; las aguas agitadas y feroces fueron vencidas por la inmensa masa de aire, y, con ansiosas bocanadas, tragué una mezcla de agua marina y oxígeno. Aferrada al remo, me giré y vi a Elizabeth, que mantenía firmemente el equilibrio entre las tumultuosas aguas.

—¡Miranda! —gritó con una voz que ya era distinta a la de antes; el tono seguro y crispado había dado paso al miedo y la incertidumbre. Asentí con la cabeza para que viera que estaba bien. Más no podía hacer.

Agradecí los cursillos de seguridad acuática que había seguido durante años mientras, flotando en posición vertical, esperaba a que Elizabeth tirase de mí hacia el barco. A que me pusiera a salvo. No se me ocurrió hasta más tarde que podría no haberlo hecho.

Pero lo hizo.

Me arrastró hacia el barco con una fuerza que era fruto de toda una vida montando a caballo, remando hasta la isla cuando se averiaba el motor de un barco, subiendo por el sendero de cabras hasta la casa de las conchas. Pero su energía era más que física. Era una fuerza que le nacía de dentro…, de una serie de desilusiones que estaba empezando a comprender ahora.

Elizabeth se quitó la gruesa chaqueta de lana, me la echó sobre los hombros y me sentó en la popa. Sin quitarme ojo, arrancó el motor y agachó ligeramente la cabeza como para ver algo en la distancia. Los dientes me castañeteaban y el lado izquierdo de mi cuerpo se empezó a estremecer. Estaba completamente fuera de control.

—Es por el *shock*. Se te pasará enseguida —dijo, reconfortándome—. Daphne se quedaba temblando durante una hora después de dar a luz. Las tres veces. Mira el bolsillo interior.

Encontré un pequeño termo en el bolsillo de la chaqueta de Elizabeth.

—Es medicinal. Qué lástima que no me permitieran dárselo a Daphne en la sala de partos. La habría dejado como nueva en un pispás.

Me temblaban tanto las manos que no conseguía desenroscar la tapa. Elizabeth cogió el termo, lo abrió y me lo devolvió.

El líquido me ardía en la garganta, pero el efecto fue de lo más reparador. Tosí. Volví a toser. Me subió una mezcla pestilente de agua de mar y *brandy*, y no reaccioné a tiempo: vomité todo que tenía dentro sobre la chaqueta de Elizabeth y de ahí cayó al suelo del barco, salpicándome las botas.

—Ya está —dijo Elizabeth—. Mejor fuera que dentro.

Pero noté que estaba pendiente de otra cosa. Con la esperanza de que el objeto de su atención fuera Barnsley, o quizá otro barco, me volví para ver qué la había distraído de mis repugnantes arcadas. Una escarpada e impenetrable pared rocosa se alzaba amenazante ante nosotras, en medio del mar.

—Es bastante definitivo, ¿no te parece? —dijo Elizabeth suavemente, volviéndose hacia mí.

—¿El qué? ¿A qué te refieres?

—No creo que nadie se tire desde ahí arriba esperando salir con vida, ¿no te parece? Ahí murió Gertrude.

Gertrude Summer. La escritora. La heredera estadounidense, mi bisabuela.

—Cuesta imaginar una desesperación tan terrible, ¿verdad? —continuó, recorriendo con la mirada la pared rocosa como si le fuese a revelar sus secretos—. Ni siquiera en mis horas más oscuras he tenido nunca la tentación de hacer algo así. ¿Tú?

Los temblores de mi cuerpo empezaban a remitir. Negué con la cabeza, y no mentía; simplemente, nunca me había tentado. Di un sorbito prudente al *brandy*. Mi estómago protestó un poco, pero me pareció que se suavizaban los efectos del *shock*. Para asegurarme, di otro traguito.

—No creo que Daphne estuviera desesperada. Tenía sus problemas, como nosotras. Pero también tenía cosas que la ilusionaban. Y eso es lo que marca la diferencia, ¿no crees?

Mis ojos trazaban un nervioso zigzag entre el acantilado y el barco. Yo sabía algo que Elizabeth no sabía.

—¿Tú qué crees que le pasó a Daphne?

Tenía las comisuras de los labios secas, y amenazaban con agrietarse por el frío. Al pasarme la lengua solo conseguía empeorar las cosas, y, además, también se me había secado la boca. Después de todo lo que acababa de pasarme, necesitaba agua. Elizabeth se rio, pero no como antes. Esta vez fue una risa triste, ligeramente amarga.

—No sé, pero lo que sí puedo asegurarte es que no se habría suicidado. Y, desde luego, ¡no en el mar! Por eso me caía bien, porque no era una quejica. Parecía uno de los nuestros.

Con una mirada, me dio a entender que también yo tenía la resiliencia de la familia Summer. Calada hasta los huesos, medio ahogada, asentí con la cabeza, despreciándome a mí misma al constatar que, por alguna razón y a pesar de todo, todavía quería que Elizabeth tuviera buena opinión de mí.

—Venga, te llevo a casa —dijo, arrancando el motor.

52

ELIZABETH SE PUSO A HABLAR y no paró. Solo más tarde comprendí que lo hacía para mantenerme despierta. Que corría un grave riesgo de entrar en estado de hipotermia y perder la consciencia. Mi tía conocía lo suficiente a las mujeres de nuestra familia para saber que una buena historia me mantendría espabilada. Que, en nuestro fuero interno, todas éramos narradoras.

—Agatha no siempre ha ido en silla de ruedas. Supongo que sabrás lo del accidente, pero ¿sabías lo del catolicismo de Daphne? Por aquí es un secreto vergonzoso. Mi padre habría caído muerto de haberse enterado de que Max se había casado con una católica. Pero, afortunadamente, para entonces ya había fallecido.

Elizabeth tenía el ceño fruncido y parecía nerviosa. Su mirada iba y venía entre el agua y yo en un rápido zigzag.

No le dije que ya me había contado lo que le había pasado a Agatha la primera mañana que amanecí en Barnsley. Además, me imaginé que esta vez la historia sería distinta.

—Daphne tenía épocas en las que se acercaba más a la iglesia y otras de más distanciamiento. Sobre todo, lo que le gustaba era verse con la mantilla que se ponía cada vez que le entraba la necesidad de ir a misa. Nunca desaprovechaba la oportunidad de probar algo nuevo si ese algo era ropa. Una cacería, por ejemplo. O jugar al tenis. O navegar. A los cinco minutos más o menos lo dejaba, pero siempre iba vestida para la ocasión. Sospecho que lo que más le gustó de poner el restaurante fue diseñar los uniformes del personal. Al final se decidió por una especie de guardapolvos escandinavos deconstruidos. Para nada mi estilo.

Los ojos se me empezaban a cerrar, pero noté que me asomaba una sonrisita a los labios. Elizabeth era tan…, en fin, ¡tan Elizabeth!

—Pero sigamos con la iglesia… Los domingos por la mañana siempre oías su coche arrancando tempranísimo, para ir a la primera misa. A arrepentirse de sus pecados. Los niños solían ir con ella, hasta que Max les dio permiso para escaquearse. Solo Agatha, la dulce Agatha, seguía acompañándola. Nunca quería disgustar a nadie. No le gusta agitar las aguas, ¿verdad?

Asentí en silencio. Quise hacer un chiste con lo de agitar las aguas, pero no encontraba las palabras. Ni la energía para pronunciarlas. No teníamos más remedio que seguir ahí sentadas bajo la lluvia implacable. El pelo mojado se me pegaba a la cara como un montón de carámbanos, pero aun así notaba la piel colorada, como si me hubiera pasado todo el día al sol. Me dolía la garganta. Parecía que me iba a estallar la cabeza.

—Daphne no debería haber conducido. Acababa de pasar una temporadita en rehabilitación, y lo peor siempre le viene nada más volver a casa. Era temprano. Prefería ir a la primera misa para volver con tiempo para preparar la comida del domingo. Era el turno más concurrido de la semana en el restaurante.

»Era a principios de noviembre. Daphne y yo nos habíamos quedado tomando unas copas hasta muy tarde. Hablando de un nuevo libro de cocina que tenía pensado. Me despedí a eso de la medianoche para irme a la isla. Es cuando más me gusta estar allí, de madrugada. Hacía bueno, así que el trayecto fue fácil…, no siempre lo es cruzar en mitad de la noche si te has estado bebiendo hasta el agua de los floreros. Me quedé trabajando en la casa de las conchas y veía que la luz del restaurante seguía encendida, así que sabía que Daphne había encontrado a alguien para continuar la juerga. Siempre había trabajadores temporeros en el restaurante. Muchos australianos…, los alojábamos en las casitas de la granja.

Para nosotros eran mano de obra barata y ellos se beneficiaban de la experiencia con una chef Michelin, así que todos salíamos ganando.

»Lo malo era que traían droga cuando venían de Londres, y Daphne era incapaz de decir "no" a nada. Le gustaba probar cosas nuevas, pero sobre todo no quería que aquellos jóvenes cocineros pensaran que era una carroza. Quería que la vieran como una más. Le gustaba olvidarse de los tres niños que tenía arriba.

Entre el bamboleo del barco y el *brandy*, creo que me quedé dormida por unos instantes. Me despertó la mano de Elizabeth sobre el hombro, y abrí los ojos esperando ver Barnsley o el pequeño muelle del cobertizo, pero no había nada. Nada más que agua, y la cara preocupada de Elizabeth. Hablando. Hablando sin parar.

—Aquella noche di un paso muy importante. El alcohol tiene ese efecto a veces; si bebes en su justa medida, es como si entrases en un nirvana de creatividad. Demasiado poco y te duermes, y si te pasas te transformas en una energúmena. Aquella noche di con el punto óptimo, y se me ocurrió la introducción para el nuevo libro de cocina. Giraba en torno a las estaciones…

Volví a cerrar los ojos, recordando aquella sensación de creatividad. La tuve la noche que se me ocurrió la idea de la *app*. El colocón que me produjo, la certeza de que era lo que tenía que hacer y la energía que me insufló. Como si fuera capaz de hacer cualquier cosa. Aquella era la sensación que más echaba de menos, el colocón de creatividad. Elizabeth y yo tal vez nos parecíamos más de lo que pensaba.

—Aquella mañana, después de no haber dormido casi, Daphne se levantó. Después de una noche de juerga, tenía mucho que confesar. Los demás seguían durmiendo cuando Agatha y ella salieron de casa. Seguían durmiendo cuando la policía llamó a la puerta un poco más tarde. Se había cruzado un ciervo en la carretera… Ya ves, ahora se han puesto a hacer una matanza selectiva de ciervos, pero digo yo que a buenas horas… ¿Te imaginas, despertarte con una noticia así? Max ni siquiera sabía que se habían ido.

Los ojos se me abrieron de par en par. Era tan horrible que no podía ni imaginármelo.

Un ligero temblor agitó la superficie del agua por detrás de Elizabeth. Un barco, quizá, aunque dudaba que nadie pudiera estar tan loco como para salir con aquel tiempo. Moví la cabeza, convencida de que estaba viendo alucinaciones.

—Daphne jamás se perdonó a sí misma. Aunque la policía le hizo el control de alcoholemia en el lugar del accidente, salió que estaba justo por debajo del límite. Pero no midieron todo lo demás, las cosas para las que no hay controles. Quizá si hubiera dormido bien habría reaccionado a tiempo…

—¿Y todavía no crees que haya podido suicidarse?

Me oí balbucear, como si siguiera debajo del agua. Intenté recordar lo que había visto en la grabación del circuito cerrado de televisión. Lo que había leído en el cuaderno. Tenía la mente nublada, pero a pesar de mi confusión recordé que Daphne tenía miedo de la señora Mins.

Pero el miedo no probaba nada. Y la grabación no probaba que Daphne no se hubiera suicidado; solo probaba que se había ido en la barca, y que Max y la señora Mins podrían habérselo impedido. Era demasiado para mí.

—No. Estaba mejor. De veras, mucho mejor. Estábamos acabando el nuevo libro de cocina, y estaba quedando bien. Era la culminación del trabajo de toda una vida. Una guía para cocinar según las estaciones. Pero seguro que le darán carpetazo…, sin ella, no vale nada. Todo mi trabajo, al traste. Otra vez.

Las olas eran ahora un poco menos bravas; el viento, sin embargo, seguía igual de cortante. Pensé en los niños, me dije que ojalá estuvieran bien. Las ganas de verlos prevalecieron sobre mi agotamiento. Necesitaba verlos.

Como si me leyera el pensamiento, Elizabeth habló. Gritó para hacerse oír sobre el ruido del motor.

—Max ha encontrado un nuevo cirujano en Londres, uno que piensa que puede ayudar a Agatha. Con solo un par de operaciones más, puede que vuelva a caminar, a pesar de lo que dijeron los cirujanos de por aquí. Daphne no va a caber en sí de alegría cuando vuelva.

Por vez primera, la sonrisa de Elizabeth era auténtica, y sus ojos rebosaban ternura. Me recordaron a los de mi madre. Su modo de mirarme.

Las caras de la una y de la otra se fundieron en una sola. La vi, por fin, como la hermana de mi madre. Vi que era capaz de amar, a pesar de todo. Empecé a comprender todas las pérdidas que había ido acumulando: su madre, su hermana, su fertilidad, Daphne, incluso puede que *La casa de las novias*. Yo, más que nadie, comprendía que la gente comete errores. Yo, más que nadie, comprendía el significado del perdón.

—Elizabeth. Quiero contarte una cosa. Sobre Daphne.

Las palabras se agolparon confusamente en mi boca.

Se le esfumó la sonrisa. Dobló por un cabo y entramos en una pequeña caleta. Estábamos muy cerca de Barnsley. Según mis cálculos de novata, la caleta del cobertizo estaba justo al otro lado del siguiente cabo. Pero lo que tenía que contarle no podía esperar más. Tuve que hacer un esfuerzo por contenerme. Me quité la chaqueta de Elizabeth de los hombros y me sentí más ligera.

La caleta estaba protegida contra las inclemencias del tiempo. Incluso el color del agua era distinto, un azul celeste tan radiante que parecía casi irreal en comparación con el desvaído océano. Me acerqué lenta y cautelosamente a Elizabeth y le cogí la mano, sobre todo para mantener el equilibrio. Era pequeña como la de un niño, delicada y vulnerable. Al pensar en la tarea que tenía por delante, volví a caer presa de una tensión que me recorrió el cuerpo entero y llegó hasta la mano que tenía puesta sobre la suya.

Le conté lo que habíamos visto Leonard y yo en la grabación. Soltó un grito ahogado y trató de soltarse. Mientras el barco se balanceaba, Elizabeth, con la vista clavada en el horizonte, se mordía los carrillos por dentro y abría las fosas nasales como si estuviera haciendo un inmenso esfuerzo por controlarse. Solo cuando apoyé la cabeza en su hombro empezaron a rodar las lágrimas. Yo también me eché a llorar. Pero mientras que Elizabeth lloraba como una estrella de cine, lo mío era un llanto desaliñado y convulsivo. La rabia y el miedo estaban abandonando mi cuerpo.

—Conque Max no es un criminal —dijo al fin—. Yo había pensado que... —Se interrumpió—. Es débil y está herido, pero no es un criminal.

En su voz había alivio.

—Simplemente es un hombre en una familia llena de mujeres muy fuertes —dije.

Elizabeth soltó un bufido. Pensé que estaría llorando otra vez, pero al mirar vi que se estaba riendo. Incluso con los ojos hinchados y la nariz colorada por el frío, parecía más viva de lo que la había visto hasta entonces. Sentí un arrebato de amor por ella. Me tomó por sorpresa, aquel repentino subidón de afecto por alguien a quien momentos antes había odiado profundamente.

Vi con el rabillo del ojo que algo se movía. Después de todo, no habían sido alucinaciones. Venía a toda marcha, rumbo al mismo puerto seguro en el que habíamos atracado nosotras.

—Mira, un barco.

Elizabeth se giró rápidamente y a punto estuvo de caerse por la borda. Entornó los ojos y al instante soltó un profundo suspiro.

—Jean Laidlaw y la maldita sociedad histórica.

53

—¿TODO BIEN por aquí, Elizabeth? —gritó Jean desde la distancia; no cabía duda de que de sus tiempos de maestra conservaba la capacidad para proyectar la voz.

—Todo bien, Jean —contestó Elizabeth, saludando con la mano. Como si fuera una situación normal. Como si yo no estuviera rozando la hipotermia. Como si no tuviéramos las dos la cara hinchada de tanto llorar. Bueno, al menos yo. En la de Elizabeth, las lágrimas habían trazado dos líneas de lo más elegantes.

El barco se acercó todavía más, y pude ver el rostro de Jean con claridad. En los profundos surcos de su rostro vi grabada la preocupación. Cosa rara, iba vestida de pirata, o tal vez de contrabandista. En cualquier caso, tanto ella como el hombre que la acompañaba llevaban calzoncillos largos. Elizabeth no hizo ningún comentario; se limitó a agachar un poco la cabeza para ocultar los ojos enrojecidos.

—No la habrás tirado al agua, ¿no, Elizabeth? —Se hizo un breve silencio—. Porque no te lo echaría en cara —añadió, dirigiéndome una mirada penetrante. Una mirada de desagrado a la que no solo asomaba la maestra que llevaba dentro, sino algo más hondo, más parecido a la repugnancia—. No se parece a su madre, ¿verdad que no?

—Bueno, de entrada, no. Pero a medida que la vas conociendo vas viendo señales que recuerdan a ella. La misma risa. Manos similares.

Elizabeth me estaba comparando con mi madre en términos positivos. Me hizo sentir bien. Pero yo lo que quería era volver a Barnsley. Necesitaba volver a Barnsley. Sentí un impulso casi visceral de estar con los niños, y todavía estábamos muy lejos.

—Jean —pregunté con cautela—, ¿podría subirme a su barco?

Era más grande, y más fuerte. Tenía una cabina en toda regla. Pero nadie me hizo ni caso.

—¿Qué haces saliendo de casa en un día como este? —preguntó Elizabeth.

—Estamos ensayando.

—No hay nada que te detenga, ¿eh?

—Los contrabandistas tampoco se detenían ante el mal tiempo.

—Razón tienes.

Estaban las dos de acuerdo, y asintieron con la cabeza.

—De todos modos, ya casi ha despejado —dijo Jean, mirando al cielo. Y así era: mientras Elizabeth y yo estábamos a lo nuestro, la lluvia había cesado. Incluso había un cachito de cielo azul asomando entre las nubes de tormenta.

—Jean —repetí, esta vez con tono menos tranquilo—, ¿le importaría llevarme a Barnsley House? Ha habido un incendio. Estoy preocupada por los niños.

—Ya está extinguido. Lo he oído por la radio. —Se dirigió a Elizabeth—. La casa no ha sufrido grandes destrozos. Solo daños mínimos en el enlucido, al parecer. Habrá que cambiar las cortinas.

—¿Y qué me dices de los niños?

—Están todos bien.

Jean y Elizabeth intercambiaron una mirada.

—¿Y Leonard?

—Bien.

—Qué alivio.

—Sí.

Solté una bocanada de aire y, con ella, toda la angustia. Por lo visto, Leonard había salvado la situación. Dudé que fuese a decirme nada más.

—¿Y tú qué estás haciendo aquí, Elizabeth? —preguntó Jean—. Con este tiempecito no se puede esperar nada bueno. Si se trata de la chica, podemos aclararlo en tierra firme.

—Aclarar ¿qué? ¿La historia del libro? —dije bruscamente; estaba tan desesperada por volver que me iba crispando por momentos.

—¿La historia? —dijo Jean, acercando el barco; el mar estaba más calmado, y pudo arrimarlo al nuestro. El hombre que estaba detrás de ella fue cobrando forma: era Simon, el farmacéutico, y parecía inquieto. No era de extrañar. Se había apuntado a una recreación festiva del mundo del contrabando, no a un enfrentamiento en medio del mar.

—Miranda, tienes la oportunidad de deshacer el agravio que cometió tu madre —dijo Elizabeth.

—No puedes demostrar nada.

Esta vez, había menos confianza en mi voz.

—Elizabeth no puede, pero tú sí —intervino Jean suavemente.

—Está mintiendo —dije dirigiéndome a Elizabeth, pero no quiso mirarme. Tenía los ojos clavados en el chapoteo del agua contra la quilla.

—Di clase a las dos niñas, Miranda —dijo Jean—. Una profesora sabe quién tiene una buena cabeza y quién tiene ese no sé qué que le llevará mucho más lejos de lo que podría llevarle nunca una buena cabeza. Estoy segura de que tú sabes quién era quién en tu familia. Es imposible que tu madre pudiera haber escrito ese libro.

—¿Por qué no intervino usted antes?

—Cuando me enteré, ya era demasiado tarde, y Elizabeth se negaba a hablar del tema.

—¡Mi madre era escritora!

Toda su vida había girado en torno a *La casa de las novias*. Entrevistas de radio, la experta en historia social británica a la que siempre se recurría, citas de portada en libros de otras personas… Y, sin embargo, no había publicado ni una palabra más.

—Tu madre era un fraude, querida.

Tenía sentido. Un sentido impactante, brutal.

Igualita que yo. Estábamos cortadas por el mismo patrón, mi madre y yo. Yo había engañado a miles de personas, y ella también. Yo había engañado a los más cercanos a mí, y ella también. Yo había venido a Barnsley en busca de un vínculo con mi madre, y lo había encontrado. Y no era precisamente algo de lo que pudiera sentirme orgullosa.

Por fin, habló Elizabeth.

—Al principio estaba enfadada. Echaba la culpa a los demás: a tu madre por llevarse mi libro, a Max por no creerme. Y también me culpaba a mí misma por haber escrito el maldito libro y haber abierto la caja de Pandora. Echaba la culpa a Tom, porque no sabía si me estaba contando toda la verdad. Tu madre me hizo un favor al robar aquel libro. Tuvo que lidiar ella con las repercusiones. Y no pudo regresar. Yo jamás habría podido abandonar Barnsley como hizo ella.

—No podía regresar por lo de las ovejas, no por el libro.

Elizabeth arqueó una ceja.

—¿Y eso quién te lo ha contado? ¿Tom?

Asentí con la cabeza.

—A Tessa, un asunto como el de las ovejas le habría traído sin cuidado. Estaba enamorada de Tom.

Solté un resoplido. Casi me reí.

—Puede que te cueste creerlo, pero en sus tiempos mozos Tom era un partidazo. —En el otro barco, Jean le dio la razón con un gesto. Simon, al menos, tuvo el detalle de poner cara de sorpresa—. Tom pasaba mucho tiempo con nuestra familia, cuando éramos niños. Max, Tom y yo éramos uña y carne. Tessa era la hermana pequeña. Tomó su amabilidad por amor.

—No había recibido mucho amor —añadió Jean.

Elizabeth miró a Jean con aspereza.

—Pensamos que simplemente habría huido un par de días. Ya lo había hecho antes…, huir del colegio, huir en vacaciones. Al cabo de unos días, descubrí que me había desaparecido el disquete. Entonces, Tom admitió que en cierta ocasión se había visto obligado a rechazar sus insinuaciones.

—¡Y después llegó aquella postal desde Australia! —gritó Jean desde su barco. Miré a Elizabeth.

—Y sanseacabó.

—Y sanseacabó —susurré para mis adentros. La creía. Las piezas ausentes de la historia de mi madre estaban flotando a mi alrededor, amenazando con cobrar sentido como parte de un retrato monstruoso hasta ahora desconocido. Otras piezas seguían dando vueltas en círculos, y por ahora no parecía que encajasen en ningún sitio.

—Y luego vino Daphne —dijo Elizabeth— y pensé que todo se iba a arreglar. Pensé que Max había renunciado a Meryl, que la tradición de la casa de las novias continuaría. Mujeres excepcionales que pasaban a formar parte de la familia Summer a través del matrimonio con uno de sus miembros.

—Pero no había renunciado a ella.

Empezaba a comprender adónde iba a parar todo aquello.

—No. En realidad, no. Había renunciado a casarse con ella, pero nunca había dejado de amarla. Amaba a Daphne, sí, pero Daphne nunca tuvo ninguna posibilidad frente a Meryl. Frente al peso de tanta historia. Al final, no.

—¿Qué tal si nos vamos ya a las cuevas? —dijo Simon desde su lado del barco.

Jean le miró con dureza.

—No pienso perderme esto, Simon —dijo entre dientes—. Elizabeth ha esperado demasiado tiempo para contar su versión. Algún día recrearemos también esta historia, ya lo verás.

—Pero ¿qué es lo que quieres?

Abrí los brazos de par en par para abarcar el viaje en barco, la pared rocosa, Barnsley. A mí misma. Todo.

Elizabeth se sentó, medio desplomada; por una vez, sus estrechos hombros no estaban rigurosamente rectos.

—Creía que quería vengarme. Creía que quería que se me reconociera el mérito de haber escrito el libro. Creía que quería que supieras lo que se siente cuando te arrebatan tu pasión.

—¿Y ahora? —dije serenamente, intuyendo que algo había cambiado. Comprendiendo al fin qué le había llevado a hacerme lo que me había hecho. Viendo que decía la verdad.

—Ahora, lo único que quiero es que ese libro deje de hacer daño a la gente.

—Bueno, pues eso ya está arreglado —dijo Jean. Le hizo un gesto a Simon para que se acercara—. Si no tienes inconveniente, Elizabeth, ya llevo yo a Miranda a la casa. Parece un poco pachucha.

Aturdida, le tendí la mano a Jean. Estaba preparada para dar un salto. Un salto hacia el cariño. Y entonces me volví a mirar a Elizabeth. A la hermana de mi madre.

Elizabeth asintió con la cabeza. Estábamos muy cerca ya de casa.

—Gracias, Jean, mejor no —dije, retirando la mano—. Me lleva Elizabeth.

Jean nos miró a las dos y esbozó una tenue sonrisa. Una sonrisa que ni siquiera se habría notado si un rato antes no hubiera tenido un semblante tan adusto.

La voz de Elizabeth se abrió camino a través de mis pensamientos.

—Jean, estamos buscando a Daphne. Lleva muchos días desaparecida.

Elizabeth explicó que Daphne había desaparecido de Barnsley hacía más de una semana. Que pensamos que se habría ido a casa de una amiga, al pueblo, a Londres. Pero no había vuelto, y nos temíamos lo peor.

—¿Durante la Navidad? —Jean arqueó las cejas.

—Ya conoces a Daphne.

Jean Laidlaw movió la cabeza con gesto grave pero le costó disimular su entusiasmo ante la perspectiva de tener que gestionar una crisis. Inmediatamente, vociferó instrucciones a Simon y se dirigió hacia la cabina y la radio.

—No os preocupéis —dijo por encima del hombro—. En menos que canta un gallo habremos reunido un equipo de búsqueda.

Esperé a que Jean y Simon zarpasen con rumbo a la ciudad.

Elizabeth y yo nos quedamos sentadas en silencio, lado a lado, bajo el mortecino sol inglés que empezaba a asomar entre las nubes. Deseaba con todo mi ser una ducha caliente, una taza de té. Dormir. Le cogí la mano, fingiendo que no me sentía incómoda y que no me fijaba en que hacía amago de retirarla. Le puse la otra encima. Intenté hacer lo que supuse que habría hecho Daphne, intenté canalizar su calidez y su vitalidad. Las cosas buenas.

—La encontraremos —dije, y Elizabeth sonrió con tristeza.

54

HAY LUGARES que se te meten en la sangre. Ahora, Barnsley está en la mía. Es una de las cosas que me legó mi madre, junto con su aversión a la verdad y su naturaleza impulsiva. Estoy trabajando en estas dos últimas, pero me alegro de mantener un vínculo fuerte con Barnsley, y seguiré haciéndolo mientras me lo permitan.

Mis amigos dirían que esto es un #lugarfeliz. Pero es más que eso. Es una satisfacción profunda, una sensación de pertenencia. Un suspiro de alivio, una relajación de los hombros. Cuando llegué, todo era tensión y tristeza, pero Barnsley se deshizo de la melancolía como se deshace de todo aquello que le arrojan los seres humanos. Ahora sé el calor que da la piedra dorada de los muros bajo el sol del verano. Oigo el canto de las gaviotas y el chapoteo del mar. Veo la vasta extensión verde del prado, los jardines en flor. El verano en Barnsley es el paraíso. Exactamente lo que decía todo el mundo.

Encontraron el cuerpo de Daphne la tarde del incendio. Después de la tormenta. Arrastrado por la marea en una caleta cercana. La policía vino y nos interrogó a todos. Vieron la grabación del circuito cerrado y leyeron el cuaderno. Hicieron una autopsia completa. El estudio toxicológico dio un resultado desorbitado. El veredicto: muerte accidental por ahogamiento. La mató aquello que más temía, y no era la señora Mins.

Elizabeth y yo hablamos de todo después del incendio, después del incidente del barco. Yo había pillado una gripe monumental, pero Elizabeth insistió en llevarme otra vez a la casa de las conchas en cuanto empecé a encontrarme un poquito mejor. Me dijo que quería explicarse. Me hizo acostarme en la cama plegable con mantas y una bolsa de agua caliente, y no olía tan mal como recordaba. Me quedé allí tumbada mientras ella sacaba un papel tras otro, hojeaba libros, me leía cartas en voz alta. Fue una catarsis, una vida entera desplegándose ante mí.

Resultó que Elizabeth había escrito todos los días desde que mi madre se marchó. Había guardado toneladas de papeles, todos ellos laboriosamente escritos a mano y transcritos después con una vieja máquina de escribir. Había novelas, correcciones a *La casa de las novias*, los comienzos de unas memorias. Uno de sus manuscritos a medio acabar se llamaba *Pecado hereditario*, y por lo que pude ver, se basaba libremente en mí. Este me lo quitó rápidamente de las manos, con una sonrisa de disculpa.

Y había un archivo abarrotado de papeles. Cientos de cartas de rechazo. Cada una con un final distinto, pero con el mismo mensaje:

Sentimos decirle que su libro no encaja en nuestros proyectos editoriales actuales.

Lamentamos informarle de que no estamos aceptando nuevos clientes a no ser que su obra nos apasione profundamente.

Escribe usted muy bien, pero me temo que no lo suficientemente bien.

Le sugerimos que nos lo vuelva a enviar en un futuro.

Algunas tenían anotaciones de Elizabeth: enérgicos trazos de rabia garabateados a lápiz. No me sorprendía que se hubiera enfadado. ¿Por qué iba su hermana a disfrutar de todo el éxito literario mientras, día tras día, Elizabeth sudaba tinta, buscando en vano que le cambiara la suerte a pesar de que escribía tan bien como la que más?

Cada mañana, me contó, cogía fuerzas con un buen lingotazo y, después de cubrir el trayecto por tierra y mar, emprendía la larga caminata hasta la oficina de correos. Cada día esperaba buenas noticias, o quizá simplemente ánimos, y cada día volvía a casa pasando antes por el *pub*, descorazonada, y, al cabo de un rato, simplemente borracha. Con el paso del tiempo los rechazos empezaron a llegar por correo electrónico, y así podía empezar a beber inmediatamente, rodeada de las comodidades de su hogar. La única luz de su vida era Daphne, y los libros de cocina que escribía con ella. Sin ningún tipo de reconocimiento. No me extraña que se enfadara, y la perdono.

Los niños están más sanos cada día que pasa. Tienen la piel menos cetrina, y el cabello rubio y lustroso gracias al sol. Pasan horas jugando en la arena y en la piscina. Sophia da la impresión de haberse quitado varios años de encima, y juega como una chiquilla; Robbie lo graba todo con su GoPro. Por ahora, el internado no está en el orden del día. La operación que le hicieron a Agatha en Pascua salió bien, y ya puede desplazarse solo con una muleta. Con el tiempo, ni siquiera le hará falta.

No es el mejor día para hacerlo, pero llevo esperando toda la semana a que llegue el momento apropiado y nunca llega. Quiero hacerlo antes de que caiga la noche, antes de que lleguen los primeros huéspedes y comience un nuevo capítulo en Barnsley House. Me encuentro a Max en el jardín de la casita, donde vive con la señora Mins. Aún no me siento capaz de llamarla Meryl.

—Max.

Levanta la vista, asustado. Desde que le revelé mi identidad, hemos tendido a evitar las conversaciones cara a cara. Nos hemos comunicado indirectamente y a través de los niños. Su vergüenza flota en torno a él en forma de sutiles ondas.

—Tengo algo para ti.

La vergüenza cede paso al miedo. La nuez se le mueve en la garganta, delatando su malestar. Desde la piscina nos llegan las voces de los niños, y pienso que ojalá estuviera con ellos, aunque sé que con Juliet y Ophelia están en buenas manos. En realidad, pienso que ojalá estuviera en cualquier lugar antes que en este jardín, a solas con Max. Agobiada, cojo mi bolso. Mis manos localizan sin tardanza la cajita de terciopelo; tanto han repetido el gesto que se apañan perfectamente a ciegas. Max la reconoce al instante; sin que pueda evitarlo, sus manos se lanzan a tocarla. La agarro con torpeza. La cajita del anillo, pequeña e inconfundible, queda al descubierto.

—¿Por qué tienes esto? ¿De dónde la has sacado? —pregunta con voz firme. Con aire formal.

De todas las cosas que habría podido preguntarme, esta, para mí, es la menos importante.

—La encontré. En tu cuarto de baño.

—Había dado por perdido el anillo —dice al fin, después de una larga pausa.

—La encontré en un paquetito de píldoras mientras buscaba medicina para Robbie.

—Meryl ya encontró una vez ese anillo —dice, ignorándome. Por debajo del bronceado, se ha quedado pálido.

—Pensé que podrías querer el anillo, para…

No consigo pronunciar su nombre.

—Mi madre lo lanzó al mar, ahí en la caleta. Meryl estaba nadando y lo encontró.

Es una versión abreviada, pero, en fin, encaja con la historia de Daphne.

—Pensamos que podrías quererlo… para Meryl.

Por fin. Dicho estaba. Me sonó forzado, extraño.

—¿Pensamos, dices?

—Elizabeth y yo.

—¿El premio de consolación? —preguntó. Había tristeza en su voz, pero no la amargura que me esperaba. Para él había sido duro cedernos el control de Barnsley a Elizabeth y a mí. Aunque en realidad no tenía otra opción, una vez que vimos la grabación entera del circuito cerrado. Y una vez que revisamos entre todos la contabilidad.

—Creo que el premio de consolación fue La Cabeza del Ciervo.

Max se permitió una leve sonrisa.

—Elizabeth probablemente diría que el premio fue Meryl.

El sol le daba en la espalda, así que no le veía la cara; solo sentía la intensidad de su mirada.

—A Elizabeth nunca le ha caído bien la señora Mins —reconocí.

Max movió la cabeza, se rio tristemente.

—Eso no es del todo correcto. En realidad, odiaba a Meryl.

—Sí.

Era cierto. Elizabeth había llegado a decirlo.

—Viene de antes.

Cogió la cajita. La abrió y se quedó mirando el anillo.

—A Elizabeth le aterrorizaba que pudiera casarme con Meryl desde mucho antes de que Daphne entrara en escena. Le parecía que Meryl no daba la talla. Que no tenía lo que hacía falta para ser la esposa de un Summer. Elizabeth me convenció para que no le pidiese a Meryl que se casara conmigo. Me dijo que me buscase otra mujer. Yo era demasiado joven para saber lo que quería.

Con Elizabeth no cabía discutir, eso desde luego; yo misma lo había descubierto recientemente cuando discrepábamos sobre menús, tarifas de habitaciones y estrategias de relaciones públicas.

—Cuando traje aquí a Daphne, Elizabeth se quedó prendada de ella nada más conocerla. Habría estado encantada con cualquier mujer que no fuera Meryl, creo yo. Desde el principio, no se dejaban ni a sol ni a sombra. Creí que se moriría de felicidad cuando Daphne le pidió ayuda con las recetas. Tenían los mismos gustos: Barnsley, la cocina, el alcohol. A mí casi nunca me dejaban participar en nada.

—Así que por eso…

—Sí —dijo con voz triste—. No volví con Meryl hasta después del accidente de Agatha. Hasta que ya no había ninguna posibilidad de salvar mi matrimonio.

Había una pregunta más que no le había hecho a Max. No me había atrevido.

—¿Qué pasó entre mi madre y tú?

En realidad, para mí era la última pieza del rompecabezas. El último obstáculo entre mi antigua vida y una vida nueva en Barnsley.

—Al principio, me enfadé por lo de las ovejas.

Solté un suspiro, mucho más ruidoso de lo que habría querido. Incluso puede que pusiera los ojos en blanco.

—Sí, ya lo sé, ya lo sé. Sorprende que pudiera ser para tanto, pero en el pueblo hubo mucho resquemor.

—¿Y después?

—Después se publicó el libro. Y en comparación con lo que escribió sobre mi madre, sobre nuestra madre, lo de las ovejas era una nadería.

No dije nada. No me correspondía a mí revelar los secretos de Elizabeth. En otros tiempos, ella misma había intentado contárselos a su hermano, y él no la había creído. Quizá fuera mejor así.

El pasado, pasado está, como dijo mi padre. Me lo había repetido por teléfono cuando le dije que pensaba quedarme en Barnsley una temporada.

Había sonado pensativo. Me preocupaba haberle dado un disgusto justo cuando empezábamos a recomponer nuestra relación. Pero poco después, esa misma noche, me envió por *email* un poema de A. D. Hope, *La muerte del pájaro*, aunque, con lo mal que iba Internet, no lo descubrí hasta varios días más tarde. El poema había dado serenidad a mi madre cuando se estaba muriendo, y al leer el segundo verso sentí el mismo consuelo:

Año tras año un puntito en el mapa,
dividido por un hemisferio, la llama:
estación tras estación, a salvo, bien guiada,
al marcharse también vuelve a casa.

Con el poema, mi padre me había regalado la bendición de mi madre, y la suya propia, para que continuase con mi vida, asegurándome que si hacía de Barnsley mi hogar no sería a expensas del hogar que ya tenía.

Max estaba esperando que dijese algo.

—Suena razonable —dije finalmente. Me toqué el colgante, recordando la sensación que me producía en el cuello de mi madre cuando me achuchaba. Aferrándome a los buenos recuerdos.

Max jugueteaba con el anillo, poniéndolo a contraluz como para ver si era de verdad.

—Sabía que no lo habría tirado. Por muchos defectos que tuviera, Daphne no era cruel. —Se le quebró la voz, y calló mientras sus dedos acariciaban distraídamente el fieltro desgastado del estuche—. Daphne tenía sus cosas, pero era un genio con la comida. Yo la adoraba. Merece un lugar en ese libro.

—Tenía sus propios libros.

Pareció que Max se escandalizaba, pero acto seguido hizo un gesto de asentimiento.

—Tienes razón. Tenía sus propios libros.

—Es mejor así —dije. En los ojos de Max vi reflejado mi alivio y, a la vez, mi tristeza.

Le dejé sentado al sol y volví a la casa principal. Elizabeth y Leonard estaban adornando unas mesas muy largas a la sombra de la glicinia. Por todas partes había cubos rebosantes de grandes dalias rojas, listas para que Fleur las arreglase. Papá y ella debían de estar a punto de bajar. El panorama desde la terraza me hizo pararme en seco, a pesar de que lo veía a diario. A pesar de que, ahora, era mi hogar.

—¡Va a quedar precioso! —suspiré.

Elizabeth subió una ceja.

—Todavía queda mucho por hacer para que quede precioso, Miranda. Toma, Leonard, coge la otra punta. Venga, deprisa, no tenemos todo el día.

Levantó el extremo de una mesa antes de que a Leonard le diera tiempo de llegar siquiera al otro. Leonard sonrió y me guiñó un ojo.

—He visto a Max —dije, cogiendo un mantel de lino del montón y desplegándolo sobre la mesa—. Le he dado el anillo.

—¡Por fin! —espetó Elizabeth—. Ese anillo no ha hecho más que dar problemas.

El sol sacó un destello al fino anillo de oro que llevaba en el dedo.

—A mí me parece muy bonito —dije, recordando la impresión que me había causado al encontrarlo. Nunca había visto una piedra semejante.

—Pues como sigas con este, olvídate de tener un anillo así.

Hizo un gesto en dirección a Leonard.

Leonard me miró moviendo la cabeza, incapaz de contener una risotada.

—Pues la verdad es que tiene razón.

Cogí dos botellas de agua mineral helada de la neverita, me acerqué a Elizabeth y la rodeé con los brazos.

—Venga, no hablemos más de anillos ni de novias. Esta noche, las protagonistas somos nosotras. Las mujeres Summer.

Sí, habíamos trabajado duro. Nos habíamos pasado la primavera pintando, limpiando, quitando el polvo y cuidando el jardín. Leonard, Elizabeth, Tom y yo.

Habíamos planeado un nuevo menú para el restaurante, respetuoso con Daphne, pero a la vez atento a mis pasiones: la comida sana y el bienestar físico y mental. La verdura, la fruta, los ingredientes crudos. Arreglamos Internet y volví a probar con las redes sociales, al principio tímidamente, y después con entusiasmo. Eso sí, ya no me dominaba; una vez terminada la jornada, simplemente cerraba la sesión y me olvidaba.

La inauguración de esta noche iba a ser un antes y un después en lo que a seguidores se refiere. Barnsley se iba a llenar de *influencers*, *instagrammers*, blogueros y periodistas. Yo estaba tan contenta de dejar que hicieran su trabajo; yo haría el mío.

Por fin, Elizabeth me cogió por la cintura. La verdad es que cada vez le costaba menos el contacto físico.

—Por Daphne —dijo, alzando la botellita de agua de cristal.

Levanté la mía.

—La última de las novias.

Entrechocamos los cuellos de las botellas, una hermana y una hija juntas en el prado de Barnsley, recordando a las mujeres que nos habían precedido e imaginando a las mujeres que acabaríamos siendo algún día.

AGRADECIMIENTOS

En primer lugar, quisiera expresar mi agradecimiento a mi agente, Rob Weisbach. Gracias por aceptar leer mi manuscrito, por darme consejos tan perspicaces y transformadores y por guiarme en cada paso de este asombroso viaje.

Infinitas gracias a Sara Nelson por recibir mi libro con tanto entusiasmo. Tu pasión y tus agudos comentarios han sido increíbles, y es un honor trabajar contigo.

Debido a mi experiencia en el mundo editorial, soy consciente del incesante trabajo que se hace bajo cuerda para vender y promocionar los libros. Por eso, quiero dar las gracias a toda la plantilla de HarperCollins por cada vez que leéis, apoyáis y recomendáis el mío. Mención especial para Mary Gaule por llevarme de la mano en mi debut literario, y a Miranda Ottewell por su mirada meticulosa y sus indiscutibles observaciones durante la fase de corrección y edición.

Más cerca, quiero agradecer a Kate Daniels su lectura de un manuscrito temprano y sus comentarios, tan útiles en un momento en el que tanto los necesitaba, y a Olivia Buxton sus consejos serenos y prácticos.

Gracias a mi pandilla de escritoras, Lisa Ireland, Vanessa Carnevale, Anna George y Kirsty Manning, por las charlas literarias, las risas y los ánimos incesantes. De manera especial, gracias a Sally Hepworth por sus repetidas lecturas de manuscritos y su inagotable generosidad. Ha sido un placer.

Muchos amigos y familiares me han animado durante el largo proceso de gestación de este libro, pero sobre todo quiero dar las gracias a las familias Chisholm y Cockram. Mis padres, Rosanne y Robert Chisholm, y mis hermanos, Jack y Sam, me vienen apoyando desde que empecé a escribir en *Boscobel News,* y mi hermana, Anna, es cada día una fuente de inspiración para mí.

Gracias muy especiales a mis queridos Alice y Ed, que tantos molinillos soplaron para desearme buena suerte.

Por último, y sobre todo, gracias a Wally, que sigue creyendo en mí y siempre siempre me anima a que persiga mis sueños. No habría podido escribir este libro sin ti. Espero que te guste.